기억 속에서 너를 부른다

기억 속에서 너를 부른다

초판 1쇄 발행 2022년 10월 07일

지은이 사브리나
펴낸이 류태연

펴낸곳 렛츠북
주소 서울시 마포구 양화로11길 42, 3층(서교동)
등록 2015년 05월 15일 제2018-000065호
전화 070-4786-4823 | **팩스** 070-7610-2823
이메일 letsbook2@naver.com | **홈페이지** http://www.letsbook21.co.kr
블로그 https://blog.naver.com/letsbook2 | **인스타그램** @letsbook2

ISBN 979-11-6054-573-9 03810

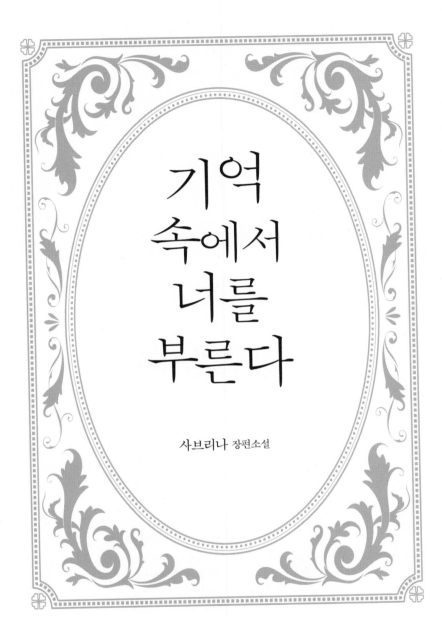

기억 속에서 너를 부른다

사브리나 장편소설

우리는 훗날 누군가에게 어떤 사람으로 기억될까?

부디 그 모습이 좋은 모습이기를 바라며…

누구보다도 소중하다고 생각되는 그 사람과 함께 이 책을 읽어주셨으면 하고,

그 순간만큼은 아름답고 소중한 기억으로 남기를 바랍니다.

일러두기

- 이 책은 남녀주인공의 성숙하고 진실한 속마음을 독자들에게도 알리기 위해 방백 또는 내레이션이라는 기법을 사용하였으며 두 사람의 속마음을 표현하게 될 목소리는 『글씨체』로 구분되어 있으니 참고하여 읽어주시길 바랍니다.

  『여주인공 인희의 방백 또는 내레이션』
  『남주인공 도진의 방백 또는 내레이션』

- 필자는 이 책을 누구나 쉽고 실감 나게 읽히기를 바라기에 대화체가 주를 이룬다는 점, 일반 소설의 형식과는 다소 맞지 않을 수 있다는 점을 미리 참고하시고, 열린 마음으로 읽어주셨으면 합니다.

차
례

1

『 누군가 그랬다. 소중한 사람과의 이별이나 죽음은 거짓말과도 같은 일이라고…. 정말, 거짓말 같았다. 어떠한 예고도 없이 갑작스럽게 내게도 그런 일이 찾아왔다. 아무런 준비가 되지 않은 상태에서 나는… 사랑하는 사람을 잃었다.』

앞치마를 두른 인희가 주방에 서서 토마토 스튜를 만들고 있고, 지예는 식탁 의자에 앉아서 주스를 마시고 있다. 그때 정우가 조용히 현관문을 열고 들어와서 주방에 있던 아내와 딸아이에게 살며시 다가가서 놀래키다가 이내 서로의 얼굴을 마주 보며 웃는다. 그렇게 인희의 가족은 어느 가족보다도 더 행복해 보인다.

그 시각, 알람시계 속 숫자는 오전 9시 15분으로 바뀌며 「삐비비빅 삐비비빅」 소리가 방 안 가득 울리기 시작하고, 침대 위에서 잠을 자고 있던 인희가 그 소리에 깨어난다. 주방이 아닌 방 안, 흐릿한 꿈속에서 깨어난 인희의 눈가가 촉촉하다.

『나는 아직… 그 사람을 보내지 않았다.』

서둘러 주방으로 나온 인희가 앞치마를 두른 뒤, 토스트 두 개를 만들어 식탁 위에 올리고, 지예는 의자에 앉아서 두 개의 빈 컵 안에 오렌지 주스를 조심스럽게 따른다. 인희가 지예의 맞은편에 앉으며 「지예야, 먹자.」라고 말하자 「응.」 지예가 토스트를 한입 베어 먹고 있는데 「지예야,

매일 엄마랑 카페에 나가는 거… 귀찮지 않아?」 인희의 말에 「아니, 집에 혼자 있는 것보단 나아. 카페에서 지선 언니랑 노는 것도 재미있고, 엄마가 일하는 것도 구경하고, 숙제도 하고, 음… 그리고 또….」 지예가 잠시 대화를 멈춘 뒤, 무언가를 생각하다가 수줍게 웃자 「지예야, 왜 웃어?」 인희가 웃으면서 묻는데 「아니야. 아무것도….」 「왜 그렇게 수줍게 웃어? 자주 오는 손님 중에 좋아하는 꼬마 손님이라도 있는 거야?」 인희의 말에 지예의 두 눈은 잠시 초점을 잃고 만다. 「아니야. 그냥… 지예는 엄마랑 같이 있는 게 좋으니까.」 그리고는 수줍은 얼굴로 다시 토스트를 먹기 시작하고, 인희는 그런 지예의 모습을 흐뭇해하며 바라본다.

『그 사람이 이곳에, 우리 곁에 없어도 지예와 나는 웃는다.』

카페로 가는 길 위로 봄 햇살이 따스하게 인희와 지예를 비추고 있고, 두 사람은 손을 꼭 잡으며 로즈메리 카페 앞으로 걸어간다. 인희는 카드키로 카페 문을 연 뒤 지예와 안으로 들어서고, 다시 밖으로 나와서 메뉴가 적혀있는 보드 판을 한쪽 구석에 설치한 뒤, 카페 안으로 들어간다.

『아직도 내 옆에서 살아 숨 쉬고 있을 것만 같던 그가 없어도, 우리는 오늘을 살아간다.』

한편, 그곳과 멀지 않은 곳에서 도진과 50대로 보이는 남성 부동산 중개사가 대화를 나누면서 거리를 걸어가고 있는데 「아까 본 그 집은 주변 환경이 조용해요. 이 동네는 처음이라 하셨죠?」 부동산 중개업자의 말에 「네. 회사 근처로 집을 알아보려고 하는데, 마땅한 곳이 없네요.」 도진이 답하자 「아까 그 집 근처에 편의시설도 잘되어있어서 젊은 사람이 살기에는 편할 거예요.」「괜찮긴 한데 다른 곳들도 봐야죠. 다른 동네도 보고, 결정할게요.」「그럼, 이 동네에 한 군데가 더 있는데, 거기도 보실래요?」「네, 그러죠.」 도진이 말을 마친 뒤, 바로 옆에 있던 로즈메리 카페를 무심히 지나쳐간다.

시간이 흘러 마지막 집 구경을 마친 도진이 운전석에 앉아서 시동을 걸고 있는데 휴대폰 벨소리가 울린다. 화면을 보니 어머니다. 「네, 어머니.」 도진이 전화를 받자 「우리 아들~ 오늘 선보는 날인 건 알고 있지?」 어머니의 말에 「네. 이번이 마지막이에요. 주말마다 이런 만남… 저도 힘들어요.」 「지난 여섯 번의 만남처럼 차만 마신다거나, 짧은 대화만 한다거나, 싸운다거나, 상대방이 기분 나쁜 상태로 끝낸다거나 하지 말고, 네 말대로 '이번이 마지막이다' 생각하고 진득하게 있다가 저녁 식사까지 하다 오고 그래.」 어머니의 말씀에 도진은 대답 없이 듣고만 있자 「아들~ 왜 대답이 없어~」 어머니의 물음에 「어머니, 저번에도 말씀드렸다시피 저는 이런 자리가 불편해요.」 도진이 말하자 「알았어. 알았으니까 오늘만이라도 꼭 나가~ 알았지?」 「알았어요. 저 먼저 끊을게요.」 도진은 마지못해 전화를 끊는다.

대형마트 안에서 도진의 어머니는 옷 주머니 안에 휴대폰을 넣은 뒤, 카트를 끌며 「이번에는 좀 잘하다 와야 할 텐데….」라는 말과 함께 주변을 두리번거리다가 많은 사람이 몰려있는 수산코너로 시선이 쏠리게 되는데, 그 앞으로 코팅된 종이 위에 컬러 프린트로 적힌 〔데이 마트 15주년 기념. 살이 꽉 찬 손질된 킹크랩. 게릴라 특가 세일. 두 팩에 12만 원〕이라는 글을 보자마자 재빨리 카트를 끌고, 그곳으로 달려가기 시작한다.

「저번에는 두 팩에 16만 원이던데, 오늘만큼은 저건 꼭 사야 해.」그때, 남자 직원이 큰 목소리로 외친다. 「한 사람당 두 팩입니다. 자, 카운트를 세겠습니다. 5, 4, 3, 2, 1.」카운트가 끝나자, 모여있던 고객들이 순식간에 두 팩이 이어 붙어진 킹크랩을 하나씩 집어가고 있고, 그 뒤로 도진의 어머니와 은경이 자리를 비집고 들어가서 동시에 손을 뻗는다. 어머니는 자신이 1초 정도 늦었다는 걸 느끼면서도 여전히 그 킹크랩을 꽉 잡고 있는 상태에서 또 다른 남은 팩이 있는지 두리번거리다 순식간에 없어진 킹크랩의 수량을 파악하며 옆에 서 있던 은경에게 말한다. 「젊은 아가씨, 이거 내가 먼저 잡았어. 내놔.」「어머, 아주머니. 제가 더 빨리 잡았거든요?」은경이도 팩을 힘 있게 꽉 잡은 상태에서 말하자 「아가씨는 집에 부모도 없어? 어른한테 양보해.」「아주머니, 이런 경우에는 먼저 잡은 사람 거죠. 그리고 아주머니가 오시기 전에 제가 먼저 와서 기다렸어요. 제일 늦게 오셨으면서… 저, 양보 못 해요.」은경도 지지 않고 말하는데, 계속 둘의 실랑이를 지켜보고 있던 마트 직원이 난감해하다가 어머님께 조심스럽게 다가가서 이야기한다. 「제가 아까부터 지켜보기로는 이분께서 팩을 먼저 잡으셨고, 또 오랫동안 기다리셨거든요. 죄송합니다. 제가 오신 분들 순서대로 한 분씩 가져가시게 해드렸어야 했는데… 한 번 더 이런 행사가 있을 예정이라 연락처를 남겨 주시면 제가 미리 하나를 빼놓고, 연락드리겠습니다. 죄송합니다.」직원의 말에 어머니는 팩에서 손을 바로 떼며 「알았어요. 아가씨가 먼저 와서 기다렸다니까….」은경은 얼른 킹크랩이 든 팩을 안으며 「그럼, 저는 가도 되죠? 그럼….」하며 그 자리를 바로 떠나고, 도진의 어머니는 은경의 뒷모습을 보며 심드렁한 표정을 지은 채 직원에게 휴대폰 번호를 알려주고 있다.

한편, 레스토랑 안에서는 도진이 의자에 앉아 물 한잔을 마시며 선을 볼 여성을 기다리고 있던 그때, 원피스 차림에 20대 후반으로 보이는 맞선 여성이 등장하고, 여성은 도진을 한눈에 알아본 뒤 다가가서 인사를 건넨다.「도진 씨, 맞으시죠? 안녕하세요. 유세미예요.」여성의 말에 도진이 자리에서 일어나며 인사를 한다.「안녕하세요. 임도진입니다. 앉으세요.」도진과 맞선 여성은 자리에 앉고, 웨이터가 메뉴판을 들고 주문을 받으러 다가오자 도진이 메뉴를 살짝 보다가 웨이터에게 말한다.「커피로 주세요.」맞선 여성도「저도요.」라고 말하자, 웨이터는 메뉴판을 챙기며 다시 돌아간다. 맞선 여성은 도진을 신기하듯 쳐다보면서 대화를 이어가며 「제가 아나운서와 선보는 건 처음이라 그런지… 많이 떨리네요. TV보다 실물이 훨씬 더 나으세요.」도진은 그런 맞선 여성의 계속된 시선이 불편하지만「감사합니다.」라고 짧게 표현하는데, 그 뒤로 두 사람의 대화가 더 이상 이어지지 않고, 뚝 끊기고 만다. 분위기는 금방 어색해지고, 적막한 가운데 웨이터가 다시 등장해서 테이블 위에 커피 두 잔을 올려놓고 간다. 그 적막을 깨고, 맞선 여성이 대화를 다시 시작하며「말씀도 없으시고, 제가 생각했던 TV 속 이미지와 많이 다르시네요. 방송에서는 끊임없이 말씀도 잘하시고, 잘 웃으시고, 밝은 이미지던데….」그 말에 도진이 한숨을 내쉬면서 말한다.「네. 현재 이곳에 있는 저라는 사람과 TV 속의 제 모습을 분리해서 보시면 됩니다. 이 모습이 바로 제 원래 모습입니다.」「아… 다르시구나.」맞선 여성이 실망한 듯 말하자 도진은 계속해서 대화를 이어 나가며「이래서 선보는 자리가 불편해요.」도진의 말에 놀란 맞선 여성은 말없이 그의 얼굴을 쳐다보는데, 도진은 계속해서 말을 이어 나가며「솔직히 말해서 저는 상대의 정보에 대해 아는 거라곤 사진, 이름, 나이, 직업, 사는 곳 등을 알고 이 자리에 나오는 거지만, 상대는 저에 대해 앞서 말한 것 이외에 TV 속의 제 모습을 미리 알고, 마치 저의 모든 것을 다 아는 듯 말씀하시는 분들을 지금까지 많이 봐와서 그런지… 이제는 피로를 느낄 정도네요.」 맞선 여성은 그의 말에 당혹감을 감추지 못하고 있는데, 도진은 계속해서 말을 이어 나간다. 「실망감을 느끼셨다면 죄송합니다.」 그의 말에 맞선 여성은 여전히 당황한 모습이지만, 이내 말을 한다. 「아니에요. 제가 도진 씨의 밝고 유쾌하신 모습들만 생각하며 이 자리에 나온 것 같아서… 본모습도 그런 줄 알고 기대하며 나온 건데요. 도진 씨, 저한테 관심 없으시죠?」 「서로가 인연이 아니었다고 합시다.」 도진이 말하자 「네. 저… 먼저 나갈게요.」 이 말을 끝으로 여성은 서둘러 자리를 뜨고, 혼자 남게 된 도진이 한숨을 내쉬다가 아차 싶어서 잠시 생각에 잠긴 뒤 오랜 친구인 은경에게 전화를 한다. 「어… 은경아. 너, 결혼하기 전에 찍었던 사진 좀 내 휴대폰으로 보내줘. 예쁘게 나온 사진으로 부탁한다. 아니, 뭐… 머리 아픈 일이 생겨서… 이유는 나중에 알려줄게. 바로 좀 부탁할게. 응. 고마워.」 하며 안도의 숨을 내쉰 뒤 전화를 마치고는 느긋하게 커피를 마시면서 은경의 사진을 기다리는데, 얼마 지나지 않아 휴대폰에서 짧은 진동음이 울리고, 도진은 문자 내용을 확인한 뒤 곧바로 자리에서 일어난다.

인희의 카페 안은 테이블이 아홉 개로 손님들은 삼삼오오 자리에 앉아 음료를 마시면서 대화를 나누고 있고, 카페 직원인 지선은 조리대 쪽 커피머신 앞에 서서 커피를 내리고 있다. 창가 쪽 테이블에서는 인희와 은경이 자리에 앉아 차를 마시며 대화를 나누고 있고, 지예는 그 옆자리에 앉아 초등학교 1학년 국어 교재와 노트를 펴놓고 숙제를 하고 있다. 그러던 중, 은경은 휴대폰 화면을 보며 대뜸 이렇게 말한다. 「유부녀한테 갑자기 처녀 때 사진을 보내 달라 하고… 앤 정말 뜬금없어.」「누군데?」인희가 궁금해하면서 묻자「어? 아니, 있어. 친구….」은경이 갑자기 당황해한다.「그때 말한 네게 미안한 감정을 항상 상기시키게 만든다는 그 친구?」인희의 말에「어? 응…. 내가 정말 크게 잘못한 일이 있어서… 너한테 그 친구를 소개해주고 싶어도 걔한테 얻어맞을까 봐 소개도 못 해준다. 걔한테 불평할 일이 생겨도 잘 해줘야 하는 안쓰러운 친구라서 내가 참고 있는 거지….」은경이 인희의 눈치를 살피면서 말하자「궁금하다. 궁금하지만, 참을게. 내가 대학생 때 결혼한 일도 어디 가서 말하지 않은 입 무거운 너라서…. 그 친구도 나처럼 지켜주겠지.」인희의 말에 은경은 재빨리 다른 화제로 돌리며「그나저나 우리 지예는 얼굴도 귀엽고, 얌전하고, 엄마 말도 잘 듣고, 그림도 잘 그리던데… 나도 우리 지예 같은 딸 낳고 싶어.」라고 말하자, 지예는 그 말을 들으며 수줍게 웃다가 불현듯 생각이 스치며「아! 저번에 선생님이 지예가 그린 그림, 칭찬해줬어요.」「그래? 지예는 어떤 그림을 그렸는데?」은경이 궁금해하면서 묻자「선생님이 그림 그리는 시간에 가족을 그리라고 해서 종이에 엄마랑 지예를 그리고, 아빠는 어떻게 그려야 할지 잘 몰라서 안 그리고 있다가 예전에 엄마가 아빠는 별이 되었고, 별이 보이지 않는 날에는 해와 달이 아빠라고 해서 거기에 해, 달, 별을 다 그렸어요.」인희는 그런 딸아이의 말에 입을 다문 채 지예를 안쓰럽게 처다보고 있는데, 지예는 계속해서 말을 이어 나간다.「그랬더니 애들이 별은 어떻게 그리는 거냐고, 알려 달라고 해서 알려줬어요.」「그래? 그랬구나. 잘했어. 별 그리는 건 어려운 건데, 우리 지예는 별도 잘 그리는구나.」갑자기 은경이 인희의 눈치를 살피면서 말한다. 하지만 지예는 이내 시무룩한 표정을 지으며 말하는데「그런데 다른 애들은 아빠를 사람으로 그리는데, 지예만 해, 달, 별로 그려서 슬펐어요. 그리고 애들한테 별 그리는 걸 알려주니까 다들 종이에 별을 그려서 지예는 속상했어요. 별은 우리 아빠인데….」 인희와 은경은 아무런 말도 하지 못한 채 서로의 얼굴만 쳐다보고 있다가 안쓰러운 지예를 인희가 토닥이며 안는다.

『나의 딸, 지예는 아직 죽음에 대해 제대로 알지 못하지만, 아빠의 부재에 대해 일찍이 경험하게 되었다. 시간이 지나면 자연스럽게 알게 될 일이지만, 그 앎이라는 시간 동안 지예가 받을 상처나 성장통은 다른 아이들보다 더 강하게 다가올 수도, 그래서 지예가 빠르게 성장할 수도 있게 될 것이다.』

인희는 그런 지예의 얼굴을 조용히 바라보다가 따뜻한 품에 안는다.

『그는 지예의 아빠이자 나의 남편이었다. 열정 가득한 연극과 학생이던 20대 초반의 나와 소방공무원이던 30대 초반인 정우 씨와의 첫 만남은 사고처럼 다가왔다.』

인희는 9년 전의 5월을 회상한다. 햇살이 좋던 오후, 인희의 본가 옥상에서는 대학생 3학년이던 운동복 차림을 한 인희가 한 손에는 대본을 들고, 대사를 외우며 열정적으로 연극 연습을 하고 있다. 「그 사람과 저는 사랑하는 사이예요. 이미 갈 데까지 간 사이라고요. 아시겠어요?」 인희가 연습에 심취한 나머지 갑자기 난간에 올라서서 위태롭게 걸으며 「그 사람과 헤어지라고요? 차라리, 절 죽이세요!」 대사를 마치자마자 발을 잘못 헛디뎌서 추락 위기에 처하게 되지만, 가까스로 난간 옆 철기둥을 양손으로 긴박하게 잡고서 위태롭게 매달리게 되는데, 두 팔이 몹시 후들대며 철기둥에 어렵게 몸을 지탱하고 있던 인희는 언제 1층 바닥으로 떨어질지 모른다. 다급했던 인희가 겁에 질린 표정을 지은 채로 동네가 떠나갈듯 비명을 질러 대는데 「살려주세요!! 거기 아무도 없어요? 119 좀 불러주세요!! 집에 아무도 없단 말이에요!!」 그때, 정우가 그 근처를 지나가다가 인희의 다급한 목소리를 듣게 된다. 담벼락 사이로 인희의 위태로운 상황을 발견하게 된 정우는 놀라며 인희의 집 대문을 강제로 열려고 하다가 다른 생각할 겨를도 없이 지체하지 않고, 급히 담을 넘는다. 인희는 철기둥에 매달린 채 계속해서 울며불며 소리를 외치면서 「거기 아무도 없어요? 저, 죽기 싫어요!!」 어느새, 정우는 인희 바로 밑에 서서 위를 올려다보며 외친다. 「저기요! 뛰어내리세요! 제가 받아줄게요!」 인희는 시야가 번진 채로 울고 있다가 어디선가 들려오는 사람 목소리에 힐끔 아래를 내려다보는데, 사람 형체가 흐릿하게 보이자 인희는 우는 소리를 내며 「무서워서… 저, 못 뛰어내려요. 그리고 저… 무게가 많이 나가서 못 받아요. 같이 죽을지도 몰라요. 현관 비밀번호를 알려줄 테니까 옥상으로 올라오세요. 빨리요.」 인희의 말에 정우가 서둘러 현관 앞으로 달려가고, 인희는 울면서 비밀번호를 크게 또박또박 외친다.

『그날의 우리는 너무나도 다급한 상황이었고, 그 모습이 정우 씨와 나의 첫 만남이었다.』

그러는 사이에 정우가 옥상에 도착해서 인희의 두 팔을 힘껏 잡아당기며 끌어올리고 있고, 인희도 역시 살아보고자 악착같이 힘을 내어 난간 위로 올라간다. 그렇게 정우는 인희를 구조한 뒤 모든 힘이 빠진 채로 그 자리에 털썩 주저앉아버리고, 인희 역시 두 눈이 부은 상태로 온몸을 떨다가 바닥에 털썩 주저앉는다. 「어쩌다가 거기에 매달리게 되었어요.」 정우가 묻자 「제가 뭐 좀 하다가 발을 잘못 디뎌서… 구해주셔서 감사합니다.」 인희는 그제야 정우의 얼굴을 제대로 쳐다보기 시작하는데, 어딘지 모를 투박한 외모 속에서 꾸밈없는 수줍은 표정이 보였고, 강하고 남자다운 모습 속에 속되지 않고, 편안한 부분들이 눈에 들어온다. 「어… 그런데 저희 집에는 어떻게 들어오셨어요? 대문은 잠겨있었을 텐데….」 「아, 담을 넘어서… 오해는 하지 마시고, 119구조대원 차정우라고 합니다.」 정우의 말이 끝나자마자 인희의 눈은 여전히 부은 상태에서 갑자기 다소곳하게 머리카락을 넘기며 도도한 말투로 말한다. 「아… 그러시구나. 저는 아직 학생, 이름은 인희, 도인희.」 「아… 네….」 정우가 웃기 시작하고, 인희는 여전히 눈이 부은 상태로 수줍게 미소를 지어 보인다. 그렇게 두 사람은 서로를 바라보며 웃으면서 대화를 나누기 시작한다.

『그날 이후로 몇 번의 식사와 몇 편의 영화, 몇 날의 데이트를 통해서 우린 연인이 되었고, 1년 뒤에 내가 대학을 졸업하기도 전에 정우 씨와 결혼을 하게 되었다. 가족과 가까운 친지, 그리고 내가 가장 믿을 수 있는 친구인 은경에게만 알리고, 조용히 식을 올렸다. 나는 그의 웃는 얼굴과 자상하고 듬직한 모습에 반했고, 그는 나의 재미있고 열정적인 모습에 반했다고 한다. 부모님께서는 일단 내 목숨을 구해준 정우 씨에 대한 믿음과 신뢰가 있었기에 내 빠른 결혼 결정에 그렇게 큰 반대는 없으셨다. 단지 서운한 거라면 그저 하나밖에 없는 딸을 대학도 졸업하기 전이라는 이른 나이에 시집을 보냈다는 거…. 그 아쉬운 마음만이 남아있을 뿐…. 어렸지만, 나에 대한 정우 씨의 크고 단단한 사랑과 서로에 대한 소중함, 그리고 확신이 있었기에 그 당시, 내가 내린 결정에 대해 아직까지 단 한 번도 후회하지 않고 있다.』

8년 전의 5월이었다. 정우와 인희의 신혼집, 침대 옆에는 작은 탁자가 놓여있고, 그 위로는 액자 하나가 있다. 사진에는 성당 안 큰 창에서 비추던

짙은 노란빛 해 질 녘을 배경으로 턱시도를 입은 정우와 웨딩드레스를 입은 인희가 서로를 애틋하게 마주 보고 있고, 방 안 침대 위에는 커플 잠옷을 입고 있던 정우와 인희가 나란히 누워서 손을 마주 잡고, 이런저런 일상의 대화들을 나누고 있다. 다른 어느 날에는 인희가 정성스레 차려 놓은 밥, 국, 반찬이 식탁 위에 놓여있고, 정우가 국물 맛을 보다가 약간 인상을 찡그리지만 잔뜩 기대하고 있던 인희의 얼굴을 보면서 맛있다는 표정을 지으며 애써 웃고 있다. 또 다른 날에는 인희가 화장실 안에서 중간만 움푹 들어간 치약을 들고 거실로 나와 정우에게 불평하듯 말하면 정우는 화난 인희의 기분을 풀어주려 노력하는 모습이 보이고, 다시 언제 그랬냐는 듯 두 사람은 TV를 보며 웃기도 하고, 밤이 되어서는 침대에 누워 서로의 얼굴을 가만히 바라보다가 정우가 인희를 안으며 머리를 쓰다듬는다.

『우리 부부는 여느 신혼부부와 다를 것 없이 평범했고, 둘만의 행복한 나날들을 보냈다.』

7년 전에는 100일을 갓 넘긴 지예를 보며 정우는 딸랑이를, 인희는 회색 곰인형을 움직이며 놀아주고 있다.

『그러다 지예가 태어났고, 우리 가족은 지예로 인해 웃음이 끊이지 않았다. 그 일이 일어나기 전까지는….』

2년 전, 봄기운이 가득하던 4월이었다. 평소와 같이 정우와 인희는 주방에서 아침 식사를 하고 있고, 식사를 마친 정우가 방 안에서 잠을 자고 있던, 이제 여섯 살이 된 지예의 볼에 입을 맞춘 뒤, 출근을 위해 현관을 나서다가 갑자기 설거지하던 인희를 부른다. 「인희야!」 「응~」 인희는 정우의 부름에 현관으로 나오고 「인희야, 갔다 올게.」 「응. 오늘도 조심조심 잘 다녀와.」 인희의 말에 정우가 손 인사를 한 뒤 현관문을 나선다.

『그날은 여느 때와 다르지 않았다.』

같은 날, 시간이 지나 벌써 저녁이 되었다. 인희는 소파에 앉아서 뉴스를 시청하고 있고, 지예는 그 옆에 앉아서 곰인형 펑이와 놀고 있다. TV 속에서는 앵커가 뉴스 진행을 하고 있는데 「오늘 저녁 7시 25분경, 서울시 연지동 상아빌라에서 화재가 나 구조 작업을 하고 있던 차정우 소방관과 집 안에서 잠을 자고 있던 문지연 양이 숨졌습니다.」 TV 안에서는 화재 속 현장 상황으로 이내 화면이 바뀌고, 마이크를 든 기자가 화면 앞에 서 있다. 화면 하단 자막에는 〔차정우 소방관(남, 39) 순직. 문지연 양(여, 6) 사망〕이 뜨고, 기자는 계속해서 말을 이어 나간다. 「차정우 소방관은 여러 인명을 구하다가 마지막으로 문지연 양을 구조하러 건물 안으로 들어갔지만, 끝내 돌아오지 못하고 순직하게 되어 안타까움을 전하고 있습니다. 건물 자재의 붕괴로 인해….」

거실에서 뉴스를 보고 있던 인희의 얼굴은 금방 사색이 되어가고 그 어떠한 소리도 귓가에 들리지 않는다. 그러다 눈물을 흘리며 정신없이 외투와 휴대폰을 챙겨서 지예를 데리고 현관문을 나선다. 병원 안치실 앞에서는 정우의 소방 파트너 50대 박항수 소방관이 소방복을 입고, 얼굴에는 검은 재가 뒤덮인 채 고개를 숙이며 의자에 앉아있다. 그러는 사이, 두 눈에 눈물이 가득 찬 인희가 나타나 지예를 소방관에게 맡긴 뒤, 혼자 안치실 안으로 들어간다. 흰 천으로 온몸 전체가 뒤덮인 정우의 모습에 인희가 떨리는 손으로 흰 천을 걷어내며 정우를 확인하고는 다리에 힘이 풀린 채 넋이 나간 표정을 하며 그 자리에 주저앉고 만다. 그렇게 한동안 눈물을 쏟아내다가 얼마간의 시간이 지났다. 시신 안치실 밖에서 소방관과 인희가 넋이 나간 채로 의자에 나란히 앉아있는데, 그 옆에 지예는 아무것도 모르는 얼굴을 하며 인희의 손을 잡고서 조용히 앉아있던 중, 소방관이 깊은 한숨을 내쉰 뒤 어렵게 입을 떼며 말한다. 「이런 이야기를 지금 이 상황에서 해도 되는지 모르겠지만 알고 있어야 할 거 같아서… 정우에 대한 마지막 이야기를 알고 있어야 하지 않을까 싶어서….」

정우의 마지막 화재 진압 날, 빌라는 불길과 검은 연기로 뒤덮여있고, 소방복을 입은 정우의 얼굴은 검은 재로 덮인 채 계속해서 사람들을 구조하고 있다. 정우는 건물 안에서 구조한 사람을 응급차에 옮긴 뒤, 돌아가서 몰려있던 사람들을 향해 외친다. 「이제, 더는 없습니까?」 그때, 저 멀리서 놀란 얼굴을 한 아주머니가 화재가 난 장소로 헐레벌떡 뛰어오며 발을 동동 구르다가 울면서 말씀하신다. 「아이고, 우리 손녀딸, 저 안에서 자고 있을 텐데… 어떡해. 아직 여섯 살밖에 되지 않은 앤데….」 「아주머니, 몇 층입니까?」 정우가 묻자 「3층이요. 우리 손녀딸, 꼭 좀 구해주세요.」 아주머니는 계속 우시며 말씀하시는데, 그때 정우의 파트너이던 박항수 소방관이 작은 목소리를 내며 정우에게 말한다. 「더는 안돼. 조금 있으면 건물 붕괴돼. 너도 죽어.」 「우리 지예가 생각나서 그래요. 마지막입니다. 다녀오겠습니다.」 이 말을 남기고서 정우는 다시 불이 번진 건물로 향한 뒤, 불길 속으로 사라진다.

『그는 그렇게 불길 속으로 사라졌다.』

카페 안에서는 인희가 여전히 지예를 꼭 끌어안으며 깊은 생각에 잠긴 상태고, 벌써 지예는 인희의 품에 안겨서 잠이 들었다. 은경은 차를 마시며 맞은편에서 이 두 사람을 조용히 지켜보고 있는데….

『내가 지예를 안고 있듯이 그 사람의 마지막 모습도 그 아이를 지켜주듯 안고 있었다고 한다.』

갑자기, 은경이 인희의 눈앞을 한 손으로 휘젓기 시작하고, 이로 인해 인희는 깊게 잠겨있던 과거의 지난 회상으로부터 깨어난다. 「어….」 인희가 한참 만에 입을 떼고 「무슨 생각이 이렇게나 길어. 지예가 숨 막힌다고 한 말, 못 들었어? 애가 포기하고, 잠들더라.」 은경이 말하자 「그랬어?」 인희는 잠이 든 지예를 안고서 긴 의자 위에 조심스럽게 눕히는데 「아까 지예가 말하는 거 들었지? 애, 상처가 크겠어. 이런 말 하기 좀 이른 감이 없지 않지만, 지예한테 아빠가 있어야 하지 않을까.」 은경의 말에 인희가 불편해하며 말을 하기 시작한다. 「정우 씨보다 좋은 사람, 좋은 아빠… 찾기 힘들 거야. 어쩌다 내가 한 잘못된 선택으로 인해 모두에게 상처가 되지 않을까. 정우 씨 같은 사람… 어딘가에 존재한다면 그땐 생각해봐야지…. 하지만 이 세상에 그런 사람은 존재하지 않을 거고, 난 아직 그럴 생각이 없어. 우리 지예도 이런 엄마… 이해해줄 거야.」 인희가 말하다가 한동안 지예를 바라보며 나지막이 말을 잇는다. 「내가 잘 키우면 돼.」 인희의 그 말에 은경은 한숨을 내쉰 뒤 가방을 챙기며 「내가 괜한 말을 했다. 알았어. 나… 갈게.」 「응.」 인희의 대답을 끝으로 은경은 바로 카페를 나선다.

한편, 도진의 방 안에는 잔뜩 화가 나신 어머님이 심드렁한 모습으로 팔짱을 낀 채 침대 위에 앉아 아들을 기다리고 있고, 마지막 맞선을 마치고 돌아온 도진이 방 안으로 들어오는데, 이내 어머니를 발견한다. 그때, 어머니가 도진의 얼굴을 보자마자 「내가 선을 잘 보고 오랬지. 언제 피로감을 다 나타내면서 망치고 돌아왔니? 포커페이스도 모르니? 방송 일을 한다는 애가 왜 그래!」「제 타입이 아니었어요.」 도진이 말하자 「이제, 너… 선 자리, 다 끊기게 생겼어. 어떡할 거야.」 어머니의 말에 도진은 한숨을 내쉬며 말한다. 「제가 이런 말씀은 안 드리려고 했는데, 저… 사귀는 여자가 있습니다.」 갑작스러운 도진의 발언에 어머니께서 놀라시며 말씀하신다. 「그래? 그래서 네가 그렇게 마다한 거였구나… 어떤 여자니?」 도진은 휴대폰 속 사진첩을 뒤적이다가 지금과 약간 다른 모습을 한 통통하고, 동글동글 귀여운 은경의 결혼 전 사진을 어머니께 보이며 「여기요.」라고 말하자 어머니는 그 사진을 한참 동안 바라보며 의아한 표정을 지은 채로 「그래? 네 스타일이 이런 타입이었니? 이거… 엄마 속이는 건 아니지?」 어머니의 예리한 물음에 도진은 당황해하면서 말한다. 「제가 사랑하는 사람입니다. 함부로 말씀하지 마세요. 그리고 앞으로 저… 귀찮게 하지 말아주세요.」「그래. 알았어. 알았으니까 엄마 좀 소개해줘.」「아직 그럴 단계는 아니라서… 아무튼, 이제 나가주세요. 피곤해요.」「알았어. 엄마, 나간다. 쉬어.」 어머니는 서둘러 방을 나가시고, 도진은 안도의 숨을 내쉬며 조용히 말을 내뱉는다. 「휴… 들킬까 봐 조마조마했네.」 도진은 침대 위에 털썩 앉아 휴대폰을 들고 곧장 은경에게 전화한다.

저녁이 되어 어둑해진 거리, 은경은 도진과 전화통화를 하며 걷고 있다.「어, 왜.」은경이 말하고「아까 네가 사진 보내줘서 잘 넘겼다고… 고마워서 전화했어.」도진이 말한다.「갑자기 왜 유부녀 사진을 보내 달라고 한 거야.」은경의 물음에「우리 어머니가 주말마다 계속 선보는 일로 귀찮게 하셔서… 스캔들 걱정이 없는 안전한 나의 유부녀 친구 사진을 보여드렸지. 그랬더니 두말없이 나가시더라. 내 주변에 있는 여자라고는 회사 동료들뿐인데… 그것도 얼굴이 다 알려진 사람들이라 함부로 도움을 청해서 소문이라도 잘못 나면 서로가 곤란해지거든…. 이런 부탁을 할 수 있는 건 너밖에 없어서 그래.」「어휴… 내가 참는다.」「네 덕분에 이제 스트레스를 받을 일이 줄었으니, 당분간은 집을 알아보지 않아도 돼.」「근데, 너는 왜 여자를 안 만나는 건데?」「마음에 드는 여자가 없으니까.」「내가 너… 타입을 알긴 하지. 어디… 결혼이나 하겠냐?」「그럼, 안 하면 되지. '이 여자가 아니면 안 되겠다' 싶은 사람을 만나서 살아야 좋은 거지. 안 그래?」「알았어. 도진이 말이 맞다. 끊을게.」은경은 전화를 끊고서 한숨을 내쉰 뒤 중얼거린다.「이걸 말해, 말아.」

어느새 카페 안에서는 마감 시간이 다가오고, 마지막 손님이 가게를 나가자 지선은 테이블 위에 놓인 빈 컵을 정리하려고 하는데 인희가 말한다.「이제 가봐. 내가 정리하고 갈게. 수고했어.」「네.」지선은 컵을 정리한 뒤 외투와 가방을 챙기며「그럼, 저 먼저 들어가 보겠습니다. 지예야, 안녕.」「언니, 안녕.」지예가 손을 흔들며 인사를 하자 지선은 카페를 나간다. 인희는 카운터에서 매출확인을 한 뒤 뒷정리를 마치고, 외투와 가방을 챙기며 지예와 가게 밖으로 나와 서로 손을 마주 잡고 대화를 나누면서 걸어가고 있다.「지예야, 집에 가면 뭘 만들어줄까?」「음… 떡볶이!」

지예가 곰곰이 생각하다가 대답한다. 「알았어. 지예가 좋아하는 떡볶이, 엄마가 맛있게 만들어줄게.」 「응! 엄마, 최고!」 지예가 웃는다. 「우리 지예도 최고!」 인희와 지예가 웃는 얼굴로 서로를 쳐다본 뒤, 다시 집을 향해 길을 걸어간다.

『오늘 하루도 이렇게 지나갔다. 그가 없이도 이런 행복이 지예와 나의 일상이 되어버렸다. 그 사람이 우리의 모습을 지켜보고 있다면, 좋아할까? 그 사람은 분명 좋아할 거다.』

인희가 떡볶이 재료가 들어있는 종이봉투를 들고, 지예와 함께 현관 안으로 들어서며 「가서 잠옷으로 갈아입고, 얼굴 씻고, 손 씻고, 발 씻고, 혼자서도 할 수 있지?」 인희가 지예에게 묻자 「응.」 지예가 씩씩하게 대답을 마친 뒤 방 안으로 들어간다. 그 틈에 인희는 서둘러 주방으로 가서 외투를 식탁 의자에 올린 뒤 싱크대 앞에서 손을 씻은 후, 떡볶이 재료 손질을 하고 있다. 시간이 지나고, 두 사람은 완성된 떡볶이를 맛있게 먹은 뒤, 방 안으로 들어가서 인희가 지예를 재우는데, 어느덧 방 안은 조용해지고, 인희는 다시 주방으로 나와서 식탁 의자에 앉아 노트에 무엇인가를 한참 동안 적는다.

『내가 이 글을 적는 이유는 그 사람을 기억하기 위해서다. 그 사람이 세상을 떠난 지 벌써 2년이라는 시간을 바라보고 있는 지금, 점점 한해가 바뀔수록… 또 지예가 커갈수록, 내가 바빠지고 나이가 들수록… 그 사람에 대한 소중했던 기억들이 잊힐까 봐… 이때가 아니면, 정우 씨를 기억할 방법이 없을 거 같아서다.』

인희는 노트를 덮고, 주방 불을 끈 뒤, 다시 방 안으로 들어간다.

다음 날 아침, 도진은 여전히 침대 위에 누워서 숙면 중이던 그때, 어머니가 방문을 노크한 뒤, 딸기와 오렌지가 든 접시를 들고 안으로 들어오시며 말씀하신다. 「도진아, 과일 좀 먹어.」 「두고 가세요.」 갑작스러운 어머니의 인기척에 아직 잠에서 덜 깬 도진이 부스스하게 눈을 뜨며 대답을 하고 있는데, 어머니는 침대 옆 탁자 위에 과일을 두자마자 더 이상 지체할 겨를도 없이 도진에게 묻는다. 「도진아, 잠깐만 일어나봐. 엄마가 궁금한 게 많아서 어젯밤에 잠을 제대로 못 잤어.」 「뭔데요.」 어머님의 그 말에 도진은 겨우 몸을 일으키면서 묻는다. 「그… 네가 사귄다는 그 여자… 이름은 뭐고, 나이는 몇 살이고, 하는 일은 뭐니. 우리 집하고 가까운 데 사니? 어떻게 만났어?」 「어머니… 나중에 때가 되면 전부 말씀드릴게요.」 도진은 하품을 하면서 답하고 있는데 「좀 알려줘. 궁금해서 그래. 엄마가 조금 안다고 닳지는 않잖아.」 「알았어요. 이름은 심은경, 나이는 저와 동갑, 직업은 프리랜서로 책 번역을 하고 있고, 저와 대학교 때 같은 과 동기, 친구예요.」 도진은 무의식중에 사실 그대로를 대답하다가 잠시 말을 멈추며 약간 당황한 얼굴로 다시 이야기한다. 「아니… 친구였어요.」 「그래? 알았어. 이거 먹고 준비해. 엄마는 나갈게.」 어머니는 그 어떠한 눈치도 채지 못한 채 방을 나가고, 도진은 안도의 숨을 내쉰 뒤 휴대폰으로 시간을 확인하며 오렌지 한 조각을 입에 넣고는 침대에서 나온다. 주방에서는 어머니가 콧노래를 부르며 김치찌개를 끓이고 있다가 「심은경이라… 은경… 가만, 그 사진 속 은경이라는 여자… 최근에 어디서 봤던 사람 같은데… 아닌가, 하긴 같은 학교 친구였다니까 그래서 낯이 익나? 그런데 왜 이렇게 기분이 이상하지.」 그때, 스웨터와 캐주얼한 바지 차림을 한 도진이 가방을 등에 멘 채 주방으로 향하며 평소와는 다르게 어머니와 다정한 출근 인사를 마친 뒤 현관문을 나선다.

NBS 방송국 안, 무대 위에서는 앞치마를 두른 도진과 50대 여성 요리선생님이 서 있고, 두 사람 바로 앞에는 초록과 연두색의 체크무늬 식탁보가 깔린 긴 테이블이 놓여있다. 테이블 위에는 봄동국수 재료가 크고 작은 용기 안에 담겨있고, 휴대용 인덕션 두 대와 냄비, 프라이팬, 식기 등이 놓여있다. 카메라 앞에서 요리선생님이 먼저 멘트를 시작한다. 「봄동국수를 만드는 방법은 아주 간단합니다. 오늘 같은 주말에 가족들과 간단하게 만들어 먹을 수 있는 요리인데요. 봄동은 한입 크기로 썰어주시고, 표고버섯은 납작하게 썰어주시고, 임도진 아나운서는 달래를 송송 썰어서 아까 만든 달래 양념장 안에 섞어주시고….」「이렇게 써나요, 선생님?」도진은 달래를 서투르게 칼로 썰면서 묻는데 「네. 아, 그리고 또 한 가지! 이렇게 만든 달래 양념장은 3~4일간 냉장보관이 가능합니다.」선생님은 요리 중에 추가로 한 가지 말을 더 한다. 그러는 사이, 도진은 달래를 양념장 안에 넣고 뒤섞기 시작하는데… 「임 아나운서, 저번 시간에 달걀지단도 부쳐봤죠? 오늘, 한 번 더 해보세요.」요리선생님의 말에 「선생님, 지단 부치는 건 어려워서 잘 못하겠어요.」도진이 자신 없는 얼굴로 말하자 「괜찮아요. 다 뱃속에 들어가는 거니까 예쁘게 만들지 않아도 돼요. 다만, 지난번처럼 태우지만 마세요.」「네. 저번 시간에는 실연을 당한 사람의 마음처럼 지단을 새까맣게 다 태워버렸는데요. 오늘은 어떤 상태로 부쳐질지, 저도 기대가 됩니다.」도진의 말에 방청객들이 웃는다. 「네. 저는 여느 때와 같이 냄비 안에 면, 육수와 버섯, 봄동을 넣고 끓이고 있겠습니다. 임 아나운서, 중약불로….」선생님 말에 도진은 서둘러 불 조절을 한 뒤, 지단을 얇게 부치다가 살짝 뒤집는데 그만 찢어지고 만다. 「아… 찢어졌다.」그 모습을 본 요리선생님은 인상을 찌푸리며 「오늘은 찢어졌네요. 그래도 타지는 않았으니까 괜찮아요.」그 말에 방청객들은 또다시 웃는다. 요리선생님은 그릇 안에 육수와 소면을 담고, 시간이 지난 뒤 무대 위 스크린 화면에 소면과 육수, 봄동, 표고버섯, 달걀지단과 김가루, 달래 양념장이 먹음직스럽게 올려진 완성된 봄동국수가 보인다. 「자, 완성입니다. 간단하죠? 임 아나운서, 시식해보세요.」요리선생님의 말에 도진은 얼른 젓가락을 들고, 봄동과 국수 면을 같이 들며 맛본 뒤 말한다. 「와, 맛있는데요. 입안에서부터 봄동 향이 가득 퍼지네요. 시청자 여러분도 이 따뜻한 봄날을 가족들과 함께 봄동국수와 맞이해보시기 바랍니다.」도진의 멘트가 끝나자 방청객들이 박수를 친다.

한편, 한낮 대형마트 채소 코너에서 도진의 어머니가 성성한 색색의 방울토마토와 그린빈, 무순, 양파, 대파를 유심히 고르고 골라 카트 안에 담고 있던 중, 얼마 되지 않은 거리에서 우연하게도 은경과 그녀의 남편 재한이 카트를 나란히 끌면서 채소 코너를 둘러보며 천천히 걸어오고 있다. 그 근처에서 도진의 어머니도 채소를 천천히 둘러보며 카트를 끌고 은경의 부부 옆으로 다가가고 있던 그때, 은경이 남편 재한에게 애교 섞인 목소리로 투정을 부리듯 이야기한다. 「남편~ 요즘 우리, 얼굴 보기 너무 힘든 거 알아? 자기는~ 내 생각을 하는 거야, 마는 거야.」은경의 말에 재한은 대답한다. 「당연히 하고 있지. 하루 종일, 1년 365일.」 그 말에 은경은 행복 가득한 얼굴로 애교를 부린다. 「우리 자기~ 나 몰라~」바로 그때, 도진의 어머니가 그 옆에서 우연히 은경 부부의 대화를 듣고 있다가 대낮 공공장소에서 닭살 행각을 하고 있던 젊은 부부의 얼굴이 무척이나 궁금해서 쳐다보는데, 지난번 킹크랩을 갖고 실랑이를 벌였던 그날 그 여자의 얼굴이다. 은경의 얼굴을 보자마자 어머니는 크게 놀라며 서둘러 옆얼굴을 한 손으로 가리면서 돌아가려고 하는데… 이상하게 마트 안에 있는 저 여자 얼굴과 도진의 휴대폰 속 통통했던 은경의 모습이 어딘가 비슷하듯 겹쳐 보인다. 「어디서 본 것 같다더니… 하필이면 기분 나쁘게 왜 저 여자랑 닮은 거야.」 어머니는 인상을 찌푸리며 카트를 끌고 서둘러 다른 쪽으로 피하려 하는데, 재한이가 은경에게 말한다. 「은경아, 지예… 초등학교 입학한 지 벌써 한 달 좀 안 됐지? 우리 여기에 온 김에 지예 선물도 사자.」 「그래, 그러자. 나도 그 생각하고 있었는데…」 은경이가 대답을 하던 그때, 어머니가 그 대화를 듣다가 멈칫하며 말한다. 「은경? 이름까지 똑같네.」 그러다 갑자기 뭔지 모를 수상한 기분에 사로잡혀서 두 사람이 있는 곳으로 천천히 다가간 뒤 묻는다. 「심은경 씨?」 은경은 놀라며 도진의 어머니 얼굴을 쳐다보는데 「네? 어머, 아주머니… 제 이름은 어떻게 아셨어요?」 어머니는 인상을 찌푸리며 「서른한 살, 영문학 전공, 직업은 번역가, 그리고 유부녀?」 어머니의 그 말에 은경은 경악하며 되묻는다. 「어머, 어머, 아주머니! 그때 그런 일이 있었다고 제 뒷조사까지 하셨어요?」 갑자기 도진이 어머니의 얼굴이 붉으락푸르락해지며 「어휴… 동네 창피해서… 이 녀석이!」 그런 뒤 몹시 화가 나서 흥분된 상태로 카트를 끌며 소리를 치신다. 「제가 도진이 어미입니다!」 그러고는 그 자리를 떠나는데, 황당한 은경은 잠시 멈춰 서서 생각을 정리하다가 놀라며 「아… 뭐야… 어떡해.」 재한은 그 옆에서 이런 괴상한 상황을 당황스러워하며 지켜보고 있다가 어리둥절한 표정만 짓고 있다.

한편, NBS 방송국 근처 카페 안에서 도진은 평소에 친분이 있던 회사 선배인 김성도 아나운서와 커피를 마시면서 대화를 나누고 있던 그때, 어머니로부터 휴대폰 문자 한 통이 도착한다. 〔아들~ 저녁 맛있게 만들었으니 빨리 들어와라.〕 도진은 어머니의 문자를 확인하자마자 세상 행복한 표정을 지으며 배터리가 얼마 남지 않은 휴대폰을 가방 안에 집어넣은 뒤 선배 성도에게 말한다.「어머니께서 맛있는 요리를 만드셨다고 빨리 집으로 들어오라네요. 이래서 집 나가면 고생이라니까요.」「그래서 집 구하러 다니는 건 그만뒀고?」성도가 묻자「네. 그동안 어머니께서 저를 너무 힘들게 하셔서 독립하려고 집 구하러 다녔던 건데, 친구 찬스로 당분간은 저에게 선보라는 말씀은 하지 않으실 거라 그만뒀어요.」「그러다 들키면?」「아마, 살아남지 못하겠죠. 그때 다시 집 구하러 다니면서 선배네 집에서 신세 좀 져야죠.」「농담이지? 그건 안 된다.」「어머님을 속이는 것만 같아 양심의 가책을 느끼긴 하지만 어쩔 수 없죠. 집에 가면 어머니께서 맛있는 요리도 해주시지, 빨래나 방 청소, 집안일을 따로 제가 하지 않아도 어머님께서 다 해주시니…. 사실은 저도 독립하고 싶은 마음은 별로 없었어요.」「그럼, 잘됐네.」성도는 말이 끝나자 커피를 마저 마시고「요즘, 생활이 편해져서 기분이 아주아주 좋습니다. 오늘은 빨리 집에 들어가서 맛있는 거 먹어야지.」도진은 신난 어린아이처럼 웃으면서 말한다.

같은 시각, 대형마트 계산대 앞에서 재한은 구입한 물품을 계산하고 있고, 그 옆에서 은경은 계속 초조한 모습과 함께 마음을 졸이며 도진에게 전화를 하고 있는데, 얼마 되지 않아 휴대폰 너머의 음성에서 도진의 휴대폰이 꺼져 있다는 말을 듣고는 짜증 섞인 말투를 하며「얘는 도대체가 아까부터 계속 휴대폰을 꺼놓고 있네. 어휴… 도진이…」라고 말한다.

한편, 도진의 어머니는 이마 위에 찬 수건을 올린 채 거실 소파에 누워 얼굴은 붉어진 모습으로 화를 삭이고 있던 그때, 도진이 그 어느 때보다도 더 밝은 모습을 한 채 현관문을 열고 들어와서 배를 이리저리 문지르며 거실로 향한다. 「어머니, 저 왔어요. 도진이, 배고파요.」 그러다 소파 위에 누워 계신 어머니를 발견하자마자 깜짝 놀라며 「어! 어머니! 어디 아프세요?」를 외친다. 그러자 어머니가 소파에서 벌떡 일어나더니 다짜고짜 도진을 때리며 「기껏 사귄다는 여자가… 유부녀와 바람을 피워?」라며 흥분된 어조로 소리를 지르시고, 인정사정없이 맞고 있던 도진은 어안이 벙벙한 상태로 그 자리에 가만히 서 있기만 하는데, 어머니가 거기에 더 격앙된 상태로 말을 이어 나간다. 「내가 동네 망신살 뻗칠까 봐 밖에서 겨우 참다 왔어!」 「아니, 어머니. 그런 게 아니고….」 「그럼, 설마… 너 혼자서 그 유부녀를 짝사랑하고 있던 거니? 어쩐지… 그때 봤던 여자 사진이 꽤 오래된 사진 같더라. 그런 사진을 오랫동안 품고, 휴대폰에까지 저장했던 거야? 그것도 결혼한 여자를?」 어머니가 도진을 또다시 때리기 시작하자 「아니에요. 어머니… 오해하신 거예요. 밖에서 무슨 일 때문에 이러시는지 잘 모르겠지만 오해십니다.」 도진은 어머니를 말리고 「너 때문에 엄마 속이 새까맣게 타들어 간다.」 「아니라니까요.」 「그래서 그동안 그 유부녀 때문에 선 자리까지 다 마다했던 거니?」 「아니, 어머니, 제 말 좀 들어보세요. 어머니께서 저에게 자꾸 원치 않는 만남을 강요하셔서 힘들어서 은경이한테 사진을 부탁해서 받은 것뿐이에요. 우리는 전혀 그런 사이가 아닙니다. 죄송해요. 어머니… 많이 놀라셨죠?」 어머니는 도진의 기가 차는 대답을 듣고 있다가 잔뜩 노하시며 「그러면 너… 엄마를 속인 거야? 당장 나가!!」

어둠이 짙게 깔린 밤, 집 근처 승용차 안 뒷좌석에는 두 개의 커다란 상자가 나란히 한 자리씩 차지한 채 놓여있다. 한 상자 속에는 옷가지, 옆에 또 다른 상자 안에는 책과 베개, 이불이 쌓여있고, 도진은 운전석에 앉아서 충전 중이던 휴대폰 전원을 누른 뒤, 은경의 부재중 전화 다섯 통과 문자 한 통을 확인한다. 〔휴대폰이 꺼져 있어서 문자로 보낸다. 큰일 났음. 오늘 마트에서 너희 어머니를 봤는데 날 어떻게 알아보셨는지 딱 걸린 거야. 자세한 이야기는 전화로 하자. 조심하라고!!〕를 다 읽고 나서 한숨을 내쉰 뒤 한참을 힘없이 그 자리에 앉아있다가 은경에게 전화를 한다. 「어… 은경아, 휴대폰 배터리가 나가서… 응… 나, 쫓겨났어. 응. 갈 곳이 없어. 차 안이야. 어떻게 거기서 그렇게 만나냐. 널 알아보는 우리 엄마도 신기하다. 그 사진에서 어떻게 널 알아봐. 그래서 말인데… 오늘, 너희 집에서 신세 좀 지면 안 되냐. 어… 남편이 싫어한다고? 네가 싫은 건 아니고? 알았어. 오죽 갈 데가 없으면 이런 이야기를 너한테 하겠냐. 알았어. 끊어!」 도진은 전화를 끊은 뒤 휴대폰 속 연락처를 뒤적이다가 선배 성도에게 전화한다. 「선배, 저 들켰어요. 네… 지금, 밖이요. 다시 집 안으로 들어갈 수 있는 상황이 아니에요. 네, 거기서 봐요.」 도진은 전화를 끊은 다음, 차 시동을 걸고 주차장을 빠져나간다.

어느새 고깃집 안에서는 도진과 선배 성도가 불판 위에 고기를 굽고 있고, 도진은 배고픔으로 인해 아직 덜 익은 고기 한 점을 입안으로 허겁지겁 집어넣으면서 이야기를 한다. 「그런 날벼락이 따로 없었다니까요. 그래서 별수 없이 집을 다시 알아보러 다니려고요.」「너의 그 오해를 산 일 때문에 어머님께서 많이 놀라셨겠네. 그냥, 적당히 만나서 결혼하지 그래.」「결혼이 무슨 장난도 아니고, 적당히 만나서 적당히 되는 그런 일이에요? 선배? 저는 그러기 싫어요. 인생의 중요한 결정이잖아요.」「그럼, 연애라도 해. 너, 살면서 여자… 몇 번 만나봤어?」「몇 번인지 알려주기 싫고요. 마지막으로 한 연애가 3년 전인가, 4년 전인가, 6개월 정도 만나다가 헤어진 게 다예요.」「짧게도 만났네. 왜 헤어졌어?」「회사 선배였고, 제가 고백을 받는데, 그 사람이 좋은 분이라는 걸 아니까 만났죠. 그런데 딱 거기까지였어요. 제 감정이 사랑이라고 하기보다는 좋은 사람과의 아무런 감정이 없는 만남… 시간이 지나면 사랑의 감정으로 발전하겠지 했는데 아니더라고요. 이런 상태로 계속해서 시간을 끌게 되면 그 사람에게 상처를 주는 일이 되어버리는 거니까… 그래서 그만뒀어요.」「그렇구나. 근데 선배 누구? 내가 아는 사람이야?」「비밀로 간직하고 싶어요. 그리고 그 사람… 결혼하고, 일 그만뒀어요. 그렇게 헤어지고 나서 마음이 아플 줄 알았는데 아프지는 않더라고요. 사랑이 아니었으니 그랬나 봐요. 그 후로 아무리 노력을 해봐도 누군가를 만나는 일이 힘들더라고요. 감정이 무뎌진 것 같아요.」「벌써부터 그러면 어쩌려고 그러냐. 네가 일이 바쁘다 보니 그럴 마음의 여유가 없다거나, 아니면 네 안에 네가 잊고 있던 사랑에 대한 아픈 감정들이 아직까지 남아있어서 그렇다거나….」도진은 성도의 말에 잠시 생각을 하다가 동의하듯 고개를 끄덕인다.「그런가. 그럴 수도 있겠네요.」「마저 고기나 먹자.」성도의 말에 도진은 말없이 고기만 집어 먹는다.

다음 날 아침, 인희가 책가방을 멘 지예를 초등학교에 등교시키기 위해 손을 마주 잡으며 길을 걸어가고 있다.「선생님 말씀 잘 듣고….」인희가 말하자「응.」지예가 대답을 하고「친구들과 사이좋게 지내고….」「응.」「모르는 사람이 초콜릿이나 사탕, 과자를 줘도 절대로 따라가지 말고….」「응.」「학교 수업이 다 끝나면 엄마가 올 때까지 학교 정문 앞에서 기다리고 있어야 해. 알겠지?」「나, 이제 혼자 다닐 수 있는데….」「우리 지예가 똑똑하다는 걸 엄마도 알고 있지만, 좀 더 익숙해지면 그때부터는 혼자 다녀도 돼. 하지만 아직은 아니야. 알았지, 지예야?」「응. 알았어, 엄마.」지예가 활짝 미소를 지으며 대답한다. 루리초등학교 앞에는 학부모들이 어린 자녀들과 인사를 나누고 있고, 정문에 도착한 인희와 지예도 서로 인사를 나눈다.「지예야, 조금 있다가 보자.」「응. 엄마, 안녕.」지예가 씩씩하게 손을 흔든 뒤, 교실을 향해 뛰어간다. 어느새 입가에 웃음을 머금은 인희는 서툴면서도 깜찍하게 뛰어가고 있던 지예의 뒷모습을 끝까지 바라보다가 다시 발길을 돌려서 한참을 천천히 걸어가기 시작한다. 얼마를 걷던 그때, 인희의 눈앞에서 돌연 부드러우면서도 연분홍색을 띤 조그마한 잎 하나가 가볍게 살랑거리면서 날리는데, 벚꽃 잎이다.

『봄이 왔구나…』

인희는 간간이 불어오는 봄 바람결에 머리카락을 알맞게 날리며, 적은 양의 벚꽃 잎을 맞은 채로 그 자리에 잠시 서서 생각에 잠긴다. 3년 전의 4월이었다. 한창 벚꽃 축제 중인 인파 가득한 거리 속, 벚꽃 나무에는 연분홍 잎들이 활짝 펴서 공간 공간을 꽉 차게 만개하고 있고, 연분홍빛 잎들이 바람에 몸을 맡긴 채 아름답게 흩날리고 있다. 정우와 인희, 그리고 다섯 살이던 지예는 잔디밭 위에 돗자리를 펴놓고, 그 위에 올라가 앉아 피크닉 도시락을 먹으면서 쉬고 있다.「여보, 피곤하지 않아? 쉬어야 하는데… 괜히, 우리 때문에 잠도 못 자고, 어제도 집에 늦게 들어왔잖아.」인희가 걱정 가득한 얼굴로 정우에게 말하는데, 그는 지예가 귀엽고 앙증맞은 작은 손안에 가득 담긴 벚꽃 잎을 곰인형 펑이 머리 위에 계속해서 열심히 뿌려주는 모습을 지켜보며 입가에 웃음을 머금은 채 말한다.

「당신도, 지예도 좋아하는 꽃인데 같이 와서 즐겨야지. 저것 봐. 지예도 핑이도 즐거워하잖아.」

『그가 먼 곳으로… 우리 곁을 떠나기 1년 전이었다. 현장 일로 인해 힘들고 지친 몸이었을 텐데… 그래도 그는 지예와 나를 위해서 함께 시간을 보내며 꽃구경을 해주던 그런 사람이었다.』

정우는 떨어지는 벚꽃 잎을 맞으며 잠깐 동안 누워 있다가 갑자기 일어나서 인희에게 말한다. 「나… 잠깐만, 음료수 좀 사 올게. 지예랑 놀고 있어.」 인희는 핑이와 놀고 있던 지예의 사진을 찍어주며 알겠다고 대답한다. 얼마 뒤에 양손 한가득 벚꽃 잎을 담은 정우가 인희와 지예의 눈을 피해 뒤쪽으로 살금살금 다가간 뒤, 두 사람의 머리 위에 연분홍빛 꽃잎을 눈이 내리듯 천천히 떨어뜨린다. 인희와 지예는 하늘에서 아름답게 떨어지는 벚꽃 잎을 잠시 감상한 뒤, 뒤를 돌아 정우의 얼굴을 바라보며 활짝 미소를 지어 보이자, 정우는 옷 주머니에 담은 이름 모를 작은 노란 꽃 세 송이를 꺼낸 뒤, 지예와 인희, 그리고 정우의 귀에 한 송이씩 꽂으며 휴대폰 카메라 프레임 속에 행복과 웃음이 가득 찬 세 사람의 얼굴을 담는다.

『그 사람은 우리 모녀에게 작은 꽃일지라도 한 송이씩 건네주던 로맨틱한 남자였고, 항상 우리를 위해서라면 작은 일일지라도 행복감과 즐거움을 주려 하던 따뜻한 마음을 가진 자상한 사람이었다. 정우 씨는 죽기 전까지도 지예와 나를 위해서 산 사람이다.』

회상을 마친 인희가 벚꽃 잎을 맞으며 눈물이 글썽인 채 그 자리에 잠시 동안 서 있다가 손등으로 눈물을 닦아낸 뒤 다시 거리를 걸어가기 시작한다. 어느덧, 집에 도착한 인희가 한 손에는 장을 봐온 종이봉투를 들고 현관문 안으로 들어간다. 장을 봐온 물품들을 냉장고 안에 정리한 뒤, 방 안으로 들어가 창문을 열고 청소를 하기 시작하고, 이후에 주방에서 앞치마를 두르고 새우튀김을 만들기 시작한다. 얼마의 시간이 지났을까. 휴대폰에서 알람 소리가 울리고, 인희는 시간을 확인한 뒤 다시 외투를 걸치고서 현관문을 나선다. 초등학교 정문 앞에서는 벌써부터 학부모 14명 정도의 인원이 서 있고, 부모들은 각각 1학년 아이들을 하나둘씩 데려가고 있다. 그곳에서 지예와 같은 반 베스트 프렌드인 민재가 벌써 정문 앞에 나와 정답게 이야기를 나누며 엄마를 기다리고 있던 그때, 인희가 서둘러 도착을 한 뒤 두 아이에게 인사를 건넨다. 「벌써 나왔네. 민재야, 안녕. 오랜만이다.」 「안녕하세요.」 민재가 인희에게 인사를 하자 「엄마, 아직 오시지 않으셨구나.」 인희의 말에 민재가 「네.」라며 대답을 하고 있는데, 갑자기 저 멀리서부터 한 남자아이가 전력질주로 달려와서는 민재에게 장난을 치기 시작한다. 「민재야, 우리 집에 가서 놀자.」 민재도 그 친구에게 장난을 치다가 급히 운동장 놀이터 쪽으로 뛰어가는데, 그 모습을 지켜보고 있던 인희가 민재에게 외친다. 「민재야, 아줌마 먼저 갈게.」 민재는 계속 친구와 장난을 치며 「안녕히 가세요. 지예야, 잘 가.」 「응, 안녕.」 지예가 인사를 한다. 인희와 지예는 손을 마주 잡고 돌아서서 대화를 나누기 시작하는데 「지예야, 오늘은 학교에서 뭐 했어?」 「글씨를 썼어. 선생님이 지예… 글씨도 잘 쓴다고 칭찬해줬어. 엄마! 집에 가서 보여줄게.」 「알았어~ 지예는 글씨도 잘 쓰는구나~ 우리 지예, 선생님께 칭찬받아서 기분 좋았겠다.」 「응.」 지예가 수줍게 웃으면서 대답을 한다. 「엄마가 우리 지예 주려고 새우튀김을 만들어 봤어. 집에 가서 먹자.」 「우와, 진짜? 지예는 새우튀김이 좋아! 지예가 다 먹을 거야~」인희와 지예는 서로의 얼굴을 쳐다보면서 환하게 웃고 있는데, 그 옆으로 정우와 흡사한 외모를 한 짙은 회색 정장을 입은 한 남성이 지나치며 루리초등학교를 향해 달려가고 있다.

한편, NBS 방송국 근처에서 도진과 성도, 그리고 유세주 신입 아나운서가 거리를 걸으며 대화를 나눈다. 「오늘도 수고하셨습니다.」세주가 말하자 「오늘은 진행이 매끄럽던데? 예전보다 많이 나아졌어.」성도가 세주를 보며 말한다. 「감사합니다. 선배님들께서 잘 이끌어주셔서 그런지, 이제는 카메라 울렁증도 거의 사라졌어요.」세주가 웃으면서 말을 하는데 「우리… 늦은 점심인데 뭐로 먹을까. 내가 쏜다.」성도의 말에 세주가 좋아하고 「한식으로 가요. 선배. 쌈밥 먹어요. 고기도 올릴 수 있는 데로요.」도진은 평소보다 6배 밝은 표정을 지으면서 말한다. 「그래, 그러자.」성도가 말을 마치자마자 세 사람은 방금 끝낸 스포츠 프로그램과 관련된 대화를 나누며 한식당을 향해 걷던 중에 갑자기 뒤에서 한 남성이 「인희야!」라며 크게 외치고, 그 이름을 들은 도진의 심장은 별안간 쿵 하며 내려앉는다. 순간, 표정이 굳어진 도진은 가던 길을 멈춘 뒤, 뒤를 돌아보며 인희로 추정돼 보이는 여성의 얼굴을 확인하지만, 그 여성은 도진이가 알던 사람이 아니다. 도진은 실망하며 다시 길을 돌아서 일행과의 벌어진 격차를 좁히기 위해 달려가기 시작하고 「뭐야? 아는 사람이야?」성도가 도진에게 묻자 「아니요.」도진은 무표정한 얼굴로 생각에 잠긴 듯 답한다.

같은 시각, 인희와 지예는 집에 도착해서 식탁 의자에 마주 보고 앉아 새우튀김을 먹으며 대화를 나누고 있다. 「오늘은 엄마가 쉬는 날이거든. 엄마랑 지예랑 뭐할까? 지예는 오늘 뭐 하고 싶은 거 있어?」 「음… 아니, 없어.」 지예가 새우튀김을 먹으면서 잠시 생각을 한 뒤, 입안에는 음식을 오물오물하며 답한다. 「그래? 알았어. 지예는 평소에 배우고 싶었던 거 있어? 지예는 매번 집, 학교, 엄마가 일하는 곳만 가잖아. 지예가 심심해할까 봐. 그래서 물어보는 거야.」 이번에는 지예가 한참을 생각하다가 대답을 하는데 「없어. 지예는 엄마랑 있는 게 더 좋아. 엄마 옆에서 책도 읽고, 그림도 그리면서 노는 게 제일 좋아.」 「그럼, 나중에라도 지예가 심심하거나, 뭔가를 배우고 싶은 거, 하고 싶은 것들이 있으면 엄마한테 꼭 말해줘.」 인희의 말에 「응.」 지예가 고개를 끄덕이며 대답한다. 「지예야, 아까… 담임 선생님께서 칭찬해주신 지예가 쓴 글씨, 엄마도 보여줘.」 인희가 미소를 지으면서 말하자 「응!」 하며 신난 지예가 책가방 속에 한 노트를 재빨리 꺼낸 뒤 인희에게 보여준다. 노트를 펼쳐보니 인희의 눈에는 지예의 글씨가 아직 삐뚤삐뚤하지만, 칸 안에 맞춰 쓰려 하는 노력의 흔적들이 보여 웃음이 나오면서도 또 한편으로는 기특하여 지예의 머리를 쓰다듬는다.

한편, 한식당을 가던 길에 은행이 보이자 세주는 잠시 ATM기기에 들르기로 하고, 도진과 성도는 밖에서 기다리기로 한다. 그러는 동안 도진은 잠시 생각한 뒤 성도에게 말한다. 「저번에 선배가 제 감정이 무뎌진 이유에 대해 해주신 말씀… 기억하세요?」 「응. 그런데 갑자기 왜?」 「그때, 선배가 제 안에 제가 잊고 있던 어떠한 아픔이 있어서 감정이 무뎌진 것일 수도 있다고 말하셨잖아요.」 「응. 그랬지. 그 원인이 뭔지 생각이 났어?」 「네. 제가 그동안 잊고 있었던 게 뭔지 오늘 알게 된 것 같아요.」 「그래? 그게 뭐였는데?」그의 물음에 도진은 다시 무표정을 지은 채 입을 다물고, 성도는 그 모습을 보고는 더 이상 묻지 않고 조용히 도진의 얼굴을 쳐다본다.

인희의 집 안 거실에서는 인희가 어린이용 베개를 베고 담요를 덮고서 환자처럼 누워있고, 그 주변에는 곰인형 펑이와 어린이용 병원놀이세트가 널브러져 있다. 바로 그 옆에서는 진지한 모습을 한 지예가 청진기를 목에 걸고 의사 가운을 입고서 누워있던 인희의 얼굴을 내려다보고 있는데「엄마가 계속 환자 할 거니까 지예는 계속 의사 선생님 해.」환자 역할을 맡은 인희의 표정은 한결 편안해 보인다.「의사 선생님, 저 환자라서 이제 좀 쉴게요.」인희의 말에 지예가 청진기를 환자 배 위에 갖다 대며 말을 한다.「잠깐만요. 약도 만들어줄 거니까 여기서 쉬고 있어요. 주사를 싫어하니까 자는 동안에 곰 간호사가 주사도 줄 거예요. 곰 간호사, 주사… 알겠지?」지예가 곰인형 펑이의 얼굴을 보며 말한 뒤, 이내 자그마한 손으로 인형을 움직이며 펑이 목소리로 말한다.「네. 의사 선생님.」인희는 그런 지예와 펑이의 행동이 재밌어서 소리를 내며 웃기 시작한다.

한편, 도진은 승용차 안 운전대에 얼굴을 힘없이 기대며 생각에 잠겨있다가 불현듯 휴대폰을 들어 은경에게 전화를 한다.「은경아, 우리 대학 때 영문과 졸업작품책자, 너 아직도 갖고 있어?」도진이 묻자「글쎄, 찾아봐야겠는데? 어딘가 있겠지? 근데, 갑자기 그건 왜?」「뭐 좀 볼 게 있어서… 오늘, 잠깐 그 책자를 빌려볼 수 있을까?」「있는지 찾아보고 연락할게.」「응.」도진은 전화를 끊는다.

그 시각, 은경의 작업실 한쪽 벽면 전체를 차지하고 있던 서가에는 1,200여 권의 다양한 서적들이 꽂혀 있고, 은경은 그 많은 책들 사이에서 도진이가 부탁한 졸업작품책자를 오늘 안에 찾을 수 있을까 벌써부터 한숨이 나온다. 그래도 두 팔을 걷어붙이며 차례대로 찾기 시작하는데, 걱정과는 달리 책자를 찾는 데 소요된 시간이 10분도 걸리지 않았다. 서가 맨 하단 구석진 곳에 〈세린대학교 영어영문학과 졸업작품전〉이라고 쓰인 거의 5년 전 책자를 손쉽게 찾게 되고, 은경도 5년 만에 꺼내 보는 책자라서 그 당시 자신이 적었던 글의 내용이 궁금해져 책장을 넘긴다. 책목록에서 〈심은경 L.O.V.E〉를 발견하자마자 바로 그 페이지로 책장을 넘긴 뒤 한참을 읽어 내려가는데, 그만 경악을 금치 못한다. 「제목도 유치한데, 내용까지 유치해. 내가 정말 이런 유치한 글을 썼다고? 이건 도진이가 보면 안 돼.」하며 은경은 그 페이지를 찢은 뒤, 책자 목록으로 다시 돌아가고, 〈임도진 Wild At Heart〉를 찾아 그 페이지로 책장을 넘겨서 한참을 읽어 내려가는데 갑자기 가슴이 먹먹해진다. 다 읽고 나서 긴 한숨을 내쉰 뒤 도진에게 전화를 한다. 「어, 도진아. 찾았어. 응… 알았어. 거기서 봐.」은경은 전화를 끊고 책자를 가방 안에 넣은 뒤, 외투를 챙기며 작업실을 나간다.

은경이네 집 근처 카페 안에서는 도진이가 벌써 도착을 해 미리 음료 두 잔을 시켜놓고, 은경을 기다리고 있다. 얼마 지나지 않아 은경이 카페에 도착하고 주변을 두리번거리면서 도진을 찾은 뒤, 맞은편 자리로 가서 책자를 가방 안에서 바로 꺼내 도진에게 건넨다. 「갑자기 왜 뜬금없이 이걸 찾아?」「갑자기 생각이 나서….」도진이 책자를 건네받으면서 답한다. 갑자기 은경은 마음속이 답답해져 앞에 놓여있던 주스를 마시고, 도진은 대학생 때 자신이 적었던 글을 읽기 위해 페이지를 펼친다. 책자 속 페이지 맨 위에는 〈임도진 Wild At Heart〉가 쓰여있고, 제목 아래 왼쪽 부분은 영어로, 오른쪽 부분은 한국어로 글이 번역되어있다. 도진은 그 당시 적은 자신의 글을 눈으로 천천히 읽어 내려가기 시작한다. 〔너에 대해 생각하는 것만으로도 마음이 설렜고, 보고 있는 것만으로도 행복했다. 네가 내 마음을 몰라주니 마음이 아팠고, 갑자기 사라지니 그 마음이 조각나버렸다. 이루지 못한 이 사랑이 아직까지도 나를 아프게 만들고 있지만, 어떠한 것도 표현하지 않으리….〕 도진의 먹먹해 보이는 표정을 은경이 바로 앞에서 살피다가 얼른 정적을 깬다. 「내 건 찾지 마. 벌써 찢어버렸으니까… 괜히, 내가 중간에 휴학을 길게 해서 너와 같은 연도에 졸업하고, 또 이렇게 옛 기억을 소환시키고 만다. 너의 그 표정을 보니 그냥 아까 없다고 했어야 했는데….」 「잊고 있었네. 뭐하며 지내려나, 살아있겠지? 아직도 외국에 있으려나, 결혼은 했을까?」 도진은 먹먹하지만 이내 감정을 꾹 누른 채 말하고 있고, 은경은 앞에 놓인 테이블만 쳐다보며 아무런 말이 없다가 어렵게 입을 뗀다. 「살아있겠지. 미안하다. 나는 더 이상의 해줄 말이 없다.」 「잘살고 있겠지?」 도진이 말하자, 은경은 갑자기 그의 말에 이 자리가 불편하게만 느껴진다. 「난 다시 회사로 들어가 봐야 해서… 오늘 고마웠다. 다음에 밥 살게.」 도진은 은경에게 다시 책자를 돌려주면서 말하고 「어… 음료는 잘 마시고 갈게.」 은경이 애써 힘찬 목소리를 내며 말은 하지만, 표정은 어딘지 모르게 어색하며 심지어 우울해 보이기까지 하다. 도진은 카페를 나가고, 은경은 그의 뒷모습만 쳐다보며 주스만 계속 마시다가 작업실로 돌아와서는 바로 위스키 한 잔을 들이켠다. 「이걸 말해, 말아. 이제는 말해도 되겠지? 괜찮겠지?」

NBS 방송국 아나운서실 안에서 도진은 무표정한 얼굴로 자리에 앉아있다가 힘없이 책상 위에 엎드린다. 도진은 다음 날이 되자 이른 오전 시간부터 지난번처럼 인희의 동네에서 부동산 중개사와 빈집 안을 구경하고 있던 중에 싱크대와 화장실 안의 수도와 수압을 꼼꼼히 확인한 뒤 수첩에 적으면서 말을 한다. 「뜨거운 물은 잘 나오네요.」「그럼요. 오늘 본 집 중에서는 이 집이 가장 괜찮은 집입니다.」 중개사의 말이 끝나자 도진은 거실을 비추는 햇살에 시선이 가고, 중개사는 계속 말을 이어간다. 「겨울에는 따뜻하고, 여름에는 시원한 집입니다.」「다른 집은 또 없나요?」「있어요. 다음 집으로 갑시다.」 중개사의 말이 끝나자마자 도진이 집 현관을 나선다. 한편, 과일 가게 앞에서는 인희가 바나나와 귤, 딸기 등을 구경하며 서 있다. 「오늘은 지예가 학교 끝나면 간식으로 뭘 먹이지.」 그때, 멀리서 도진과 부동산 중개사가 대화를 나누면서 과일가게 근처를 지나쳐 가고, 인희는 귤과 딸기를 바구니에 담은 뒤 계산하러 가게 안으로 들어간다.

집에 도착한 인희는 냉장고 안에 과일을 넣은 뒤 방 안으로 들어가서 얇은 외투를 벗다가 화장대 위에 놓인 달력을 본다. 〔4월 10일, 정우 씨의 기일〕이라고 적힌 글자를 보고는 화장대 의자 위에 힘없이 앉아 서랍을 열고, 그 안에 놓인 액자 속 정우의 사진을 꺼낸 뒤 한참을 바라보다가 눈물을 글썽인다.

『정우 씨가 먼 곳으로 떠난 지 오늘로 2년이 되었다. 작년, 이맘때에는 지예와 함께 정우 씨가 편히 잠든 곳으로 가서 그를 만났다. 아직도 그에게 가는 길이 내게는 마음이 아프고 눈물이 나오는 일인데, 작년에는 지예와 함께 정우 씨를 만나러 가는 길 내내 역시나 눈물을 멈추지 못해 힘들었었다. 지예가 울지 말라며 작은 손으로 내 눈물을 닦아주는데, 내 이 약한 모습이 어쩌면 지예에게 상처가 될까 봐 올해부터 그에게 가는 길을 멈췄다. 정우 씨를 생각하며 눈물을 참는 일은 아직 내게 있어 쉬운 일은 아니다. 더 이상 울고 싶지 않다. 정우 씨도 이해해줄 거다. 그는 자기로 인해 눈물은 흘리지 말라고 할 사람이다. 내게도 언젠가 눈물을 참을 수 있는 그런 날이 온다면 그때 지예와 다시 정우 씨를 보러 갈 것이다.』

같은 시각, 도진과 부동산 중개사는 마지막 집까지 구경을 마친 뒤 대화를 나누면서 거리를 걷는다. 「마지막 집까지 보고 오셨는데, 오늘 본 집 중에서 마음에 드는 곳이 한 군데라도 있었나요?」 중개업자가 묻자 「이 지역에서는 첫 번째 집이 그나마 마음에 드는데, 한번 계약을 하게 되면 오래 살아야 하니까, 신중하게 다른 지역도 최종적으로 더 본 뒤에 결정하도록 할게요.」 「네. 그러세요.」 이 말을 끝으로 도진과 중개사는 아직 오픈하지 않은 인희의 카페 옆을 지나쳐가고 있다.

루리초등학교 앞에서는 1학년 초등학생들이 수업이 끝나자마자 삼삼오오 교문 밖으로 나오고 있고, 학부모들은 정문 앞으로 마중을 나와 아이를 데려가고 있다. 벌써부터 마중을 나온 인희의 모습을 발견한 지예가 책가방을 메고서 반가운 표정으로 「엄마~」라고 외친 뒤 달려가서 안긴다. 인희의 한 손에는 과일이 든 간식 가방을 들고, 다른 한 손에는 지예의 손을 잡고서 웃으며 거리를 걸어가고 있는데, 그 옆 도로에는 도진이가 탄 승용차가 지나가고 있다.

카페 안에는 인희와 지예, 그리고 지선이가 과일을 먹으면서 대화를 나누고 있다. 「지예야, 내일은 학교가 끝나면 엄마가 일하는 곳까지 혼자서

찾아와 봐. 오늘 길, 잘 기억해 뒀지?」 인희가 말하자 「응. 지예는 혼자서
도 잘할 수 있어. 길도 외웠어.」 지예가 자신감이 넘치는 말투로 대답한
다. 「그래. 내일은 학교 앞에서 엄마를 기다리지 말고, 혼자서 와야 해.」
「응.」 지예의 대답이 끝나자, 인희는 맞은편에서 과일을 먹고 있던 지선
에게 수선스럽지 않은 눈짓과 소리 내지 않은 입 모양으로 '내일 도와줘'
라며 부탁을 하고 있고, 그걸 본 지선이 조용히 고개를 끄덕인다.

한편, 도진은 운전석에 앉아 그동안 봐왔던 여러 집의 장단점이 적힌 수
첩 내용을 다시 확인한다. 「햇볕이 잘 들었던 집과 시설이 좋았던 집, 이
중에서 하나를 선택하면 되겠네. 내일은 두 집 주변에 뭐가 있나 보러 가
봐야지.」 도진은 차 시동을 걸고, 회사로 출발한다.

어느덧, 벌써 늦은 저녁 시간이 되었고, 퇴근을 마친 인희가 거실 소파에
앉아 은경과 전화통화를 하고 있다. 「오늘이 네 남편, 기일이던데… 다녀
왔어?」 휴대폰 너머로 은경이가 묻는데 「아니, 가면 또 마음이 힘들어질
까 봐… 못 갔어. 나중에 마음이 단단해지면 그때 웃는 얼굴로 지예와 찾
아가보려고….」 「그래… 잘했어. 정우 씨도 이해해줄 거야.」 「응….」 「저
기, 인희야….」 「응?」 「아니다. 오늘은 아닌 것 같고, 나중에 다시 이야기
할게. 푹 쉬어. 잘 자.」 「응. 은경아, 안녕.」 인희는 전화를 끊은 다음, 기운
이 없는 모습을 하며 한동안 그 자리에 앉아있다.

다음 날이 되었고, 책가방을 멘 지예가 수업을 마친 뒤 혼자 교문을 나와
서 걸어가고 있던 그때, 그 근처 전봇대 뒤에 숨어있던 지선이가 몰래 지
예의 뒤를 따라가기 시작한다. 앞에 선 지예가 주변을 두리번거리면서

천천히 길을 걷다가 길가 위에 자줏빛으로 피어있던 진달래를 보고서는 가던 걸음을 멈춘다. 초롱초롱한 눈을 하며 꽃구경을 한참 동안 한 뒤, 다시 길을 걸어가다가 두 갈래로 뻗은 길로 인해 갑자기 당황한 표정을 지으며 그 자리에 멈춰 서서 갈등하던 중, 다시 왔던 길을 향해 뒤돌아보자 지예의 뒤를 따라오던 지선이가 놀라며 들고 있던 가방으로 허겁지겁 얼굴을 가린다. 다행히 지예는 눈치채지 못하고, 시선을 다시 앞으로 돌려서 오른쪽 길에 있던 태권도 그림 간판을 쳐다보는데, 갑자기 무엇인가 생각이 난 듯 크게 외친다. 「맞다! 민재가 다니는 태권도!」 그리고는 그쪽으로 서둘러 걸어가기 시작하는데, 지선이도 얼굴을 계속 가방으로 가리면서 지예의 뒤를 따라나선다.

한편, 도진은 이사할 동네 근처에 뭐가 있는지 확인차 거리를 걷고 있다. 「아까, 그 집 주변은 시끄러웠는데, 이 동네는 조용하네.」 그때, 로즈메리라는 한 카페가 보인다. 「저기서 커피를 마신 다음, 동네를 천천히 더 둘러 봐야겠다.」 도진은 카페 문을 열고 들어서는데, 카페 밖에서부터 안까지 화이트톤의 벽과 군데군데에는 진한 우드톤의 선반과 테이블, 의자는 푹신한 그레이톤의 가죽과 따뜻하고 아늑해 보이는 노란빛의 작은 조명들, 그리고 잔잔하게 들려오는 클래식 피아노 음악 소리…. 보통의 카페 같지만, 뭔가 더 포근하면서도 조용한 느낌이 든다. 카페 안에는 여성손님 두 명이 의자에 앉아서 대화를 나누고 있고, 도진은 카운터 앞에 서서 메뉴판을 보다가 음료를 제조하고 있던 인희의 뒷모습을 쳐다본다. 인희는 음료 두 잔을 쟁반 위에 서둘러 담은 뒤, 돌아서서 주문을 기다리고 있던 도진을 향해 인사를 하며 먼저 기다리고 있던 손님들 테이블 위에 음료를 올린 후 다시 카운터로 향한다. 도진은 다시 메뉴판을 한참 동안 바라보다가 주문을 하려고 인희의 얼굴을 쳐다보는데, 오래전에 알던, 도진이가 많이 좋아했던 사람과 많이 닮아있던 인희의 모습을 보고는 순간 놀라며 얼굴은 굳은 채로 그 자리에서 얼었다. 인희는 그런 도진을 보며 여느 손님들을 대하듯 묻는다. 「손님, 주문하시겠어요?」 그러나 도진은 아무런 말도 하지 못한 채 몸은 굳어진 상태로 인희의 얼굴만 쳐다보며 그 자리에 가만히 서 있기만 한다.

❀ - 해 질 녘, 하늘에서는 눈부신 등황색 노을빛이 가득하고, 푸릇한 들판 풍경 사이로 스무 살의 도진이가 앞에 걸어가고 있던 스무 살의 인희의 이름을 부른다. 「인희야!」 도진의 다정한 부름에 스무 살의 인희가 뒤를 돌아보며 환한 미소를 지어 보이며 웃는다. - ❀

2

『혹시, 내가 알던 그 사람이 맞을까… 인희일까… 정말, 인희면 어떡하지. 지금, 내 모습은 괜찮나. 어찌 됐건 내 앞에 서 있는 이 사람이 인희면 좋겠다. 그 짧은 시간동안 이런 생각들이 내 머릿속을 스쳐지나갔었다.』

도진과 인희는 카운터를 사이에 두고 서로의 얼굴을 쳐다보며 서 있는데, 도진의 얼굴은 놀란 모습이다. 인희는 그런 도진의 얼굴을 빤히 쳐다보며 다시 묻는데 「손님, 주문하시겠어요?」「아, 네… 아메리카노로 주세요. 저기… 제가 아는 분과 많이 닮아서 그러는데… 실례지만, 성함이 어떻게 되시나요?」 도진은 지갑에서 천 원짜리 지폐 4장을 인희에게 건네면서 묻는데 「아… 네. 도인희라고 하는데요.」 인희는 처음에 당황했지만, 바로 상냥하게 대답한다. 도진은 반가움과 놀란 마음에 눈시울이 붉어지지만, 이내 환한 표정을 지으며 「아… 맞구나. 인희야, 나 도진이야. 우리 대학 때 은경이와 셋이서 같이 놀았던 거 기억 나?」 인희는 너무 오래된 기억이라 잠시 생각을 하다가 어렴풋한 작은 추억들이 떠오르기 시작한다. 「어머! 네가 도진이구나! 정말 오랜만이야. 반가워! 도진아, 잠깐만 자리에 앉아서 기다리고 있을래?」「응. 알았어.」 도진은 들뜬 상태로 말한 뒤, 근처 자리로 가서 앉는다. 인희는 도진에게 줄 커피를 만들고 있고, 도진은 오래전 그때 그 마음처럼 두근거리고, 설레는 모습을 하며 기다리고 있다. 인희는 아메리카노와 주스, 쿠키가 담긴 쟁반을 들고, 도진이가 앉아있는 자리로 향한 뒤 테이블 위에 컵과 쿠키를 옮기며 그의 맞은편에 앉고서 반가운 표정을 지으며 말을 하기 시작한다. 「정말 오랜만이다. 그동안 잘 지냈어?」「응. 너도? 그때 나 군대 면회에서 널 마지막으로 보고, 거의 9년 만인가?」 도진은 열 손가락을 하나씩 접어가면서 연도 계산을 하듯 말하고 있는데 「아마, 그 정도 됐을 거야.」「너, 어떻게 그럴 수가 있어. 내가 군대 거의 끝나갈 무렵에 아무런 말도 없이 갑자기 사라지고… 제대하고 얼마나 놀랐는지 알아? 네가 유학 갔다는 소식을 은경이한테서 전해 들었는데, 이후에도 연락할 방법이 없는 거야. 그렇게 한동안 너와 연락할 방법을 찾아 헤맸었는데, 네 소식에 대해 아는 사람이 한 명도 없더라. 그때… 내가 얼마나 힘들었는지 알아?」「미안. 그때 사정이 좀 생겨서….」 인희가 테이블만 쳐다보며 앉아있는데, 도진은 컵을 두 손으로 쥐고 있던 인희의 양 손가락을 살핀 뒤, 반지가 보이지 않자 안심을 하며 말한다. 「그래도 이렇게 다시 볼 수 있게 되어서 다행이야. 그동안, 뭐하며 지낸 거야. 결혼은… 아직 하지 않았지?」 도진의 말에 인희가 잠시 말이 없다가 입을 떼며 말한다. 「뭐라고 말해야 하지….」 그때, 지예가 학교 책가방을 메고, 카페 안으로 뛰어들어오자마자 인희에게 달려가는데, 그 뒤로 지선이가 안으로 조용히 들어온다. 「엄마! 지예, 혼자서 왔어!」 흥분한 지예가 혼자 해냈다는 마음에 기뻐하며 인희에게 안긴 채 말하고 있고 「어! 이제는 혼자서도 잘 찾아오네. 우리 지예, 잘했어~」 인희가 웃는 얼굴로 지예의 머리를 쓰다듬으면서 말한다. 그 두 사람의 모습을 지켜보고 있던 도진은 갑작스런 어린 지예의 등장과 함께 엄마라는 단어로 인해 굉장히 당황한 얼굴이다. 한동안 할 말을 잃은 표정을 짓고 있던 그때, 인희가 지예에게 도진을 소개한다. 「지예야, 이분은 엄마 친구… 인사드려.」 지예가 잠시 주뼛거리다가 도진을 보며 어색하게 인사를 한다. 「안녕하세요. 루리초등학교, 1학년 4반, 차지예입니다.」 도진은 지예를 보며 당황하지만 애써 웃으면서 말하는데 「어… 네가 지예구

나. 난 엄마 친구, 도진이 아저씨야.」「네….」지예는 부끄러워하며 카운
터에 서 있던 지선에게 달려간다. 「애가 부끄럼을 잘 타. 샤이 공주….」
인희가 웃으며 말하는데, 도진의 귀에는 그 어떤 소리도 들리지 않는다.
그렇게 잠깐 동안 정적이 흐르고, 도진은 허탈한 얼굴로 힘없이 말한다.
「결혼했구나…. 벌써, 애가 초등학생… 남편은 뭐 하는 사람이야? 잘해
줘?」라고 말한 뒤 떨리는 손으로 커피를 마시는데, 인희가 한참 동안 대
답을 하지 못하다가 눈시울이 붉어진 채 어렵게 입을 뗀다. 「죽었어… 그
사람….」도진은 놀라며 잠시 가만히 있다가 말을 한다. 「미안… 많이 힘
들었겠다. 그럼, 지예를 혼자서 키우는 거야?」「응.」그 대답에 도진은 인
희의 얼굴을 안쓰럽게 한참동안 쳐다보다가 왠지 모르는 안도의 숨을 내
쉬며 말을 이어간다. 「그렇구나… 은경이도 네 소식이 궁금할 텐데, 알려
줘야겠다.」「너, 아직도 은경이와 연락하는구나. 나도 은경이와 연락하며
지내거든… 예전에 은경이한테 아무에게도 나에 대해 말하지 말라고 부
탁했었는데… 내 부탁을 아직까지 지켜줬었네…. 아! 은경의 잘못이 아
니야. 전부 나 때문에 그랬던 거니까 은경이한테 뭐라고 하지 마. 부탁할
게, 도진아.」도진은 은경이가 거의 8~9년 동안 인희의 안위에 대해 알
리지 않은 일로 인해 약간 충격을 받지만 이내 대답을 한다. 「알았어. 은
경이한테 뭐라고 하지 않을게.」「고마워. 너는 그동안 어떻게 지냈어?」
「어… 결혼은 아직 못했고, 아나운서 됐어.」「정말? 멋있다. 늦게나마 축
하해.」「고마워. 벌써, 5년 차인데, 몰랐어?」「응. 앞으로 방송 찾아볼게.」
인희의 말에 도진이 웃는데, 지선이가 종이 한 장과 볼펜을 들고, 도진
에게 다가가서 말한다. 「맞구나! 저 팬이에요! 사인 좀 해주세요!」도진
은 지선에게 인사를 한 뒤 사인을 해주고, 지선은 기뻐하며 다시 카운터
로 돌아간다. 「너, 인기 많구나.」인희가 말하자 도진은 쑥스러워하며 웃

다가 인희를 천천히 살펴며 말한다. 「너, 그동안 분위기가 많이 변했다.」 「내가? 그렇겠다. 그때보다 많이 차분해졌지. 뭐. 세월이 얼만데… 너는 그대로다.」 「그래도 얼굴은 변함이 없네.」 「고마워.」 그때, 카페 안으로 손님 다섯 팀이 몰려 들어오고, 인희는 서둘러 자리에서 일어나며 도진에게 말한다. 「잠깐만 기다려. 일 도와주고 올게.」 「응. 천천히 와도 돼.」 「응.」 인희는 주문을 받으러 카운터로 향하고, 다시 웃음이 걷힌 도진은 인희의 뒷모습을 먹먹한 마음으로 바라보며 지난 추억들을 꺼내 보기 시작한다.

11년 전, 대학교에 입학한 지 한 달이 채 되지 않았을 무렵, 세린대학교 사진부 동아리실 안에서 신입생이던 도진과 은경이 창문을 열어놓고 청소를 시작하려 한다. 「야! 네가 의자도 저쪽으로 옮기고, 여기도 좀 쓸어.」 은경은 도진에게 명령하듯 말하자 「왜 자꾸 나만 시켜!」 도진은 평소와는 다르게 반항적인 태도를 보이며 말한다. 「그럼! 여기에 나와 너 말고, 또 누가 있냐? 당연히 널 시키지, 누굴 시켜.」 은경은 아랑곳도 하지 않는데 「너도 해.」 「그럼, 나는 조금 있다가 할게. 먼저 하고 있어. 그리고 오늘 내 친구도 우리 동아리에 들어오기로 했으니까 잘 부탁하고….」 「여자야, 남자야?」 「여자!」 「알았어.」 도진은 은경의 대답에 갑자기 사람 좋아 보이는 넉넉한 웃음을 지어 보이며 의자를 구석진 곳으로 열심히 옮긴다. 그때 동아리실 문이 열리고, 인희가 들어오는데 「인희야, 잘 찾아왔어.」 은경은 인희에게 반가워하며 말하고, 도진은 다른 의자를 구석진 곳으로 옮기다가 인희를 보자마자, 긴 머리에 청순한 외모를 보고 첫눈에 반하게 된다. 인희는 도진을 보자마자 인사를 건네고, 은경은 그 두 사람을 소개하기 시작하는데 「인사해. 이번에 충원된 도인희, 나와 고등학생 때부터 친구이고, 연영과 1학년. 그리고 얘는 나랑 같은 과인 영문과 1학년, 이름은 임도진, 다 동갑.」 도진과 인희가 서로를 쳐다보며 어색한 모습으로 인사를 건네고, 도진은 다시 제자리로 돌아가서 설레는 마음을 감춘 채 괜히 구석진 같은 장소만 비질하고 있다.

『인희와 나는 대학교 1학년, 사진부 동아리실 안에서 처음 만나게 되었다. 인희를 보자마자 첫눈에 반하게 되어 그날부터 그녀에 대한 내 고독한 짝사랑이 시작되었다.』

도진은 몰래몰래 인희를 쳐다보며 비질을 하다가 옆에 있던 은철로 된 양동이를 빗자루로 넘어뜨린다. 징소리와도 비슷한 굉음에 놀란 은경은 인희와 대화를 잠시 멈춘 뒤 구석에서 벽만 보고 서 있던 도진에게 외친다. 「아! 깜짝이야! 일 제대로 안 해?」 「어… 미안. 많이 놀랐지? 일은 제대로 하고 있어….」 당황한 도진이 양동이를 바로 세우면서 말한다. 「우리도 같이 청소하자.」 혼자 애처롭게 보이던 도진을 본 인희가 은경에게 말하는데 「아니야. 내가 할게. 쉬고 있어.」 도진이 다시 비질을 열심히 하면서 말한다. 그 모습을 본 은경은 갑자기 웃으며 인희에게 말하는데 「인희야, 재가 다 하겠대. 우리는 나가서 쉬자.」 은경은 벌써 도진의 마음을 눈치 챈 듯 웃으며 인희를 데리고 동아리실을 나가고, 도진은 갑자기 비질을 멈춘 뒤 두 손을 심장 위에 갖다 대는데, 두근대는 걸 넘어서 쿵쾅쿵쾅대고 있다. 그 순간, 도진의 얼굴색은 붉게 변하기 시작한다.

또 다른 날, 빈 강의실 안에서 3학년이던 남자 선배가 사진부 동아리 1학년 학생들에게 과제를 내주기 위해 칠판 앞에서 설명 중이다. 인희, 도진,

은경을 포함한 1학년 14명의 남녀학생이 자리에 앉아서 선배의 설명을 듣고 있는데 「이번에는 1학년들한테만 과제를 내줄 거야. 남녀가 두 명씩 한 팀으로 사진을 찍어 와야 하는데 사진의 주제, 대상, 색감 등 자유로운 형식이고, 제일 잘 찍어오는 조원에게는 상금으로 문화상품권 30만 원을 수여한다.」 선배의 말에 1학년 학생들이 들뜨기 시작하자, 또 다시 선배가 말을 이어간다. 「명색이 사진부인데, 그동안 우리가 사진을 찍는 일보다는 먹고, 마시고, 노는 일이 더 많았잖아. 이번에 다른 선배님들도 그렇고, 1학년 중에 누가 제일 사진을 잘 찍나 궁금하기도 해서 이런 과제를 내주는 거다. 조원은 제비뽑기로 해서 내가 뽑겠다.」 말을 마친 선배는 테이블 위에 색이 다른 작은 두 상자 속에 양손을 동시에 집어넣고, 종이를 한 장씩 꺼내면서 이름을 부르기 시작한다. 「임나영, 구준태, 손들어.」 여학생 임나영과 남학생 구준태가 손을 들며 서로를 확인하자, 선배는 바로 다음 종이를 펼치면서 외친다. 「둘이 같은 조, 이윤지, 배연욱.」 그때, 도진이 두 손을 꽉 마주 잡은 채 인희의 얼굴을 쳐다본다. 「최진성, 심은경. 손들어.」 은경이와 남학생 최진성이 손을 들며 서로를 확인하고 「둘이 같은 조. 도인희….」 갑자기, 인희의 이름이 호명되자 도진은 초조해하면서 다리를 떨며 양손은 꽉 부여잡은 채 온 신경은 선배의 입으로 향하고 있는데… 「임도진.」 도진은 자신의 이름이 호명되자마자 인희를 쳐다보며 손을 든다. 인희도 손을 들며 도진에게 조용히 말하는데 「우리 같은 조야.」 도진은 고개를 격하게 끄덕인 뒤 자신의 심장에 손을 조용히 갖다 댄다. 그렇게 모두의 이름이 호명되고, 2인 1조로 같은 조원이 된 남녀학생들이 자리를 찾으며 앉는데, 그중에는 표정이 급격하게 어두워 보이는 남남커플 한 쌍도 보인다. 「오늘 정해진 이 조원으로 어떤 사진을 찍을지 잘 상의하고, 느낌 있게 잘 찍어서 다음 주 목요일까지 나한테 제출하면 돼. 오늘이 월요일이니까 11일 남았네. 시간은 충분할 테니 나가서 잘 만들어 와. 그럼, 그때 보자.」 선배는 말을 마친 뒤 강의실을 나간다.

『선배의 마법 같은 손이 이뤄낸 조 추첨. 그 당시 인희를 좋아하던 나는 이런 우연한 상황으로 인해 나와 인희가 운명의 짝이라 생각했다. 이런 생각을 할 정도로 그만큼 인희를 남모르게, 온 마음을 다해 짝사랑하고 있었다.』

그로부터 며칠 뒤, 도진은 인희와의 과제를 준비하기 위해 약속 장소인 경복궁에 도착한다. 도진은 한껏 멋을 부린 모습인데 마치 데이트를 하러 온 차림새로 인희의 얼굴을 바라보며 미소를 지었고, 그에 반해 인희는 눈에 띄지 않는 평범한 복장으로 유심히 도진을 쳐다보다가 자신의 옷을 보며 당황한 얼굴로 말한다. 「아… 사진도 찍어야 하는데, 내가 너무 신경 쓰지 않고 나왔나 봐.」「괜찮은데? 인희야!」 도진은 뒤에 무언가를 더 말하려다가 '예쁘다'라는 속마음이 무심결에 나올까 봐 얼른 다른 말로 화제를 바꾸며 말한다. 「아니… 오늘은 갈 데가 많으니까, 어서 가자.」 그렇게 두 사람은 각자 사진기로 고궁을 돌아다니며 곳곳에서 묻어나오는 아름다운 전경을 찍기도 하고, 파스타 가게 안에서 식사 전에 각자가 주문한 음식 사진을 찍기도 하고, 또 근처 공원에서 꽃과 나무 사진을 찍다가 도진은 석양이 비추던 인희의 웃는 얼굴을 몰래 찍어주기도 한다. 또 탁 트인 옥상이 있는 카페로 들어가 야경을 등지며 연출된 설정속 서로의 모습을 카메라로 찍어주는데, 그 근처에서 테이블을 정리하고 있던 카페 직원에게 도진이가 사진을 부탁하자, 둘은 같은 프레임 안에서 아직은 어색하지만 다정해 보이는 모습으로 찍히게 된다. 그 장소에서 둘은 나란히 의자에 앉아 음료를 마시면서 당일 찍은 사진들을 한 장씩 한 장씩 다시 확인을 하며 「아… 별로다. 네가 나온 사진 이외에 다른 것들은 전부 다 이상하네. 이러다가 우리… 상품권도 못 받는 거 아니야?」 도진이 말하자 「왜, 난 괜찮은데?」 인희가 피곤한 듯 지친 모습으로 말한다. 「우리, 내일 또 만나야겠다.」 「내일, 또? 왜! 난, 이 사진들 전부 괜찮은데?」 「내일 보자.」 도진은 단호한 표정을 지으면서 말하고 있고, 인희는 불평 가득한 얼굴로 계속 항의하고 있는데, 도진은 계속해서 「내일 보자.」만 반복한다.

『그날, 인희는 많이 지친 상태였고, 나는 인희와 같이 있는 내내 마냥 설레고, 행복해서 지칠 것 하나 없던 상태였다. 그날 이후로 인희와 나는 친해졌고, 공원에서 인희의 모습을 몰래 찍어주었던 내 사진이 우리에게 상품권 30만 원을 안겨주었다. 또 어떤 날은…』

아르바이트를 마친 도진이 은경이와 전화통화를 하며 거리를 걸어가다가 「은경아… 너, 인희랑 같이 있어?」 도진이 묻자 「어, 같이 있어. 우리 영화 좀 보려고… 왜?」 은경이 답하는데, 갑자기 도진의 걸음이 빨라지며 「나, 지금 아르바이트 끝났는데, 나도 끼워줘. 내 표도 우선 끊고 있어. 오늘 내가 밥도 사고, 다 살게. 거기가 어딘데? 응, 바로 갈게.」 도진은 서둘러 전화를 끊은 뒤 달리기 시작한다. 어느새 영화관에 도착한 도진은 숨이 턱까지 찬 상태로 영화관 로비 안 인파 속에서 인희와 은경을 찾느라 눈을 크게 뜬 채 주변을 두리번거리고 있고, 이런 도진을 먼저 발견한 인희와 은경이 그의 이름을 외치면서 손짓을 하자 그제야 도진은 두 사람을 발견한 뒤 곧장 그 앞으로 달려가서 인희에게 인사를 건넨다. 「오랜만이다.」「그러게… 나, 요즘 연극 연습을 하느라 은경이랑 도진이 얼굴도 제대로 못 봤네.」 인희가 말하자 「그렇구나… 연습은 잘돼 가?」「뭐… 힘들지만, 재미있어.」「도진아, 나도 여기 있다.」 둘만의 대화에 은경이가 끼어들고 「어… 그래. 아! 맞다! 나, 월급을 받아서 오늘은 내가 쏠게!」 도진이 웃으면서 말하자 「올~ 인희야! 도진이 멋있다~ 친구들을 위해 지갑도 열고~」 갑자기 은경의 얼굴에서 생기가 돌고 「도진아, 고마워. 음료는 내가 사 올게. 너희가 자주 마시는 거로 사 오면 되는 거지?」 웃으면서 인희가 말하자 도진과 은경은 동시에 「응.」이라고 답한다. 「알았어.」 인희가 주문을 하러 음료 코너 쪽으로 가는데 「도진아, 이러지 말고, 그냥 고백해. 내가 도와줄까?」 인희가 잠시 자리를 비운 사이, 은경이가 조용히 도진에게 말한다. 「눈치챘어?」 도진은 엄청 놀란 얼굴을 하며 은경에게 묻는데 「예전에 벌써! 아까 인희에게 물어보니까 아직 좋아하거나 관심 있는 사람이 없대. 내가 도와줄게.」「아직은 아니야. 더 친해지면… 나에 대한 인희의 감정이 친구가 아닌, 더 발전된 상태라고 느껴질 때까지 기다렸다가 그때 용기를 낼래.」 도진의 말이 끝나자마자 인희가 음료 세 잔을 들고, 두 친구가 서 있는 장소로 다가가서 음료를 한 잔씩 나눠 주면서 말한다. 「여기… 그리고 우리 이제 안으로 들어가야 해.」「어….」 두 친구는 음료를 각자 손에 들고 대답한 뒤, 서둘러 영화관 안으로 들어간다. 대형 스크린 안에서는 외국 액션 영화가 상영 중이고, 도진은 인희와 은경 사이에 자리를 잡으며 꽤나 경직된 자세로 앉아있다. 얼마 지나지 않아 인희와 은경은 영화에 집중하고 있고, 도진은 영화의 내용보다 바로 옆에 앉아있던 인희에 몰래몰래 집중한다.

『그때의 나는 용기가 없어서 인희의 주변에서만 서성거렸었다. 아니… 용기보다도 인희가 거절할까 봐… 이로 인해 둘 사이가 어색해져 인희의 옆에 더 이상 있을 수 없게 될까 봐… 그게 더 두려웠다. 비록, 고백은 하지 않더라도 인희의 옆에 있는 일이 설렜고, 떨렸고, 행복했다. 그러다 기대하기도 했다가 때로는 아프기도 했다. 그렇게 1년이라는 시간이 지나고….』

어느 겨울밤, 도진과 은경은 추위에 김이 서린 창가 옆 테이블 의자에 마주 보고 앉아 튀김 안주를 먹으면서 술을 마시고 있다. 「도진아, 군대 잘 다녀와.」 은경이 말하는데, 도진은 아무런 대답 없이 한숨을 내쉬면서 술만 마시고 있다. 그때, 은경은 휴대폰 문자를 확인하면서 말한다. 「인희가 차가 막힌다네. 조금 늦는다고 문자가 왔어.」 도진은 또다시 한숨을 내쉰 뒤 술을 마시고 있는데, 옆에서 그 모습을 지켜보고 있던 은경이 답답해하면서 말한다. 「야! 진짜, 오늘이 마지막이야. 꼭 사귀는 건 아니더라도 인희에 대한 내 마음이 이랬다. 내 마음이 이랬으니 알아다오. 이 정도는 할 수 있는 말이잖아. 으… 답답해.」 은경의 말에 도진은 다시 한숨을 내쉬면서 술 한 잔을 마신 뒤 말한다. 「나 제대할 때까지, 인희… 잘 부탁한다.」 「야! 내가 인희 남자친구야, 엄마야? 뭘 잘 부탁해!」 「내가 돌아올 때까지 인희 옆에 남자가 생기지 않게 잘 부탁한다고… 고백해도 그때 해.」 도진은 말을 마친 뒤 술을 들이켜고 「그게, 내 맘대로 되는 일이냐? 너, 나중에 인희… 다른 사람한테 시집을 간다거나 하더라도 나한테 뭐라고 말하지 마. 인희에게 남자친구가 생기면 그때는 헤어지게 만들 수 있어도, 결혼하게 되면 답 없다.」 「너, 그게 말이라고… 그런 이상한 소리 좀 하지 마.」 「난, 분명히… 뭐가 되었든, 오늘 고백하라고 했다. 너 나중에 딴소리나 하지 마.」 은경의 말을 끝으로 인희가 가게 안으로 들어오는데, 주변을 두리번거리다가 도진과 은경이가 있는 자리로 서둘러 다가간다. 「미안, 늦었다. 도진아… 군대 간다고?」 인희가 말하자 「웅….」 도진은 힘없이 대답한다. 「잘 다녀와. 건강하게 다치지 말고….」 인희의 눈에서는 눈물이 글썽이고 「잘 다녀오라고? 어! 눈물? 올~ 이건 또 무슨 의미? 잘 다녀오면 둘이 뭐가 있나?」 혼자 신난 은경이 인희에게 장난스럽게 말하는데, 순간 눈물이 쏙 들어간 인희가 해명을 한다. 「뭐긴 뭐야. 친구한테 배웅 인사! 은경아! 너는 이런 순간에도 장난을 치고 싶니?」 「아니, 뭐… 난… 또, 뭐가 있나 했지.」 은경은 무안해한다.

『이제야 다시 생각해보면 그때의 내가 참 어리석었던 것 같다. 은경의 말대로 "내 마음은 널 많이 좋아했고, 앞으로도 그럴 거다. 이런 내 마음을 알고 있었으면 한다. 내가 돌아올 때까지 잘 지내고 있어라." 이 정도의 고백이라도 했었어야 했는데, 그날의 나는 인희에게 "잘 다녀오겠다"라는 이 말만 남겼다. 나중에 내게는 고백하려는 짧은 시간조차 주어지지 않을 거라는 걸 그때는 알지 못한 채… 그 후로 2년이 채 되지 않은 시간이 지나 3월, 군대에서 제대한 뒤 나는 3학년으로 복학했고, 은경은 내가 없던 기간 동안 한 번의 휴학으로 인해 4학년이 되었다.』

오랜만에 서로의 얼굴을 보게 된 도진과 은경이 학교 산책로 벤치에 앉아서 대화를 나누고 있다. 「군대를 갔다 오더니… 자세에 각이 제대로 잡혔네.」 은경은 어딘가 어색한 모습을 하며 도진에게 말을 건네는데 「은경아, 인희는? 작년에 휴학했다고 하던데, 어디 갔어? 연락도 끊겼던데….」 도진이 은경에게 묻자 「어어… 휴학 신청서를 내고, 어디 멀리 유학을 가서 거기서 몇 년 있다가 오겠다고…. 학교로 다시 돌아오지 않을 수 있으니, 아무튼 그렇다고….」 은경은 말하다가 고개를 숙인다. 「거기가 어딘데? 넌, 아직도 인희와 연락이 돼?」「아니, 연락이 안 돼. 도진아… 인희는 너무 걱정하지 말고… 공부하러 외국에 있을 거라서 그래서 연락이 힘들 거고, 그리고 한국으로 다시 돌아오는데 꽤 오랜 시간이 걸릴 수 있다고, 기다리지 말라고 하더라.」은경이 미안한 표정을 지어 보이며 대답을 한다.「그렇구나. 멀리 갔구나…. 참, 멀리도 갔다.」도진은 허탈해하며 말하다가 눈물을 삼켰다.「그러게… 그때, 말을 했어야지… 고백이라도 해봤어야지. 잊기 힘들겠지만, 그냥 잊어. 그게 너한테 좋을 거야.」은경은 계속 미안한 얼굴을 내비치다가 한숨을 내쉬는데, 도진이도 아무런 말이 없다가 깊은 한숨을 내쉬며 한마디를 한다.「허무하다.」

『은경은 인희의 결혼을 오랜 기간의 유학이라고 말하며 잊으라고 했다. 내가 오랫동안 인희를 좋아했다는 그 마음을 은경이도 잘 알기에 차마 결혼 소식을 알리지 못했을 것이다. 그때의 내 마음 역시 오랫동안 마음속에 자리를 잡고 있던 사람의 결혼 소식보다는 유학 소식을 더 바랐을지도 모른다.』

긴 회상이 끝나고 현재, 인희가 계속 끊이지 않던 업무를 마친 뒤, 도진의 자리로 돌아온다.「오래 기다렸지? 바쁜 거 아니야?」인희가 도진에게 말하자「아니, 바쁘지 않아. 너 오기 전에 이런 생각, 저런 생각을 하고 있었는데… 너, 나한테 너무했던 거 알아? 그동안 어떻게 연락도 없이….」도진이 말하는데「미안해. 그땐… 그럴 수밖에 없었어. 그 당시에 난… 지예의 아빠를 사랑했고, 그 사람이 내 인생의 전부였거든. 대학도 졸업하기 전이라 학생들 입에 오르내리는 게 싫어서 은경이 빼고는 알릴 수가 없었어. 도진이와 다른 사람들한테는 미안한 일이 되어버렸지만, 그 당시에는 아무런 연락도 없이 사라질 수밖에 없었어.」「그랬구나. 그럴 수

밖에 없었구나….」「응.」 말이 끝나자마자 지예가 졸린 눈을 하며 인희에게 다가가 안기며 말한다. 「엄마, 나 졸려.」「인희야, 조만간에 또 여기에 올 일이 생길 거라 오늘은 이만 가볼게. 휴대폰 번호 좀 알려줘.」 도진이 인희에게 휴대폰을 내밀자 「응.」 인희가 도진의 휴대폰에 자신의 전화번호를 누른다. 「그럼, 또 보자. 지예도 안녕.」 도진이 웃으면서 작별인사를 하자 「안녕.」 지예가 졸린 눈을 하며 손을 흔든다. 도진은 카페 문을 나서고, 인희는 문 앞까지 배웅한다. 「잘 가.」 인희가 인사하자, 도진은 밝은 표정을 하며 인희에게 손을 흔든 뒤 뒤로 돌아서는데, 얼굴에서는 슬픔이 느껴진다.

저녁이 되었고, 도진은 오래전 그날처럼 선술집 안에 홀로 앉아 슬픈 얼굴로 튀김안주와 술을 시켜서 마시고 있다. 술 한 병을 비운 뒤 약간의 시간이 지나자 휴대폰을 들고서 은경에게 전화를 한다. 술에 취한 도진은 휴대폰 너머로 은경에게 말하는데 「어… 은경아…. 고민도 있고, 할 말도 있고 해서… 너밖에 말할 사람이 없어서…. 가정이 있는 사람한테 계속 부탁을 해서 미안한데… 꼭 와줘서 내 말 좀 들어줘. 응. 내가 자주 가는 술집…. 고마워, 은경아.」 도진은 전화를 끊은 뒤 술이 든 잔을 마저 들이켠다. 시간이 흐르고 가게 안으로 은경이가 들어와 술에 취한 도진의 자리로 다가간다. 「요즘, 꽤 자주 나를 찾네. 오늘은 무슨 일인데? 얼굴은 왜 그렇게 어두워?」 은경이 도진의 얼굴을 조심스럽게 살피면서 말하자 「오늘… 우연하게도 인희를 만났다.」 도진의 대답에 은경은 물을 마시다가 갑자기 기침을 하며 「정말? 어디서? 인희는 잘살고 있대?」「은경아… 이제 그만해도 돼. 인희가 다 이야기했어. 화내지 않을게.」「고마워. 도진아, 사실은 여기 오기 전에 인희한테서 다 듣고 왔어. 네가 화를 낼

까 봐, 무서워서…. 나도 이러기는 싫었는데, 인희에 대한 네 마음을 아는
상태에서 사실대로 말하게 되면 네 상처가 클까 봐… 이러지도 저러지도
못했던 내 마음도 알아줘. 나도 마음고생이 이만저만이 아니었다고….」
「알았어, 이해할게. 이제 그만해도 돼.」「고마워. 도진아.」은경이 그제야
안도의 숨을 내쉬고, 도진은 다시 술 한 잔을 마신 뒤 가만히 있다가 천
천히 입을 떼며 말한다.「사실, 그동안 인희를 가끔 그리워만 했지. 잊고
살았었어. 그런데 얼마 전에 길에서 우연하게도 누군가가 인희의 이름을
부르는 소리가 들리더라. 잊고 있었던, 내게는 소중했던 그 사람의 이름
을 갑자기 들으니, 마음이 이상해지더라. 그러다가 오늘 무슨 운명의 장
난처럼 그 인희를 다시 만나게 됐어…. 다시 보니까 마음이 요동치듯 또
다시 떨렸고, 설렜고, 반갑고…. 그러다가 마음이 아파서 먹먹해지다가…
다시 또 설레고 그런다?」은경은 도진의 진심 어린 이야기에 안쓰러워하
며 아무런 말도 해주지 못한 채 그의 말을 조용히 듣고만 있다.「나… 아
직도 인희가 좋아. 오늘, 인희가 내 눈앞에 있으니 또다시 설레고, 떨리
고, 그랬는데, 인희에게 딸이 있다는 걸 알고는 갑자기 마음이 내려앉았
다가… 남편이 죽었다는 말에 인희가 안쓰러웠다가… 그러다가 그 빈자
리에 내가 들어갈 기회가 생긴 걸까 생각이 들기도 했다가… 모르겠어.
내 마음이 떨리다가 막 아파오고 그래. 은경아! 나 어떡하지? 이거 기회
지?」「그래, 내가 그 마음을 잘 알지. 너 좋을 대로 해. 내가 도울 수 있는
건 도울게. 그런데 한 가지 말해줄 수 있는 건… 인희의 남편이 죽은 지,
2년 정도의 시간이 지났거든. 인희의 마음도 아직 많이 힘든 상태야. 아
직 아물지 않은 상태라 시간이 꽤 걸릴 수 있을 거라 생각하거든….」「알
았어. 그런 건 괜찮아. 그리고 나 오늘… 인희네 동네로 집 구했다. 인희
를 보고 바로 그곳으로 계약했어.」「정말? 도진아, 진짜… 이번에는 잘

됐으면 좋겠다.」

『다시, 내 앞에 인희가 나타났다.』

그 시각, 스탠드 조명이 아늑하게 켜진 방 안에서 커플 잠옷을 입은 인희와 지예가 침대 위에 나란히 누워 잠을 청하고 있다.

『오늘, 오랜만에 잊고 있던, 같은 동아리 친구였던 도진이를 만났다. 도진이는 군대에 입대하고, 나는 결혼을 한 뒤로 서로 만나지 못했으니, 오늘 다시 본 건 거의 9년 만이다. 도진이를 보니 학생 때의 모습들과 추억들이 어렴풋이 떠오른다. 도진이는 그때와 변함없이 여전했고, 나는 그때와는 달리 변했다. 도진이가 아직까지 이런 나를 기억하고 있었구나… 기억해줬구나…. 그때 내가 도진에게조차 알리지 않고 사라진 행동에 대해 미안한 마음뿐이다. 도진이는 내게 참 친절했고, 착했으며 언제나 반가운 친구였다. 아직도 그렇다.』

다음 날, 도진의 본가 거실에서는 어머니와 친누나 미진이 차를 마시면서 대화를 나누고 있다. 「엄마, 도진이가 집을 나간 지 벌써 일주일이 지났어. 걔… 다시 집으로 들어올 생각은 없대?」 미진이 어머니께 묻자 「몰라. 연락도 하기 싫어. 어디서 잘 있겠지. 방송에는 잘 나오더라.」 어머니는 여전히 화가 덜 풀린 모습이다. 「엄마… 이제 그만 화 풀어.」 「밖에 내보냈으니까 여자도 데리고 오겠지. 그… 엄마 친구 아들, 민성이, 걔도 내보내니까 결혼할 여자를 데리고 왔다더라. 차라리 잘됐어.」 「참, 엄마도…. 도진이가 아직 결혼할 나이는 아니지.」 「그러다 사십, 오십 된다. 도대체 어떤 여자를 만나려고 저렇게나 신중한지….」 「엄마, 도진이 믿어. 잘해온 애잖아….」 미진의 말에 어머니는 조용히 차만 마시고 있다.

도진의 새집, 가구 직원 두 명이 새 소파를 거실로 옮기고 있고, 방 안으로는 새 침대가 들어가고 있다. 도진은 책장의 책을 정리하던 중 오래된 연애서적을 발견한다. 「이 책이 여기에 있었네.」라며 페이지를 넘겨보는데, 그 사이에 사진 한 장이 책갈피처럼 꽂혀있다. 대학생 때 사진부 동아리 과제로 도진이가 해지는 공원에서 인희의 모습을 찍어 1등이라는 타이틀과 함께 상금을 얻게 해준 그때 그 사진이다. 그렇게 도진은 입가에 미소를 머금은 채 한동안 이 추억의 사진 한 장을 바라보며 서 있다.

그 후로 며칠 뒤, 인희가 혼자 카페를 지키고 있는데, 도진이가 안으로 들어온다. 「어서 오세요. 어! 도진아.」 인희가 놀라움 반, 반가움 반 표정을 지으면서 말하자 「잘 있었어? 인희야, 다름이 아니고 넌 언제 쉬는 날이야?」 도진이 묻는데 「딱히 쉬는 날이라고 정하지는 않았고, 직원하고 상의해서 쉬는데, 왜?」 「나… 이 동네로 집을 옮겼거든. 그래서 은경이네랑 너희 가족을 집들이에 초대하려고….」 「이곳으로 오게 됐어?」 인희가 놀라며 묻자 「응. 이 동네가 마음에 드는 게 한두 가지가 아니라서 바로 결정하게 됐어.」 도진은 쑥스러운 듯한 표정을 지으면서 말한다. 「그렇구나. 우리 그럼 이웃이네. 안 그래도 심심했었는데, 잘됐다.」 「내가 더 잘된 일이지. 뭐… 아무튼 지예와 꼭 와줘.」 「알았어. 온 김에 뭐 좀 마시고 가.」 「그럴까? 이번엔 차로 한 잔 줘. 네가 잘 마시는 거로….」 「연유 그린티로 줄까?」 「응.」 「앉아있어.」 「응.」 도진은 그 근처 빈자리에 앉아서 차를 기다리고 있는데, 저만치에서 책가방을 멘 지예가 카페 안으로 단숨에 뛰어들어온 뒤, 인희에게 다가가서 「엄마, 지예 왔어.」 「어, 지예야, 앉아있어.」 인희가 차를 만들면서 지예에게 말한다. 「응.」 지예가 대답한 뒤 지정된 좌석으로 가서 가방을 풀고 있는데 「지예야, 안녕. 저번에 봤던 도진이 아저씨야.」 도진이 옆 테이블에 앉은 지예에게 말을 건네자 「안녕하세요.」 지예는 부끄러운 듯 어색하게 인사를 마친 뒤 다시 인희에게 달려가서 안긴다. 도진이 멋쩍은 표정을 지으면서 지예를 보자 「애가 낯가려서… 친해지려면 오래 걸릴 거야.」 인희가 지예의 머리를 쓰다듬으면서 말한다. 「애가 엄마를 닮아서 귀엽네.」 도진이 웃으면서 말하고, 그 말에 인희가 잠시 어색해하며 서 있다가 「고마워.」라고 말한 뒤 연유 그린 티가 담긴 머그잔을 들고 도진의 자리로 가서 그 맞은편 자리에 앉자, 지예도 인희를 따라서 그 옆자리에 앉는다. 도진은 잠시 어색해하다가 말을 꺼내는데 「인희야, 너, 못 먹는 음식, 있어?」 「음, 내장 음식이나 식감이 심하게 물컹거리거나, 흐물거리거나, 향이 강하거나, 뼈가 많이 든 먹기가 힘든 음식은 잘 못 먹어.」 인희가 대답을 하자 「그렇구나. 지예야, 아저씨 집에 지예랑 지예 엄마를 초대하려고 하는데, 지예가 못 먹는 음식이나 좋아하는 음식 좀 알려줄래?」 도진의 물음에 지예는 잠시 생각에 잠기다가 대답을 하며 「음… 지예는 라볶이, 케이크, 탕수육을 좋아하고… 또… 음….」 지예가 깜찍하고 귀여운 표정을 지으면서 또 다른 음식들을 골똘히 생각하자, 도진과 인희는 그런 지예의 표정을 보며 웃기 시작한다.

『이렇게 인희와 지예에 대해 천천히 하나씩 알아가 보려고 한다.』

천광 출판사, 개인 집무실 안 테이블 위에는 영어로 된 소설책 세 권이 놓여있고, 홍 이사와 은경은 소파에 앉아서 대화를 나누고 있다. 「요즘, 잘 지냈어?」 홍 이사가 은경에게 안부를 묻자 「아주 푹 쉬고 있죠.」 은경이 답한다. 「그럼, 이제 일 해야지.」 「저도 마침 몸이 근질근질하던 참이었는데, 어떤 책이에요?」 은경이 테이블 위에 놓인 책 세 권을 보며 묻는다. 「영미권 국가에서 10주 동안 1위를 했던 베스트셀러 소설인데, 페이퍼 출판사랑 경쟁하다가 결국 우리 쪽으로 오게 된 소설이야. 이거 가져오느라 정말 고생이 많았다.」 「수고하셨어요. 이사님.」 「이 소설은 필명 작가가 써서 그런지 신인인지, 기존 작가인지 알 수도 없고, 참고할 만한 문체나 정보들을 찾을 수가 없어. 전부 새로 시작해야 돼.」 「어떤 내용의 소설인지, 벌써부터 궁금해지네요.」 「나는 이 작가가 더 궁금해. 책 표지 안쪽을 보면 작가 소개에 이름은 알파벳 Q라고만 적혀 있고, 나이는 31세, 이것뿐이야. 내 생각에는 이 작가… 이미 활동하는 작가일 거 같단 말이지. 아마, 여러 필명을 갖고 있지 않을까? 이상하게도 난 소설의 내용보다 이런 비밀스러운 것들에 더 흥미를 느껴. 누굴까. 조앤 K.롤링도 작품에 대한 어떠한 기대나 부담감, 홍보 없이 자유로운 집필 활동을 위해서 본인을 철저히 숨긴 뒤 필명을 써가면서 추리 소설을 만들었잖아. 그리고 보면 참 대단한 사람이야.」 「그러게요. 저도 이런 작가들이 부러워요. 그나저나 이 소설책의 제목을 보니까 내용이 사랑에 관한 이야기죠?」 「응. 맞아. 사랑을 다룬 이야기. 내용은 은경이가 잘 번역해서 알아가 봐.」 「알겠어요. 잘해볼게요. 매번 제 밥줄 끊기지 않게 도와주셔서 감사합니다.」 「네가 로맨틱 코미디, 멜로, 치정, 사랑을 다룬 이야기에 강하잖아. 도대체 무슨 경험을 했던 거야.」 홍 이사가 말을 마치면서 은경에게 책 세 권을 전달하고, 은경은 책장을 빠르게 넘겨보면서 말한다. 「저 갈게요. 책 재미있겠다. 열심히 즐겁게 작업하고 오겠습니다.」 「그렇게 즐거운 이야기는 아닌데, 시간은 넉넉하게 줄 테니까 어떤 단어를 선택할지 잘 생각하고 고민해서 번역해 와라.」 「네. 열심히 해볼게요. 파이팅!」 은경은 홍 이사에게 웃으면서 인사를 한 뒤 집무실을 나간다.

달리고 있는 버스 안에서 은경은 맨 앞자리 창가 쪽에 자리를 잡고 앉아 출판사에서 가져온 소설책을 한참 동안 읽어 내려가기 시작한다. 시간이 지나고, 은경의 표정은 완전히 몰입되어 첫 권의 1/3 정도 책장을 넘기다가 생각을 한다. '어딘가 도진이와 인희의 이야기 같네.' 그때, 휴대폰 진동음이 울리고, 화면을 보니 도진의 이름이 뜬다. 「어. 왜, 도진아. 어? 집들이를 벌써? 응… 인희와 지예한테도 말했어? 올~ 우리 도진이~ 그래서 목소리가 다른 때보다 더 밝았네~ 알았어! 우리 남편이랑 갈게. 뭐 필요한 거 있어? 뭐? 공기청정기? 나, 돈 없어. 화분으로 사 갈게. 알았어, 끊어~」 은경은 전화를 끊고서 소설책을 좀 더 읽다가 덮은 뒤 가방 안에 집어넣는다. 그러다 생각에 잠긴 얼굴을 한 채 버스 창밖 너머로 지나쳐 가던 고층 건물 앞으로 벚꽃이 핀 나무들을 한참 동안이나 바라본다.

NBS 방송국 아나운서실 안에서는 정장을 입은 도진이 자리에 앉아 집들이 음식 메뉴를 생각하며 휴대폰 메모장에 기록하고 있다. 「지예가 먹을 케이크와 탕수육은 가게에서 사면되고, 라볶이는 레시피를 보면서 내가 한 번 만들어볼까. 은경이는 다 잘 먹을 테고, 인희는 예전에 뭘 잘 먹었더라….」 도진이 작은 소리로 중얼거리고 있는데, 후배 세주가 그 근처로 다가와서 묻는다. 「도진 선배, 뭐 하세요?」 「아니, 그냥…. 나, 방송하러 가야겠다.」 도진은 슈트 주머니 속에 서둘러 휴대폰을 집어넣고서 자리에서 일어선다. 「네. 다녀오세요, 선배.」 「그래.」 도진은 대답한 뒤 사무실을 나가고, 세주는 웃는 얼굴로 그의 뒷모습을 끝까지 바라보며 서 있다. 어느새 도진은 〈함께 푸는 퀴즈쇼〉 무대 위에 서서 카메라를 응시하며 프로페셔널하게 멘트하고 있다. 「맞추는 재미와 도전하는 열정! 함께 푸는 퀴즈쇼! 시작합니다.」

로즈메리 카페 안에서는 손님이 없는 틈을 타서 인희와 지예가 지선의 휴대폰으로 도진이가 MC를 맡은 〈함께 푸는 퀴즈쇼〉를 시청하고 있다. 화면 안에는 프로그램을 진행 중이던 정장 차림을 한 도진의 얼굴이 보인다. 「어! 아저씨다!」 지예가 놀라워하고 「응. 엄마 친구, 도진이 아저씨는 TV에 나오는 아나운서야.」 인희가 지예에게 도진의 직업에 대해 알려준다. 「우와!」 지예가 외치고 「사장님! 임도진 아나운서, 멋지지 않아요? 완전 제 이상형이에요.」 지선의 말에 인희는 웃고 「지선 언니 오기 전에 아저씨… 여기에 왔었는데….」 지예가 지선에게 말한다. 「정말? 아… 사장님, 또 오겠죠?」 절망한 지선이 인희에게 묻는데 「그렇겠지? 시간이 지나면?」 인희가 답한다. 「어떻게 사장님 친구가 임도진 아나운서야. 실물 보고 완전히 빠졌잖아요.」 지선의 말에 인희가 미소를 짓고 있는데, 휴대폰 속에서는 도진이가 문제를 출제하고 있다. 「제1라운드 문제입니다. 1라운드부터 어렵네요. 1904년 5월 21일 이곳에서 국제축구연맹 FIFA가 창설되었는데요. 이 국가의 축구 유니폼에는 자유, 평등, 박애라는 모티브를 담기도 합니다. 이곳은 어디일까요? 1번 한국 서울, 2번 일본 도쿄, 3번 중국 베이징, 4번 프랑스 파리, 5번 네덜란드 암스테르담.」 그때, 지예가 화면을 보면서 외친다. 「4번! 4번!」 지예의 자신감 넘치는 외침에 반해 인희와 지선은 아무런 말없이 화면만 쳐다보며 가만히 앉아있는데, 화면 속에서 도진이가 정답을 말한다. 「네! 4번 프랑스 파리입니다.」 「와! 맞았다!」 지예가 기뻐하면서 외치고 「지예야! 어떻게 맞췄어?」 지선은 놀란 얼굴로 지예에게 묻는다. 「지예는~ 모르는 게 없어~ 다 알아~」 지예가 신이 나서 몸을 좌우로 흔들 흔들거리며 대답하자 그 모습을 본 인희와 지선이 웃음을 터뜨리고 만다.

NBS 방송국 아나운서실 안, 도진의 머릿속에는 이미 집들이 생각으로 가득 차있고, 방송이 끝나자마자 서둘러 가방을 챙긴 뒤 퇴근할 준비를 하고 있다. 「선배! 오늘 성도 선배님과 식사….」 후배 세주의 말이 아직 다 끝나지도 않은 상태에서 도진은 사무실 문 앞으로 걸어가면서 말한다. 「나, 오늘은 바쁜 일이 생겨서… 미안, 성도 선배님께 미리 말했으니까. 그럼, 식사 맛있게 해.」 도진은 말을 마치자마자 사무실을 나가고, 세주는 힘없이 「네.」라며 작게 대답한다.

도진은 집 근처 마트에 들러 장바구니에 라볶이와 새우오일파스타 재료들을 담은 뒤 「오늘, 집에서 연습해봐야지~」라며 들뜬 모습으로 중얼거린다. 집에 도착한 도진은 주방에서 레시피를 보며 파스타 면이 익는 동안 라볶이에 들어갈 재료들을 먹기 좋게 칼로 썰고 있고, 시간이 지나 식탁 위에는 완성된 라볶이와 파스타가 새하얀 그릇 안에 담겨있다. 도진은 캔맥주를 마시면서 두 음식을 맛보기 시작하는데 「파스타는 먹을 만한데, 라볶이는 소스 맛이 밖에서 사 먹던 그 맛이 아니네. 지예한테 줄 라볶이는 분식집에서 사야겠는데? 그나저나 지예의 마음에 들어서 점수를 잘 따야 할 텐데… 도진아, 넌 할 수 있다!」

한편, 작업실 안에서는 안경을 쓴 은경이 스탠드 조명만 켜놓은 채 책상 의자 위에 앉아 번역에 열중이다. 책상 위에는 위스키가 든 잔과 함께 번역할 영어 소설 책장 위에는 긴 자를 줄에 맞춰서 올리고, 소설책이 놓인 바로 오른쪽 옆 두꺼운 흰 종이 묶음 위에 한국어로 번역한 글을 써내려간다. 그러다가 얼마 뒤 은경의 두 눈에서는 눈물이 글썽거린 채 애써 참으며 안경을 벗은 후, 생각에 잠긴 채로 고요히 어둠이 깔린 창밖을 한동안 바라본다.

그 후로 며칠 뒤, 조명 가게 안으로 들어간 인희와 지예가 도진이네 집들이 선물을 고르고 있는데 「지예야. 오늘, 엄마 친구 도진이 아저씨네 집 구경하러 가는 날인데, 선물을 무엇으로 할까?」 인희가 지예에게 묻자 지예가 한참을 어린이 조명 앞에 서서 고민을 하다가 눈과 입이 그려진 구름 모양의 하늘색 조명을 손가락으로 가리킨다. 「지예야, 도진이 아저씨는 지예처럼 어린이가 아니고 어른이야. 저건 지예 방에 걸어야 더 어울리지.」 인희가 웃으면서 지예에게 말하는데 「아니야. 지예는 저걸로 할래. 지예는 저 구름이 마음에 들어요.」 「알았어. 지예야, 여기서 기다리고 있어. 엄마도 고르고 올게.」 인희는 조명을 한참 동안 둘러보다가 침대 옆에 어울릴 만한 스탠드 조명을 선택한 뒤 「저기요. 이거랑 저쪽에 있는 하늘색 구름 조명으로 포장해주세요.」 인희가 가게주인에게 말한다.

그 시각, 도진은 양손 가득 장을 봐온 봉투와 케이크 상자를 힘겹게 든 채 빠른 걸음으로 거리를 걸어간다. 「탕수육은 배달시키면 되고, 또 뭐 빠진 건 없나. 아! 지예 간식을 빠뜨렸네!」 도진은 아까보다 더 빠른 걸음을 하며 다시 오던 길을 되돌아간다. 드디어, 집들이 음식을 전부 구입한 도진이 이마에 땀이 맺힌 채 양손 한가득 봉투와 케이크 상자를 들고, 현관 안으로 들어서자마자 곧장 주방 조리대 위에 장을 봐온 재료와 음식들을 꺼내놓는다.

한편, 화원 안에서는 은경과 남편 재한이 도진에게 줄 화분을 고르고 있다. 그곳에서는 알록달록 꽃이 핀 대형 화분부터 소형 화분까지 다양했

고, 공간 공간을 가득 채우고 있었다. 「자기~ 우리 뭐로 살까? 나~ 선택
장애가 있어서 못 고르겠어~ 은경이는 다 사고 싶어요~ 사주세요~」 갑
자기 은경이 혀 짧은소리를 내며 애교를 부리기 시작하자 「밖에서 이러
는 거, 있기 없기. 사람들이 보잖아. 그만해.」 재한이 주위를 살피면서 말
한다. 「내가 창피해?」 은경이 입을 삐죽 내밀고 「우리, 도진 씨에게 줄 화
분을 고르러 온 거잖아. 늦겠다.」 「아, 맞다. 그렇지. 인희 닮은 애가 어디
에 있으려나….」 은경은 혼자서 화원 안을 신중히 두리번거리며 한 바퀴
를 돌다가 순간 연분홍빛 철쭉 중형 꽃나무 화분에 저절로 시선이 이끌
린 채 다가가는데 「예쁘다.」라는 말이 입 밖으로 무의식중에 새어 나온
다. 바로 은경은 다른 곳에서 화초를 구경하던 재한을 부르고, 그 소리에
재한이 은경의 옆으로 다가간다. 「이거 어때? 예쁘지?」 은경이 미소를 지
으면서 묻고 「어, 괜찮네.」 재한이 대답하자, 어느새 목장갑을 낀 주인아
주머니가 이 둘 사이로 다가와서 말한다. 「이 화분은 한 달에 한 번만 물
을 줘도 되는 식물이에요. 집 안에서 공기청정기 같은 효과도 볼 수 있고
요.」 「이걸로 할게요.」 은경이 바로 카운터로 가서 계산한다.

도진의 집 거실에서는 넓은 테이블 위로 고기 굽는 기계와 생고기, 상추,
탕수육, 라볶이, 초코케이크, 새우오일파스타, 쿠키, 초콜릿 등이 푸짐하
게 놓여있고, 도진은 혼자 거실을 왔다 갔다 하면서 인사 예행연습을 하
고 있다. 「지예야, 안녕. 어서 와~ 인희야, 잘 지냈어? 아니야, 어떻게 인
사하지?」 그때, 초인종이 울리고 인터폰 화면을 확인하니 인희와 지예의
모습이 보인다. 갑자기 도진의 심장이 쿵쾅대고, 혼자 허둥지둥하다가
현관문을 다급히 여니, 현관 밖에서는 인희가 조명 두 개를 양손 무겁게
들고서 도진에게 인사를 건넨다. 「안녕. 나 왔어.」 인희를 보자마자 숨이

막힌 도진은 짧게 말을 하는데 「어… 어서 와.」 인희와 지예는 현관 안으로 들어와 신발을 벗고 조심스레 거실로 향한다. 그때, 인희가 양손에 들고 있던 포장된 조명 두 개를 도진에게 건네면서 말한다. 「그건 내가 고른 거고, 이건 지예가 고른 거야.」 이 말이 끝나자마자 지예는 부끄러워하면서 인희의 뒤로 숨는다. 도진은 조명 두 개를 들고서 쑥스러워하며 인희와 지예에게 고맙다고 말하고, 그 말에 지예는 또다시 부끄러워하며 인희의 옷자락을 잡은 뒤, 그 뒤로 숨어버린다. 그러는 사이에 인희는 도진이가 차린 음식을 보며 놀라 묻는다. 「많이도 차렸네. 지예가 좋아하는 것도 많다. 그렇지, 지예야?」 다양하고 풍족한 음식을 보며 기분이 좋아진 지예가 어느새 테이블 앞에 서 있고, 도진은 그런 지예의 모습을 보며 아빠 미소를 짓는다. 「은경이네는 늦나 보네.」 인희가 말하자 「그런가 봐. 배고플 텐데… 우리 먼저 먹고 있자.」 도진의 말에 「아니야. 기다리자.」 「그럼, 지예라도 먹이자.」 도진이 말을 마친 뒤 지예를 보는데, 벌써 아이의 두 손에서는 쿠키가 들려있다. 「지예야, 참을 수 있지?」 인희가 지예에게 웃으면서 말하자 「지예야, 쿠키라도 먹고 있어.」 도진이가 웃음을 참지 못한 채 터뜨리며 말하고 「네.」 지예는 얼른 쿠키를 입안에 넣는다. 「집 구경시켜 줄게.」 도진이 인희에게 말하던 그때, 초인종 소리가 또다시 울리고, 인터폰 화면을 확인하니 은경이와 남편 재한이다. 도진이 서둘러 현관문을 여니 재한이 연두색 리본을 단 연분홍빛 철쭉 꽃나무 화분을 힘겹게 들어 올리며 은경이와 함께 집 안으로 들어온다. 「도진아, 인사해. 우리 남편….」 은경이 도진에게 남편 재한을 소개하자 「안녕하세요. 처음 뵙겠습니다. 은경이 친구, 임도진이라고 합니다.」 도진이 말하고 「방송에서 많이 뵀습니다. 은경이 남편, 고재한입니다.」 재한이 인사를 하자 「왔어?」 인희의 말에 「어! 인희야….」 은경이 반가워한다. 「철쭉

색이 되게 연하다. 이런 색도 나오는구나. 처음 봐.」인희가 화분을 보며 말하자「색이 예쁘지? 이거 구하는데 힘들었다.」은경이 생색내며 말한다.「고맙다.」도진이 말하자「꽃이 피면 피는 대로, 꽃이 지면 지는 대로, 계절에 따라 지루할 틈이 없을 거야.」은경이 도진에게 이야기를 하며 지예에게 인사를 건네고, 지예도 웃으며 인사를 나누던 그사이 인희와 재한은 거실로 가서 자리를 찾아 앉기 시작하고, 그 뒤로 걸어오던 은경이가 바로 앞에 서 있던 도진을 살짝 부른 뒤 조용히 속삭인다.「저 꽃, 인희 같지? 도진아, 잘 키우라고! 이거 구하는 거… 쉬운 일 아니었다.」도진은 그 소리를 듣자마자 인희의 얼굴을 재빨리 살핀 뒤, 조용히 하라며 다급하게 은경의 입을 손으로 막는다. 그렇게 진땀나는 시간이 지나 모두들 식사를 하며 대화에 물이 익어가고 있을 무렵「그럼, 이렇게 셋이서 대학 때부터 친구였고, 또 은경이가 이렇게나 입이 무거운 사람이었다는 걸 오늘 처음으로 알게 된 날이네요. 오늘, 다시 봤어.」재한은 이전에 몰랐던 은경의 또 다른 모습을 알게 되어 신기하기만 하다.「친구가 부탁한 일인데, 어쩔 수 없었지…. 내가 도진이보다 인희와 더 친하거든. 그리고 도진이도 차라리 모르는 편이 더 나을 수 있겠다는 판단 하에 그랬었지. 내가 오랜 기간 이 둘 사이에서 마음고생을 얼마나 많이 했는지 알아, 자기?」은경은 남편에게 투정을 부리듯 하소연하면서 이야기했다.「은경아, 미안해. 괜히 나 때문에….」인희가 은경에게 말하는데「그러다가 이제 시간도 꽤 지난 상태이기도 하고 해서… '도진이한테는 이제 인희에 대한 소식을 알려도 되지 않을까?' 생각하고 있던 와중에 둘이 이렇게 다시 만나게 된 거야. 정말 신기하지 않아? 인희야, 도진아?」은경이 들뜬 모습을 하며 말한다.「그러게… 이런 일도 다 있네.」도진은 대답하면서 인희의 얼굴을 슬쩍 한번 쳐다보고, 인희는 아무런 말없이 고개만 끄덕인다. 「이제라도 둘이 만나게 돼서 어찌나 다행인지 몰라. 내 여러 고민 중, 하나가 지워졌어. 아! 그리고 나 일 들어왔다! 영미권 베스트셀러 소설인데 내용은 남녀 간의 사랑 이야기야. 번역을 다 마치면 너희 둘에게 제일 먼저 보여주고 싶어. 특히, 소설의 내용이 도진이가 좋아할 만한 내용이더라. 그리고 인희도 좋아했으면 해.」은경이 말하는데 「이제까지 내가 읽었던 은경이가 번역했던 책들… 전부 다 좋았잖아. 이번에도 좋겠지~」인희가 말한다. 「고마워. 인희야, 내가 이번에 맡은 이 소설은 정말 열심히 번역할 거야. 인희도, 도진이도, 인생에 남을 만한 소설이 될 수 있도록….」은경이 굳은 의지를 표현하는데 「뭐가 그렇게 진지해. 진짜, 무슨 내용인지 벌써 궁금하다.」도진의 시선은 여전히 인희에게 고정된 채 말하고 「그러게… 나도 궁금하다.」인희의 말에 은경이 조용히 미소를 지으면서 다시 식사한다. 그렇게 웃고 떠들며 식사하는 동안에 시간은 이른 오후에서 초저녁으로 넘어갔고, 거실 소파 위에는 지예가 담요를 덮고 잠이 들었다. 어느덧 지예 이외에 모두는 집으로 돌아갈 준비를 하고 있다. 「이제 가야겠다. 맛있게 잘 먹었어.」인희가 도진에게 말하던 중 「집이 남향인가 봐. 아까 햇볕이 잘 들어오더라.」은경이 가방을 챙기면서 도진에게 말하는데 「이제 해가 다 진 상태에서 갑자기 햇빛 얘기를 해.」도진의 장난스러운 그 말에 모두는 웃음을 터뜨린다. 한참을 웃은 뒤 도진이 다정한 말투로 인희에게 말을 건넨다. 「인희야, 지예가 아직 자고 있으니까… 내가 지예를 안고, 집 앞까지 데려다줄게.」「아니야. 지예, 깨우면 돼. 괜찮아.」인희가 손사래를 치면서 말하는데 「도진아, 데려다줘.」은경의 말에 갑자기 도진은 친구가 예뻐 보이기 시작하고, 웃으며 대답한다. 「응. 알았어, 은경아.」「괜찮대도….」인희가 거절하며 말하던 그사이 도진은 얼른 케이크가 든 상자를 인희에게 건넨 뒤 소파 위에서 잠을 자고 있던 지예를 안는다. 모두들 집 밖으로 나온 뒤, 작별인사를 마치고서 은경과 재한은 승용차를 세워 둔 주차장으로 향했다. 케이크 상자를 든 인희와 잠이 든 지예를 안고 있던 도진이 한참을 말없이 거리를 걷다가 인희에게 조용히 말을 건넨다. 「나도… 아버지가 돌아가셔서 그런지 지예의 마음을 조금이라도 알 수 있을 거 같거든. 도움이 필요하거나, 힘든 일이 생기면 내게 말해. 큰 도움은 못 되더라도 작게나마 도움이 될 수 있을지도 모르니까….」 그 말에 인희는 한동안 아무런 말없이 눈물을 글썽인 채로 걷다가 말한다. 「그랬구나. 그렇게 말해줘서 고마워.」 그렇게 또 아무런 말없이 두 사람은 한참을 걷고 있는데, 인희의 집이 보이기 시작한다. 「도진아, 저기야.」 인희가 말하자 「아… 저기구나. 가깝네.」 도진이 말한다. 「지예 줘.」 「어….」 도진은 얼른 인희의 품에 지예를 안겨준다. 「오늘, 고마웠어.」 인희의 말에 「아니, 뭐… 너와 지예가 우리 집에 와줘서 내가 더 고맙지.」 도진의 속마음이 무의식중 내면 밖으로 나오는데, 갑자기 정신이 돌아오면서 혼자 놀라 당황을 한다. 「아니, 스탠드 조명과 구름 조명이 괜찮더라. 이게 고맙다고….」라고 바꿔 말한 뒤 상황을 얼른 수습한다. 「마음에 들어서 다행이다. 또 보자. 먼저 들어갈게.」 인희가 미소를 지어 보이면서 말하자 「응. 아까 내가 말한 대로 혼자서 뭐든 다 하려고 하지 말고, 힘든 일이 생기면 내게 연락해.」 도진의 말에 「응. 고마워.」 인희가 답한다. 「응. 자주자주 보자. 들어가.」 「응. 알았어.」 인희는 대화를 마친 뒤 지예를 안으며 집으로 향하고, 도진은 인희가 보이지 않을 때까지 그 자리에 서서 바라보다가 다시 되돌아서 돌아가는데, 휴대폰 벨소리가 들려온다. 화면을 보니 은경의 이름이 뜨고 「어, 은경아.」 도진은 전화를 받으며 말한다. 「인희, 잘 데려다줬어?」 은경이 묻자 「응. 덕분에….」 도진이 살짝 웃으면서 답한다. 「나, 이번에 확실히 밀어주는 거 보였지?」「고맙다. 은경아, 들키지만 않을 정도로 끝까지 도와줘.」「나한테 잘해!」「당연하지. 너밖에 없다.」「그거 알아? 너, 아까… 오래전, 네 그 순진하고 풋풋했던 학생 때의 모습들이 다시 보인 거?」「내가 그랬어?」「도진아~ 원래 누군가를 좋아하고 사랑하면 얼굴에 다 드러나기 마련이다~ 아무리 숨기려 애써봐도 숨길 수가 없는 것이 사랑이야. 네 마음이 진심이라서, 솔직해서 그러는 거니까 그렇게 얼굴에 드러나는 거고…. 도진아, 이번에는 어떠한 일이 생기더라도 도망치지 말고, 꼭 이겨내고 이뤄내라. 내가 옆에서 도와줄게.」「은경아, 너 갑자기 왜 그래. 나 진짜 장난 아니고 눈물 나올 거 같아. 은경이 네가 번역한다는 그 소설의 내용이 혹시 그런 내용이야? 갑자기 평소에 쓰지도 않는 말을 다 해.」 도진은 감격하며 은경에게 말하는데 「아무튼, 그러니까 이번에는 내 말대로 해.」「은경아! 뭐 갖고 싶은 거 있어? 말만 해!」「나중에… 끊을게.」「고맙다. 은경아.」 도진은 전화를 끊은 뒤 집을 향해 걸어간다.

『나의 시간이 다시 20대로, 거꾸로 돌아가고 있다는 기분이 든다.』

어느덧 밤이 되었고, 인희는 혼자 주방식탁 의자에 앉아서 조명 하나를 켜놓은 채 노트에 글을 써내려가기 시작한다.

『오늘, 나의 오랜 친구인 도진이가 내게 말했다. 언제인지 모르지만, 그 친구도 지예처럼 아버지가 돌아가셨다고 한다. 도움이 필요하거나, 힘든 일이 생기면 자기를 찾아 달라고 내게 말했는데, 재회한 지 얼마 되지 않은 옛 친구에게서 그 말을 들으니 안심이 됐고, 잠시나마 그 마음만으로도 의지가 되었다. 순간, 눈물이 돌 정도로 그 친구의 말이 힘이 되었고 고마웠다. 도진이는 그때나 오늘이나 변함없이 참 좋은 사람이다. 그 친구의 마음을 보니… 갑자기 정우 씨가 떠올랐고, 보고 싶어졌다.』

인희는 노트에 글을 적으며 눈물을 글썽이고 있고, 같은 시각, 도진은 방 안에서 잠옷차림으로 지예가 고른 하늘색 구름 조명과 인희가 준 스탠드 조명 설치를 끝낸 뒤, 어두운 방 안에서 반짝이고 있던 두 조명을 보며 흐뭇한 미소를 지어 보인 채 침대에 눕는다.

『꽤 오랜 시간이 지나서 인희를 만난 건데, 마음은 아직도 설레고, 행복하기만 하다. 이런 감정을 다시 느끼는 것도 거의 9년 만이다. 떨리고, 심장이 간질거리는 이 느낌, 그래… 이런 기분이었지. 이런 감정이었지… 모든 것들이 새삼스럽게 느껴진다.』

도진이 미소를 띤 채 돌아누우며 한참을 가만히 있다가….

『갑자기, 인희의 남편이 궁금해졌다. 어떤 사람이었을까.』

다음 날, 아침 일찍부터 모자를 눌러쓴 도진이 운동복 차림으로 인희의 집 앞을 서성거리고 있던 그때 인희와 책가방을 멘 지예가 집에서 나오고, 도진은 그 두 사람의 모습을 보자마자 갑자기 조깅을 시작하며 그쪽으로 다가간 뒤 외친다. 「어! 인희야! 지예… 등교시키러 가는 거야?」「어! 아침 일찍부터 운동을 하네.」 인희가 놀라면서 말하자 「뭐, 예전부터 항상 해오던 거라… 중간에 그만둘 수가 없어. 건강하게 신선한 공기를 마시며 뛰는 일이 하루를 시작하는데, 도움이 되더라고….」라며 도진이 말했지만, 사실 얼마 전까지만 해도 그는 아침마다 운동을 위해 미리 맞춰 놓은 알람을 끈 뒤, 다시 누워서 잠을 선택했던 사람이다. 「그래…
부지런하네.」 인희가 말하는데 「지예야, 안녕?」 도진이 지예를 보며 인사
를 건네자 「안녕하세요.」 지예가 어색한 듯 표정을 지으며 인사한다. 「지
예네 학교까지 같이 가자. 어차피, 이곳 지리도 익힐 겸 그쪽으로도 운동
하러 가고 싶어서….」 도진이 인희에게 말하자 「그래. 그럼….」 인희의 말
에 셋은 나란히 걸어가기 시작한다. 얼마 지나지 않아서 도진은 지예의
작은 어깨에 멘 학교 책가방을 보며 말하는데 「지예야, 가방 좀 줘봐. 아
저씨가 팔 운동을 해야 해서….」 그 말에 지예가 인희의 얼굴을 올려다보
는데 「드려.」 인희가 지예에게 말하자, 도진은 지예의 책가방을 한 손으
로 들며 장난스럽게 말한다. 「무거울 줄 알았는데, 지예의 책가방은 가볍
구나. 필통 하나만 들고 다니는 건 아니지?」 그 말에 갑자기 표정이 심각
해진 지예가 도진에게 말한다. 「아닌데요. 공책이랑 책이 두 개나 들어가
있어요.」 인희와 도진은 뾰로통한 지예의 얼굴이 귀엽기만 하다. 「매일,
이렇게 지예를 학교까지 데려다주는 거야?」 도진이 인희에게 묻자 「응.
아침은 시간이 남기도 하고, 아직은 지예를 혼자 보내기가 좀 그렇고 해
서….」 인희가 답한다. 그러는 사이에 초등학교 정문에 도착했고, 두 사
람은 등교하는 지예에게 인사를 한 뒤 다시 왔던 길로 되돌아간다. 「너
도 이제 집으로 가.」 인희가 도진에게 말하자 「아니, 너희 집 근처에 운동
할만한 장소가 많던데, 거기에서 운동 좀 하다가 가려고….」 도진은 어떻
게든 인희와 더 있고 싶어서 말을 둘러댄다. 「그래? 우리집 근처에 운동
할만한 장소가 많다고?」 인희가 처음 듣는 소리인양 도진에게 되묻는데
「어….」 도진이 당황하며 답한다. 어느새 인희의 집 앞까지 다다른 두 사
람은 작별인사를 하는데, 도진은 혼자 쭈뼛대며 그 자리에 가만히 서 있
다. 인희는 집 안으로 들어가려 하고, 도진은 돌아서 가려다가 다시 인희

를 향해 외친다.「인희야! 목이 말라서 그러는데, 시원한 물 한 잔만 마실 수 있을까?」인희는 그 자리에 잠시 서 있다가 말한다.「집이 엉망인데… 그래, 그럼….」「어! 고마워. 운동했더니 목이 마르네. 내 직업이 목소리가 중요한 직업이라 평소에 충분한 수분을 보충시켜줘야 하거든…. 잘못하다가 목소리가 나오지 않으면 큰일 나잖아. 방송에도 지장 있고….」도진은 인희가 따로 묻지도 않은 말을 주저리주저리 늘어놓는다.「응, 알았어.」인희가 대답한 뒤 두 사람은 집 안으로 들어간다. 현관을 지나서 거실로 들어서는데 인희가 말한다.「소파에 앉아있어.」이 말을 마치자마자 인희가 주방으로 향하고, 도진은 소파에 얌전히 앉아있는다. 그러다 도진이 거실 구경을 하려던 참에 주방에서 인희가 외친다.「도진아! 물 말고 다른 음료 중에 마시고 싶은 거 있어?」「아니, 시원한 물이면 돼.」도진이 답하고, 인희가 이내 쟁반 위에 찬물이 든 물컵을 거실로 가져와서 도진에게 건넸다. 도진은 그 물을 순식간에 벌컥벌컥 다 마신 뒤, 빈 잔을 인희에게 다시 주며 또 달라고 한다. 인희는 다시 주방으로 가서 물을 가져오고, 도진은 또다시 물을 벌컥거리며 순식간에 다 마신다.「다 마셨으면 이제 가봐. 운동하러 가야지.」인희가 말하자「어어… 잘 마셨어.」도진은 자리에서 천천히 일어난다.「응, 잘 가.」인희가 인사를 하고「어… 또 봐.」도진은 아쉬워하면서 현관문을 나선다.

NBS 방송국 아나운서실 안에서는 슈트를 입은 도진이 책상 위에 엎드린 채 깊은 잠에 빠져 있는데, 그 옆에서 선배 성도가 도진을 내려다보면서 말한다.「그렇게 쌩쌩하던 애가 사무실에서 잠을 다 자다니… 이제, 도진이도 나이를 먹어가는구나.」그 근처에 있던 후배 세주도 미소를 지으며 도진의 자는 모습을 쳐다본다.

한편, 카페 안에서는 인희가 얇은 외투를 입고서 외출 준비를 하고 있는데 「지예야, 엄마… 아빠와 알던 분께서 많이 다치셔서 그러는데, 병원에 갔다 올게. 지선 언니 말 잘 듣고 있어.」 인희가 지예에게 말하자 「응.」 지예가 씩씩하게 대답한다. 「지선아, 나갔다 올게. 6시 정도에 올 거 같으니 지예 좀 그때까지 부탁할게.」 인희가 지선에게 말하자 「네. 걱정하지 마시고 다녀오세요.」 지선이 답한다. 「엄마, 빨리 와.」 지예가 말하고, 인희는 알았다는 말과 함께 카페를 나선다.

『나는 오늘… 정우 씨의 마지막 파트너… 정우 씨가 생전에 잘 따르던 고마운 분을 만나러 간다.』

NBS 방송국 아나운서실 안에서 도진은 책상 위에 A4 용지 한 장을 펼친 뒤, 인희와 가까워질 계획을 세우며 볼펜으로 끄적거리고 있다.

『인희와 아직도 어색해. 어떻게 하면 가까워질 수 있을까.』

그때, 세주가 도진에게 커피를 건네면서 말하는데 「선배, 오늘 피곤해 보이시던데 이거 마시세요.」 「어… 고마워.」 도진은 커피를 마신 뒤 다시 생각에 잠기고, 세주는 입가에 미소를 띠며 도진의 고심하던 모습을 조용히 지켜본다.

종합병원 6인 병실 안, 2년 전 안치실 밖에서 봤던 그때 그 소방관이 환자복을 입고서 왼쪽 다리와 팔에 깁스붕대를 감은 채 침대 위에 누워있다. 그 옆 탁자 위에는 인희가 준비해온 건강 음료 박스가 놓여있고, 인희는 의자에 앉아 다친 박항수 소방관에게 말한다.「팔다리는 좀 어떠세요.」「아직, 못 걷고, 못 움직이는 수준이야. 뼈가 어느 정도 붙으려면 한 8주 넘게 걸린대….」「어쩌다가 이렇게 심하게 다치신 거예요.」「인명을 구하는데 불길이 너무 심하게 번지기도 했고, 뜨겁기도 해서… 견디지 못하고 건물에서 뛰어내렸지.」소방관의 말에 인희가 놀라는데「괜찮아. 이렇게 살아있잖아. 그때 보고 2년만인가?」소방관이 말하고「네. 자주 찾아뵙지 못하고… 죄송해요.」「아니야. 다 바쁜 사람들인데 그럴 수도 있지. 매년, 이맘때만 되면 정우 생각이 나. 내가 정우의 마지막 파트너였잖아.」「네….」「애는 그동안 많이 컸지?」「네. 얼마 전 초등학교에 입학했어요.」「그 조그마한 애가 벌써 초등학생이 됐네.」소방관은 말을 마치자마자 껄껄 웃으시고「네.」인희도 같이 웃는다.「정우가 위에서 많이 좋아하겠어.」소방관의 말이 끝나자 인희는 아무런 말없이 고개를 끄덕인다.

시간이 흘러 지하철 승강장 안에서 지하철을 기다리고 있던 인희의 표정은 어두운 채로 맞은편을 보며 아무 생각 없이 서 있다. 시간이 지나고 정장 차림에 한 손에는 회사 가방을 들고 있던, 정우와 외모가 많이 닮아 있는 한 남성이 지하철 두 길 사이를 두고 인희의 바로 맞은편에 선다. 인희는 무의식중에 그 맞은편에 서 있던 남성의 얼굴을 쳐다보는데, 정우와 많이 닮은 남자를 보며 놀란다. 그 남성 역시 인희를 쳐다보는데, 그렇게 서로가 한참을 보던 중 남자가 서 있던 방향의 지하철이 이 둘 사이로 빠르게 들어선다. 그 사람의 얼굴을 보고 놀란 인희의 눈에서는 눈물이 흐르기 시작한다.

『정우 씨….』

3

『세상을 살아가다 보면 예기치 못한 일들이 일어나기도 한다. 그것이 마음을 아프게 하는 일이든, 행복을 주는 일이든. 오늘 내게 또 생각지도 못했던 일이 일어났다.』

지하철 승강장 근처에서 정장 바지 아래로 가죽 구두를 신은 한 남성의 두 발이 지하철을 타기 위해 계단을 거침없이 내려가고 있다. 계단을 다 내려와서 얼마를 걷다가 인희가 서 있던 바로 맞은편에 이 남성의 두 발이 멈춘다. 그렇게 한참을 서 있는데, 지하철 두 길 사이를 두고 맞은편에 서 있던 인희가 무의식중에 남자의 얼굴을 보자마자 놀란 표정을 짓는다. 그 남성도 무표정한 얼굴로 바로 맞은편에 서 있던 인희의 얼굴을 응시하는데, 얼마 지나지 않아 그가 서 있던 방향으로 지하철 하나가 빠르게 들어서고, 멈춘 지하철 문이 열리자 남성은 그 안으로 들어간 뒤 바로 문 앞에 선다. 그러다가 건너편 지하철 창문으로 인희가 서 있던 곳을 쳐다보는데, 맞은편 승강장에서 울며 계단을 향해 달려가고 있는 인희의 모습이 보인다. 그 모습을 본 남성은 잠시 생각에 잠겼다. '내가 아는 사람인가? 아닌데… 처음 보는 사람인데…' 남성의 시선은 다시 다른 쪽으로 향하고, 지하철 문은 굳게 닫힌다. 그러는 사이 인희는 그 남성이 서 있던 장소로 가기 위해 눈물로 앞은 잘 보이지 않지만 한 손으로는 눈물을 닦고, 또 다른 한 손은 계단 손잡이를 꽉 잡으며 서둘러 뛰어내려가고 있다. 계단을 끝까지 내려왔을 때 남자를 태운 지하철은 벌써 출발했고, 인희는 눈물을 흘리면서 가는 지하철을 따라 걷다가 그 자리에 힘없이 주저앉고 만다.

NBS 방송국 아나운서실 안에서는 도진이 얼른 백팩을 챙겨서 서둘러 퇴근 준비를 하고 있다. 「임 아나, 오늘도 바로 퇴근하게?」 선배 성도가 도진에게 묻는데 「네.」 도진은 웃으면서 답한다. 「요즘, 왜 그렇게 바로 집으로 가는 거야? 만나는 사람이라도 생겼어?」 성도의 말에 도진은 웃고만 있다. 「어, 생겼어?」 성도가 또다시 묻던 그때, 근처에 있던 세주가 놀라면서 도진의 얼굴을 쳐다본다. 「아니에요. 저 먼저 가보겠습니다.」 도진은 계속 웃으면서 대답을 한 뒤, 성도와 세주에게 인사를 마치고서 사무실을 나가자마자 인희에게 전화를 한다. 한참 동안 신호 연결음은 들리지만 인희가 전화를 받지 않자 문자를 보낸다. 〔인희야, 우리 오늘 저녁에 식사 같이할래? 같이 먹을 사람도 없고, 혼자 먹기도 그렇고 해서… 내가 살게.〕를 보낸 뒤, 흐뭇한 미소를 짓는다.

하지만 인희는 여전히 지하철 승강장 안 벤치에 앉아서 눈물을 닦고 있다. 가방 안에서는 휴대폰 진동음이 울리고 있지만, 그 소리를 듣지 못한 채 남자가 타고 간 지하철 방향만 멍하니 바라보고 있다. 그사이, 지하철은 다섯 대 정도가 역을 지나쳤고, 마음의 안정을 어느 정도 되찾은 인희가 가방 속에서 울리고 있던 휴대폰의 긴 진동음을 듣게 된다. 「어, 지선아… 미안한데, 내가 조금 늦을 거 같아서… 응… 고마워.」 인희는 잠깐의 통화를 마치고서 휴대폰을 가방 안에 넣고는 가만히 앉아있다가 생각에 잠긴다.

9년 전, 봄의 끝 무렵이다. 달리고 있던 지하철 안은 이미 포화상태로 정우와 인희가 빈 좌석 없이 문 앞에서 어색하게 마주 보며 서 있다. 「오늘, 즐거웠어요.」 인희가 정우에게 수줍게 말하고 「저도요. 다음에 또 봐요.」

정우가 미소를 지으면서 말한다. 「네.」 인희도 미소를 짓던 그때, 지하철은 멈추고 문이 열리자 퇴근하던 사람들이 한꺼번에 밀려 들어오는데, 정우가 문 옆 구석에 서 있던 인희를 두 팔로 막아서며 이 둘 사이로 아이 하나가 들어갈 만한 공간만 남긴 채 한쪽 팔은 지하철 기둥을, 또 다른 한쪽 팔은 문을 짚고서 많은 승객으로부터 인희를 보호하듯 서 있자 「저기… 저… 괜찮은데….」 인희는 그런 정우의 행동에 두근거린다. 정우의 등은 사람들에게 눌린 상태이지만 가까스로 버티며 인희를 제대로 쳐다보지 못한 채 괜찮다고 말하고 있는데, 그 주변에서는 다른 승객들이 두 사람을 보며 눈살을 찌푸린 채 한마디씩 한다. 「뭐야, 공간도 없는데….」라는 말부터 「아, 뭐야… 더워죽겠네.」까지…. 「저기… 우리, 다음 역에 내려서 사람들이 줄어들 때까지 기다렸다가 다시 탈래요?」 인희가 정우에게 작은 목소리를 내며 속삭이자 「그럴까요?」 정우는 계속 그 자세로 힘겹게 버티며 이마에는 땀이 맺힌 채로 답한다. 「네….」 인희가 미소를 지으면서 말하자 정우도 역시 미소로 답한다. 드디어 지하철이 멈추고 정우와 인희는 그 안을 벗어나는데, 인희가 정우의 얼굴을 빤히 쳐다보며 서 있고, 정우는 어색해하며 다른 곳만 바라보고 서 있다. 그렇게 두 사람은 서로 다른 곳만 쳐다보며 미소를 짓고 있다.

9년 전, 밤공기가 시원하던 여름날의 일이다. 정우와 인희는 자연공원 속 거대한 분수대 근처를 걷고 있다. 「좀 걸으니까 소화가 되는 것 같아요.」 인희가 정우에게 말하자 「다행이네. 그래도 혹시 모르니까 소화제 사다 줄까?」 「아니에요. 괜찮아요. 다리가 아파서 그러는데 우리 저기에서 좀 쉬었다가요.」 인희가 근처 벤치를 손가락으로 가리키면서 말한다. 「그래.」 정우가 대답한 뒤, 두 사람은 조명이 밝게 비추던 벤치로 걸어가 앉는다. 두 사람은 한참을 그렇게 아무런 말없이 앉아있는데, 인희의 머릿속에서는 '제발, 오늘 고백해라. 사귀자고 어서 말하세요'라는 생각이 가득한 반면에 정우는 아무런 생각 없이 앞에 분수대만 바라보며 앉아있다. 그러다 두 사람이 서로를 마주 보는데 갑자기 어색해하며 웃기만 하다가 정우가 다시 앞만 본다. 인희는 몸을 옆으로 틀어서 소리를 내지 않게 입 모양만으로 '어휴, 답답해' 하며 속삭인다. 두 사람은 한동안 어색한 공기 속에서 가만히 앉아있는데, 정우가 그 정적을 깬다.「다리는 괜찮아졌어?」「네.」「그럼, 이제 갈까?」「네….」인희가 기운 없이 대답하고 있는데, 두 사람은 거의 동시에「저기….」를 외친다.「먼저 말하세요.」인희가 양보하자, 정우는 잠시 있다가 입을 뗀다.「멋진 말로 하고 싶었는데… 생각이 잘 나질 않네. 첫 만남에도, 두 번째 만남에서도 느꼈던 감정이었지만, 내가 인희를 많이 좋아해. 나… 인희한테 고백하고 있는 건데….」「네! 그래요!」인희가 그 말을 기다렸다는 듯 미소를 지으면서 대답을 하고, 그제야 정우와 인희는 서로의 얼굴을 보며 웃는다.

『정우 씨와의 첫 만남에서도, 지하철 안에서도… 그동안 쭉 지켜봤을 때, 이 사람이라면 내가 어떠한 위험에 처할지라도 나를 지켜주고 아껴줄 사람일 거라는 생각이 들었고, 시간이 한참 지나서도 나에 대한 그 사람의 마음은 변하지 않았다.』

어느새 밖은 어둠이 깔려서 저녁이 되었고, 도진이 카페 안으로 들어오지만, 인희의 모습은 보이지 않고 지선만 보인다.「안녕하세요. 사장님, 어디 갔어요? 연락이 되지 않던데….」도진이 지선에게 다가가서 묻는데「안녕하세요. 아… 오늘, 아는 분 병문안을 가셨다가 조금 늦으실 거라고 하셨는데요.」지선이 이내 난감한 표정을 지으면서 말한다.「아… 그래요?」「네… 그런데… 저기… 오늘, 제가 다른 일 때문에 가봐야 하는데…. 방금 전에 다시 사장님께 전화를 해보니까 휴대폰이 꺼져있더라고요. 지예는 저쪽에서 잠들었고, 어찌해야 하나….」지선이 난처해하면서 말하고, 도진은 잠시 생각을 하다가 「그럼, 카페 카드키, 저한테 주시고 먼저 가요. 제가 여기에서 인희를 기다리다가 늦을 것 같으면 가게 문을 잠그고, 지예를 데리고 나갈게요.」「그래 주실 수 있으세요? 어차피, 한 시간 뒤에 문을 닫을 거라서…. 분명, 사장님께서 지예를 데리러 오실 텐데… 그때까지 부탁드릴게요.」지선은 도진에게 부탁한 뒤, 카드키를 건네며 서둘러 가방을 챙겨서 카페를 나가고, 도진은 잠시 그 자리에 가만히 서 있다가 의자에 앉으며 인희를 기다린다.

지하철 승강장 안에서는 인희가 여전히 생각에 잠긴 채 벤치에 앉아있다.

『내가 잘못 본 걸까…. 잘못 봤다고 하기엔 그 사람은 정우 씨와 너무나도 닮았다. 아니면 내가 정우 씨를 너무나 그리워해서 내가 만들어낸 시각적인 착오가 아니었을까…. 도대체 그 사람은 뭐였을까…. 설마, 진짜 정우 씨는 아니겠지… 한 번 더, 그 사람을 다시 봤으면….』

그 시각, 카페 안에서는 잠에서 깨어난 지예가 도진에게 다가가서 묻는다. 「지선 언니는 어디 갔어요? 엄마는 언제 와요?」「어… 지선 언니는 다른 일 때문에 먼저 갔고, 엄마는 조금 늦으신대.」「지예는 엄마랑 전화하고 싶어요.」「어… 무슨 바쁜 일이 있는지 전화를 받지 않네. 지예야, 자느라 저녁도 못 먹었지? 배고프겠다. 아저씨도 아직 저녁을 못 먹었거

든… 같이 먹으러 갈까?」「싫어요. 여기에서 엄마 기다릴래요.」「어, 그
래… 그러자.」도진은 얼른 은경에게 긴급문자를 보내고, 한참 뒤에 은경
에게서 전화가 걸려온다.「지금, 상황이… 문자 그대로야. 어, 고마워.」도
진이 휴대폰 너머로 은경에게 상황을 전하는데, 시간이 지나 은경이 서
둘러 카페 안으로 도착한다.「무슨 일이야?」은경은 놀라며 도진에게 묻
자「보이는 대로….」도진이 말한다.「지예야, 배고프지?」은경이 지예에
게 말하자「엄마는 언제 와요?」지예가 은경에게 묻는다.「어… 엄마가
늦을 거라고… 밥 먹고 있으래. 지예, 내일 학교도 가야 하니까, 우선은
우리 도진이 아저씨네 가서 밥 먹고, 거기서 엄마를 기다리자.」은경이
말하자 지예가 책가방을 챙기기 시작한다.

지하철 승강장 안에서는 인희가 벤치에 한참을 앉아있다가 갑자기 잊고
있던 무언가가 떠오른 듯 놀란다.「지예!」를 외친 뒤 자리에서 일어나 계
단을 향해 달려서 맞은편 승강장으로 되돌아간다.

그 사이, 도진의 집 주방에서는 은경이와 도진이 늦은 저녁 식사를 마친
뒤 뒷정리를 하면서 조용히 대화를 나눈다.「뭐야… 인희, 어떻게 된 거
야… 연락도 안 되고….」은경은 걱정스러운 표정을 지으면서 말하고「몰
라. 무슨 일이 생긴 건 아니겠지?」도진도 역시나 인희가 걱정된다.「인
희가 이런 적이 없었다고…. 아, 맞다. 예전에 지예 아빠가 죽었을 때, 그
때 빼고는….」은경은 말을 끝낸 뒤 깊은 한숨을 내쉬고「혹시 모르니
까… 내가 내일, 지예를 학교도 데려다줘야겠지?」도진도 한숨을 내쉬면
서 말한다.「그래야겠지. 인희한테 문자는 넣었지? 지예는 여기에 있다
고….」「응.」도진의 말이 끝나자 은경은 휴대폰 시간을 확인한 뒤, 갑자

기 가방을 챙기면서 말한다. 「늦었다. 나, 가야겠다. 우리 남편이 오해할까 봐…. 지예가 깨어나서 나 찾으면 연락해.」「응. 걱정하지 말고 가. 인희가 오면 연락할게.」「알았어. 지예, 잘 돌봐주고. 다시 연락하자.」「알았어.」 도진의 말이 끝나자마자 은경은 현관문을 나서고, 도진이 다시 걱정스러운 표정을 지으며 한숨을 내쉰다.

그 시각, 지하철 승강장 안에서는 초조한 모습을 한 인희가 지하철에서 서둘러 내린 뒤 계단을 향해 달려가고 있고, 도진의 방 안에서는 인희와 지예가 선물한 두 조명만 켜진 채 지예가 침대 위에서 잠을 자고 있다. 도진이 그 옆에 서서 근심 어린 표정으로 지예의 얼굴을 바라보다가 다시 방을 나간다.

사색이 된 얼굴로 뛰어가던 인희가 문이 닫힌 카페 앞에 도착했다. 급히 그 안으로 들어가는데, 한참 동안 지예를 찾다가 보이지 않자 배터리가 나간 휴대폰을 잠시 충전한 뒤 전원 버튼을 누른다. 도진이가 마지막으로 보낸 문자가 화면에 뜨자, 인희는 버튼을 눌러서 문자 내용을 확인한다. 〔인희야, 어디야. 휴대폰도 꺼놓고… 지예는 우리 집에 있으니까 문자 보면 바로 연락해. 걱정돼. 인희야….〕 인희는 눈물을 글썽이며 문자를 다 읽은 후, 다시 카페를 나가서 도진의 집으로 뛰어간다.

한편, 도진은 걱정이 가득한 얼굴로 거실 소파 위에 앉아서 은경에게 문자를 보내고 있는데, 얼마 뒤, 은경이한테서 전화가 오고, 도진이 한숨 섞인 말을 하기 시작한다. 「은경아, 아직이야. 어떡하지? 진짜 무슨 일 생긴 거 아니야?」 그때, 초인종이 울리고, 도진은 놀라며 인터폰 화면을 확인한다. 화면 안에서는 숨이 턱까지 차 있고 얼굴은 사색이 된 인희의 모습이 보인다. 도진은 휴대폰 너머로 은경에게 인희가 왔다는 사실을 알리고서 서둘러 전화를 끊은 뒤 현관문을 연다. 인희가 현관에 들어서자마자 지예를 찾으며 거실로 향하고, 그 불안한 모습을 본 도진이 안심시키듯 인희에게 말한다. 「지예는 방 안에서 자고 있어. 도대체 연락도 없이 어디에 있다가 온 거야…. 내가 얼마나 걱정했는지 알아? 은경이도 그렇고 너한테 무슨 일이 생긴 줄 알고….」 도진이 말하면서 인희의 얼굴을 보는데, 그녀가 슬픈 표정을 하고 있다. 「인희야, 왜 그래….」 도진은 놀라며 인희에게 묻자 「미안. 내가 신세 졌어.」 인희가 기운 없는 목소리를 내며 말한다. 「아니, 괜찮아. 얼굴은 왜 그래? 무슨 일인데?」 도진의 물음에 인희는 아무런 말없이 거실에 서 있기만 한다. 그때, 도진은 주방으로 가서 컵 안에 찬물을 담아 인희에게 건네준다. 「인희야, 우선 앉아.」 인희는 소파 위에 앉아서 물을 한 모금 마신 뒤 한숨을 내쉬며 말한다. 「나… 진짜, 어떡하지? 걱정이나 시키고….」 인희는 말이 끝나자마자 울음을 겨우 삼키고, 도진은 그 옆에서 조용히 인희의 등을 토닥여준다. 얼마의 시간이 지나자 인희는 마음의 안정을 되찾고, 다시 말을 잇는다. 「오늘, 정우 씨와 닮은 사람을 봤어. 아니, 정말… 그 사람인 줄 알았어. 그 사람이 다시 살아 돌아온 줄 알고… 그래서 늦었어.」 인희의 말에 도진은 뭐라 위로의 말을 해주고 싶지만 어떠한 말도 떠오르지 않는다. 「나… 정말, 바보 같지? 지예를 잊고… 정우 씨와 닮은 사람 때문에… 난 좋은 엄마가 아닌가 봐….」 「아니지. 좋은 엄마지. 지예 아빠를 여전히 그리워하고 기억해주는 좋은 엄마….」 도진의 위로에 인희는 참았던 눈물을 흘리고, 도진은 휴지를 가져와서 인희의 눈물을 닦아주며 말한다. 「우리 어머님도 그랬어. 아버지가 돌아가시고 한동안 그리워하시다가, 추억하시다가, 무여지다가… 나도 그랬으니까.」 도진의 말에 인희는 계속해서 나오는 눈물을 닦으며 조용히 말한다. 「난… 무뎌지기 싫어….」

『나는 그랬었다. 그렇게 좋아했던 인희를 오랜 세월 동안 그리워했다가 추억했다가 잊었던 적도 있었다가…. 비록, 잠시 동안이었지만 옅게 흐려져 갔었다. 그러다 다시 생각이 나면 또 다른 아픔의 연속이었지만… 내 앞에 인희가 나타나기 전까지 그랬었다. 멈추다, 아팠다 했던 내 마음이 최근 우연하게도 인희를 만나게 되니 또다시 가슴이 벅찰 정도로 기쁘고 설렜다.』

「언젠가 그 사람을 기억할 때 웃을 수 있는 날이 왔으면 좋겠어.」 인희가 힘없이 말하자 「그래. 그런 날이 올 거야. 그때까지 울고 싶은 날에는 내게 와서 울어. 내가 옆에 계속 있어줄게.」 도진의 말에 인희는 갑자기 어색해하며 「나, 이제 지예랑 가야겠다.」 도진도 그런 인희의 태도에 당황하며 어색해하다가 서둘러 말을 더 보탠다. 「우리 이웃이자 친구잖아. 내가 아니더라도 은경이도 있고….」 「어… 알았어… 고마워.」 「응. 은경이나 나한테 언제라도 괜찮으니까… 시간도 늦었으니 내가 차로 집까지 데려다줄게.」 「어… 고마워.」 인희와 도진은 서둘러 대화를 마친 뒤, 지예가 잠을 자고 있던 방 안으로 들어간다.

그 시각, 은경은 작업실 안에서 소설책을 번역하고 있다. 볼펜을 쥔 은경의 손이 분주하다. 〔그녀가 내 앞에서 눈물을 보였다. 그 마음을 누구보다도 더 잘 알기에 찰나의 떨어진 그녀의 눈물방울에서는 반짝 빛이 나기까지 했다. 순간 그녀의 보이지 않던 그 마음이 아름다워 보였다. 그것이 내가 그녀를 사랑하는 이유다.〕라는 글자를 종이 위에 적고 있다.

어느덧 인희의 집에 도착한 도진이 잠을 자고 있던 지예를 방 안 침대 위에 눕힌 후, 다시 거실로 나오고 「나, 이만 갈게.」 도진은 인희에게 인사를 건넨다. 「오늘, 여러모로 고마웠어.」 「그럼, 내일 저녁 사. 내 문자 확인은 아직 못했지? 오늘, 저녁 같이 먹자고 문자 보냈었는데….」 「그랬어? 오늘 정신이 없어서, 미안….」 「내일 꼭 저녁 사! 나, 간다.」 「알았어, 잘 가.」 인희의 말을 끝으로 도진은 손을 흔들며 현관을 나서고, 인희는 그 자리에 가만히 서 있다가 기운이 빠진 채 힘없이 소파 위에 걸터앉는다. 그렇게 한참 동안 텅 빈 표정을 하며 앉아있다가 생각에 잠기는데…

『도진이를 만난 지 얼마 되지 않았지만 짧은 시간 동안 나의 모든 걸 보여준 것 같다. 그만큼 편해서일까. 누군가에게 눈물을 보일 수 있다는 건 쉬운 일은 아니다. 왜인지… 도진이는 친구로서 내 주변에 평생 남아있어줄 사람이란 생각이 든다. 참 고마운 사람이다. 오늘은 도진이가 없었다면 난 여러 번 무너질 수도 있었던 그런 날이었다. 도진에게는 정우 씨에 대한 내 마음이 무뎌지고 싶지 않다고 말은 했지만, 나도 언젠가 도진이의 어머님처럼 그런 날… 무뎌지는 날이 올 것이다. 그날이 오기 전까지 나는 계속해서 정우 씨를 그리워하게 될 것이고, 문득 기억날 것이며 오늘처럼 눈물을 흘릴 날도 많을 것이다. 그에 대한 나의 감정이 무뎌지기는 싫지만, 만일 내게도 그런 날이 온다면, 그날이 올 때까지 이제는 볼 수도 없는 그 사람을 마음껏 추억하고, 기억하고, 그리워할 거다. 그때까지라도 그러고 싶다. 그날이 올 때까지… 잊고 싶지도, 무뎌지고 싶지도 않다.』

늦은 밤, 도진은 방 안 침대에 누워서 인희와 지예가 준 두 조명만 켜놓은 채 번갈아서 바라보다가 생각에 잠기며 한참을 그렇게 가만히 있다가 한숨을 내쉰다. 같은 시각, 인희의 방 안 침대 위에는 두 모녀가 누워있는데, 지예가 갑자기 옆에 누워 있던 인희를 잠결에 안는다. 인희도 그런 지예를 포근하고 따뜻한 품 안에 꼭 안는다.

다음 날, 은경이네 집 근처 카페 안에서는 도진이 벌써 테이블 위에 음료 두 잔을 미리 올려놓은 상태로 커피를 마시면서 두 눈은 휴대폰 화면을 떠나지 않은 채 은경을 기다리고 있다. 얼마 뒤, 은경이 카페 안으로 들어와서 도진의 맞은편 자리로 다가가 의자에 앉으며 말한다. 「도진아! 나 왔어.」 「어! 왔어? 피곤해 보이네.」 「응. 어제 밤을 새며 일하느라 기운도 없고, 피곤하고 그러네…. 넌 오늘은 일없어?」 「응, 없어. 피곤하면 다음에 만나지….」 「아니, 궁금하니까…. 인희, 어제 무슨 일 있었대?」 「어제, 인희… 정우 씨, 맞나? 지예 아빠, 이름이?」 「정우 씨… 맞아.」 「인희가 어제 정우 씨와 닮은 사람을 봤대. 엄청 비슷했나 봐.」 「그래? 얼마나 비슷하길래….」 「나야, 모르지… 그 사람 때문에, 또 정우 씨 생각이랑 지예가 걱정돼서 많이 울었던 것 같더라. 그래서 늦었대.」 도진의 말에 은경이 한숨을 내쉰 뒤 주스를 마신다. 그렇게 둘은 아무런 말없이 음료만 마시다가 도진이가 입을 뗀다. 「근데, 하나가 걸리는 게…. 어제, 내가 인희를 위로해주다가 이런 말이 나왔는데, 잘 듣고 어떤 느낌인지 알려줘.」 「어… 알았어.」 「인희가 언제라도 정우 씨를 기억할 때 웃을 수 있는 날이 왔으면 좋겠다고 하길래…. 내가 "그런 날이 올 거야. 그때까지 울고 싶은 날에는 내게 와서 울어. 내가 계속 옆에 있어줄게"라고 말했는데, 어떤 느낌이 들어?」 은경은 잠시 생각을 하다가 대답한다. 「프러포즈 같은데? 프러포즈 느낌이야! 혼자 울 수도 있는데, 굳이 네 앞에서 울라고 하고… 뭐야.」 그 대답에 도진은 한숨을 내쉬면서 말한다. 「네가 생각하기에도 그렇지? 어쩐지… 내가 저 말을 하니까 분위기가 갑자기 많이 어색해지더라. 다행히 내 순발력으로 상황을 잘 넘기긴 했지만….」 「그럼, 다행이고… 남편 그리워서 우는 애한테 갑자기 프러포즈나 고백을 하게 되면, 끝인 거 알지? 고백도 상황을 잘 보고, 투명한 유리구슬 다루듯 조심조심해야 하는 거야. 알았어?」「응. 알겠어. 그나저나 인희의 웃는 모습을 보고 싶은데…. 은경아, 너 그 개그감각, 아직 죽지 않았지? 오늘, 인희 기분 좀 풀어주라.」「그럴까? 오늘, 인희 한번 웃게 만들어볼까?」「응. 오늘 저녁에 인희랑 같이 식사하기로 했으니까 그 전에 풀어주고 가.」「야! 나 그럼 섭섭해! 공복에 못 웃기는 거 알지?」「알았어. 내가 점심 살게.」「응. 나, 고기가 먹고 싶어.」「알았어.」 도진의 말이 끝나자 두 사람은 카페를 나선다.

한편, 인희가 한산한 카페를 혼자 지키고 있던 그때, 손님 두 명이 안으로 들어오고, 인희는 평소와 달리 굳은 무표정한 얼굴로 주문을 받기 시작한다.

같은 시각, 고깃집 음식점 안에서는 도진이 불판 위에 고기를 열심히 굽는데, 은경은 그 앞에서 열심히 배를 채운다. 「맛있어?」 도진이 은경에게 묻자 「응. 맛있어.」 입안 한가득 고기를 야무지게 썹으며 은경이가 답한다. 「조금 있다가 인희 잘 웃겨.」「응. 알았어.」「그런데 은경아.」「응, 왜?」「정우 씨… 어떤 사람이었어?」「음… 괜찮은 사람. 인희와 지예에게 더할 나위 없던 남편이자 아빠이자 남자… 진짜, 정말로 괜찮은 남자, 우리 남편도 인정하던 사람. 그래서 아직도 인희가 정우 씨만 생각하면 힘들어하는 거고….」「그 사람과 나, 비슷한 점은 있어? 내가 그 사람과 비슷한 점이 많았으면 좋겠다.」 도진의 말에 은경은 잠시 가만히 있다가 아무런 말없이 고기만 먹고 있는데, 도진이 또다시 은경에게 묻는다. 「나랑 비교

돼?」「진짜… 질문이 훅 들어온다? 사람이 다 같을 수 있나. 너도 나쁘지 않아. 괜찮아. 멋있어.」「그렇게 말해줘서 고맙다. 나는 그 사람이 어떤 사람인지 한 번도 본 적도 없고, 겪어보지도 않았으니까…. 궁금해. 인희가 그 사람을 왜 사랑했는지… 왜, 결혼 결심을 했는지도…. 다 알고 싶어.」「도진아….」「응?」「내가 만일 정우 씨에 대한 모든 것을 너에게 말해서 도진이 네가 인희의 마음을 얻기 위해 정우 씨의 모습들과 같아지려고 무작정 따라하게 되고, 그래서 인희가 네 진짜 모습이 아닌 껍데기뿐인 그 모습에 반하게 돼서 결국에는 둘이 잘됐다고 쳐. 그런데 시간이 지나고 나서 인희가 좋아했던, 정우 씨와 비슷했던 너의 그 모습들이 사라지게 되면, 어떡할 거야. 이로 인해 인희가 실망하게 되고, 너도 힘들어지게 되고…. 나는 내 소중한 두 친구가 상처받는 거 싫다.」「알았어.」「그런 행동은 단지 네가 인희와 어떻게든 잘해보고자 하는… 그 끝이 해피엔딩인지, 새드엔딩인지도 모르겠는 그저 그런 엔딩만 바라본 행동일 뿐, 그건 네가 아닌 진심 없는 이기심일 뿐이야.」「알았어.」 도진은 은경이와 눈을 마주치지 않은 채 서둘러 고기만 굽는다. 「나… 입 무거운 거 알지? 인희가 너한테 정우 씨에 대해 직접 말해주는 게 아니니까 다는 못 말하겠고… 제3자로서 간략하게 알려줄게.」「응.」「첫 만남은 인희가 죽을 뻔했던 상황 속에서 그 사람이 구해줬대. 그렇게 첫 만남, 두 번째 만남을 하면 할수록 그 사람이 어떠한 상황 속에서도 자신을 소중히 여겨줄 사람일 거라는 느낌을 많이 받았나 봐. 성격, 외모, 행동 하나하나, 대화 하나하나, 그와 했던 모든 시간들이 즐겁고 따뜻했고 소중했다고 하더라…. 그래서 결혼 결심도 하게 된 거고, 결혼해서도 그 마음, 그 행동, 그대로였고…. 그러니까 정우 씨, 그 사람은 천성부터 그런 사람이었던 거야. 인희가 "나 이렇게 행복해도 되나" 싶을 정도였대. 이러면 말 다 했지. 그렇게 행복했는데, 인희가 정우 씨를 잃은 나이가 스물아홉이야. 그 젊은 나이에, 남편과 알콩달콩 예쁘게 살아가기도 바쁜 나이인데, 그렇게 그 사람을 보냈지. 인희… 아직까지도 마음이 많이 아픈 상태야.」도진은 은경의 이야기를 들으며 아까부터 계속 아무런 말없이 가만히 앉아있기만 한다. 은경이 그런 도진의 모습을 보며 다시 말하는데 「나, 이제 그만 말할래. 이것 봐. 네가 알아봤자 네 기분만 상하고, 비교하게 되고 그렇잖아. 내가 너를 위하는 척을 하며 정우 씨에 대한 안 좋은 말을 하고 싶어도, 흠잡을 것도 없고, 있다고 하더라도 그러고 싶지 않아. 이제부터 묻지 마. 괜히 나까지 불편하잖아.」「알았어. 내가 괜히 궁금해했다.」「그래. 너무 불필요하게 많은 걸 알려고 하지 마. 그게 너한테도 그렇고, 나한테도, 인희한테도 좋으니까…. 이런 것보다도 인희에 대한 네 진심 어린 마음이 중요하다는 걸 잊지 마.」「응, 알았어. 충고 고맙다.」「다 먹었으니 나가자. 도진아, 잘 먹었어.」「응.」두 사람은 자리에서 일어난다.

인희는 커피머신에서 리스트레또를 내리고 있다. 아까 그 손님 두 명은 각자 음료를 앞에 두고 대화를 나누던 그때, 도진과 은경이가 카페 안으로 들어온다. 「나 왔어.」은경이 인희에게 인사를 건네고 「어… 둘이 같이 왔네.」인희가 여전히 무표정한 얼굴로 말하자 「응. 오다가 만났어.」은경이 답한다. 「뭐로 마실래?」인희가 묻자 「음, 난 아이스 카페모카」은경의 말에 도진도 같은 거로 달라고 한다. 평소와는 다른 인희의 상태를 감지한 두 사람은 서둘러 빈자리에 앉은 뒤, 은경이 도진에게 조용히 말한다. 「갑자기 부담된다. 인희의 표정을 보니까 오늘은 어렵겠는데?」「이런 상황일수록 웃기면 프로인 거 알지?」「그래. 한번 해보자. 오늘 인희가 웃지 않아도 내게 뭐라고 하지 마!」「알았어.」둘의 밀담이 끝나기가 무섭게 인희가 아이스 카페모카 두 잔을 들고 도진과 은경이가 있는 자리로 다가가 의자에 앉으며 말한다. 「가만히 생각해보니까 내가 어제 너무 도진이한테 신세를 진 것 같아. 울기도 하고… 창피해.」 「울었어? 괜찮아. 그럴 수도 있지….」 은경이 말하자 「맞아. 울 수도 있지.」 도진도 인희의 얼굴을 살피면서 말한다. 은경은 인희의 무표정한 얼굴을 보고, 도진에게 눈짓하며 '그냥, 오늘 말고, 다음에 하겠다'라고 신호를 보내지만, 도진은 그런 은경에게 같은 눈짓을 하며 '오늘 해'라고 한다. 「그나저나 지예는 어디 갔어? 안 보이네.」 은경이 인희에게 묻자 「어… 민재 엄마, 선영 씨라고 민재랑 지예랑 애니메이션 영화도 보고, 저녁도 먹고 오겠다고 데려갔어.」 「아, 그렇구나….」 그때 카페에서 흐르고 있던 피아노 연주곡이 끝나고 다음 곡으로 신나는 최신 팝이 스피커에서 흘러나온다. 갑자기 은경이 「어! 내가 좋아하는 노래!」 라고 외치더니 노래에 맞춰 어깨를 들썩이며 춤을 추기 시작하고, 도진과 인희는 그 모습을 쳐다본다. 은경은 계속 인희만 쳐다보며 코믹하게 어깨를 들썩이자 「뭐야!」 도진은 웃음이 터지고 「이 노래가 그렇게 좋아?」 인희는 무표정한 얼굴로 은경에게 묻는다. 「응! 춤추다가 어깨가 나가도 좋을 정도로 좋아.」 은경은 계속 어깨를 신명 나게 들썩였다. 대각선 테이블에 있던 손님 두 명이 요란한 은경의 어깨 들썩임을 보자마자 웃음을 터뜨리지만, 인희는 여전히 굳은 표정을 한 채 은경에게 말한다. 「그만해. 손님들이 보잖아.」 그 말을 들은 은경은 아랑곳하지 않고, 계속 코믹하게 이번에는 어깨를 좌우로 왔다 갔다, 양어깨를 올렸다 내렸다 한다. 「나, 화장실 좀… 잠깐만 가게 좀 봐줘….」 인희가 자리에서 일어나도 은경은 여전히 어깨를 들썩이지만, 인희가 웃지 않자 자존심이 상한다. 「그만해. 하지 마! 나 진짜… 화나려고 그런다!」 도진은 인희의 눈치를 보면서 은경이를 말리던 중, 굳은 표정을 한 인희가 카페를 나가려 하는데, 은경이는 계속해서 어깨춤을 추면서 인희에게 외친다. 「아, 한 번만 웃어주라!」 인희는 카페를 나가고, 자존심이 상한 은경은 온몸에 힘이 빠진 채 가만히 앉아있다가 도진에게 말한다. 「쟤, 분명히 화장실 가서 웃는다고… 웃음이 터지려는 거 간신히 참고 나간 거라고… 아, 진짜 내가 오늘 안 하겠다고 했잖아. 너도 웃고, 저기에 있는 사람들까지 다 웃었는데…」 「그런 춤은 또 어디서 배운 거야. 그나저나 내가 이제까지 본 네 개그 중에서 제일 웃겼었는데 웃지를 않네.」 도진이가 위로를 해주자 바로 자신감을 얻은 은경이가 말한다. 「한번만 더 해보자. 도진아, 넌 내가 시키는 것만 해.」 「응.」 인희는 다시 카페 안으로 들어가기 전, 푹신한 하얀 구름이 떠 있는 푸른 하늘을 올려다본다. 한참을 바라보다가 가게 안으로 들어간 인희가 무표정한 얼굴로 다시 자리에 앉는데, 은경이가 뜬금없이 이런 말을 한다. 「인희가 흘린 눈물마저 사파이어같이 영롱하고 빛이 났다.」 「도대체, 무슨 책을 번역하기에… 이건 또 뭐야.」 도진은 인희의 눈치를 살피면서 말을 하는데, 굳은 얼굴을 한 인희가 일어나서 카운터로 향하고, 은경은 또 한 번 자존심이 상한 상태로 「아직 다 끝나지도 않았는데… 일어나서 갔어. '오늘 웃기 싫다' 이거야…」 「인희야, 은경이 데려다주고 올게. 저녁때 보자.」 도진이 은경의 팔을 잡으며 인희에게 말하던 중, 은경은 기분이 나빠진 상태로 도진의 손을 뿌리치면서 말한다. 「이거 놔! 나 혼자 갈 수 있어!」 그 모습을 본 인희는 잠시 생각하다가 은경에게 말을 건넨다. 「은경아… 미안해. 내 마음… 알지?」 그 말에 은경은 당황해하면서 「인희야… 어, 그리고 도진아. 나 정말 혼자 갈 수 있어. 넌 여기에 있어. 인희야, 난… 일이 생겨서 먼저 간다. 다음에 또 올게. 도진이랑 저녁 맛있게 먹어.」 은경의 말에 인희는 알았다고 대답하고, 은경은 서둘러 카페를 나간다. 도진은 휴대폰 시간을 확인한 뒤 인희에게 말한다. 「6시가 되려면, 한 시간 정도 남았다. 그냥 난 여기서 기다릴게.」 「응.」 「우리 조금 있다가 뭐 먹을까?」 「네가 먹고 싶은 거로 정하고 있어.」 「어… 알았어.」 도진은 다시 자리로 돌아가서 휴대폰으로 잠깐 동안 맛집 검색을 하다가 한참을 화면만 켜진 채로 움직임 없이 그 자리에 앉아있다.

『인희가 웃음을 잃었다. 그 모습을 보고 있으니, 내 마음이 텅 비어 버린 것만 같다. 웃게 해주고 싶었는데… 어떡하지.』

도진은 표정이 없는 인희의 얼굴을 쳐다보고 있고, 은경은 버스 정류장 벤치에서 한참동안 멍하니 앉아있다. 한 시간이 지나고, 카페 안으로 지선이가 출근한다. 「사장님, 저 왔어요.」 「어… 어제, 미안했어. 그리고 고마워.」 인희가 미안한 얼굴로 말하자 지선은 인희에게 괜찮다며 도진에게 인사를 건네고, 도진도 지선에게 인사하며 카드키를 돌려준다. 「지선아, 나… 먼저 갈게.」 인희가 가방을 챙기면서 말한 뒤, 두 사람은 카페를 나서며 근처에 세워 둔 도진의 차를 타고 출발한다.

도진과 인희가 레스토랑 안으로 들어서고, 웨이터는 두 사람을 창가 쪽으로 안내한 뒤 메뉴판을 가져온다. 「이런 곳에 오는 거 정말 오랜만이다.」 인희가 말하자 「그래? 나도 오랜만인데, 우리 스테이크로 먹자.」 도진이 메뉴판을 보며 서둘러 웨이터에게 주문한다.

그 시각, 은경은 작업실 안 의자 위에 앉아 생각에 잠긴 채 한동안 가만히 있는데, 인희의 굳은 표정이 계속 마음에 걸려 도진에게 보낼 휴대폰 문자 버튼을 오랫동안 누르기 시작한다. 도진과 인희가 음식을 기다리고 있던 그때, 도진의 휴대폰에서 짧은 진동음이 울린다. 〔도진아… 아까 카페 안에서 인희의 그 표정, 그 모습, 정우 씨가 죽었을 때, 그때와 같아. 우리 인희 어떡하지? 오늘, 인희 잘 부탁한다.〕 도진은 문자를 다 읽은 뒤, 무표정한 인희의 얼굴을 빤히 쳐다본다. 「왜?」 인희가 도진의 시선을 느끼며 묻는데 「어… 아니야.」 도진이 놀라서 얼버무리고 있던 사이, 웨이터가 스테이크 두 접시를 내온다. 「맛있게 먹어. 내가 사는 거니까.」 도진이 말하고 「내가 사기로 했는데….」 인희가 놀라며 묻자 「아니야. 오늘은 내가 살게. 다음에 네가 사.」 도진이 웃으면서 말한다. 「어… 어… 알았어.」 그리고는 두 사람은 말없이 한참을 먹기만 하다가 도진이 침묵을 깬다. 「맛은 어때?」 「맛있어.」 인희가 말하자 「맛있으면 다행이고… 너 예전에 맛있는 거 먹을 때가 가장 행복하다고 했던 그 말이 갑자기 생각나네.」 도진의 말에 「그걸 기억하고 있었어?」 인희가 놀라면서 묻자 「응. 그때 인상이 깊어서… 먹는 걸 좋아하는구나… 라고….」 도진은 미소를 지으면서 대답한다. 「별걸 다 기억하네… 아직도 먹는 걸 좋아하지만, 다 좋아하는 건 아니고, 맛있는 음식일 때… 그럴 때만 기분이 전환돼. 내가 어릴 때, 너한테 그런 말도 했었구나….」 「응.」 「너 기억력 좋다. 정말 오래된 기억일 텐데….」 「어, 어… 나도 그렇거든… 나도! 맛있는 음식을 먹으면 기분이 전환돼서 '나랑 비슷한 부분이 있네'라고. 그래서 기억하는 거지… 나도 모든 걸 기억하며 살지는 않아.」 도진이 당황해하면서 말을 하는데 「그래.」 인희가 고기 한 점을 먹으면서 말한다. 「나, 궁금한 게 있는데, 카페명이 왜 허브 이름이야?」 「어… 다른 이유는 없고, 처음 이름을 생각할 때, 예쁜 꽃 이름으로 하고 싶었었는데, 무엇으로 할까 고심하던 중, 그 사람이 좋아한 허브 향이던 로즈메리가 떠오르더라고…. 정우 씨가 살아있을 때, 나는 그 향기가 별로라 생각했었는데, 그 사람이 없으니 갑자기 좋아지게 되더라. 이 외에도 여러 의미도 있고, 꽃도 피기도 하고, 사철 내내 잎이 푸르기도 해서… 그래서 상호를 그렇게 지었어.」「아, 아… 그렇구나….」 도진은 당황해하면서 괜한 말을 꺼낸 기분이 든다. 그 뒤로 인희가 잠시 가만히 앉아있다가 말을 꺼내는데 「도진아… 나, 당분간만 이러고 싶어….」 도진은 아무런 말없이 고개를 끄덕이고, 두 사람은 마저 식사한다.

『이제 보니… 나의 모든 것이 그 사람이었다.』

『인희의 전부가 정우 씨다.』

어느덧 어두운 저녁 하늘 위로는 초승달이 떠 있고, 인희의 집 근처에 도착한 도진과 인희가 차 안에서 내리며 「오늘, 잘 먹었어. 다음에 너 시간 괜찮은 날, 말해.」 인희가 말하는데 「응. 그때는 네가 먹고 싶은 거로 골라. 어차피 인희 네가 살 거니까….」 도진이 말한다. 「알았어. 잘 가.」 「응.」 도진은 다시 승용차 안으로 들어가서 시동을 건 뒤 출발을 하고, 인희는 집 입구로 들어가려는데, 민재 엄마인 선영 씨가 차를 운전하며 인희의 집 앞으로 도착한 뒤, 서둘러 인희를 부른다. 「지예 엄마!」 선영 씨가 승용차에서 내리고 「어, 왔어요?」 인희가 뒤를 돌아보면서 말하는데, 선영 씨는 책가방을 멘 지예를 차 밖으로 내려주고 있고, 지예는 「엄마!」를 부르며 바로 인희한테 달려가서 안긴다. 「어, 오늘, 재미있었어?」 인희가 지예에게 묻자 「응.」 지예가 웃으면서 대답한다. 「민재는 지금 차 안에서 자느라….」 선영 씨가 인희에게 말하자 「아, 네… 고마워요. 오늘, 지예도 챙기느라 힘드셨죠?」「아니요. 지예가 얌전하고 별로 챙길 것도 없어서 편했어요. 아! 아까 저녁을 먹다가 민재랑 지예가 대화하는 거 들어보니 지예가 말하기를 민재가 다니고 있는 태권도 학원에 가고 싶다고, 같이 다니자고, 둘이 정하던데요?」「그러고 싶어?」인희가 지예에게 묻자 지예는 인희를 보며 고개를 끄덕인다.「그래, 지예야. 그러자. 민재 엄마, 지예도 보낼게요.」인희가 말하자「그래요. 그럼, 저 갈게요. 지예야, 또 보자.」선영 씨가 인사를 하는데「안녕히 가세요.」지예가 민재 엄마에게 공손히 인사를 한다.「오늘, 고마웠어요.」인희가 선영 씨에게 말하고, 선영 씨는 그런 인희에게 또 보자며 말한 뒤, 승용차 안으로 들어가서 시동을 걸며 출발하고, 인희와 지예는 집 안으로 들어간다.

한편, 집에 도착한 도진은 거실 소파 위에 앉아 은경과 전화통화를 하고 있다.「아까 인희와 대화를 해보니까 당분간만 그러고 싶대.」도진이 말하자「그럼, 다행이고… 그렇겠지. 사람이 항상 웃으면서 살 수는 없잖아. 인희 말대로 잠시만 내버려두자.」휴대폰 너머로 은경이가 말한다.「그래… 그러자.」도진의 말에「다만, 길게 가지 않았으면 좋겠다. 오늘, 인희의 그 모습이… 그때, 지예 아빠가 그렇게 됐을 때의 모습과 비슷해서… 갑자기, 속이 답답해지더라. 그래도 그나마 그때보다 덜하니 안심이지….」은경의 말에「도대체, 그날 봤던 그 사람과 지예 아빠가 얼마나 닮았기에 인희가 그러는 걸까… 아! 그리고… 오늘, 저녁 식사를 하다가 그냥 궁금해서… 카페 이름을 왜 로즈메리로 지었냐고 물어봤더니 그마저도 정우 씨더라… 오늘도 정우 씨 이야기로 끝났어.」도진이 말을 하는데「으이그! 그냥 질문을 하지 마! 모로 가도 이야기가 다 그쪽으로 갈 테니까! 앞으로는 나한테 먼저 물어봐!」은경은 짜증을 내면서 말한다.

「응. 알았어. 그리고 우리… 인희가 다시 예전 모습으로 돌아올 때까지 기다려주자.」도진의 말에 은경은 잠시 가만히 있다가 대답을 한다.「그 래… 그러자.」「끊을게.」「응.」도진은 전화를 끊고, 생각에 잠긴다.

『인희의 지금 그 모습은 갑자기 인희가 사라졌을 때, 그리고 우리 아버지께서 돌아가셨을 때의 내 모습과 같을까… 인희처럼 나도 그때 저런 모습이었을까. 내가 느꼈던 그때의 감정과 같다면 인희는 현재… 모든 감정을 절제하고 있을 것이다. 그러다가 어디선가 몰래 눈물을 흘리고 있을지도 모른다. 혼자 울지 않 도록… 내가 인희 옆에 있어주고 싶다. 인희가 보낼 힘든 시간이 빨리 지나가기 를 바랄 뿐이다.』

새벽을 향해 시간은 흐르고 있고, 인희는 몸을 계속 뒤척이다가 침대 위 에서 잠을 자고 있던 지예의 얼굴을 확인한 뒤 조용히 방 안을 빠져나온 다. 주방 안 식탁 의자에 앉은 인희는 며칠 전 지하철 승강장 안에서 정 우 씨를 닮은 그때 그 남성의 모습이 계속해서 머릿속을 떠나지 않는다.

『그 사람이 정우 씨였다면…. 정우 씨가 다시 살아 돌아올 수만 있다면….』

같은 시각, 새벽을 넘긴 시간에 은경이 작업실 안 책상 의자에 앉아서 번 역에 열중이다. 그러던 중, 퇴근한 재한이 집으로 돌아와서 곧장 작업실 안으로 들어간다.「은경아, 나 왔어.」온몸에 피로가 가득해 보이는 재한 이 말하자「어, 늦었네. 피곤하겠다. 뭐 먹을래?」은경이 번역을 하다가 볼펜을 종이 위에 내려놓으면서 말한다.「별로, 생각 없어… 씻고 잘래.」 「응, 알았어. 근데 자기… 잠깐만 여기에 앉아 봐.」「왜.」재한은 은경의 옆 의자에 앉으면서 말한다. 「만약, 내가 죽으면 자기는 언제까지 슬퍼하고, 언제까지 나를 기억해줄 거야?」 은경의 뜬금없는 말에 「갑자기, 그건 왜….」 재한이 말하자 「나는 자기한테 있어서 어떤 존재야?」 「씻고 누워서 잠자기 전에 말하면 안 될까? 길어질 거 같은데….」 「나는 이럴 거 같아. 당장 여기에서 내 마음을 보여줄 수 없어서 안타까운데… 나는 아직도 자기를 사랑하는 마음의 크기가 커다랗거든. 그래서 1년이고, 3년이고, 5년이고, 계속 생각날 거 같아….」 「고맙다.」 재한은 은경의 예쁜 마음에 조용히 미소를 지어 보인다. 「자기는 내가 죽고 나면 언제까지 생각날 거 같아? 나 죽고, 1년도 안 돼서 다른 여자 만나러 다니는 건 아니겠지?」 「그건 아니지. 나를 뭐로 보고, 나도 은경이 만큼… 아니, 그보다 더 많이 생각할 거야. 그런데 갑자기 왜 이런 얘기를 지금 하는 거야? 혹시, 건강검진 받고 왔어?」 「아니, 그건 아니고…. 요즘, 인희가 아직도 정우 씨를 잊지 못하는 것도 그렇고, 도진이와 인희가 다시 만나게 된 것도 그렇고… 오늘, 이런저런 생각 좀 해봤어. 자기야, 우리는 서로가 옆에 있을 때, 우리들 중에 누군가 아플 때, 슬퍼할 때, 힘들어할 때, 또 좋은 일이 생겼을 때, 항상 변치 말고, 서로를 아껴주고, 챙겨주고, 사랑해주고, 이 모든 걸 함께 나누자. 나중에 언젠가 그런 시간이 우리에게도 없을 수 있잖아. 그때 후회하지 말고, 함께하는 순간들을 소중히 여기자.」 「알았어. 우리 그렇게 하자.」 재한이 말하자 「응… 그러자.」 은경은 다짐하듯 답한다.

다음 날, NBS 방송국 아나운서실 안에서는 정장 차림을 한 도진이 생각에 잠긴 얼굴로 자리에 앉아있다. 때마침 성도가 사무실 안으로 들어오다가 그의 모습을 조용히 지켜본 뒤, 「임 아나!」라고 외치는데, 도진은 깊게 생각을 하던 중이라 선배 성도의 외침을 못 듣고, 계속 같은 자세로 가만히 앉아있는다. 성도는 아까보다 조금 더 큰 소리로 「임 아나!!」를 외치자 도진은 놀란 얼굴로 선배가 있는 쪽으로 고개를 돌리며 말한다. 「네?」「무슨 생각을 그렇게 해?」「아니요. 아무것도….」「저번에는 표정에서 생기가 넘치더니, 오늘은 왜 그래?」 성도의 말에 도진은 아무 말도 하지 못하는데 「일 끝나고 한잔할래?」 성도의 말에 「네. 오랜만에 그러죠.」 도진이 답한다. 「그래? 몇 주를 계속 피하더니… 오늘은 시간이 괜찮나 보네. 알았어. 조금 있다가 봐.」「네. 녹화 끝나고 봐요. 선배.」 도진은 대답을 마친 뒤, 사무실을 나간다.

카페 안에서는 지예가 자리에 앉아 영어 단어를 노트에 적고 있고, 인희는 생각에 잠긴 얼굴로 카운터 앞에 가만히 서 있다. 그때, 지선이가 카페 안으로 들어오는데 「안녕하세요.」「응.」 인희가 말하고, 지선이 지예를 보며 인사하자, 지예도 반가운 얼굴로 인사를 건넨다. 지선이 일할 준비를 마치고, 인희는 또다시 생각에 잠긴 뒤 지선에게 급히 부탁한다. 「지선아, 미안한데… 나, 4시간 정도만 자리 좀 비울게. 지예 좀 부탁할게. 저번처럼 그렇게 늦지는 않을 거야….」「사장님, 무슨 일 있으세요?」「어… 잠깐 좀 갈 데가 생겨서… 갔다 올게.」「네. 다녀오세요.」「지예야, 엄마… 잠깐만 자리 좀 비울게. 저번처럼 늦지 않을 테니까 걱정하지 말고, 지선 언니랑 있어….」「나도 갈래.」 지예가 불안한 표정을 지으며 인희의 옷자락을 꽉 잡은 채 말하자 「지예야, 엄마 빨리 갔다 올게.」 인희가 손도장을 지예에게 내미는데 「… 응.」 두 사람은 손도장을 찍고 난 뒤, 인희는 서둘러 가방을 챙기며 카페를 나선다.

인희는 근처 지하철역까지 쉬지 않고 계속해서 뛰어갔고, 입구 계단에서 승강장까지 내려간 뒤, 막 도착한 지하철 안으로 얼른 들어간다. 한동안 인희는 움직이는 지하철 안에서 생각에 잠긴 채 가만히 서 있다. 그렇게 약 40분이 지나 정우와 외모가 닮은 남성을 봤던 그때 그 지하철 승강장의 동일한 장소에 하차하고서 그 남성이 서 있던 장소로 찾아가 한참 동안 주변을 두리번거리기 시작한다. 하지만 시간이 지나도 그날, 그 남성의 모습은 보이지 않는다.

『이 공간, 이 시간이면, 저번처럼 정우 씨를 닮은 그 사람을 다시 볼 수 있지 않을까.』

인희가 한참을 그곳에 서서 인파 속을 향해 두리번거린다. 어느덧 지하철은 여러 번의 도착과 출발을 반복하고, 퇴근 중이던 정장을 입은 남성들의 얼굴을 간절한 마음으로 확인해보지만 그 날의 그 남성이 아님에 실망을 하고 만다. 그곳에서 두 시간 반 정도의 시간이 흐르고, 인희는 다시 무표정한 얼굴로 지하철을 타고 카페로 향한다. 되돌아오는 거리 속에서 힘없이 한참을 걸어가다가 카페 근처로 다다랐을 무렵, 공원 벤치에 앉아 생각에 잠긴다.

9년 전이다. 여름의 끝 무렵 제법 선선한 바람이 불어오던 초가을, 인희의 본가 옥상에서 정우와 인희가 매트를 펴놓고 앉아있는데, 인희의 한 손에는 묶음으로 된 A4용지를 들고 있고, 정우는 그 옆에서 맥주를 마시며 인희의 얼굴을 쳐다보고 있다. 「오빠, 이번에 내가 밤새서 만든 대본인데, 장면들 표현이 괜찮은지, 별로인지 알려줘.」 인희가 정우에게 말하자 정우는 알겠다고 답한다. 「이 장면은 여주인공의 친구가 평소에 이상형이던 남자와 일주일을 사귀다가 차였지만, 결국에도 그 사람을 잊지 못해 질척거리고 있는 씬이야. 시작할게.」 인희의 말에 정우가 알겠다고 하는데, 갑자기 인희가 울먹이면서 대사를 읽기 시작한다. 「나… 차였어…. 자.기.가.. 원..래.. 사.귀.던. 여.자..가.. 있었..는데.. 내가.. 마음에.. 들어.. 충..동..적..으로.. 고백..한..거래.. 양심..가책..느껴.. 미안..하.다.며.. 내가.. 정말.. 좋은..여자..였대.. 아니.. 내가.. 좋은.. 여자인 거.. 알면.. 나랑.. 사겨..야..하는..거.. 아니..야? 왜.. 나를.. 포기..하는..건데.. 그..여자를.. 포기..하지….」 하다가 살짝 미친 듯 갑자기 흐흐 웃으면서 「그래도… 내가 좋은 여자인 건 알았나 봐.」 이러다 다시 우는 말투를 하며 「나중에 만나면 밥이라도 먹자는데… 이거 나한테 아직 미련 있는 거 맞지?」 정우는 코믹스럽게 열연한 인희의 연기에 계속 웃음을 참지 못하고 있고, 인희는 그 반응에 힘입어 갑자기 실실 웃으며 대사를 읽는데 「그래서 내가 뭐라고 했는지 알아? 오빠, 동생 하자고 했어. 그랬더니 더 웃긴 게 뭔지 알아? 그러재~ 오빠, 동생 하재~」 인희가 실성한 듯 웃으면서 「나 또 그 사람, 볼 수 있어.」 대사가 끝나자마자 정우가 폭소를 터뜨리고, 인희는 그런 정우의 모습을 보며 아주 만족스러운 표정으로 묻는다. 「오빠, 어때? 이 장면?」 「재미있어. 엄청 웃겨.」 정우가 웃으면서 대답하자 「질척의 끝을 보여주는 장면인데, 재미있게 표현해보고 싶었어. 내가 쓰고 있는 이야기의 장르가 로맨틱 코미디거든. 웃기고 싶어서 이렇게 써본 거야~ 오빠, 또 한 장면이 남았는데….」 「알았어. 해봐.」 「이번에는 여주인공이 남주인공한테 푹 빠지게 된 이유를 친구한테 말하는 장면이야. 잠깐만 감정 좀 잡고…. 오빠, 나 한다.」 「응.」 정우의 대답이 끝나자마자 인희가 그를 쳐다보며 말한다. 「날 구할 때, 마치… 한 마리의 거친 짐승 같았어.」 그 대사에서 정우의 심장은 두근거리고, 인희는 계속해서 대사를 이어나가며 「그 사람을 좋아하는 건지, 아직은 잘 모르겠는데…. 날 구할 때, 강한 힘이 느껴졌어. 그게 좋아.」 인희의 대사가 끝나자 정우는 인희의 눈을 피하며 다른 쪽으로 고개를 돌린 뒤, 괜히 맥주만 마시고 있다. 「오빠! 이 장면은 어때?」 「어… 좋아.」 「뭐가 어떻게 좋은데?」 「어… 다른 사람들도 설렐 것 같아.」 「정말? 나 로맨틱 코미디계의 거장이 되고 싶었었는데, 고마워. 기분 좋다~」 인희의 기뻐하는 모습에 정우가 미소를 짓는데 「오빠, 내 작은 꿈이 뭔지 알아?」 「뭔데?」 「내가 재미있게 쓴 글로 직접 감독도 하는 거야. 그리고 내 큰 꿈은 오빠랑 알콩달콩 예쁜 사랑, 많이 많이 오랫동안 하는 거. 그게 내 큰 꿈….」 인희의 말에 감동을 받은 정우가 이내 미소를 짓는다. 「나… 사랑받는 느낌이 뭔지 배웠어. 부모와 자식 간의 사랑 말고, 남녀 간의 사랑… '난 정말 괜찮은 사람을 만나고 있구나. 이 사람은 항상 나를 보호해주려 하고, 아껴주려 하고, 사랑해주려 하는… 나만 봐줄 따뜻한 마음을 가진 사람이구나'라는 걸 느끼게 해줘서 고맙고 사랑해. 그동안 표현… 많이 해주지 못해서 미안….」 인희의 갑작스러운 고백에 정우는 잠시 생각을 하다가 말을 한다. 「나도 우리가 이대로 영원히 함께였으면 해. 인희가 어디에 있더라도 우리는 함께할 거야.」 두 사람은 노랗게 물든 석양빛을 배경으로 서로의 얼굴을 사랑스럽게 바라보고 있다.

『정우 씨는 내가 하고자 하는 일에 대해 어쩌면 가족보다도 더 지지해주고, 용기를 주던 사람이었다. 이 사람이라면 '내가 좌절했을 때 옆에서 아무 말 없이 손잡아줄 사람이겠구나…'라는 생각이 들었다. 나는 아직도 정우 씨와 만든 그 기억들과 여전히 함께 살아가고 있다.』

한편, 도진과 성도는 일을 마친 뒤, 회사 근처에 위치한 조용한 바 안에서 술을 마시고 있다. 「요즘, 무슨 일이야. 요 몇 주를 일이 끝나자마자 바로바로 퇴근하질 않나. 얼굴도 밝아지고, 웃음도 많아지고…. 그런데, 오늘은 표정이 어둡네. 그동안 무슨 일이 있었던 건데?」성도가 도진에게 궁금해하며 묻지만, 도진은 아무런 말없이 술만 마신다. 「집에 무슨 일 생겼어?」성도의 말에 도진은 고개를 가로저으며 아니라고 하고 「그럼, 만나는 여자… 생긴 거야?」성도의 물음에 도진이 쓸쓸한 미소를 지어 보이자 「뭐야. 그 이유가 여자였네.」선배 성도의 말에 「그냥, 혼자 좋아하고 있는 사람이에요.」도진은 힘없이 말을 내뱉는다. 「와. 불과 얼마 전까지만 해도 마음이 무덤덤해져서 누군가를 사랑하는 일이 힘들다고 하더니… 이게 갑자기 무슨 일이야. 도대체, 어떤 여자길래 그래? 얼굴이나 한번 보고 싶다.」성도가 말하는데, 도진은 계속해서 말없이 앉아있기만 한다. 또다시 성도는 궁금한 나머지 그 사람이 누구냐며 묻고, 도진은 잠시 생각을 하다가 말한다. 「꽤 오랫동안 제 마음 깊이 자리를 잡고 있던 사람이요.」두 사람은 한동안 말이 없다가 도진이 다시 말을 이어가는데 「그 사람이 요즘 웃지도 않고, 많이 힘들어해서 그래서 저도 마음이 힘들어요.」「그 사람은 네가 좋아한다는 사실을 알고 있고?」「아니요. 몰라요. 친구라… 아마, 제 이런 마음은 생각지도 못할 거예요.」「아, 친구구나….」「그 사람을 다시 웃게 해주고 싶은데, 그렇게 해주지도 못하고… 제가 그 사람에게 어떻게 해줘야 할지… 잘 모르겠어요.」힘없는 도진의 모습에 성도는 말한다. 「그냥, 그 사람 옆에 조용히 있어줘.」성도는 자신의 말에 고개만 끄덕이고 있던 도진의 힘없는 모습을 가만히 옆에서 지켜보다가 도진의 잔에 술을 따라주고, 도진은 그 술을 마신다. 시간이 흘러 두 사람은 그 자리에서 헤어지고, 도진이 약간 술에 취한 모습으로 인희의 카페 근처로 걸어간다. 그렇게 천천히 걷다가 인희의 카페 앞에 다다르고, 창 안에서는 인희와 지예, 그리고 지선의 모습이 보이는데, 그렇게 멀리서나마 웃음이 없던 인희의 얼굴을 한참 동안 바라본다.

『그 사람은 대체 어떤 존재였기에 인희가 저렇게 웃음을 잃은 걸까… 어릴 적 내가 알던 인희는 웃음이 많던 사람이었는데… 인희가 언제쯤 예전처럼 다시 웃을 수 있을까… 내가 할 수 있는 일이 있을까… 인희의 웃음을 가져간 그 사람이 밉다.』

도진은 인희의 모습을 무거운 마음으로 바라보다가 카페를 지나친다. 그러다 20분 정도의 시간이 지나 다시 카페를 찾은 도진의 손에는 분식이 든 종이봉투가 들려있고, 그러던 사이에 지선은 벌써 퇴근을 했다. 인희도 카페 마감을 하기 위해 카운터를 정리하던 중, 도진을 발견한다. 「어… 도진아.」 「어, 안녕. 지예도 안녕.」 도진은 두 사람에게 인사를 건네고, 지예도 도진에게 공손히 인사한다. 「다름이 아니고, 지예랑 같이 먹으라고….」 도진은 분식이 든 종이봉투를 인희에게 건넨다. 「고마워. 도진아, 우리 같이 먹자.」 인희가 종이봉투를 받으면서 말하자 「아니, 술을 마셔서….」 도진이 이렇게 말한 뒤, 인희의 얼굴을 살피는데 여전히 무표정한 얼굴이다. 「나, 갈게.」 그 모습을 보고 힘이 빠진 도진이 말하는데 「괜찮아. 같이 먹자.」 「아니야, 갈게.」 「그래, 그럼 잘 먹을게…. 도진아, 잘 가.」 인희의 말을 끝으로 도진은 두 사람에게 인사를 한 뒤, 한숨을 조용히 내쉬면서 카페를 나간다.

집에 도착한 도진은 불이 꺼진 방 안으로 들어간다. 인희가 준 스탠드 조명과 지예가 준 구름 조명만 켠 상태로 아직 정장을 벗지 않은 채 침대 위에 쓰러져 눕는다. 눈을 감고서 괴로운 표정을 지으며 그 모습 그대로 잠시 가만히 있다가 은경에게 전화한다. 「도진아, 왜! 나 일하는 중이야.」 작업실 안에서 번역 일을 하고 있던 은경이 말하고 「나는 오랜만에 밖에서 술 마시고 들어와서… 침대 위에 누워있다.」 도진은 아직도 술에 취해 어눌한 말투로 말한다. 「누구랑 마셨는데.」 은경이 묻자 「내가 제일 좋아하는 선배랑….」 도진은 술에 취한 채 미소를 지으면서 답하고 「취했으면 나한테 쓸데없는 소리나 하지 말고, 전화 끊고, 잠이나 자라.」 은경은 이런 도진이 귀찮게만 느껴지는데 「은경아… 인희 언제까지… 어, 그러니까….」 도진은 술에 취해서 적절한 단어가 떠오르지 않는다. 「너, 술 많이 마셨구나.」 「아니… 그렇게 많이 마시지도 않았는데…. 오랜만에 마셔서 그런가….」 「으이그, 술을 마셔도, 안 마셔도, 인희, 인희…. 인희 저러는 거 아직 4일도 안 지났어. 다시 예전 모습으로 돌아올 때까지 기다리자며. 너 정말, 계속 나한테 이런 식으로 인희, 인희 할래? 그래서 인희 때문에 술도 마시고, 걱정도 되고, 그러냐? 기다려. 일주일도 안 지났어. 일주일 지나면 말해!」 「그냥 요즘, 내가 인희한테 해줄 수 있는 것들이 아무것도 없구나 해서…. 지금, 정신이 없어서 내가 무슨 말을 하고 있는 건지도 잘 모르겠다.」 「충분히 알아들었고, 그 마음 알았으니까… 오늘은 얼른얼른 잠이나 자.」 「응… 근데, 나, 너랑 통화하다가 실수한 건 없었지?」 「하나도 없었어.」 「응, 알았어. 은경아, 잘 자.」 「어, 너도 잘 자. 끊는다.」 은경은 전화를 마친 뒤, 한숨 섞인 말을 한다. 「인희도 인희지만, 도진아… 널 어쩌면 좋니.」 그 시각, 도진은 휴대폰 화면이 켜진 채로 한 손에 힘없이 폰을 쥐며 가만히 누워 있다가 이내 눈을 감는다.

한편, 인희와 지예는 주방에서 도진이가 건네준 떡볶이와 모듬튀김을 먹으며 한동안 아무런 말없이 늦은 저녁 식사를 했다. 식사를 다 마친 뒤, 지예가 인희의 눈치를 보면서 조심스럽게 말을 꺼내기 시작한다. 「엄마, 지예한테 화난 거 있어?」 「아니, 왜?」 「그럼, 왜… 어제도, 오늘도, 지예를 보고, 한 번도 웃지 않아?」 「엄마가 그랬어?」 인희가 잠시 생각을 하며 말하자 「응. 엄마, 표정이 슬퍼 보여.」 「미안해. 지예야….」 순간, 인희의 마음이 쿵 하며 내려앉고 만다. 그리고는 어색한 표정과 함께 억지로 미소를 밝게 지으면서 말한다. 「엄마, 웃는다~」 「아니야. 그건 웃는 거 아니야. 엄마, 아니야.」 지예가 심술이 난 표정을 지으면서 말하자 「지예야… 엄마, 내일부터 웃을게.」 인희가 지예에게 손도장을 내밀면서 말하고 「엄마! 내일부터 꼭 웃어. 안 웃으면, 지예 울 거야.」라고 지예가 말하며 손도장을 찍는다. 「알았어.」 「지예, 다 먹었어.」 「그래. 손 씻고, 치카하고 와서 엄마한테 검사 맡아.」 「응.」 지예가 의자에서 내려온 뒤, 바로 화장실로 향하고, 인희는 그런 지예를 보며 생각이 많은 표정을 짓는다. 그리고서 인희는 방 안 침대 위에 누워서 잘 준비를 마친 지예의 배를 토닥이며 재운다. 어느새 새근거리며 잠이 든 지예의 모습을 확인한 뒤, 인희는 화장대 앞으로 가서 여전히 무표정한 얼굴로 의자에 앉아 거울에 비친 자신의 얼굴을 확인하며 억지로 웃어보려 하지만 어색해서 이내 포기하고 만다.

『나와 정우 씨만 생각했지… 지예를 생각하지 못했다.』

순간, 인희는 갑자기 밀려오는 죄책감과 미안한 감정이 뒤섞여 눈물이 그렁그렁 맺힌 채로 다시 침대 위로 가서 지예를 품 안에 꼭 안는다.

어느덧 시간은 자정을 넘기고, 도진은 아까 그대로 정장을 입은 채 침대 위에서 잠이 들었다. 그러다 다시 일어나더니 목이 마르자 겨우 몸을 일으켜서 주방으로 향한다. 냉장고 문을 열고 물을 꺼내서 컵에 가득 따른 후, 한잔을 쭉 들이켜고, 다시 컵 안에 물을 가득 채운 뒤 거실로 가서 창밖을 본다. 밤하늘 위에는 맑고 아름답게 빛나는 반달과 별 하나가 보인다. 도진은 물을 마시면서 달과 별이 서로를 다정하게 마주 보고 있는 듯한 모습을 한참 동안이나 바라보며 서 있다. 그 시각, 인희도 거실 창밖 밤하늘에 밝게 떠 있던 반달과 별 하나를 생각에 잠긴 채 꽤 오랫동안 서서 가만히 바라보다가…

『정우 씨… 나, 잠시 동안만 정우 씨에 대한 생각을 내 마음 깊숙한 곳에서 얼마간 꺼내보지 않은 채로 그대로 두기로 했어. 내 마음속에서 따스하게 미소를 짓고 있던 당신이 있어서 항상 고마웠어. 당신을 생각하며 내가 다시 웃을 수 있는 그날이 올 때까지… 정우 씨… 안녕….』

인희는 먹먹한 마음으로 꽤 오랫동안 밤하늘을 올려다본다.

❀ - 노을빛이 넓은 들판 위를 비추고, 금빛과 초록빛이 가득한 풍경 속에서 정우가 선선한 바람을 맞으며 뒷모습을 보인 채 걸어간다. 그러다 정우가 다시 몸을 돌려서 인희가 있는 쪽을 바라보며 햇살 위로 양손을 크게 흔든 뒤, 활짝 미소를 지어 보이고는 인희에게 웃으라며 자신의 입꼬리 양옆을 검지로 들어 올리듯 그림을 그리며 서 있다. - ❀

어둠이 짙게 깔린 밤, 정장 차림으로 회사 가방을 든 한 남성의 뒷모습이 보인다. 밤거리를 한참 동안 힘없이 걸어가다가 걸음을 멈춘 뒤 밤하늘을 올려다보니 환하게 빛나던 반달과 별 하나가 따스한 빛을 내며 떠 있다. 그렇게 한참을 서서 바라보다가 다시 밤거리 속으로 천천히 걸어가고, 그의 뒷모습은 서서히 사라져 간다.

4

『 내가 소중하게 생각하던 사람의 근심 어린 표정을 보게 되면, 괜히 그 사람이 걱정돼서 하던 일도 손에 잡히지 않고, 그 사람의 모든 것들이 하나하나 다 신경이 쓰여 하루 종일 그 사람만 생각하게 된다. 밥은 잘 먹고 다니는지, 몸은 어디가 아프지 않은지, 속상한 일, 마음 아픈 일은 없었는지, 아직도 슬픈 얼굴을 하고 있는 건 아닌지… 내가 할 수 있는 일이, 해줄 수 있는 일이, 무엇이 있을까? 가만히 지켜만 보고 있는 게 답일까? 이런 생각들이 머릿속에서, 계속해서 반복하게 된다. 내가 느끼고 있는 이런 감정들도 단지 인희를 좋아해서일까? 사랑이라 그런 걸까? 사랑이라 하기엔 내가 아직 부족해 보인다. 』

책가방을 멘 지예와 인희는 손을 마주 잡고, 루리초등학교를 향해 걸어가고 있다. 지예는 인희의 무표정한 얼굴을 올려다보다가 다시 앞을 보며 걷기를 계속 반복하고, 인희도 그런 지예의 행동을 무심결에 느끼며 생각이 많은 표정으로 걸어간다. 그러다 미소를 지으며 다정한 말투로 지예의 이름을 부른다. 「지예야.」 「응?」 지예가 인희의 얼굴을 올려다보는데 「엄마가 지예한테 반가운 이야기 하나 들려줄까?」 인희가 여전히 미소를 지으면서 말하자 「응!」 지예가 머리를 끄덕인다. 「어젯밤에 지예가 자고 있을 때, 엄마가 거실에 있었는데, 창밖을 보니까 반달과 별 하나가 반짝반짝 떠 있는 거야. 그래서 하늘에 떠 있는 아빠한테 우리 지예가 엄마를 많이 생각해준다고 이야기했더니 아빠가 엄마한테 지예를 위해 웃으라고 하면서 엄마를 보며 웃으시더라.」 「진짜? 아빠가 그랬어?」 「응. 아빠가 오랜만에 찾아와서 이렇게 웃으래.」 인희가 걷는 걸 멈추고,

두 손으로 지예의 양쪽 입꼬리를 옆으로 쭉 올리면서 말하는데, 지예의 표정이 귀여워서 순간 웃음이 터지고 만다. 「으… 진짜? 조..케..따….」 지예는 여전히 입꼬리가 양옆으로 당겨진 채 힘겹게 말한다. 「다, 지예 덕분이야. 아빠의 웃는 모습을 보게 해줘서 고마워.」 인희는 지예의 얼굴에 손을 뗀 뒤, 머리를 쓰다듬어준다. 「아빠가 우리 옆에 있나 봐. 내가 한 말도 들었나 봐.」 지예가 배시시 웃으면서 하늘을 올려다본다. 「응, 이제 가자.」 「응!」 인희와 지예는 손을 마주 잡고 다시 길을 걸어간다.

한편, 도진은 출근하기 위해 거울을 보며 정장 옷매무새 정리와 넥타이를 고쳐 매면서 그 잠깐 동안에도 인희에 대해 생각한다. '괜찮으려나, 잠깐 얼굴만 보고 출근할까?' 도진은 거울을 보며 슬쩍 미소를 지어 보인다.

카페 밖 창문으로 테이블을 정리하고 있던 인희의 모습이 보인다. 도진은 길모퉁이에 숨어서 그 모습을 지켜보며 카페 안으로 들어갈까 말까 망설이고 있는데, 인희가 테이블 정리를 마친 뒤 카운터로 향한다. 도진이 다음을 기약하며 돌아서던 그때, 갑자기 지선이 나타나서 도진에게 반갑게 인사를 건네자 도진은 당황한 얼굴로 말을 더듬는다. 지선이 사장님을 보러 온 거냐며 묻자 「어? 아… 니요. 그냥, 출근하던 길에 지나치던 중이었어요.」 도진이 대충 얼버무리고 「아닌 것 같던데… 조금 전에 제가 오면서 보니까….」 지선이 고개를 갸우뚱하며 이어서 말을 하자, 도진이 바로 말을 막으며 「아, 커피를 마실까 말까 하다가… 그냥 마셔야겠다. 같이 들어가요.」 「아. 네.」 카페 안에서는 인희가 커피머신에 원두를 채우고 있던 중, 문 쪽에서 인기척이 나서 고개를 돌리는데, 출근한 지선이 인희에게 인사를 한 뒤 바로 스태프실로 들어가고, 그 뒤로 도진이 들어와 여전히 표정이 없는 얼굴을 한 인희를 잠깐 쳐다보면서 말한다. 「출근길에 커피 좀 마실까 해서… 아직 오픈 전이지?」「그렇긴 한데… 괜찮아. 뭐로 줄까?」「아이스 아메리카노」「알았어. 가져갈 거야? 여기서 마실 거야?」「가져갈게.」「응.」 도진은 그 근처에 서서 에스프레소를 내리고 있던 인희의 모습을 지켜보던 중, 손등이 하얗고, 손가락이 가느다란 인희의 손을 발견한다. 가냘프게 보이던 그 두 손으로 플라스틱 컵 안에 커피를 담아낸 후, 컵 뚜껑을 야무지게 닫는 걸 지켜보고 있다가 자신도 모르는 사이에 미소가 새어 나온다. 인희가 완성된 커피를 카운터 위에 올린 뒤, 도진의 얼굴을 가만히 쳐다보고 있는데, 서로 눈이 마주치자 당황한 도진이 눈을 다른 쪽으로 슬며시 피한다. 「여기….」 인희가 도진에게 커피를 건네자 「응.」 도진이 커피값을 계산하는데 「뭐가 그렇게 웃겨.」 인희가 무심하게 묻자 「어?」 도진이 놀라는데 「아까 너… 미소 짓던데?」「어? 내가? 아, 아… 내 입꼬리가 씰룩씰룩했구나. 커피를 빨리 마시고 싶어서 그랬나 봐. 하하, 하하하하.」 갑자기 도진의 두 볼에서는 분홍빛이 돌았다. 그는 많이 당황한 모습으로 빨대 하나를 주섬주섬 챙긴 뒤 커피잔에 꽂고, 목을 축이다가 한마디 한다. 「아, 시원하네. 하하하하.」 평소 같지 않던 도진의 약간 과장된 모습을 지켜보고 있던 인희도 웃겼는지 자신도 모르는 사이에 웃음이 새어 나온다. 「내가 아무리 커피집 사장이지만, 걱정돼서 하는 말인데, 커피만 너무 마시지 마. 그러다가 중독되면 큰일 난다. 그 수준이면 약간 중독 수준인 것 같은데?」「아, 내가 그래 보였어?」「응. 커피를 보고 갑자기 얼굴색이 핑크빛이 돌 정도면 좋아하다 못해 사랑을 넘어 중독 수준까지 간 거 아니겠어?」「아, 내가 얼굴까지 빨개졌어?」「응. 오늘은 커피를 마셨다면, 다음에는 주스도 마셔보고,

차도 마셔보고, 골고루 다 마셔봐.」「응, 알았어. 내가 네 말대로 커피를 엄청 좋아하긴 하나보다. 난 간다. 또 봐.」「응.」 도진이 인희와 대화를 서둘러 마친 뒤, 돌아서 카페를 나가자마자 지선은 인희에게 다가가서 슬며시 속삭인다. 「사장님, 임도진 아나운서… 귀엽지 않아요? 약간 순수한 면도 보이고….」 인희는 지선의 말에 살짝 미소 짓는다. 그 시각, 밖에서 도진은 뭔가를 들켜버린 사람처럼 심각한 표정을 지은 채 카페를 등지며 걸어간다. 그러다 갑자기 빠른 속도로 커피를 들이켜고, 많이 당황한 표정으로 카페 근처에 세워 둔 승용차 안으로 들어간 뒤, 혼자 중얼거린다. 「설마, 나… 들킨 건 아니지? 어떻게 된 게 얼굴에 다 드러나냐…. 어머님 말씀대로 난 포커페이스가 안 돼. 인희가 제발 오늘만큼은 무신경한 사람이었으면 좋겠다. 도대체 몸의 온도가 왜 이렇게 잘 변하는 건데! 이러다가 뭘 해보기도 전에 인희가 나한테 거리 두는 거 아니야? 아… 어쩌지.」 도진은 말을 마치자마자 달아오른 얼굴 위로 얼음이 든 컵을 갖다 대면서 열을 식힌다.

그 후로 얼마 뒤, 은경은 방 안 침대 위에서 이제 막 깨어난 듯 부스스한 모습을 하며 멍하니 앉아서 도진과 전화통화를 한참 동안 하다가 막 잠에서 깬 얼굴로 갑자기 놀라면서 말한다. 「뭐라고? 너, 지금 도대체 이게 몇 번째야! 얼굴은 왜 또 빨개지는 건데? 너… 조절 못해? 그리고 내가 네 엄마냐? 뭔 일만 터지면 쪼르르 내게 전화나 해서 놀라게 하고, 잠 다 깼잖아! 어제, 작업하느라 잠을 두 시간밖에 못 잤다! 순수한 거 좋지, 좋아. 나이 먹어 그런 순수성이 있다는 거 아주 칭찬해. 내가 살다살다 너의 그런 순수성을 다 보게 되고… 인희 걔도 참 대단하다. 그런 널 못 알아보고, 커피 중독으로 이야기가 빠졌으니 망정이지. 나 같았으면 벌써 알아채고도 남았어! 아니, 왜 얘가 커피를 보고 얼굴이 빨개지지? 사물이나 물체, 액체를 보고 얼굴이 빨개진다고? 이게 말이 돼? 아메리카노를 보고? 너도 한번 생각을 해봐. 너라면 애착 인형이나 애착 베개, 애착 이불을 보면 얼굴이 붉어지냐? 그건 아니잖아. 분명, 호르몬 작용으로 이상한 생각을 한 게 들켰거나 감추고 싶었던 걸 들켰을 때 얼굴색이 변하는 거지. 안 그래? 인희가 생각을 조심성 있게 하는 친구라 나처럼 이런 방향으로 생각하지 않은 걸 고마워해야 돼. 너의 이런 행동 하나하나가 계속 쌓이고 쌓이게 되면 나중에 인희도 다 알게 된다고…. 혹시나 인희가 내게 이 이야기를 꺼내게 되면 잘 수습할게. 알았어, 끊어.」 은경은 도진과 통화를 마친 뒤, 잠시 생각하다가 한마디를 한다. 「정말, 심각한 수준이네. 이런 짝사랑도 도진이한테는 행복이겠지. 설레니까 나온 행동이니 뭐… 하여튼, 도진이도 참….」 은경은 이내 코웃음을 친다.

카페 안에서 지선이 급히 휴대폰을 켠 뒤, 커피머신 위에 휴대폰을 세워놓고, 정오 뉴스를 진행하는 도진의 모습을 시청하며 커피를 내린다. 휴대폰 속, 도진은 정장 차림으로 뉴스데스크 앞에 앉아있고, 그 옆 상단 화면에는 표현 기법이 간단해 보이지만 크기는 웅장한 회색 미술 작품이 보인다. 아래 자막에는 '청춘들이 회색 그림에 빠진 이유'가 쓰여있다. 「관광객의 발걸음을 끄는 미술작품이 있습니다. 주시영 작가의 작품인데요. 단순하디 단순한 회색 그림에 요즘 청춘들이 빠지는 이유가 뭘까요. 현영승 기자가 만나봤습니다.」 도진의 멘트가 끝나자, 뉴스를 시청 중이던 지선이 인희에게 묻는다. 「사장님, 도진 씨는 어느 분과 결혼할까요? 좋아하는 여자 스타일을 혹시라도 제가 알 수 있을까요?」 「나도 잘 모르는데….」 인희가 테이블을 정리하면서 말하고 「한번 알아봐 주시면 안 될까요? 사장님?」지선이 애교 있게 부탁하자, 인희가 알았다고 한다. 다시, 휴대폰 화면 속에서 뉴스를 진행하고 있던 도진은 다음 멘트를 한다.「서울 벚꽃 축제가 시작되고 있는데요. 서울 소재 벚꽃 축제 방문객이 처음으로 천만 명을 돌파했다고 합니다. 현장 중계차가 나가 있는데요. 연결해보도록 하겠습니다. 이현식 기자, 꽃구경 나오신 분들 정말 많죠.」「네. 제 뒤로 보이는 벚꽃과 호수, 그리고 사람들의 모습은 그야말로 한 폭의 그림 같은데요. 이곳에는 그 어느 때보다도 떨어지는 벚꽃을 찾아 나선 방문객들이 곳곳에 많이 보이고 있습니다.」화면 속에서 기자가 말하는데「아… 나도 벚꽃 축제 가고 싶다.」화면 속 벚꽃 영상을 보며 지선이 한마디 하고「예쁘네.」옆에서 같이 영상을 보고 있던 인희가 말한다.「사장님은 벚꽃 축제 안 가세요? 지예도 좋아할 텐데….」「아… 그러고 보니 아직 지예와 제대로 된 벚꽃 구경을 못 했네…. 뭐, 집 근처에 벚꽃 나무도 있고, 이 앞에도, 공원에도 많으니까….」인희가 말을 마치자마자 학교 수업을 마친 지예와 민재, 그리고 선영 씨가 카페 안으로 들어온다. 책가방을 멘 지예가 반갑게「엄마!」하며 달려가서 인희에게 안기고, 인희는 선영 씨와 민재에게 인사를 나누며 지예를 안는다.「지예 엄마, 오늘 지예랑 같이 태권도 학원에 등록하러 가야죠.」선영 씨가 인희에게 말하자 인희가 가게 나갈 준비를 하며 지선에게 부탁한다.「등록한 뒤, 식사하고 올게.」그리고서 지선을 두고 카페를 나선다.

도진은 방송이 종료된 뉴스데스크 앞에서 대본을 정리한 뒤, 자리에서 일어섰다. 뉴스 방송 관계자들과 서로 수고했다며 인사를 나눈 후, 스튜디오를 나서는데…

『인희와 지예는 벚꽃 구경을 했으려나… 아직 못 봤으면 좋은 거 함께 보며 같이 걷고 싶은데….』

한편, 은경은 작업실 안 책상 앞에서 머리를 쥐어짜 내며 번역 작업을 하고 있던 중에 휴대폰 진동음이 울려서 보니, 화면에는 홍 이사의 이름이 뜬다. 은경은 두 손으로 공손히 휴대폰을 들며 통화 버튼을 누른 뒤, 등을 굽실거리며 말한다. 「아… 네. 이사님… 그간 안녕하셨는지요. 제가 먼저 전화를 드렸어야 했는데….」 「다름이 아니고, 작업은 잘 돼 가?」 홍 이사가 본론부터 묻는다. 「네. 매일을 책상 앞에서 고민하고, 머리를 싸매며 작업하고 있습니다.」 은경이 능청스럽게 어필한다. 「그래? 책 받아간 이후로 아무 소식이 들리지 않길래… 전화 한번 해봤어. 한 권은 끝낸 거야? 중간 점검 한번 할까?」 「이사님도 참, 책 받아간 지 얼마나 됐다고…. 벌써, 한 권이라뇨….」 「그럼, 벌써 마지막 권까지 다 끝낸 거야?」 「이사님, 농담도 참…. 아직 첫 권에서 반 정도를 이제 넘겼어요.」 은경은 당황해하면서 말하고 「올해 안에는 볼 수 있는 거지?」 「네, 이사님… 그럼요. 제가 누굽니까. 지금은 이래도 막판 스퍼트 하면 저 아닙니까. 걱정 마세요.」 「알았어. 한 권씩 끝나면 나한테 가져오고….」 「네~ 홍 이사님.」 「혹시 내가 기간을 정해줘야 하는 건 아니지? 네 스타일은 한 권씩 마감일을 정해줘야 할 것만 같은데….」 「필요하면 그때 제가 그렇게 해달라고 다시 전화 드리겠습니다. 저, 날밤 새워가며 열일하고 있습니다.」 「알았어. 내가 약간 조바심이 나서 그래. 나, 정말로 그 책… 힘들게 가져온 거고, 벌써 독자들도 기다리고 있는 눈치고 해서 퀄리티 있게 잘 뽑아내. 그럼, 끊는다.」 「네, 조심히 들어가세요.」 은경은 홍 이사와의 통화를 후다닥 마치자마자 투덜거리기 시작한다. 「언제는 너그럽고 인자한 얼굴로 시간 넉넉하게 준다고 하셨으면서… 홍 이사님, 은근 압박이 심하셔.」은경은 다시 볼펜을 잡고, 일에 열중하고 있는데 이번에는 도진으로부터 휴대폰 진동음이 울린다. 은경은 전화를 받으며「도진아, 나 바빠. 오늘 너와의 통화만 해도 벌써 두 번째다. 이런 식으로 자꾸 내 시간을 뺏으면, 나 일 못 한다. 일자리 잃으면 책임질 거야?」「무슨 일 있었어?」「중요한 일이 아니면 전화 끊어.」「아니, 다름이 아니라 인희와 지예랑 같이 벚꽃 구경을 하러 가고 싶은데, 네가 생각하기에도 이건 좀 많이 나간 거지? 아직 아무 사이도 아닌데 이렇게 셋이 가자고 하면 아무래도 인희가 부담스러워하겠지?」「아무래도 그렇지 않을까? 아니면 네가 잘하는 능청스럽게 같이 가자고 하던가. 진지하게 말하지만 않는다면 인희도 별로 부담스러워하지 않을 것 같은데?」「능청스럽게 어떻게?」「도진아, 나한테 자꾸 물어보지 말고 머리 좀 써라. 내 사랑, 내 여자가 아니다. 도진아, 내가 하나하나 다 알려줘야 하냐?」「언제는 너한테 제일 먼저 물어보고 행동하라며….」도진은 이내 주눅이 들고「일단 한 번은 네가 생각을 해본 뒤, 행동하기 전에 미리 내게 알려줘. 나… 일 바빠 죽겠으니까 끊는다.」「응, 알았어….」도진의 대답을 끝으로 통화를 마친 은경은 다시 볼펜을 잡고, 외국 소설책을 보며 두꺼운 노트 위에 한국어로 빼곡히 옮겨 적는다. 〔그는 지친 마음을 겨우 붙잡고, 간신히 그녀에게 다가갔다.〕 이 글을 적다가 은경은 잠시 생각을 한다. '내가 너무 심했나' 그런 뒤 다시 다음 문장을 번역하는데, 〔그는 무엇을 어떻게 해야 할지 제대로 알지 못한 채 말을 건넸다.〕 은경은 이 한 문장을 마친 뒤 갑자기 볼펜을 내려놓고 중얼거린다.「도진이 애 이러다가 인희한테 또 이상한 소리 하는 건 아니겠지? 그나저나 이 소설 뭐야. 소름 돋게….」

인희와 지예는 태권도 학원 등록과 동시에 수업까지 마친 뒤, 밖에서 식사까지 마친 후, 선영 씨와 민재랑 다시 카페로 돌아와서 테이블 위에 각자 음료를 놓고 대화를 나눈다. 「배불러.」 갑자기 지예가 볼록 튀어나와 있는 배를 만지작거리면서 한마디 하자 「운동을 그렇게 하더니… 아까, 밥을 평소보다 많이 먹더라.」 인희가 지예에게 말한다. 「지예… 첫 수업이라 수줍어하며 잘 못 할 줄 알았는데, 엄청 열심히 하더라? 아줌마 놀랐어.」 선영 씨가 지예를 보며 칭찬을 하고 「엄마도 지예가 힘들어할 거라고 생각했는데, 주먹도 제대로 꼭 쥐고, 힘 있게 발차기도 해서 엄마, 오늘 많이 놀랐어.」 인희도 씩씩한 지예의 모습을 칭찬하자 기분이 좋아진 지예가 오렌지 주스를 마시면서 민재의 얼굴을 보며 미소를 짓는데, 민재가 그런 지예의 행동에 이미 눈에서는 초점을 잃은 채 청포도 에이드로 시선을 옮긴 뒤, 계속해서 빨대만 만지작거리기 시작한다. 「태권도 선생님께서 오늘 지예가 기가 막히게 발차기도 잘하고, 고사리 같은 손으로 주먹도 잘 쥔다고 선수 욕심내시던데?」 선영 씨가 또다시 지예를 칭찬하자 「기가 막히게 잘한다는 말인지, 기가 막히게 못한다는 말인지, 헷갈리게 말씀하시던데…. 아무튼 그 선생님, 재미있으시던데요?」 인희가 웃으면서 말하고 「네. 그 선생님… 어휘 선택이 약간 남다르시지만, 시범 보일 때는 카리스마가 장난 아니세요.」 선영 씨가 그간 봐왔던 태권도 사부님에 대해 설명한다. 「그러시더라고요. 민재는 벌써 폼이 나오던데, 자세가 예쁘더라고요.」 인희가 민재의 태권도 실력에 대해 칭찬을 하자 「민재는 태권도를 배운 지 벌써 6개월 됐나. 그러니까 어느 정도 자세가 나오는 거죠. 집 안 거실에서도 얼마나 연습인지 말도 마요.」 선영 씨가 웃는다. 「오늘, 어땠어?」 인희가 지예에게 묻는데, 지예가 재미있었다고 대답한다. 인희는 만족스러워하며 미소를 지어 보인 뒤, 쿠키를 가지러 자리에서 일어선다. 「너… 오늘 잘하더라.」 민재가 지예를 보면서 말하자 「응. 힘 세지고 싶어서 열심히 했어.」 지예가 말하는데 「왜 힘 세지고 싶어?」 민재가 다시 지예에게 묻자 「그런 게 있어.」 지예가 잠시 인희를 쳐다보다가 대답하던 그때, 퇴근한 도진이 카페 안으로 들어선다. 그는 지예를 보며 인사한 뒤, 카운터에 있던 인희를 향해 걸어간다. 「어, 또 왔네.」 인희가 도진에게 말하자 「아, 맞다. 내가 오늘 오전에도 왔었지.」 도진이 말하는데 「오늘은 회사에서 일찍 나왔네?」 인희의 물음에 「다음 스케줄이 없기도 하고, 속이 좋지 않아서 반차 쓰고 나왔어. 그나저나 요즘 날씨가 너무 좋지 않아?」 「응. 그런데 병원은 갔다 왔어?」 「응, 난 지예가 마시는 거로 줘.」 「응.」 인희가 오렌지 주스를 만들 준비를 하고 있는데 「벚꽃 구경하러 안 가?」 도진이 대뜸 인희에게 묻는다. 「뭐, 집 근처에도, 카페 앞에도 벚꽃이 폈던데… 여기서 보면 돼.」 「그래도 여기에서 몇 그루 보는 거랑 다른 데서 몇십 그루를 보는 거랑은 완전 다르지. 잠깐 몇 분 보는 게 아닌 도시락을 싸서 돗자리를 펴놓고, 벚꽃 잎을 맞으며 지예랑 이런저런 이야기를 나누면서 몇 시간을 그곳에서 보내는 게 더 낫지 않아?」 도진이 들릴 듯 말 듯 조용히 웅얼거린다. 「응? 뭐라고?」 시끄럽던 믹서기 소리로 인해 인희가 도진의 말을 제대로 듣지 못하자 「아니, 아니야….」 「여기 주스 나왔어. 계산은 하지 않아도 돼.」 「어? 진짜? 어… 고마워. 잘 마실게. 나, 간다.」 「어, 잘 가.」 인희의 인사를 끝으로 도진은 별 소득 없이 다시 카페를 나선다. 「누구?」 선영 씨가 호기심이 가득 찬 얼굴로 인희에게 묻는데 「친구요. 대학 때 친구….」 인희가 대답한다. 「되게 깔끔하고, 호감형에 반듯하게 생겼네요. 근데, 어디서 본 얼굴 같은데….」 선영 씨의 말에 인희는 아무 말 없이 조리대 뒷정리를 한다. 「TV에 나오는 아저씨인데….」 그때 지예가 말하고 「TV? 어디?」 선영 씨가 지예에게 묻는데 「지예가 좋아하는 퀴즈 TV에 나와요. 그리고 뉴스에도 나온대요. 그… 아… 아… 뭐지?」 지예의 머릿속에서 아나운서라는 단어가 잘 떠오르지 않자 「아나운서예요.」 인희가 쿠키를 내오면서 알려준다. 「어쩐지… 어디서 본 것 같다더니… 이름이 뭐예요? 검색해볼게요.」 선영 씨가 휴대폰을 드는데 「임도진이요.」 인희가 말하자 선영 씨는 바로 검색을 하며 「미혼? 기혼? 아직 미혼이네요. 썸?」 「그런 거 아니에요. 그냥 친구 사이.」 「알았어요. 내가 너무 나갔네.」 선영 씨가 멋쩍게 웃는다. 「지예랑 나처럼 친구….」 그 옆에서 민재가 선영 씨에게 조용히 말하고 「그래. 민재랑 지예처럼….」 선영 씨가 말하자 인희는 두 사람의 조용한 대화에 미소를 짓는다.

NBS 방송국 아나운서실 안에서는 세주가 커피 두 잔을 양손에 들고, 자리에 없는 도진을 찾으며 선배 성도에게 묻는다. 「도진 선배님, 어디 가셨어요?」 「어… 아까 몸이 좀 아프다고, 반차 쓰고, 집에 갔어.」 「어디 아프세요?」 「응. 어제 뭘 먹었는지, 속이 좋지 않다며… 어차피 남아있는 스케줄도 없고 해서 갔지. 근데 왜 찾아?」 「아니, 이초롱 선배님께서 진행하시는 라디오에 도진 선배님과 제가 게스트로 초대받아서 몇 가지 질문에 대한 답변을 오늘 선배님께서 도와주시기로 했거든요.」 「아… 그래?」 「네.」 「그런데 답변도 도와줘? 그런 건 각자 준비할 수도 있는 거잖아. 어쩔 수 없지. 따로 준비해갈 수밖에….」 성도의 말이 끝나자 세주는 자기 자리로 돌아가서 책상 위에 커피 두 잔을 올려놓고, 도진에게 휴대폰 문자를 보내려 하다가 글을 다시 지운다.

한편 도진은 병원에서 받아온 약을 먹은 뒤, 소파 위에 앉아 노트북으로 벚꽃 축제 사진만 계속해서 검색하고 있다. 그러다가 은경에게 도움을 다시 받아보려 전화를 하려다가 또 한 소리 들을까 봐 참는다.

『혹시라도 인희의 마음이 지쳐 있다면 남들 다 하는, 매년 찾아오는 이런 자연이 주는 행복을 인희… 그리고 지예와 함께 나누게 되면 좋을 텐데…. 그냥 지나칠 수도 있는 순간들이 비록 작을지라도 반짝이는 순간으로 만들어주고 싶다는 마음이 더 크다. 하지만 인희에게 아무런 말도 하지 못하고 있는 내 자신이 한심스럽기만 하다. 답답하지만 어쩔 수 없다. 천천히 다가가기로 다짐했으니까… 나로 인해 인희의 마음속에 생각지도 못한 힘든 상황들이 생긴다면 나도 힘들어질 테니까….』

오늘 하루도 무사히 지나갔고, 인희는 카페 마감을 하며 모든 스위치를 끈 뒤, 지예와 가게를 나선다. 가로등 불빛이 어두운 거리를 환하게 비추고 있고, 두 사람은 길을 걷던 중에 만개한 벚꽃 나무 한 그루가 눈에 들어오는데, 연분홍 잎이 바람에 하늘하늘 날리면서 떨어지니 아름답게 느껴진다. 「지예야.」 인희가 지예를 부르는데 「응? 엄마.」 「우리, 이 앞 공원에서 벚꽃 구경 좀 잠깐 하다 갈까? 이번에 우리가 꽃구경을 제대로 못해봤네.」 「응! 엄마!」 지예가 해맑게 웃으면서 말하자, 둘은 근처 공원 산책로 쪽으로 발걸음을 옮긴다. 늦은 시간이라 그런지 공원 안에는 운동하러 온 사람들과 벚꽃 구경하러 온 사람들이 간혹 보이고, 봄바람이 간간이 불어 이로 인해 인희와 지예의 머리 위로 꽃비가 내려와 마음을 간질인다. 「와! 정말 예쁘다. 지예야.」 인희의 표정이 밝아지고 「응. 우와 우와… 엄청, 엄청 예쁘다!」 지예도 역시 행복한 표정을 짓는다. 「우리, 밤에 꽃구경은 처음이지?」 「응, 엄마.」 「지예… 춥지 않으면 우리 조금만 더

보다 갈까?」「응.」「지예야, 이 앞에 서봐. 엄마가 사진을 찍어줄게.」인희
가 가로등 불빛에 환하게 비친 벚꽃 나무를 배경으로 미소를 지으면서
서 있던 지예의 사랑스러운 모습을 휴대폰 카메라에 담는다. 지예도 역
시 서툴지만 신중한 태도로 엄마 인희의 모습을 사진 속에 남긴다.「엄
마, 나 이거… 집에 가져가도 돼?」지예가 바닥에 떨어진 벚꽃 잎을 손
가락으로 가리키면서 인희에게 묻는데「응, 그러자. 잠깐만 지예야. 우
리 여기에 담자.」인희가 가방 속에서 지예가 먹다 남긴 작은 과자 상자
를 꺼낸다.「지예가 여기에 다 담을 거야!」갑자기 지예가 전투적인 눈빛
을 하며 작은 고사리손으로 떨어져 쌓인 벚꽃 잎을 양손 한 움큼씩 쥐며
과자 상자 안에 마구 담기 시작한다. 인희는 그런 지예의 모습이 귀엽기
도 하고, 재미있어서 휴대폰 카메라로 사진과 영상을 남긴다. 두 사람은
집에 도착하자마자 별 모양 유리병 안으로 과자 상자 속, 가득 담긴 벚꽃
잎들을 쏟아내기 시작한다.「이거… 지예 거야.」인희가 지예에게 유리병
을 건네면서 말하자「우와 예쁘다.」지예는 유리병을 꼭 안으면서 기뻐한
다.「그런데 지예야. 이 꽃잎들이 아직은 연분홍색일지 몰라도 시간이 얼
마 지나지 않아 시들어가기도 하고, 색도 변할 거야.」「진짜?」지예가 인
희의 말에 놀라면서 묻는데「응. 집에서나 카페 안에서 키우던 꽃들도 그
랬던 것처럼 유리병 안에 든 이 꽃잎 역시 변하게 돼. 그래도 실망하면
안 돼. 이 분홍빛의 꽃잎도, 앞으로 색이 변하게 될 이 꽃잎도 같은 벚꽃
이니까. 단지 색만 바래졌을 뿐….」「응. 그런데 지예는 분홍색이 더 좋은
데….」「지예의 아장아장 아기 때 모습과 이제 초등학생이 된 지예도…
다 같은 지예가 맞지? 아기일 때도, 여기서 엄마랑 대화를 하고 있는 지
예도… 다 지예잖아.」「응.」「이 꽃잎도 마찬가지야. 분홍빛이… 시간이
얼마가 지나 색이 차츰 변하게 되더라도 똑같은 벚꽃 잎이라는 거….」

「알았어, 엄마.」

『지예에 대한 나의 사랑도, 지예를 생각하는 내 마음도, 세월이 지나도 변함이 없다는 걸 언젠가 아는 날이 오기를… 지예도 역시 한 해가 지나고, 점점 커갈수록 나에 대한 마음이 같기를 바랄 뿐이다. 그러기 위해서는 나도 계속해서 고민하고, 생각하고, 헤아리고, 노력하는 좋은 엄마가 되어야 한다. 이 세상에 가족은 나와 지예뿐이니까….』

다음 날 이른 아침, 도진은 여전히 침대 위에 누워서 숙면을 취하고 있는데, 갑자기 조용한 방 안에서 휴대폰 진동음이 요란하게 울린다. 잠결에 놀란 도진은 휴대폰 화면에 뜬 은경의 이름을 가까스로 본 뒤, 비몽사몽한 상태로 통화 버튼을 누른다. 「어. 은경아.」「목소리는 왜 그래. 잤냐?」「응.」「아침부터 전화로 깬 심정이 어떠냐? 짜증 나 죽겠지? 내가 어제 그런 기분이었다.」「아니, 난 좋은데… 은경이 전화라면 언제나 반갑고, 좋지. 이상하게 너랑 통화하게 되면 마음이 안정돼.」「그, 그래? 난 누가 아침부터 전화해서 깨우면 그렇게 기분이 나쁘던데….」 은경이 당황한 말투로 말하고 「난… 은경이 전화라면 기분이 하나도 나쁘지 않아.」「그, 그래? 그렇다면 뭐… 알았어. 말을 예쁘게 했으니 내가 선물을 줄게.」「무슨 선물?」「내가 어제 이래저래 생각을 해봤는데…. 혹시, 너 벚꽃 보러 가자고 인희한테 말했니?」「아… 응. 그런데 인희가 집 근처에 벚꽃이 많다고, 따로 구경하러 가지 않아도 된다고 해서 흐지부지됐어.」「네가 뭐 그렇지. 그래서 말인데, 우리 가족이랑 너랑 인희네랑 빈 스케줄에 맞춰서 2박 3일로 서울 근교 쪽으로 여행을 갈까 하는데….」「진짜? 은경아? 우리 그럴까?」 갑자기 도진이 침대에서 벌떡 일어나서 앉는다. 「다름이 아니고, 내가 번역하고 있는 책에서 힌트를 좀 얻었지~ 말하지 않더라도 너의 그 안쓰러움이 느껴지니 바쁜 와중에도 시간 내서 생각 좀 해봤어.」「은경아, 고맙다. 내가 이런 친구를 옆에 두었다는 사실이 하늘에 감사하기까지 할 정도다. 오늘, 또다시 느껴.」「그만해. 하여튼, 넌 오늘 몇 시에 끝나? 다 같이 인희네 카페에서 스케줄을 잡을까 하는데…」「그럼… 나 퇴근하고, 넉넉하게 잡아서 오늘 저녁 7시, 어때?」「그래. 그럼, 그때 보자.」「응. 은경아, 언제나 고맙다.」「여행 가서 맛있는 거 많이 사!」「응! 알았어. 내가 다 살게!」「그럼, 끊는다! 안녕.」도진은 은경에게 고맙다는 말을 몇 번이나 더 하고, 전화를 끊는다.

회사에 출근한 도진이 예정된 이초롱 아나운서가 진행하는 라디오에 게스트로 초대를 받아서 부스 밖에 세주와 나란히 앉아 긴장된 모습으로 대기하고 있다. 「어제, 아픈 몸은 좀 어떠세요?」세주가 도진에게 조용히 묻자 「많이 괜찮아졌어. 어제 먼저 가서 미안.」도진이 말하고 「괜찮아요. 그저 갑자기 애매하거나 엉뚱한 질문이 나올까 봐… 걱정이 돼서 그랬던 거예요.」「그래. 간혹, 곤란한 질문이 나오면 굳이 대답할 필요는 없어.」「네.」「그땐 패스나 노코멘트라고 장난스럽게 말하며 대처하면 돼.」「네, 선배님.」어느덧, 라디오 부스 안에서 이초롱 아나운서가 라디오 방송 2부를 마치고 있고, 디지털시계가 오전 10시 50분을 지나던 그때, 담당 PD가 도진과 세주에게 부스 안으로 들어오라고 손짓한다. 두 사람은 곧장 부스 안으로 들어가서 긴장된 얼굴로 이초롱 아나운서와 인사를 나눈 뒤, 자리에 앉아 헤드폰을 낀다. 「물 한 모금 마시고, 긴장 풀어.」이초롱 아나운서가 웃으면서 도진과 세주에게 말을 건네자 「네.」두 사람이 대답을 하고는 테이블 위에 물이 든 페트병 뚜껑을 연 뒤, 한 모금을 마신다. 디지털시계가 오전 11시로 숫자가 변환되자마자 담당PD가 진행자에게 큐 사인을 보내고 「〈특별한 오늘〉, 이초롱입니다. 이곳에는 NBS 방송국 간판 아나운서인 임도진 아나운서와 아름다운 미모와 목소리를 갖춘 이제 막 신입 티를 벗은 유세주 아나운서가 나와 있습니다. 안녕하세요. 두 분 모두 라디오는 처음이시죠?」 이초롱 아나운서가 대본을 보면서 멘트하자 「네. TV에서만 여러분을 뵙다가 이렇게 라디오 초대를 받게 되어 반갑네요.」 도진이 먼저 답하고 「네. 항상 선배님 라디오를 청취만 하다가 이곳에 나오게 돼서 설렙니다.」 이어서 세주가 말한다. 「저도 설렙니다. 청취자분들께서도 두 분에 대해 궁금한 점이 많으실 거예요. 한 번, 알아가 보도록 하겠습니다. 0924번님께서 질문을 하셨는데요. 아나운서가 아니었으면 어떤 일을 하셨을 거 같나요. 또는 나중에라도 다른 일을 해보고 싶지 않냐며 질문을 하셨는데요. 두 분… 해보고 싶은 다른 일이 있나요?」 진행자가 질문을 하자 「음… 저는 심리학자요.」 이번에는 세주가 먼저 답하는데 「심리학자라… 왜죠?」 진행자가 되묻고 「사람마다 생각하는 것이 다 다르기도 하고, 거기에서 오는 갈등에 대해 빠른 이해와 그에 따른 논리적이며 정당한 해결책을 현명하게 제시해주고 싶은 마음이 있기도 하고, 제 성향이 평화주의자라 누군가가 힘들어할 때, 바로 알아채고 정신적으로나 심리적으로 도움을 줄 수 있는 일을 나중에라도 꼭 해보고 싶다고 생각을 해본 적이 있었어요.」 세주가 말한다. 「구체적으로 언제 그런 생각을 하게 되었나요?」 진행자가 흥미로워하면서 다시 묻자 「평소라고 하기 보다는 주변에 어떤 이유에서든 힘들어하는 표정이나 골똘히 생각하는 모습을 보고 있으면 돕고 싶다는 마음이 자주 들더라고요.」 세주가 답한다. 「그렇군요. 세주 아나운서는 심리학자도 잘 어울릴 거 같네요. 도진 아나운서는요?」 진행자가 묻는데 「제가 원래는 먼 훗날의 꿈이 소설가였는데, 최근 들어서는 아빠가 되고 싶습니다.」 도진의 대답에 「뭔가, 소설가도 어울리는데… 갑자기 아버지요? 혹시, 누구 만나는 분이 있나요?」 호기심이 가득 찬 눈빛을 하며 진행자가 묻자 「아니요. 상대는 없지만, 요즘에 문득 그런 생각을 많이 하게 되네요.」 도진이 답한다. 「그러고 보니 임도진 아나운서의 나이가 결혼 적령기니까… 그러면 어떤 아버지가 되고 싶은가요?」 「음, 친구 같은 아빠이자 자식이 힘들어할 때 격려해주고, 무슨 일이 생겨도 그 손을 놓지 않고 잡아주는 아빠… 그리고 와이프를 많이 사랑해주는 남편이 되고 싶습니다.」 「엄청 로맨틱하다. 진짜 멋진 남자네요. 오늘 방송으로 팬이 더 늘겠는데요? 어디 보자. 아카시아나무님께서 질문을 주셨는데요. 인생을 살면서 힘들고, 어려운 일이 있고, 그렇잖아요. 그럴 때마다 무엇을 하며 견디고 버티는지 궁금하다고 하셨는데요. 두 분, 알려주세요.」 진행자가 모니터를 보며 묻자 「저 같은 경우에는 좋아하는 선배님들과 시간을 보낸다거나….」 세주의 말에 「진짜요? 가식 아니죠? 사회생활을 잘하시네요.」 진행자가 농담을 던지고 「진심이에요. 여기에 계시는 이초롱 선배님, 임도진 선배님, 그리고 김성도 선배님….」 「알았어요. 또, 다른 건요?」 「청소요. 아무 생각 없이 정리정돈을 한다거나 깨끗해진 집을 보게 되면 몸은 힘들어도 마음이 정돈되고, 깨끗해졌다는 느낌을 받게 돼서 저도 모르는 사이에 어느새 기분이 좋아집니다.」 세주가 답한다. 「뭔가 저도 한번 집에서 해봐야겠네요. 임도진 아나운서는 뭔가요?」 진행자가 묻자 「저 같은 경우는… 제 친구의 딸이요. 귀엽고, 사랑스러운 어린아이를 보고 있으면 제 마음도 순수해지고 정화가 된달까… 피로가 사라져요.」 도진의 얼굴에 미소가 번진다. 「결혼해야겠네… 아이가 좋으면 결혼해야 돼요. 도진 아나운서… 이런 캐릭터 아니지 않아요? 1576번님께서 저에 대해서도 궁금해하셨는데요. 저 같은 경우는 커피와 매운 음식을 먹으며 인생을 버티고, 또 이런 상황에서는 제 남편도 넣어줘야겠죠? 노래 듣고, 다시 돌아오겠습니다.」
진행자가 멘트하며 마무리를 한다. 라디오 부스 안에서는 경쾌하고 밝
은 피아노 선율의 음악이 흐른 다음에 「4263번님께서 질문을 주셨는데
요. 언젠가 이런 프로그램을 맡아서 진행하고 싶다는 방송 분야가 있을
까요?」 진행자가 질문하자 「아직 부족하지만 어떤 시간대라도 뉴스 진행
을 해보고 싶습니다. 그러기 위해서는 제가 많이 노력해야겠지만….」 세
주가 수줍게 대답하고 「맞아요. 뉴스 진행이 상징적이니까… 임도진 아
나운서는요?」 진행자가 묻는데 「저는 영화를 소개하는 프로그램을 해보
고 싶습니다. 영화 소개하는 프로를 매주 빼놓지 않고 볼 정도로 굉장히
좋아하기 때문에 언젠가 기회가 된다면 꼭 그 분야를 맡아보고 싶습니
다.」 도진이 답한다. 「영화는 어떤 장르를 좋아하세요?」 진행자가 도진에
게 묻자 「액션, 스릴러, 코미디, 로맨틱 코미디, 멜로, 애니메이션… 다 좋
아합니다.」 도진이 답하고 「유세주 아나운서는요?」 진행자가 묻자 「저도
다 좋아합니다.」 세주가 답한다. 「저는 코미디물을 좋아합니다. 시간이
별로 남지 않은 관계로 빨리 진행하겠습니다. 3918번님께서 자신의 매력
이 뭐라고 생각하시냐며 물으셨는데요. 뭔가요?」 진행자가 묻자 「음, 부
족함이 보이더라도 뭐든 최선을 다해가며 열심히 하려는 모습이 제 매
력이지 않나 생각합니다.」 세주가 말하고 「저는 의외로 순진함과 풋풋함
이 아닐까요?」 도진이 장난스럽게 말하는데 「도대체 어딜 보고?」 진행자
의 눈이 휘둥그레지고 「아니… 제가 생각한 게 아니고… 제 친구가 저도
모르는 모습에 대해 말해주더라고요.」 도진의 말에 「좋은 친구를 두셨네
요. 저도 나중에 한번 임도진 아나운서의 그런 모습을 천천히 찾도록 하
겠습니다. 저에게도 그런 모습 좀 보여주세요. 2026번님께서 과거와 현
재를 봤을 때, 자신의 달라진 점이 있을까요? 라고 질문을 하셨는데요.

뭐가 있을까요?」 진행자가 묻자 「아무래도 아나운서가 되기 전후로 나뉘는 것 같아요. 전에는 아나운서라는 꿈을 이루기 위해 달려왔다면 현재는 또 다른 꿈을 꾸고 있는 제 모습을 보며 느끼기를 꿈은 계속해서 달라지고, 추가되어지는 구나… 라고 생각하게 됩니다.」 세주의 답에 「현재 꾸고 있는 꿈이 무엇인지 알 수 있을까요?」 진행자가 되묻자 세주는 잠깐 동안 도진이 앉은 곳을 응시하며 답한다. 「꿈을 말하면 이루어지지 않을까 봐… 죄송합니다.」 「그럼, 그 꿈을 안고 있는 유세주 아나운서의 마음은 어떤가요? 행복하다거나, 설렌다거나, 긴장된다거나….」 진행자가 웃으면서 묻는데 「복합적입니다.」 세주가 말한다. 「저는 최근 들어서 변화를 느꼈던 건데, 과거에 생각하기로 '인생은 뜻대로 되지 않는다'였지만, 현재 다시 드는 생각은 '언젠가는 뜻대로 될 수도 있다'로 변했다는 거…. 이 점이 달라진 부분입니다.」 도진이 답하자 「꽤 희망적인데, 두 분 다 이 질문에 대해 수수께끼 같은 말들만 하고 있습니다. 시간이 모자라서 굉장히 아쉬운데요. 이제 마칠 시간이 돼서 그러는데, 끝인사 해주세요.」 진행자가 말을 이어가는데 「오늘, 제가 진지한 대답만 한 것 같은데요. 재미가 없으셨을 텐데, 끝까지 청취해주셔서 감사하고, 나중에 다른 곳에서도 만나게 되면 반겨 주셨으면 합니다.」 세주가 끝인사를 하고 「방송 이외의 제 모습을 보여드리려고 했는데, 어떻게 들으셨는지 모르겠습니다. 편안한 하루 보내시고, 끝까지 들어주셔서 감사합니다.」 도진도 역시 마지막 말을 남긴다. 「네. 오늘 초대석에 나와 주셔서 감사하고, 제가 휴가나 무슨 일이 생겼을 때 임시 DJ로 와주세요. 〈특별한 오늘〉의 이초롱이었습니다. 감사합니다.」 진행자가 마지막 멘트를 마친 뒤, 라디오는 끝이 난다.

인희의 카페 안에서는 손님 두 분이 음료를 테이크아웃해서 가져 나가 던 바로 그때, 은경이로부터 전화 한 통이 걸려온다. 인희가 휴대폰을 들 자 「바빠?」 휴대폰 너머로 은경이 말한다. 「아니. 왜?」 「7시쯤에 도진이 랑 같이 카페에서 만나기로 해서…」 「그래. 같이 와.」 「인희야, 우리 여행 가자. 우리 가족이랑 너희 가족이랑 도진이랑 같이…」 「갑자기, 여행?」 「응. 여행 못 간 지 오래됐잖아. 이번에 우리 시간 좀 내자. 지예도 좋아하 겠다.」 「그러면 그럴까?」 「여행 계획 짜려고 너희 카페에 들를 거니까… 그럼, 그때 보자.」 「응. 알았어.」 인희는 전화를 끊고, 잠시 생각에 잠긴다.

『여행이라… 꽤 오랜만이다. 지예가 유치원을 들어가기 전, 바쁜 정우 씨가 어떻게 시간 을 내어 2박 3일로 강원도의 한 바닷가 근처로 여행을 갔었다. 숙소를 잡고, 바닷물에 몸도 담가보고, 맛있는 음식도 먹고, 밤에는 지예를 재운 뒤, 발코니로 나가 밤하늘에 반짝이는 별들을 보며 정우 씨와 나는 이런저런 이야기를 나누며 행복해했었다. 살면서 그렇게 많은 별을 본 건 그날 밤이 내 인생의 처음이었다. 그 별들이 너무나도 반짝여서 우리의 사랑도 평생 저렇게 반짝였으면 하는 바람으로 정우 씨와 담소를 나누며 웃던 기억이 아직도 또렷 이 난다. 내게 그런 기억과 추억을 남겨준 그 사람에게 아직도 고마움을 느낀다. 그때는 지 예가 많이 어려서 기억을 할지 잘 모르겠지만…. 오랜만의 여행이라 그런지, 이번 여행에 서는 지예에게 좋은 기억들만 많이 남겨주고 싶다.』

한편, 도진의 본가에서는 어머니와 미진이가 전화통화를 나누는데 「아 까, 라디오 들었니?」 어머니가 말씀하시고 「점심 준비하며 들었어요.」 미 진이 답한다. 「도진이가 아까 결혼하고 싶어 난리던데… 그 전에 그 많던 맞선 자리는 전부 마다했으면서… 남자도 내숭 떠니? 그것도 엄마한테?」 「엄마, 남자도 내숭 떨어. 그런데 내가 볼 때는 재미있게 하려다가 망한 것 같던데?」「그래? 그런 거야? 그리고 나는 도진이가 아이를 좋아한다는 걸… 오늘 처음 알았어. 그러면서 아직까지 결혼을 안 해? 남의 아이가 그렇게 귀여우면 자기 자식은 얼마나 귀여울까….」어머니의 말에 「그건 진심 같더라. 엄마… 그 정도로 아이를 좋아하면 자기 아기를 갖고 싶어서라도 곧 여자 만나고, 결혼하고, 아기 낳겠지. 너무 걱정 마요.」미진이 안심시킨다. 「그래도 결혼 생각이 아예 없는 건 또 아니었네. 다행이긴 한데, 이 녀석은 왜 전화 한 통이 없어. 너한테는 하니?」「그냥… 간단한 통화만요.」「그렇게 내쫓았다고, 한 번을 안 하네.」「언제 또 통화하게 되면 엄마한테 전화하라고 할게요.」「아니야, 하지 마. 자기가 하고 싶으면 하겠지. 알았다. 할 일 해.」「알겠어요, 엄마.」미진의 말을 끝으로 어머니는 통화를 마친 뒤, 남은 차를 마신다.

어느덧, 퇴근 시간이 다가오고, 도진은 퀴즈쇼 방송을 마친 뒤, 서둘러 아나운서실로 향한다. 그때 선배 성도가 주섬주섬 가방을 챙기고 있던 도진을 부르며 한잔하자고 한다. 하지만 도진은 곤란해하며 대학 친구들과 약속이 있는 관계로 다음을 기약하고서 급히 사무실을 빠져나온다.

카페 안에서 인희는 물기 있는 컵을 수건으로 닦고 있고, 은경은 미리 카페에 도착해서 지예와 같은 테이블에 앉아 각자 번역 일과 영어 단어를 노트에 적고 있던 그때, 도진이가 한 손에는 초콜릿 세 박스가 든 종이봉투를 들고, 가게 안으로 성큼성큼 들어와 웃으며 반갑게 인사한다. 「나 왔어!」「빨리 왔네?」은경이 도진의 우렁찬 목소리에 놀라며 휴대폰 시간을 보고 말한다. 「응. 차가 막히기 전에 방송이 끝나자마자 바로 나왔더니 예상했던 시간보다 빨리 도착했네. 지예야, 안녕?」도진이 말을 하며 지예의 옆자리에 앉고, 지예가 도진을 보며 인사한다. 인희는 모두에게 마실 음료를 묻는데 「물 한 잔이면 돼.」 도진이 답하고 「난 아직 커피 남았어.」 은경이 말하는데 「엄마, 지예는 오렌지 주스 주세요.」 그때 지예가 손을 번쩍 들며 인희에게 말하자 「알았어.」 인희가 물 한잔과 오렌지 주스, 따뜻한 메밀차를 쟁반 위에 올리고서 친구들이 있는 테이블로 향한다. 「근데, 어디로 갈지 정했어?」 인희가 궁금해하며 묻는데 「서울 근교 경기도 쪽으로 펜션을 잡아서 2박 3일로 할까 하는데, 지예네 학교는 개교기념일이 언제 있다고 하지 않았어?」 은경의 말에 「응. 다다음주 금요일이 지예네 학교 개교기념일이더라. 혹시, 도진이는 금요일 스케줄 어때?」 인희가 도진에게 묻자 「금요일과 토요일에 녹화 방송이 있어서…. 어떻게 양해를 구해서 미리 하는 방향으로 하고, 안되면 잠깐 녹화만 마치고 다시 오면 되니까 괜찮아. 연차 쓸 거라서.」 도진은 답한다. 「괜찮겠어?」 인희가 되묻자 「예전에도 미리 녹화하던 날이 많아서 괜찮아. 그리고 내가 작년, 재작년을 제대로 못 쉬어서 눈치 볼 일은 없어. 아, 그리고 회사 근처에 초콜릿 매장이 새로 오픈했는데, 사람들이 줄을 많이 섰더라. 그래서 한번 사봤어. 지예랑 같이 집에 가서 먹어. 은경이도….」 도진이 초콜릿 상자를 각각 건넨다. 「이거 비싼 초콜릿 같다? 고마워. 잘 먹을게.」 은경은 고맙게 받고, 인희도 고마운 인사를 건넨다. 도진은 남은 초콜릿 한 상자를 꺼내며 그 자리에서 같이 나눠 먹자고 하는데, 지예는 좋아하며 얼른 초콜릿 하나를 손가락으로 집어서 조그마한 입안으로 쏙 넣으며 오물오물 씹고 있고, 인희는 초콜릿 다섯 개를 집어서 카운터를 보고 있던 지선에게 건네준다. 「그럼, 다다음주 금, 토, 일로 잡을까? 우리 남편은 금요일만 연차 쓰면 되니까…. 근데 인희야, 카페는 이렇게 많이 비워도 괜찮겠어?」 은경이 묻자 「응. 계속 쉼 없이 여기까지

- 130 -

온 거라, 좀 쉬어도 괜찮을 거 같아. 그리고 지예도 초등학생이 된 기념으로 여행 한 번쯤은 다녀와 봐야지. 이 기회가 아니면 언제 또 지예와 여행하기 힘들어질 것 같아서⋯. 그렇지? 지예야?」인희가 말하자「응! 지예! 여행 가고 싶어요.」지예가 해맑게 웃으며 말한다.「알았어. 그럼, 그날 금요일에 오전 9시까지 도진이가 인희와 지예를 차에 태우고, 우리 집 앞으로 와.」은경의 말에 도진이 알았다고 답한다.「재미있겠다. 그렇지? 지예야~ 우리 거기 가서 맛있는 거 많이 먹자~」은경이 말하면서 지예를 보며 웃고「네! 지예 행복해~」지예도 한껏 들뜬 모습을 한다. 그런 지예의 모습을 본 인희와 도진도 미소를 지어 보인다.

그렇게 2주가 지나 여행 날이 되었고, 도로 위에는 은경과 재한이 탄 승용차가 먼저 출발하고, 도진과 인희, 지예가 탄 승용차가 그 뒤를 따라간다. 도진의 차 안에서는 지예가 창밖 풍경을 보며 평소에 자주 부르던 만화 주제곡 노래를 부르기 시작하고, 도진과 인희는 조용히 그 노랫소리를 들으며 가고 있다. 노래 한 곡이 끝나자마자 연달아 동요를 부르고 있던 지예의 마음이 꽤나 즐거워 보인다.「인희야, 지예는 어젯밤에 잠은 잘 잤어? 컨디션이 좋아 보이네.」도진이 자동차 백미러로 많이 들뜬 지예의 모습을 바라보며 인희에게 묻는다.「아니, 어제⋯ 여행 생각으로 많이 설렜나 봐. 도통 잠을 못 이루다가 겨우 잠들었는데, 아침에 깨웠더니 잠투정 없이 벌떡 일어나더라⋯.」인희가 웃으면서 대답하자「그랬어? 지예⋯ 정말 귀엽다. 나도 오랜만에 여행이라 그런지, 잠이 잘 오지 않더라⋯.」도진이 미소를 지으면서 말한다.「그럼, 운전하기 피곤하겠다.」인희가 걱정스러운 얼굴을 하며 말하자「아니, 신기한 게 하나도 피곤하지 않아. 뒤에서 지예가 한몫한 거 같아.」도진은 지예의 노래를 들으면서 웃는다. 「지예가 원래 남 앞에서 노래를 부르지 않는 아이인데… 저렇게 좋아하면서 신난 모습은 아마 처음인 거 같아. 얼마나 들뜨면 저럴까.」 인희가 이야기하는데, 도진은 계속 웃고 있다.

곳곳에 사이프러스 나무와 미루나무들이 빼곡하게 한 줄로 길게 늘어선 길을 지나 마침내 은경과 재한이 탄 승용차가 펜션 앞으로 먼저 도착하고, 그 뒤로 도진의 승용차가 들어서자 모두는 차 안에서 내린 뒤 각자 캐리어와 물건들을 챙겨서 펜션 안으로 들어간다. 펜션 건물은 얼마 되지 않은 그레이톤의 신축으로 내부는 화이트와 그레이로 군데군데 꾸며져있다. 모두들 방 안을 구경하며 각자의 방을 정하고, 그 안에 들어가서 캐리어를 정리한 뒤, 점심시간이 되자 숙소 가까운 음식점에서 식사하기 위해 다시 차를 타고 이동한다. 근처, 메밀국수를 파는 음식점 안에는 점심시간이라 그런지 사람들로 북적인다. 다섯 명이 앉을 수 있는 자리로 가서 앉아 주문을 마친 뒤, 얼마 되지 않아 각자 시킨 음식이 나오자 모두는 별다른 이야기 없이 빠르게 배를 채운다. 소화를 시키고 난 뒤, 근처에 위치한 명소인 평화풍계공원에서 바람개비를 구경하러 가기로 한다. 물론, 어린 지예를 고려한 어른들의 선택이다. 주말을 앞둔 날이라 그런지 모임, 연인, 가족 단위로 많은 사람들이 이곳에 모였다. 연풍이 불어오고, 거기에 맞춰 알록달록 파스텔톤으로 된 수천 개의 바람개비가 마구 돌기 시작하는데, 그 위로는 햇살이 눈 부신 빛을 내며 떠 있고, 그 장관을 지켜보며 웃고 있던 지예의 얼굴이 저 하늘빛에 환하게 비춘다. 모두는 그곳을 그냥 지나치기 힘들어서 조금 더 머물기로 하고, 지예의 눈 높이에 맞춰서 어린 시절의 놀이던 '무궁화 꽃이 피었습니다'라는 놀이를 은경이 제안한다. 동화 같은 풍경 속에서 모두는 동심으로 돌아가 그

제안을 흔쾌히 받아들인다. 「내가 먼저 술래 할게. 다 저리로 가.」은경이 이렇게 말하고는 근처 나무기둥을 한 손으로 잡은 채 서 있고, 모두들 은경이로부터 6m 정도 떨어진 곳으로 발걸음을 옮겼다. 도진은 나무와 떨어진 먼 지점에 서서 나무 막대기를 들고 줄을 길게 긋는다. 은경은 나무기둥 쪽을 보며 얼굴을 가린 뒤 「무궁화 꽃이 피었습니다.」라고 외친 후 재빨리 뒤를 돌아보는데, 모두들 뛰어오다가 갑자기 숨도 쉬지 않은 채 움직임을 멈추고, 은경은 매의 눈을 하며 움직이고 있나, 움직이지 않나 날카로운 눈빛으로 한 명 한 명씩 지켜본다. 확인을 마친 뒤, 은경이 돌아서 놀이구호를 외친 후 다시 돌아보는데 지예가 한쪽 다리에 힘이 풀려서 후들거리기 시작하고, 은경은 못 본 척하며 지나치려고 하는데, 지예가 웃음을 참지 못한 채 어깨를 들썩거리면서 웃기 시작한다. 「어! 지예! 움직였어. 이리 와.」은경이 지예를 부르고, 지예는 은경의 옆으로 가서 서로의 새끼손가락을 걸고 선다. 은경은 또다시 놀이구호를 외친 뒤 재빨리 뒤를 돌아보는데, 어느새 도진이가 은경의 코앞까지 와있다. 「아, 깜짝이야. 그래… 네가 지예를 구하겠다. 이거지?」은경의 말에 도진은 미소만 띠고 있고, 은경이 빠른 속도로 놀이구호를 외치는데, 그 전에 도진이가 은경과 지예의 이어진 새끼손가락을 끊은 뒤, 지예를 안고서 줄 안을 향해 달려가기 시작하는데, 은경이 가까스로 도진의 등을 터치해 결국 도진이 술래가 된다. 도진은 지예를 땅 위에 내려놓고, 술래 자리로 가서 놀이구호를 외치며 뒤를 돌아보던 그때, 인희의 주변으로 꿀벌 한 마리가 날아든다. 인희는 그 두려움을 참지 못하고 팔을 허우적대며 꿀벌을 날리는데, 도진이 바로 인희에게 움직였다고 말한다. 인희가 도진의 옆으로 가서 새끼손가락을 거는데, 갑자기 도진의 몸은 긴장 상태가 돼서 잠시 동안 행동을 멈추다가 이내 정적이 흐르고 만다. 그러다 애써 아무렇지 않은 듯 인희에게 말하며 「벌이 뭐가 무섭다고…」 「나도 모르게 당황해서… 그리고 벌에 쏘이면 어떡해.」 인희가 답하자, 도진은 이내 미소를 지으면서 다시 뒤를 돌아 놀이구호를 외치는데, 누군가 「다다다」 하며 달려오는 소리가 들린다. 도진이 바로 뒤를 돌아보자 숨이 턱까지 찬 지예가 벌써 중간 지점까지 와서 어깨를 들썩거리며 크게 숨을 내쉬고 있다. 도진은 지예의 움직이는 모습이 눈에 띄게 보이지만, 그 모습이 귀여워서 못 본 척을 하며 다시 뒤를 돌아 놀이구호를 외친다. 도진이 다시 뒤를 돌아보는데, 바로 코앞까지 온 지예가 숨을 헐떡이며 서 있고, 도진은 그런 지예의 모습이 사랑스러워서 잠시 내려다본다. 엄마 인희를 구하러 그렇게 달려온 지예가 기특해서인지 애써 못 본 척을 하며 또 다시 놀이구호를 외치는데, 조그마한 손이 도진과 인희의 이어진 새끼손가락을 힘겹게 끊어낸다. 인희와 지예는 서로 손을 마주 잡은 채 열심히 달려가고 있고, 도진은 그 뒤를 쫓으며 인희와 지예를 잡을까 말까 고민을 하면서 천천히 달리다가 갑자기 빠른 속도를 내며 지예를 잡는다. 지예는 놀란 눈을 하고 도진을 쳐다보면서 뾰로통한 표정을 지은 다음, 혼자 술래 자리로 가서 구호를 외친 뒤, 뒤를 돌아보던 그때 재한이 술래가 된 지예의 자그마한 뒷모습이 귀여웠는지 그만 웃음이 터지고, 지예는 재한을 바로 지목한다. 「재한 아저씨, 웃었어요.」 재한은 지예 옆으로 가서 새끼손가락을 걸고 서 있고, 지예는 다시 뒤를 돌아 구호를 외친 뒤, 돌아보는데 인희의 한쪽 다리가 약간 움직인다. 지예는 바로 인희의 모습을 지적하고, 인희는 재한의 옆에 서서 새끼손가락을 건다. 지예는 다시 구호를 외치며 뒤를 돌아보는데 도진이가 벌써 지예의 옆 가까이까지 달려와서 있다. 지예는 도진이가 손을 끊고 달아날까 봐 재한의 손을 더욱더 꽉 잡고 있고, 도진은 그 모습을 보자마자 웃음이 터져버리는데, 재한도 마찬가지로 웃는다. 「어! 도진이 아저씨도 걸렸어요.」 지예가 말하자 「손을 그렇게 다섯 손가락으로 세게 잡고 있으면 어떡해. 그럼, 못 끊잖아.」 도진이가 웃으면서 말하자 지예는 대답 대신 배시시 웃어 보인다. 그러다 도진이 인희의 옆에 어색한 모습으로 서서 조심스럽게 손가락을 건다.

『20대의 그 시절, 그렇게 잡아보고 싶었지만 못 잡아봤던 인희의 손을 오늘로 벌써 두 번째 잡아보고 있다. 비록, 다섯 손가락이 모두 포개진 손이 아닌 새끼 손가락만 걸고 있지만, 그래도 마음은 무척이나 떨리고, 괜히 아닌 척하지만 아직까지도 미세하게 떨리고 있다. 벌써, 내 얼굴빛이 저번처럼 분홍빛으로 변했을지도 모르지만 잘 감추려 최대한 노력하며 숨기려 한다. 인희가 이런 내 마음을 알아채려나…』

도진이 옆에 서 있던 인희의 얼굴을 슬쩍 쳐다보는데…

『아무렇지도 않은 인희의 표정에서 약간의 떨림조차 그 어디에서도 느껴지지 않는다. 다행인 거로 받아들여야 하는 건가.』

도진이 혼자 생각에 빠져 있는 동안, 어느새 은경이 지예와 재한의 마주 잡은 두 손을 끊자 갑자기 모두가 달리기 시작하고, 도진도 덩달아 달리고 있다. 인희의 손을 꽉 잡고서…. 도진은 여전히 아무것도 느끼지 못한 채 계속 달리고 있는 반면에 인희는 당황한 얼굴로 최종 지점까지 다다른다. 지예는 빠른 어른들의 달리기에 결국 누구 하나도 잡지 못한 채 울상을 하며 그 자리에 서 있고, 인희는 자신의 손을 여전히 꽉 잡고 있던 도진의 얼굴을 쳐다보며 서 있다. 도진은 아직까지도 전혀 인식하지 못한 채 지예의 울상이던 표정을 보며 미소가 새어 나오는 동시에 그의 오른쪽 손이 따뜻하다 못해 점점 뜨거워짐을 느끼다가 그제야 비로소 인희와 맞잡은 손을 내려다보게 된다. 도진은 몹시 당황한 나머지 인희의 손을 내팽개치듯 떼는데「뭐야, 깜짝이야.」도진이 엄청 놀란 표정을 지으면서 말을 내뱉고「그렇다고 그렇게 떼면 어떡해. 팔 빠지는 줄 알았네.」인희가 왼쪽 팔을 감싸면서 말한다.「미… 미안. 내가 왜 그 손을 아직까지 잡고 있었지?」도진이 당황한 표정을 지으면서 말하는데「또 지예가 술래네. 한 명이 계속 술래 하면 재미없으니까 우리 숙소로 돌아가서 고기나 구워 먹자. 뛰었더니 배고프네. 지예야, 고기 좋아하지?」은경이 말하자「네!」지예가 씩씩하게 외친다. 마트 안에서 다양한 고기류와 소시지를 푸짐하게 구입하고, 거기에 맥주와 지예가 마실 탄산 음료수도 구입한 뒤, 숙소로 돌아온다.

어느새 하늘이 노란빛으로 물들자 재한은 마당에서 모닥불을 피우기 시작하고, 도진은 철판 위에 고기를 굽는다. 그 옆의 긴 테이블 위에는 인희와 은경이가 식기와 술, 음료수를 세팅하고, 도진과 재한이가 고기를 구운 뒤 테이블로 가져와 모두 자리에 앉아서 저녁 식사를 한다. 모두들 배가 고팠는지 한동안 말도 없이 먹기만 하다가 은경이가 말한다.「우리 남편, 고기를 잘 굽네. 그렇게 질기지도, 그렇다고 피 철철 흐르지도 않게, 딱 미디엄 레어로….」「그거… 도진 씨가 구운 건데….」재한이 옆에서 정정해주고, 은경이 당황해하며 웃는데, 모두 재밌는지 함께 웃기 시작한다.「아, 도진이가 고기를 잘 굽는구나…. 너, 고깃집에 당장 취직해도 되겠다. 하여튼, 어쨌거나 우리 다 같이 여행 온 건 처음인데, 너무 좋지? 앞으로 이런 자리 자주 만들자.」은경이 말하자「그래. 진짜 이런 게 힐링이지. 안 그래? 지예야?」 도진이 말하는데 「지예는 좋아요! 지예, 너무 행복해!」 지예가 사랑스러운 모습으로 대답한다. 「그래. 나중에 도진이한테 여자친구가 생기고, 각자 가족이 하나둘 늘어나도 우리 계속 같이 놀러 다니자. 나도 오늘 재미있었어.」 인희가 말하는데 「여자친구… 어… 그래.」 갑자기 도진은 서먹서먹한 반응이다. 「도진이… 얘가 무슨 여자친구를… 고기나 빨리 먹자. 식으면 맛없어.」 은경이 당황해하며 다른 말로 돌리고, 다시 모두는 식사에 열중한다. 그러다 도진과 은경은 인희의 얼굴을 잠깐 쳐다보다가 말없이 고기를 마저 먹는다.

『인희는 아직 내 마음을 전혀 알지 못하기에 기쁜 마음으로 따뜻하게 건넨 말이었겠지만, 그 말을 듣던 순간 몸에서는 힘이 빠져버린 채 심장은 쿵 하며 저 깊은 바닥까지 내려앉았었다. 그 짧은 순간 동안 꽤나 마음이 아팠다. 그때 그 말을 들은 내 마음이 어땠고, 또 어땠었는지… 그녀는 모르고 있다.』

『도진이도 언젠가 어여쁜 아내와 함께 아이가 생길 거고, 은경이네도 사랑스러운 아이가 생길 날이 올 것이다. 그때에도 이렇게 즐겁고, 행복한 여행을 그들의 가족들과 함께할 수 있는 날이 많았으면 좋겠다. 훗날에도 모두와 이런 멋진 곳에 또 오고 싶은 마음뿐이다.』

「아… 배부르다. 왜 이렇게 졸리냐.」 식사를 마친 은경이 말하자 「모두 피곤할 텐데, 먼저 들어가서 쉬어. 밤 되니까 아직 춥네. 인희야, 지예 데리고 들어가. 내가 뒷정리하고, 들어갈게.」 도진이 말한다. 「저도 같이 치울게요.」 그 뒤로 재한이 말을 잇고 「그래. 둘이 같이 치우다가 들어와. 인희야, 지예야, 우리는 들어가자. 저녁 되니까 아직 서늘하네….」 은경은 말을 마친 뒤, 인희와 지예를 데리고 서둘러 안으로 들어간다. 야외 테라스에 남은 도진과 재한은 테이블 위를 정리하는데, 한동안 고요한 공기 속에서 재한이 침묵을 깨며 도진에게 질문한다. 「아나운서도 회사원과 비슷한 직업인가요?」「아, 네. 방송국이라는 회사 안에 아나운서라는 회사원이라 생각하시면 돼요. 방송에서 얼토당토않은 농담이나 하는 가벼운 직업이라 하기보다는 객관적인 사고와 사실 전달, 신념을 가진 무게감이 있는 언론인이자 방송인이라 보시면 됩니다.」도진이 답하는데 「아, 그렇군요. TV에 나오기 때문에 약간 연예인 같기도 하고 해서….」재한이 말하자 「연예인은 아니에요. 밖에 나가면 사람들이 저를 잘 못 알아보시거든요.」도진은 머쓱해하며 말한다. 「그건 아니죠. 요즘 대세던데… 겸손도 하셔라.」「재한 씨의 회사 생활은 어떠세요.」「저야, 뭐… 힘들죠.」재한은 어색한 웃음을 지어 보이고 「저도 뭐 비슷합니다.」도진이도 어색한 미소를 지어 보인다. 「도진 씨는 어떤 타입의 여성분을 좋아하시나요? 저희 회사 여직원들과… 아, 맞다. 소개팅, 맞선… 이런 만남, 싫어하신다고 했지…. 그럼, 여자를 어디서 어떻게 만나려고….」재한이 말하는데, 도진은 혼자 쑥스럽게 웃음을 지으면서 말한다. 「때가 되면 만나겠죠.」「혹시, 독신주의자거나 눈이 높으신 건 아니죠? 나중에 도진 씨 앞에 은경이 반, 인희 씨 반씩 해서 합쳐 놓은 사람이 나타나야 할 텐데….」재한의 말에 도진은 대답 대신 조용히 엷은 미소를 지으며 뒷정리를 한다.

어느덧, 시간은 밤 11시를 향해가고 있는데, 인희는 방 안에서 지예를 재우고 난 뒤, 몇 번의 뒤척임과 함께 잠이 오지 않자 외투를 걸치고, 방을 나선다. 펜션 밖은 이미 어둠이 짙게 내려앉았고, 마당 앞에는 활활 타고 있던 모닥불을 도진이 혼자 보며 우두커니 앉아 생각에 잠긴 얼굴을 하고 있다. 그때, 산책하러 밖으로 나온 인희가 도진을 발견하고는 조용히 다가가서 묻는데 「혼자 뭐해.」 갑작스럽게 들려오는 인희의 목소리에 조금 놀란 도진이 뒤를 돌아본다. 「어! 인희야… 나왔구나. 아니, 원래는 다 같이 여기서 맥주 한 캔씩 하며 있을까 했는데, 다들 피곤해하는 거 같아서 자는 줄 알고…. 그래서 혼자라도 나와서 이런저런 생각도 할 겸….」 「그래? 나는 잠이 오지 않아서 나온 거라…. 그럼, 내가 맥주 가져올게. 여기서 같이 조금 마시다가 들어가자.」 「어, 그래.」 잠시 뒤에 인희가 맥주 두 캔을 양손에 들고, 다시 펜션 밖으로 나온다. 도진과 인희는 모닥불 앞에 앉아서 한동안 아무 말 없이 맥주를 마시고 있고, 검게 타들어 가고 있던 장작과 불에 타오르는 불빛을 한참 동안 가만히 바라보다가 인희가 작게 말한다. 「예쁘다.」 「응?」 도진이 맥주를 한 모금 마시다가 인희의 얼굴을 쳐다보자 「모닥불이 참 예쁘게 빛나네… 이렇게 보면 반짝거리고 예쁘기만 한데… 그거 알아? 나와 지예는 몇 년 전까지만 해도 빨갛게 타고 있는 불빛만 봐도 슬퍼하던 날들이 많았었어. 이제는 그렇지 않지만…. 가끔은 정신을 못 차릴 정도로 힘든 날도 있지만, 예전보다는 많이 나아졌고…. 참 그래, 이렇게 보면 저 불꽃도, 불빛도 예쁜데. 또 다른 누군가에게는 불안과 슬픔, 아픈 감정을 주기도 하니까….」 인희가 무덤덤한 어조로 말하자 「그렇지. 누군가에게는 아무렇지 않게 느껴지는 것들이 또 다른 누군가에게는 크게 다가오는 것처럼….」 도진이 말한다. 「한동안 내 삶의 모든 것들이 도전이던 날이 많았었어. 아직도 그렇긴 하지만, 막막해도 다시 일어서야 했고, 정우 씨가 없는 세상에 남겨진 지예와 나는 그 모든 것들이 매번 처음이고, 원치 않고, 익숙하지 않았던 순간들이 많았지만, 어떡해. 시간은 계속 흐르고 있고, 지예는 커가고, 내가 하기 싫다고 해도 어쩔 수 없는 거잖아. 정우 씨를 잃은 슬픔 속에서 아무리 힘들고 지쳐도 어떻게든 다시 일어서서 나아가야 하는 거니까…. 처음에는 혼자 뭐부터 뭘 어떻게 해야 할지 모르겠더라고. 갑자기, 이 불을 보니까 그 힘들었던 순간들이 생각나네.」인희가 말을 마치며 다시 모닥불만 바라본다. 「갑작스러운 일을 겪게 돼서 많이 힘들었겠다. 그래도 잘 버텼으니 고마운 일이지…. 앞으로도 잘 이겨낼 거고, 잘해 나갈 거라 믿어.」「고마워.」「나중에는 혼자 힘들어하지 말고, 내게 말해. 뭔가 도울 일이 생길 수도 있으니까. 난 나와 가까운 사람들이 혼자 힘들어하지 않았으면 하거든.」도진이 약간 쑥스러운 듯 표정을 지어 보이자 「응, 알았어. 엄청 든든하네.」인희도 미소를 지어 보인다.

『도진이와 대화를 하고 나면 이상하게 마음이 편해지고, 치유된 달까…? 어느 순간, 내 마음을 터놓으며 하게 되는 그 말들이 다 묵직하고 진지한 이야기들뿐인데도 도진이는 언제나 옆에서 묵묵히 내 이야기를 들어준다. 그래서 고맙기도, 또 한편으로는 미안한 감정도 든다.』

모닥불을 보며 눈빛이 그렁그렁한 인희의 표정을 살피던 도진은 다시 분위기 전환을 시킬 겸 다른 말을 꺼낸다. 「인희야, 내가 간단한 두 선택지에 대해 질문을 하면, 우리가 그중 하나만 동시에 선택해서 외치는 놀이 하자.」「응. 그래.」인희도 흔쾌히 동의하자 「잠! 운동!」도진이 빠르게 외치는데 「잠!」이라며 두 사람은 동시에 외친다. 「아침! 밤!」도진의 외침에 「밤!」동시에 같은 대답을 한 뒤 놀란다. 「이번엔 어려운 거… 산! 바다!」도진의 외침에 「바다!」역시나 이번에도 같은 대답이다. 「신기하다. 이번엔 내가 할 게. 20대! 30대!」인희가 말하자마자 도진은 「30대!」, 인희는 「20대!」라고 외친다. 처음으로 다른 대답이다. 「인희야, 너는 왜 20

대야?」도진이 묻자 「지예 아빠와 지예를 20대 때 만난 건 행운이었지만, 아쉬움 또한 많이 남던 시기였던 것 같아. 여행을 많이 다녀봤어야 했는데… 도진아, 너는 왜 30대야?」인희가 물으니 「나의 20대는 답답함과 아쉬움, 허탈감이 많았던 시기라 다시 돌아가고 싶지 않아. 그만큼, 힘들어서…. 반면에 30대가 되고 나니, '왠지 모를 기대감이 생겼다'라고 해야 할까? 최근에는 마음의 여유도 생기고, 활력도 높아져서 모든 것들이 설레게 다가오는 것 같더라고….」도진이 모닥불을 보며 어색한 미소를 지으면서 대답하자 「그렇구나….」인희는 도진의 희미하게 번진 미소를 보며 고개를 끄덕인다. 「공포 영화! 액션 영화!」갑자기 도진이 외치자 「액션 영화!」두 사람은 동시에 망설임 없이 외친다. 「인희야, 너 아직도 공포 영화 싫어하는구나! 나도 그래. 우리, 내일 다 같이 저녁에 공포 영화… 도전해볼까?」도진이 장난스럽게 웃으면서 인희에게 말하자 「싫어. 그런 건 도전 안 해도 돼.」인희가 미간을 찌푸리면서 말한다. 「왜, 다 같이 보는 건데. 뭐 어때. 눈 감고, 귀 막고, 보면 돼. 난 그렇게 볼 거라서….」도진이 인희를 안심시키자 「그래? 알겠어. 눈 감고, 귀 막고 볼 게. 근데 도진아, 쌀쌀하다. 우리 이제 들어가자.」인희가 추위에 몸을 움츠린다.

『아까 전까지만 해도 활활 타오르던 모닥불의 불씨가 우리들의 이야기가 끝나갈 때 즈음 서서히 사그라지고 있었다. 얼마 있다가 그 사라진 불씨가 내 심장 안으로 들어왔다.』

도진은 잘게 부스러진 모래를 들고 와서 모닥불 위로 덮는다.

다음 날, 펜션 안 벽시계 바늘이 오전 11시를 가리키고, 모두 잠에서 깨어나 이른 점심을 먹기 위해 서둘러 밖으로 나와서 차를 탄다. 음식점으로 이동하기 위해 도로를 달리는데, 근처 양 옆길로 벚꽃 나무들이 가지런하면서도 촘촘하게 늘어서 있다. 그 길을 들어서자마자 연분홍의 조그마한 꽃잎들이 살랑살랑 승용차 앞 유리를 가볍게 덮으며 쏟아진다. 지예는 그 모습이 예뻐서 연분홍 잎을 잡기 위해 차 창문을 내린 다음 작은 손을 창밖으로 조심스럽게 뻗는다. 그러는 사이, 각자 다른 차 안에 타고 있던 인희와 은경은 그 장소에서 벚꽃구경을 하기 위해 승용차를 잠시 갓길에 정차하기로 통화를 마친다. 일행 모두는 차에서 내려 햇살 아래 하늘하늘 거리며 아름답게 쏟아지고 있던 벚꽃 잎을 감상하고 있다. 「도진아, 나 우리 남편이랑 사진 좀 찍어줘….」 은경이 도진에게 휴대폰을 건네며 부탁하고, 도진은 그 휴대폰을 들고 벚꽃 나무를 배경으로 꼭 붙어있던 두 사람의 모습을 찍어준다. 「인희랑 지예도 사진 찍자.」 은경이 휴대폰을 들고, 벚꽃 나무를 배경으로 다정하게 서 있던 두 사람의 사진을 찍어준 뒤 「도진아, 너도 서 봐. 찍어줄게.」 은경이 도진에게 말하는데 「혼자?」 도진이 살짝 당황한 얼굴로 은경에게 묻는다. 「나중에 프로필 사진으로 써.」 은경은 도진에게 장난을 치는데, 순간 모두가 그 말에 웃고 만다. 은경은 도진의 단독사진을 찍어준 다음, 재한의 손에 자신의 휴대폰을 쥐여 주며 오랜 세 친구의 사진도 찍어 달라고 부탁을 한다. 그렇게 은경, 인희, 도진은 사진을 찍은 뒤, 마지막으로 단체 사진을 찍기 위해 도진이가 자동차 보닛 위에 휴대폰을 고정시켜 세워놓으며 프레임과 카메라 타이머를 맞춘 뒤, 속전속결로 곧장 인희의 옆으로 달려가서 선다. 타이머 소리와 함께 찰칵하는 소리가 이내 들리고, 사진 속에서 모두가 행복한 표정을 짓고 있다.

어느덧 식사를 마친 뒤, 근처 카페 안에서 시간을 보내다가 다시 펜션 안으로 도착하는데, 동시에 하늘에서는 갑자기 먹구름이 가득 끼고 회색빛을 내며 흐려지기 시작한다. 「비 쏟아지겠는데? 도진아, 이런 날에 꼭 그 공포 영화라는 걸 봐야겠니?」 공포 영화를 싫어하던 은경이 무언의 압박을 주는 표정으로 도진을 쳐다본다. 보지 말자는 어조와 분위기다. 「다 같이 보는 건데, 뭐 어때. 나도 혼자 있을 때는 못 본단 말이야!」 도진은 거대한 압박감이 느껴지는 은경의 표정을 뚫고, 바로 다른 곳을 쳐다보며 자신의 의견을 힘 있게 피력한다. 은경은 잠시 생각을 하다가 과거에 본인이 도진에게 했던 과오가 불현듯 스쳐 지나가서 그의 말을 따르기로 한다. 「우리 아직 시간이 많이 남았으니까 그동안 다 같이 숨바꼭질이나 할까?」 도진이 신난 모습으로 모두에게 묻는데 「이 어두운 날씨에 꼭 그 숨바꼭질이라는 놀이를 해야겠니? 숨다가 옆에 뭐라도 나오면?」 공포 영화로 인해 한껏 예민해진 은경이 도진에게 말하자 「너 진짜, 상상력이 풍부하다. 난 전혀 그런 생각은 하지도 않고 있었는데, 갑자기 이 놀이가 하기 싫어졌어.」 도진은 몸을 움츠린 채 주변을 살피면서 말하고 「나도 안 해.」 은경이도 싫은 표정을 지으면서 말하는데, 그때 「지예… 숨바꼭질하고 싶어요.」 어떤 놀이라도 하고 싶었던 지예가 어른들의 표정을 조심스레 살피면서 말하자 「아… 그래? 그럼 하자! 펜션 안에 불을 다 켜놓고 하면 되니까.」 당황한 모습을 한 도진이 지예에게 말하고 「난 그냥 조용히 보고 있을게. 저녁에 먹을 재료도 손질하면서….」 은경은 바로 발을 빼는데 「나도 재료 손질하고 있을게. 재한 씨랑 지예랑 도진이… 셋이서 놀고 있어.」 인희가 말한다. 「그래. 셋이서 놀고 있어.」 은경은 말을 마친 뒤, 인희와 서둘러 주방으로 향하고, 도진과 재한은 얼른 펜션 안에 조명이란 불은 다 켜놓고서 다시 지예가 있는 곳으로 돌아온다. 「그럼, 내가 술래를 할게. 지예랑 재한 씨는 숨으세요. 제가 "못 찾겠어요. 나오세요"라고 크게 외치면 이 장소로 나와야 합니다.」 도진이 말하자 지예는 큰 소리로 「네!」라고 외친다. 도진은 복도에서 눈을 감으며 1부터 50까지 숫자를 천천히 세기로 하고, 지예와 재한은 몸을 숨기려 흩어지는데, 드디어 숫자를 다 센 도진이가 두 사람을 찾으러 나서기 시작한다. 먼저 거실 탁자 아래와 소파 옆, 커튼 뒤를 차례로 들추지만 아무도 보이지 않자 인희와 은경이가 요리를 하고 있던 주방으로 향한다. 「여기에는 아무도 없어.」 은경이 말하지만, 도진이 고개를 숙여서 식탁 아래를 들추고, 역시 아무도 보이지 않자 주방을 나가려고 하는데, 갑자기 싱크대 아래에 조리 기구를 넣는 곳이 유난히 넓어 보인다. 도진은 수상해 보이던 그 문을 열어보니 지예가 몸을 웅크린 채 앉아있다. 도진은 찾았다는 기쁨에 웃으면서 지예의 얼굴을 쳐다보자 지예는 바로 시무룩한 표정을 지어 보인다. 이제 남은 한 사람인 재한을 찾기 위해 도진과 지예는 같이 찾기로 하고, 일단은 은경이네 방 안으로 들어가서 옷장을 열어보니, 역시나 아무도 없다. 다시 방을 나와서 인희와 지예의 방 안으로 들어가 옷장을 열어보는데, 아무도 없다. 화장실 안, 도진의 방 안, 창고, 계단, 심지어 밖까지 다 나가봤지만, 그 어디에도 재한의 모습이 보이지 않자 은경이와 인희에게 물어보니, 재료 준비를 하느라 못 봤다고 한다. 「못 찾겠어요. 재한 씨, 나오세요.」 결국, 도진이가 소리를 외치지만, 시간이 아무리 지나도 재한은 나타나지 않는다. 밖에서는 아직 비가 내리지는 않지만, 날은 궂은 상태로 갑자기 하늘을 쩍 가르듯 천둥소리가 나는데, 그 소리에 놀란 도진과 지예가 걱정 어린 표정을 하며 계속 주변을 두리번거렸고, 보다 못한 은경이 재한에게 전화하기로 하는데, 전화기가 꺼져 있다고 한다. 도진은 재한 씨가 장난을 치는 게 아니면 정말 무슨 일이 생겼을 거라는 생각을 하며 처음에 찾아다녔던 거실로 지예와 향한다. 그곳에서 가구를 하나하나 다시 들추기 시작하는데, 재한이 탁자 아래에서 몸을 웅크린 채 숨어있다. 도진은 깜짝 놀라며 재한의 얼굴을 바라보는데, 주방에서 그 모습을 지켜보던 은경과 인희가 그제야 웃기 시작하고 「내가 분명 이곳을 가장 먼저 봤었는데, 그때는 아무도 없었어요.」 도진은 어안이 벙벙한 표정으로 재한에게 말한다. 「도진 씨가 엄청 놀라셨나 보다. 지예한테도 미안. 사실은 제가 이런 무서운 날씨에 혼자 숨기가 좀 그래서… 2층 계단에 올라가 숨어서 도진 씨를 계속 지켜봤어요. 그러다 도진 씨와 지예가 제 방으로 들어갈 때 얼른 계단을 내려와서 거실로 이동한 겁니다. 제 장난이 과했던 것 같네요. 생각보다 많이 놀라게 해드려서 미안합니다. 지예도 많이 놀랐지? 갑자기 일이 커진 느낌이네요.」 「찾았으면 됐지. 그렇지? 지예야?」 도진이 그제야 놀란 마음을 부여잡으며 안도의 숨을 내쉬고 있고, 계속해서 심각한 표정을 짓고 있던 지예도 고개를 끄덕이다가 비로소 얼굴이 밝아진다. 「너… 오늘, 공포 영화 괜찮겠냐?」 은경이 도진에게 재차 묻는데 「어, 어….」 당황한 기색이 역력한 도진의 표정이 대답과는 다르게 괜찮지 않다고 말해준다. 그렇게 오후가 지나고, 날이 평소보다 더욱더 어둑해져 하늘에서는 비가 한두 방울씩 떨어지다가 이내 세찬 비로 바뀌고, 천둥소리도 아까보다 더 요란해졌다. 얼른, 인희와 은경이가 준비한 구절판과 수제비로 이른 저녁 식사를 해결한 뒤, 하나둘 거실로 모인다. 도진은 거실 소파 쪽에 있던 흐릿한 조명 하나만 남기고서 모든 불을 끈 뒤, TV 리모컨으로 VOD를 작동하여 공포 영화를 재생한다. 꽤 오래된 외국영화로 흑백 화면 처리가 되어있는데, 모두들 자막과 화면을 번갈아 보면서 숨죽인 채 시청을 하고 있고, 지예는 식사를 거하게 하고 난 뒤라 그런지 인희의 허벅지에 머리를 올린 채 잠이 들었다. TV 속에서는 죽은 사람이 살아 돌아와서 죽은 상태인지, 산 상태인지도 모를 피폐한 몰골로 나타나는데, 그 장면 또한 여간 무서운 장면이 아니었는지 모두들 놀라며 뒤늦게 눈을 감고, 귀를 막기 시작한다. 오래된 영화라 그런지 어딘가 약간 음산해 보였고, 또 그만큼 익숙하지 않은 부분에서 기괴스러운 면도 상당했다. 또 창밖에서 비바람이 몰아치는 상황 또한 이날의 모든 분위기를 더욱더 가중시켰다. 그렇게 전쟁 같던 영화는 끝이 나고, 인희가 세상모르게 새근거리며 잠을 자고 있던 지예를 안고, 방 안으로 들어가는데, 갑자기 펜션 밖에서 누군가가 세차게 현관문을 두드리는 소리가 들려오기 시작한다. 「이거… 무슨 소리야?」 공포 영화로 인해 한껏 신경이 예민해진 은경이 도진을 쳐다보면서 말하고, 도진은 얼른 인터폰 화면을 확인하지만, 밖에는 사람 한 명도 보이지 않는다. 모두가 놀란 얼굴로 그 자리에 가만히 서 있는데 밖에서는 누군가의 문 두드리는 소리가 계속해서 들려온다. 「툭툭툭툭 툭툭툭툭.」 얼핏 건장한 남성의 손등으로 만들어낸 투박한 소리와도 비슷하다. 재한은 용기를 내서 「누구세요.」라고 외치지만 밖에서는 여전히 아무런 대답도 들려오지 않고, 누군가가 계속해서 문을 두드리는 소리만 들려온다. 「이거… 뭐야. 우리 무슨 흉기 하나씩 들고 있어야 하는 거 아니야?」 은경은 벌써부터 겁에 질린 얼굴로 말하고 있고 「그래야 될 거 같은데?」 도진도 역시나 많이 놀란 표정을 지으면서 말한다. 그 상황 속에서 재한은 서둘러 휴대폰을 들고, 112에 전화를 거는데 경기도에서도 숲이 우거진 외곽 쪽이라 그런지 거센 비바람으로 인해 전파가 닿지 않아 연결이 끊기고 만다. 「112… 전화 연결이 안 돼.」 재한의 표정에서 허탈감이 느껴지고, 인희는 경직된 얼굴로 아무런 말도 나오지 않는다. 「도진아… 네가 어떻게 좀 해봐.」 은경이도 경직된 얼굴로 도진의 팔을 툭툭 치는데, 도진은 인희의 두려워하고 있는 모습을 보고는 곧장 주방으로 가서 한 손에는 프라이팬과 또 다른 손에는 주방용 칼을 들고나오고, 그 뒤로 재한도 도진과 똑같은 모습을 하며 주방을 나온다. 「굳이 우리가 밖으로 나가서 뭘 하려고 하지 말고, 각자 이런 모습으로 이 안에서 기다리는 편이 어떨까?」 어느새 창고에서 가져온 쇠파이프 두 개를 양손에 들고 있던 인희가 말하자 「그럼, 계속 저렇게 문을 두드릴 텐데? 나 무섭단 말이야.」 창고에서 가져온 긴 각목 하나를 한 손에 들고 있던 은경이가 겁에 질린 채 대답한다. 「비가 그치면 경찰에 신고하자. 좋지 않은 상황이 생기면 안 되잖아.」 인희가 은경을 타일러서 말하는데 「아까 못 봤어? 영화에서 다 떼죽음한 거?」 은경이 이성을 잃은 채 말하고, 도진은 인희의 의견에 동조하며 다시 인터폰 화면을 확인하지만 역시나 아무도 보이지 않는다. 「은경아… 문을 열었는데 형체가 없는 귀신이라면?」 도진이 말하자 「야… 그러니까 내가 공포 영화 보지 말자고 했잖아! 이거 어떻게 할 거야!」 잔뜩 화가 난 은경이 노발대발한다. 「알았어. 알았어. 내가 나가 보면 되는 거지? 그럼, 내가 현관으로 나가지 않고, 거실 창문으로 나가서 살짝 보고 올게.」 도진은 은경의 성화에 못 이겨 이와 같은 말을 내뱉고 만다. 「위험해. 나가지 마.」 인희가 도진의 팔을 잡으면서 말리고 「아니야. 계속 이렇게 불안하게 있을 순 없어. 내가 다시 이곳으로 뛰어들어오면 바로 거실 창문을 걸어 잠글 준비나 해. 얼른 가서 보고 올게.」 도진이 다시 인희를 안심시킨다. 「그러다가 큰일 생기면 어떡해.」 인희가 걱정스러운 표정을 지으며 묻는데 「나… 달리기 빨라.」 도진이 말하자 「저도 같이 나갈게요.」 재한이도 가만있을 수 없어서 말하는데 「그… 그럴까요?」 혼자보다는 둘이 낫다는 생각에 도진이 재한에게 말하자 「안돼. 우리 남편은 여기서 기다리고 있으세요. 도진아, 너 혼자 빨리 갔다와.」 은경이 재한의 팔을 붙잡으면서 만류한다. 도진은 한숨을 내쉬면서 거실의 큰 창문을 열고 나가 바깥쪽으로 조심스럽게 걸어간다. 그렇게 시간이 꽤 흐르는데, 바깥 현관과 거실 창문의 거리가 그리 멀지 않은데도 도진은 돌아오지 않는다. 시간이 지나면 지날수록 모두는 걱정하며 여전히 밖에서 강하게 들려오는 「툭툭툭툭 툭툭툭툭.」 문 두드리는 소리만 듣고 있다. 그때 재한이 밖으로 나가보겠다고 하자 은경은 위험하니까 나가지 말고 여기서 기다리라고 한다. 「우리, 이제 어떡하지? 도진이는 어떻게 된 거야….」 인희가 근심 어린 표정을 지으면서 말하자 「경찰서와 통화 연결이 될 때까지 이러고 있어야지….」 은경이 체념하듯 말하는데, 인희는 그 말에 눈물을 글썽인다. 그렇게 얼마 지나지 않아 갑자기 밖에서 초인종 벨소리가 들려오고, 인터폰 화면에서는 비에 젖은 도진의 얼굴이 보이는데 「도진아!」 인희가 얼른 현관문을 열자 도진의 한 손에는 지름이 약 8센티미터 정도되는 두꺼운 나뭇가지가 들려있다. 「뭐가 어떻게 된 거야?」 은경이 놀라며 도진에게 묻자 「이 나뭇가지였어.」 도진의 말에 「뭐?」 인희가 놀라면서 되묻고 「이 부근이 숲이라 그런지 나무가 많아서 비바람에 날아온 건지, 굴러온 건지, 이 나뭇가지가 현관문 귀퉁이에 걸려서 계속 '툭툭툭툭' 소리를 냈던 거였어. 다행히도 우리가 생각했던 그런 무서운 게 아니었어.」 비로소 도진이 안도하며 웃는다. 「다행이야. 우리 모두에게 아무런 일도 생기지 않았다는 게….」 도진이 웃으면서 인희에게 말하자, 그제야 모두는 안도의 숨을 내쉰다.

『그날, 인희가 나를 걱정스러워하던 모습을 보니 왠지 모르게 내가 더 안심됐고, 내가 어떻게 될까 봐 걱정해주던 그 마음이 고마웠다. 그래서 이런 생각을 하게 되었다. 어떠한 상황 속에서도 누군가를 지켜줄 수 있는 강인하고 건강한

사람이 되고 싶다고…. 내가 사랑하는 사람이 나로 인해 걱정하지 않을 그런 사
람이 되고 싶어졌다.』

『어떻게 보면 그 절체절명의 상황 속에서 도진이가 용기를 내어 밖으로 나갔지만, 한동안
우리 곁으로 돌아오지 않자 순간적인 공포감이 내 안으로 밀려들어왔다. 갑자기 소중한 친
구를 잃게 되는 건 아닌지…. 그 순간 많은 생각이 오갔었고, 두려웠었다. 다행히도 결국에
는 아무런 일도 일어나지 않았지만, 이 일을 계기로 나는 또다시 다짐했다. 무슨 일이 생겨
도 공포 영화는 절대로 다시는 보지 않겠다고 생각하고, 또 다짐했다.』

그렇게 한바탕 소동이 끝나고 다음 날 아침, 어제와는 다르게 햇살은 눈
부시며 따뜻했고, 하늘의 상태는 온화하고 맑았다. 이런 날씨 속 모두는
어제 저녁 일만 생각하면 헛웃음만 나오고, 반면에 어제의 상황을 전혀
알지 못한 지예는 또다시 여행 오고 싶다고 옆에서 노래를 부르고 있다.
모두는 눈이 퀭한 상태로 집으로 돌아갈 준비를 마친 뒤, 은경은 고생한
도진이를 생각해서 숙소에서부터는 따로 움직이기로 하는데, 집으로 가
는 길에 도진의 차 안에서는 지예의 동요 소리가 가득하다. 지예가 음치
인지 갑자기 음역대가 낮아질 때도, 느려질 때도 있지만, 그 노랫소리를
들으면서 운전을 하고 있던 도진의 마음속은 어딘지 모르게 간지럽기만
하다. 어느덧 한 시간 반 정도 걸려서 인희의 집 앞으로 도착한다. 「고마
웠어. 또 보자.」 인희가 도진에게 말하고 「응. 얼른 들어가서 쉬어.」 도진
의 말에 「정말… 마지막 날은 못 잊을 여행이었어.」 인희가 웃으면서 말
한다. 「나도 그날이 내 생의 마지막 여행이 되는 줄 알았어.」 도진이도 말
하다가 웃는데 「도진이 아저씨, 지예… 나중에 다 같이 또 놀러 가고 싶
어요. 재미있었어요.」 여전히 신나 보이는 지예가 도진에게 말하자 「그

래. 지예야, 우리 매년 이렇게 다 같이 여행가자. 다음에는 더 좋은 데로 데려가줄게.」도진이 자신의 바람을 담아서 지예에게 말하고 「네!」지예가 신나 하며 큰 소리로 답한다. 인희와 지예가 차에서 내리고, 도진은 운전석에 앉아 걸어가고 있던 두 사람의 뒷모습을 끝까지 지켜본다.

『이런 순간들이 하루, 매달, 매년이라는 시간 동안 천천히 아물어가기를…. 그러다 언젠가는 선명해질 수 있는 나날들이 많아졌으면 한다.』

그로부터 얼마의 시간이 흐른 뒤, 도진은 오랜만에 선배 성도와 함께 점심 식사를 마친 후, 방송국 근처 카페에서 음료를 마시면서 대화를 나눈다. 「친구들과 여행은 어땠어?」성도가 묻자 「재미있었어요.」도진이 다시금 그날의 상황들이 떠올랐는지 입가에서 웃음이 새어 나온다. 「그럴 거 같더라. 요즘 표정이 예전보다 훨씬 더 펴진 거 알아? 역시 사람은 어느 정도 휴식이 필요해.」성도가 커피를 마시면서 말하자 「선배님도 빨리 다녀오세요.」도진이 말한다. 「난 같이 갈 사람이 없어서… 내가 아는 사람들은 모두 가족 동반이라 그런지, 내가 애인이 있는 것도 아니고…. 언젠가는 그 모임에 낄 날이 오겠지. 그날까지 열심히 일하면서 회사에 뼈를 묻고 있으련다.」성도가 농담하듯 말하고, 그 말에 도진은 여유롭게 차를 마시면서 미소를 지어 보인다. 「너도 애인 없으면서 왜 그런 표정을 짓는 건데?」성도는 잠깐 스쳐 간 도진의 표정을 포착하면서 묻는다. 「아… 제가 그랬나요?」도진은 무의식중에 나온 자신의 표정에 놀라며 성도에게 되묻고 「아… 쟤… 이상하단 말이야. 뭐가 있다니까? 그때, 그 친구와 진전이라도 되고 있는 거야?」성도가 궁금해하자 「아니에요. 아직은 저 혼자 그러는 거라서….」도진이 답한다. 「그래. 짝사랑할 상대라도 있어서 좋겠다. 그럼, 이렇게라도 떨리고, 설레는 감정을 느껴보기라도 하잖아. 근데, 나는 뭐… 근처에 아무도 없다.」성도는 도진을 부러워하는 표정을 지어 보이는데 「저도 얼마 만에 느껴보는 감정이라서…. 그래도 무감정으로 사는 것보다는 이런 감정이라도 느껴보며 인생을 살아가는 게 훨씬 더 나은 것 같아요. 선배님도 빨리 이런 감정들을 느껴봐야 할 텐데….」도진이 선배 성도를 놀리듯 말한다. 「누구 놀리냐?」성도가 심드렁한 모습으로 앉아있자, 그 모습을 본 도진이 크게 웃음을 짓는다.

『사람이 인생을 살아가며 자신에 대해 모르고 있던, 평소에 마주하지 않았던 부분들을 발견해 나갈 때, 때로는 흥미롭기도, 또 놀라기도 한다. 요즘의 나는 나 자신이 누군가에게만큼은 따뜻하고, 친절한 사람이라는 걸 인희를 통해서 알게 되었다. 뭐, 상대가 누구냐에 따른 변화였겠지만, 현재의 이런 내 모습에 설렐 정도로 만족하고 있다. 만일 아직까지도 인희와 지예가 내 인생에 나타나지 않았다면 20대 초반에만 어렴풋이 남아있던 내 이런 모습들이 아득하지 않았을까? 메마르던 내 인생에 다시 나타나 준 인희에게 고마움을 느끼는 순간이다.』

한편, 로즈메리 카페 안에서는 인희와 지선이 일하고 있는데, 인희는 휴대폰으로 직원 채용 사이트를 계속해서 확인하고 있다. 그 연유는 지선이가 한 달 동안 유럽 여행을 가기로 한 날짜가 점점 다가오고 있었기 때문이다. 한 달간의 공석을 채우기 위해서 아르바이트 모집 공고를 내놓은 상태인데, 한 달이라는 짧은 기간과 함께 대학교 방학 시기가 아니라 그런지 아직까지 한 사람도 지원하지 않아 인희는 실망한 표정으로 앞치마 주머니에 휴대폰을 다시 집어넣는다. 「사장님, 여행은 어떠셨어요?」

컵 정리를 끝낸 지선이 인희에게 묻는다. 「오랜만이라 그런지 지예도, 나도 더 즐거웠던 시간을 보낸 것 같아. 평소와는 익숙하지 않던 다른 장소로 잠깐 동안 나가 있었을 뿐인데 공기도 다른 것 같고, 평소에 먹어보지 못했던 맛있는 음식도 많이 먹어보고, 예쁜 풍경도 보고, 여러 재미있던 상황들도 있어서 아주 잘 쉬고 온 것 같아. 아, 맞다. 지선아, 유럽 여행 준비는 잘 돼? 이제 얼마 남지 않았잖아. 다음 주에 출국이지?」 인희가 지선에게 말하자 「네. 준비는 벌써 다 마쳤고, 캐리어만 싸면 돼요. 그나저나 다음 주부터인데, 직원은 구하셨어요?」 지선이 묻는데 「아니… 벌써 모집 공고를 낸 지 40일이 좀 넘었는데, 한 달 동안만 채용할 거라 그런지 아무도 지원하질 않네. 또 대학교 방학 기간도 아니라 그런지 쉽지가 않아.」 인희가 말하자 「사장님, 죄송해요. 제가 애매한 기간으로 일정을 잡아서….」 지선의 얼굴에는 죄송한 표정만 가득하다. 「아니야. 지선아, 유럽 여행을 갔다 와서 더 열심히 일하면 되는 거니까….」 인희가 말하자 「네! 사장님! 가서 선물도 많이 사올게요!」 지선의 힘 있는 대답에 「그래, 그럼 됐어.」 인희가 웃는다.

『좋아하는 누군가와 함께, 또는 혼자더라도 어딘가를 여행한다는 건 사람의 정신과 마음을 평소와는 다르게 새로운 방향으로 전환해주는 하나의 긍정적인 매개체라 생각한다. 그 장소에서 꼭 어떤 거창한 걸 받아들이고, 확인하는 것보다는 비워내고, 정화하고, 채우는 일이라 나는 생각한다. 지선이는 이번 여행을 통해서 그동안 몰랐던 더 넓은 새로운 세계를 경험해보며 배우고 성장하는 계기가 되지 않을까. 그 넓은 곳에서 나와 지예가 알지 못하는 더 많은 부분을 채우고 돌아올 거라 생각한다. 그리고 난 뒤, 지선이가 우리에게도 그곳에 대해 알려줬으면 하고, 나도 언젠가 시간적으로나 경제적으로 여유가 된다면 지예와 함께 지선이가 가본 곳들을 꼭 가보고 싶다. 그런 날이 빨리 오기를….』

그렇게 벗꽃이 지고, 이팝나무 꽃이 필 무렵에 지선은 유럽 여행하러 한국을 떠났고, 카페 안에는 인희 혼자 남아있다. 아직까지 직원을 구하지 못해 일손이 부족한 관계로 점심시간에는 은경이가, 저녁에는 도진이가 카페 일을 도와주기로 한다. 그런 날들이 4일 정도가 지났을 무렵, 민재와 함께 카페로 자주 놀러 오던 선영 씨가 이런 상황을 지켜보다가 인희의 어려운 사정을 알게 되어 자신의 남동생을 카페 직원으로 소개해주기로 한다. 「마침, 잘됐네요. 제 남동생이 두 달 뒤에 미국으로 유학을 떠나게 되는데, 지금 놀고 있어서 한 달 정도 아르바이트를 할 수 있거든요.」 선영 씨가 인희에게 말하자 「정말요? 그럼, 감사하죠.」 그 말에 인희가 기뻐하고 「그런데, 제 동생이 카페 일을 한 번도 해본 적이 없어서 전부 다 처음부터 배워야 하는데….」 선영 씨가 말하자 「괜찮아요. 주스랑 서빙이랑 테이블을 치워주는 것만 해줘도 어딘데요. 어려운 건 제가 하면 되니까… 너무 걱정하지 않으셔도 돼요.」 인희가 선영 씨를 안심시킨다. 「제가 카페 일을 도와주고 싶어도 집안일만 하는 것도 여간 바쁜 게 아니더라고요.」 선영 씨가 말하자 「네. 알죠.」 인희가 대답한다. 「그럼, 내일부터?」 선영 씨가 묻자 인희는 고개를 끄덕인다. 선영 씨는 동생에게 말해둔다고 하고, 내일을 기약하며 민재와 함께 카페를 나간다. 「잘됐다.」 인희가 기뻐하면서 말하자 「그럼, 난 내일부터 여기에 오지 않아도 되는 거지?」 옆에서 테이블을 정리하고 있던 은경이 인희에게 묻는다. 「응. 그동안 고마웠어. 안 그래도 번역 일로 바빴을 텐데…. 도진이한테도 말해야겠다.」 인희가 휴대폰을 들고 바로 도진에게 전화하자, 도진이 이내 전화를 받는다. 「어, 도진아. 직원 구했어. 그동안 바빴을 텐데, 고마웠어. 이제 도와주러 오지 않아도 돼.」 인희가 웃으면서 휴대폰 너머로 도진에게 말하자 「아… 그래? 알았어. 뭐, 저녁에 내가 잠깐 들러서 일 도와줘도 되는데…. 어, 그래… 안녕.」 도진은 말을 마치며 뭔지 모를 아쉬운 표정을 지은 채 전화를 끊는다.

『친구들에게 계속 폐만 끼칠 뻔했는데, 다행히도 직원이 구해졌다. 비록, 한 달이 약간 되지 않는 짧은 기간에, 아직 얼굴도 못 본 상태지만…. 같이 일하는 동안 잘 맞았으면, 또 성실했으면 한다.』

『한 달 동안 인희와 가깝게 지낼 수 있는 절호의 기회였는데, 직원이 벌써 구해졌나 보다. 못 구할 줄 알았는데, 벌써 구했다니… 저녁마다 인희, 지예와 같이 있을 수 있는 시간이 많아져서 그동안 좋았었는데… 그 자리가 내 자리였어야 하는데… 많이 아쉽다. 여자겠지? 남자는 아니겠지?』

다음 날이 되었고, 인희는 카페로 출근하기 위해 서둘러 길을 걸어가고 있는데, 카페 근처 테라스 앞에서 한 남성이 보인다. 인희는 멀리서 그 남성이 선영 씨의 남동생이라고 짐작하며 가까이 다가가서 얼굴을 확인하는데… 이내 놀란 마음을 감출 수 없게 된다.

『인생을 살다 보면, 갑자기 머릿속이 새하얘지면서 마음이 먹먹해지는 그런 날이 오는 때가 있다. 오늘이 그런 날이다.』

5

『시간이 꽤 흘러서 과거의 기억 한 부분 속, 오랜 친구를 우연히 어떤 장소에서 다시 만났던 경험이 두 번 정도 있다. 초등학교 시절 어느 여름날에 같이 전학을 왔었고, 동시에 우리 집 근처에 살아서 나와 꽤나 친하게 지냈던, 어린 나이지만 현명했고 똑똑했으며 내게 친절했던 어떤 한 여학생과 그리고 도진이…. 내게 이 두 사람 모두 아련했던 기억 속 사람이었지만, 다시 만나게 되자 반가운 마음이 제일 먼저 앞섰었는데…. 오늘은 비록 내 앞에 있는 이 사람 그 사람은 아니지만, 앞의 두 친구와는 다른 마음이 앞선다.』

카페 밖에서 인희와 그 남성이 서로의 얼굴을 마주하게 되는데, 순간 놀란 얼굴을 한 인희가 한 손으로는 입을 가린 채 이미 두 눈에서는 눈물이 그렁그렁 맺힌다. 순간, 그 남성은 그런 인희의 얼굴을 보며 약간 놀란다. 「괜찮으세요? 혹시, 여기 사장님이세요?」 그 남성이 인희에게 묻자 「아, 네. 갑자기 몸이 안 좋아서… 죄송해요.」 인희가 어렵게 입을 뗀다. 「아, 아닙니다. 안녕하세요. 저는 민재 삼촌, 박서원이라고 합니다. 오늘부터 여기서 근무하기로 했는데, 이 일은 처음이라… 아무튼 잘 부탁드립니다.」 서원이 인희에게 자기소개를 하자 「네, 저도….」 인희는 서원의 얼굴을 제대로 쳐다보지 못한 채 서둘러 카페 문을 열고 안으로 들어간다. 「저… 어떤 일부터 할까요?」 서원이 인희의 얼굴을 살피다가 어색해하면서 입을 떼자 「네? 어… 수건으로 테이블을 닦아주시면 돼요.」 인희가 말하고 「네!」 서원은 얼른 싱크대 쪽으로 가서 수건을 챙겨와 테이블 위를 열심히 닦기 시작한다.

『정우 씨다. 아니, 정우 씨와 많이 닮은 사람이다. 꼭 정우 씨가 살아서 내게로 다시 돌아온 것만 같다. 혹시, 이 사람이 그날 지하철 안에서의 그 남자가 아닐까. 우연하면서도 믿기지 않는 일…. 내게도 그런 일이 일어났다. 정우 씨, 혹시 정우 씨가 보내준 사람이야? 이건 내게 어떤 의미인 거야?』

「사장님, 다 닦았는데요?」 그때 서원이 모든 테이블을 다 닦고 난 뒤, 인희에게 말한다. 「아, 네…. 그럼, 서랍 안에 뭐가 들어있는지 알려드릴게요.」 인희가 생각을 멈춘 뒤, 서원의 얼굴을 빤히 쳐다보며 업무에 대해 하나하나 알려주기 시작한다. 「여기에는 원두 재고들… 여기에는 시럽들… 냉동실 안에는 얼음과 얼린 과일들이 있고요. 저기… 혹시, 지하철… 종합운동장역에서 환승을 했다거나 탑승하신 적이 근 한 달 안에 있지 않으세요?」 인희가 묻자 「어, 네. 그 역이 제가 회사 다니면서 환승했던 장소라 그곳에서 지하철을 탔었는데요.」 서원이 약간 놀란 표정을 지으면서 말하자 「정장을 입고?」 인희가 정확한 확인을 하기 위해서 세세하게 묻는다. 「네. 어떻게 아셨어요?」 서원이 놀라며 다시 묻는데 「아, 맞구나. 그때 서원 씨와 닮은 분을 본 것 같아서요.」 인희가 확인을 마친 뒤, 사실대로 이야기한다. 「제가 특이한 얼굴은 아닐 텐데, 어떻게 기억을 하셨네요?」 서원이 신기해하며 말하자 「네… 제가 아는 분과 닮아서….」 인희가 말끝을 흐리며 대답한다. 「아… 그렇구나.」 서원이 웃으면서 대답을 하는데 「음료 제조법은 이 서랍 안에 코팅된 종이를 보시면 돼요. 거기에 적어 두었으니까 잘 모르실 때 참고하세요. 그리고 서원 씨가 카페 일에 어느 정도 적응하면 커피도 알려드릴게요.」 인희가 서원의 업무에 대해 친절히 설명하자 서원은 알겠다고 대답한다. 「한 달이라는 짧은 기간일지라도 차근차근 배워나가면 되는 거니까…. 그럼, 잘 부탁할게요.」인희의 말에 「저도 있는 동안 잘 부탁합니다.」서원도 첫인사를 마친다.

『정우 씨와 닮은 사람이 내 앞에 나타났다. 내가 당신을 잊을까 봐, 내게 서원 씨를 보낸 거야? 지하철역에서 정우 씨를 닮은 사람을 보고 그렇게 울었던 내가 안쓰러워 보여서 보내준 거야? 그때, 한 번이라도 더 그 사람을 보고 싶다고 해서 정우 씨가 오늘 내게 그런 거야? 정우 씨… 내가 약한 모습 보이더라도 너무 걱정 마. 내가 툭툭 털고 일어나는 모습을 그곳에서 지켜봐 줘….』

시간이 지나자, 은경은 지예의 하교 시간에 맞춰 루리초등학교 주변을 두리번거리고 있다. 그 후로 얼마 지나지 않아 학교 교문 앞에서 지예와 민재의 모습이 보이자 카페까지 혼자 잘 찾아가는지 궁금해져서 그 뒤를 조용히 밟아보기로 한다. 앞에서는 지예와 민재가 뭐가 그리 재미있는지 재잘재잘 거리며 길을 걸어가고 있는데, 길모퉁이를 돌 때쯤 스카프로 얼굴을 반쯤 가리고, 선글라스를 착용한 선영 씨가 누가 봐도 수상한 모습을 하며 은경을 알은체한다. 「어머, 안녕하세요.」「아, 네… 누구?」은경은 스카프와 선글라스로 얼굴을 빈틈없이 가린 선영 씨를 못 알아보자 「저요, 민.재.엄.마….」선영 씨가 선글라스를 살짝 내리면서 속삭인다. 「아, 네….」은경이 말을 하고 있는데, 갑자기 저 앞에 먼저 가고 있던 민재가 외친다. 「어! 엄마 목소리다!」하며 뒤를 돌아보려는데, 선영 씨가 은경을 데리고 모퉁이 길 안으로 재빠르게 몸을 숨긴다. 지예와 민재가 뒤를 돌아보지만, 아무도 보이지 않자 「아무도 없는데? 엄마 보고 싶어?」지예가 민재에게 말하고 「응.」민재의 힘없는 대답에 「빨리 가자. 조금 있으면 만날 수 있어.」지예가 민재를 안심시키면서 발걸음을 재촉한다. 두 아이는 서둘러서 다시 길을 걸어가고, 은경과 선영 씨는 그 뒤를 조용히 따라나선다. 드디어 지예와 민재가 카페에 도착하고 「어! 서원 삼촌이다!」 민재가 서원을 보자마자 반갑게 외친다. 「어, 민재 왔구나.」 서원도 역시 민재를 반가워하며 인사한다. 「어…!」 갑자기 지예가 서원의 얼굴을 빤히 쳐다보다가 놀라면서 인희에게 달려가고, 인희는 당황한 표정을 한 지예의 얼굴을 쳐다보는데, 지예가 놀란 얼굴로 인희에게 귓속말을 하며 묻는다. 「엄마, 아빠 아니야?」 「아니야. 아빠와 닮았을 뿐, 민재 삼촌, 민재 엄마의 남동생이야. 우리 인사하자.」 인희도 지예에게 귓속말한다. 「저기, 서원 씨. 여기 제 딸 지예예요, 차지예. 민재와 친구….」 인희가 서원에게 지예를 소개하자 「어! 너가 말로만 듣던 지예구나. 민재한테 이야기 많이 들었어. 진짜 귀엽게 생겼다. 난 민재 삼촌이고, 여기서 한 달 동안 일하기로 했어. 잘 부탁해.」 서원이 따뜻한 미소를 보이며 지예에게 본인 소개를 하자 갑자기 지예의 두 눈에는 눈물이 그렁그렁 맺힘과 동시에 얼른 인희의 뒤로 몸을 숨기는데… 「지예야, '네'라고 대답해야지.」 인희가 지예에게 조용히 말을 건네자 「네….」 지예는 힘없이 대답한다. 「아이가 처음 보는 사람 앞에서 낯을 많이 가려요.」 인희가 어색해진 분위기에 말을 덧붙이자 「아, 네….」 서원이 어색한 미소를 지으면서 대답하고 있고 「무서워? 우리 삼촌, 하나도 안 무서워.」 민재가 지예에게 다가가서 등을 토닥여준다. 지예는 아무런 말없이 눈물을 닦고 있는데, 그 뒤로 은경과 선영 씨가 카페 안으로 들어온다. 「애들이 똑똑하네.」 선영 씨가 은경에게 말하자 「그러게요. 잘 찾아오네요.」 은경이 답하는데 「엄마!」 그때, 민재가 선영 씨를 보며 외친다. 「어, 우리 아들.」 선영 씨가 민재를 안으며 인희와 서원에게 인사를 건네며 「얘가 이 일은 처음이라 부족한 점이 보이겠지만, 너그럽게 잘 부탁드릴게요.」라며 인희에게 말하자, 인희가 알겠다고 말하고, 서원이 그 말에 미소를 짓는데, 그 옆에서 은경이 서원의 얼굴을 보자마자 놀란 얼굴로 할 말을 잃은 채 인희를 카페 구석 쪽으로 데리고 간 뒤, 속삭인다. 「뭐야? 이게 어떻게 된 거야.」 「닮은 사람이야. 나도 오늘 많이 놀랐어. 나중에 다시 이야기하자.」 인희가 은경에게 속삭이며 이야기를 하는데 「너, 괜찮아?」 은경이 걱정하면서 묻자 「응… 괜찮아.」 인희가 잠시 있다가 답한다. 은경은 눈이 살짝 부어있던 지예를 데리고 카페 의자에 앉은 뒤, 어안이 벙벙한 지예의 표정을 살폈고, 지예는 서원의 얼굴만 뚫어지게 쳐다보고 있다. 시간이 지나면 지날수록 은경과 지예는 서원의 움직이는 동선에 따라 눈동자를 같이 움직이고, 서원은 자신을 따라다니던 두 사람의 시선을 어느 순간부터 느끼게 된다. 일을 하다가 느낌이 이상해서 은경과 지예를 쳐다보면, 그 두 사람은 갑자기 아무 대화를 나누기 시작한다. 사는 이야기부터 시작해서…. 「은경이 이모는 요즘 번역하느라 머리가 터질 것 같아. 너는 요즘 어떠니?」 「지예는 맨날 맨날 숙제하느라 피곤해요. 지예는 그림 그리는 거랑 엄마하고 민재랑 노는 게 제일 좋아요. 그리고 지예는 맛있는 거 많이 많이 먹고 싶어요.」 「은경이 이모도 맛있는 음식을 많이 많이 좋아해.」 「지예는 오늘 햄버거 먹고 싶어요.」 「어! 나도 나도! 우리 나가서 햄버거나 먹고 올까? 은경이 이모가 사줄게.」 「네!!」 먹는 이야기까지….

한편, 도진은 NBS 방송국 아나운서실 안에서 자리에 앉아 수첩 위에 볼펜으로 무언가를 계속해서 적고 있다.

- 분위기 좋은 곳에서 같이 술을 마시면서 여러 이야기를 나누기.
- 곤란한 일, 고민되는 일, 필요한 걸 알아내서 도움 주기.

- 그 사람이 좋아하는 것, 하고 싶어 하는 것들을 실현시켜주기.

- 맛있는 음식을 같이 먹으러 가기.

- 생일과 기념일을 챙겨주기.

- 그 사람이 바른 사람이라는 걸 알기에 언제나 그 사람의 편에 서주기.

- 기댈 수 있는 듬직한 사람이 되어주기.

- 상처와 아픔이 많은 그 사람에게 늘 조심하며 배려해주기.

『내게는 쉬워 보이는 이런 일들이 누군가에게는 쉬운 일이 아닐 수 있고, 내게는 당연한 것들이 그 사람에게는 당연한 일이 아닐 수도 있다. 누가 보면 거창해 보이지 않은 일이라고 말할 수도 있겠지만, 나는 이런 소소하고, 소중한 하루하루를 그 사람과 함께 나누고 싶다. 그 사람이 요즘에는 무엇에 관심이 생겼는지… 무엇을 하고 싶은지… 무엇이 그 사람을 기쁘게 하고, 아프게 했는지…. 서로 알아가고, 또 도움을 주고 싶고, 이렇게라도 옆에 있어주고 싶다. 그 사람에게 백마 탄 왕자님은 아닐지라도 흑기사 정도는 될 수 있었으면 한다.』

한편, 카페 안은 아홉 개의 테이블이 벌써부터 손님들로 가득 차 있다. 서원은 얼음과 물, 꿀, 바나나, 딸기를 통 안에 넣으며 믹서기로 갈고 있고, 인희는 그 옆에서 카푸치노를 만들면서 서원과 음료에 대해 대화를 나누고 있다. 은경과 지예가 그 두 사람의 모습을 아무 말 없이 한참 동안 지켜보고 있다가 「지예야, 나 이제 집에 가야 돼. 같이 오래 못 있어줘서 미안.」 은경이 가방을 챙기면서 지예에게 말하자 지예의 표정은 다시 시무룩해지며 알겠다고 대답한다. 은경은 인희와 서원에게 인사를 마친 뒤, 서둘러 카페를 나와 어두운 얼굴로 길을 걷는다. 「인희는 정말 괜찮은 거야? 괜찮은 척을 하고 있는 거야? 우리 지예는… 아, 모르겠다. 괜히 머릿속만 복잡해지네…. 어떻게 저리도 정우 씨와 비슷할 수가 있지? 아니, 그냥 정우 씨던데? 이게 대체 무슨 일이야.」은경은 계속해서 혼자 중얼거리면서 길을 걸어간다. 그렇게 시간이 지나고, 도진이 퇴근길에 호떡 세 개를 산 뒤, 로즈메리 카페 안으로 들어간다. 「인희야, 나 왔어.」도진이 웃으면서 인사하자 「어, 왔어?」일하고 있던 인희가 도진을 발견하고, 서원도 테이블을 정리하다가 도진을 쳐다본다. 「어, 지예와 같이 먹으려고 호떡도 사 왔어. 새로 온 직원?」도진이 서원의 얼굴을 잠깐 동안 쳐다보면서 묻는데, 인희가 고개를 끄덕인다.

『그때는 그 사람을 보며 대수롭지 않게 생각했었다. 외모는 그렇게 잘생긴 건 아니었지만, 가만히 있어도 어딘가 남자다운 모습에 듬직해 보인다는 그 정도의 느낌… 내가 상상할 수도 없었던 감춰진 상황을 알기 전까지 나는 그 사람의 그 어떤 것도 전혀 신경 쓰이지가 않았다.』

「인희야, 우리 오늘 끝나고, 지예와 같이 고기 먹으러 가자. 내가 살게.」도진이 인희에게 말하는데 「고기? 나도 고기 먹을래요.」지예가 그림을 그리다 말고, 눈에서 빛이 나기 시작한다. 「괜찮은데… 시간이 너무 늦어서….」인희가 말하는데 「지예는 맛있는 고기… 먹고 싶어요.」지예가 옆에서 열심히 자신의 의견을 피력하자 「알았어. 지예야, 도진이 아저씨가 사줄게. 그런데 아까부터 뭘 그렇게 열심히 그리고 있는 거야?」도진이 웃으면서 지예에게 친근히 말을 건넨다.

『보통 날과는 다르게 낯선 남자 앞에서는 내가 인희와 이 정도로 친하다는 사실을 알리고 싶어지는 그런 이상한 마음이 든다. 더 오버하게 되는 그런 나 자신이 미치겠고, 시간이 지나서 다시 생각해보면 창피해질 때도 있다.』

「그럼, 난 집에 가서 편한 옷으로 갈아입고, 고깃집에 자리 예약을 한 뒤, 다시 여기로 올게.」도진은 말을 마친 뒤 카페를 나가고, 조금 뒤에 서원이 인희에게 조심스럽게 묻는다. 「무슨 사이세요?」「그냥, 친구예요. 대학 때 친구이자 동네 친구….」인희가 대답하자 「아, 난 또….」서원은 다시 테이블 위를 정리한다.

도진은 집에 도착한 뒤 편한 옷으로 갈아입고, 고깃집에 예약 전화를 남기고서 노래를 흥얼거리며 빵 한 조각을 입안에 넣은 뒤, TV 리모컨을 돌리다가 은경에게 전화한다. 「어, 은경아, 나야.」도진이 휴대폰 너머로 은경에게 말하자 「어, 도진아, 왜…?」은경이 힘없는 목소리로 답한다. 「너, 오늘 새로 온 인희네 직원, 봤어?」도진이 말하자 「아… 어….」은경이 당황한 말투로 말하는데 「뭐, 열심히 하려고 하는 것 같던데, 내가 잠깐 가게 봐줬을 때보다 못하는 것 같더라. 인희가 남 듣기 싫은 소리를 잘 못하는 애라서 일이 제대로 돌아갈까 걱정인데, 내가 대신 말해줘야 하나 몰라.」도진은 괜히 있는 말, 없는 말을 주절주절하고 있다. 「어? 도진아, 내가 봤을 때는 그런 말, 하지 않는 게 더 좋을 것 같은데? 그 직원… 지예네 학교 친구의 외삼촌이라고 하더라고….」은경이 만류하듯 말하자 「아, 아는 지인이야? 그럼, 뭐… 참아야겠네. 어쩔 수 없지.」「도진아….」「어? 왜?」「아… 아니다.」은경은 도진에게 사실대로 말할까 하다가 말을 멈추고는 다음에 또 통화하기로 한다. 그런 상황에 대해 아무것도 모르고 있던 도진은 해맑은 미소를 지으면서 TV 리모컨 채널 버튼만 누르고 있다.

다시, 카페 안에서는 벌써 서원의 퇴근 시간이 다 되어 집으로 돌아갈 준비를 마쳤다. 「첫날인데, 어땠어요? 처음이라 이것저것 생소할 거예요.」 인희가 서원에게 묻자 서원은 인희의 도움과 배려에 감사의 인사를 전한 다음 지예에게 인사한다. 지예는 색연필로 그림 색칠을 하다말고, 그의 얼굴을 조심스럽게 쳐다보며 말없이 고개를 두 번 끄덕인다. 서원이 퇴근하자마자 「엄마, 민재 삼촌… 우리 아빠 같아….」 지예가 서원이 갔는지를 확인한 뒤, 인희에게 말하는데 「응. 닮았어도 아빠는 아니야.」 인희가 지예의 머리를 쓰다듬으면서 말한다. 「지예는 엄청 놀랐어. 그래서 아까 눈물이 났어.」 지예가 속마음을 인희에게 전하는데 「엄마도 놀랐어. 오늘, 민재 삼촌에 놀라고, 우리 지예가 의젓해서 놀라고….」 인희가 말한다. 「내가 갖고 다니는 사진 속 아빠랑 똑같아. 지예는 아까부터 생각한 건데, 아빠가 민재 삼촌 몸속으로 들어가서 얼굴이 똑같아진 게 아닐까? 아빠가 우리 보고 싶어서….」 지예가 인희를 안으면서 말하자 「나도 지예의 생각대로 그랬으면 좋겠지만, 그런 일은 없어. 민재 삼촌은 아빠와 많이 닮은 사람일 뿐이야. 저번에 지예가 그랬잖아. 은경이 이모가 개 그우면 이유경이랑 닮았다고, 똑같이 생겼다고 한 거… 지예도 기억나?」 「응.」 「세상에는 가족이 아니더라도 비슷한 얼굴을 한 사람이 의외로 많아.」 「응. 알겠어.」 「우리, 이렇게 생각하자. 비록, 짧은 시간이지만, 아빠가 우리에게 보내주신 선물이라고…. 우리가 아빠를 그리워하다 보니 하늘에서 아빠가 우리를 위해서 잠시 동안 선물을 보내주셨구나… 하자.」 「응… 선물… 아빠가 준 선물… 알았어.」 지예는 몇 번이고 그 단어를 되뇌고 있다.

『어린 지예의 마음은 어떨까…. 아이의 마음을 알지 못하니, 어떻게 위로해야 할지 생각

이 많아진다. 오늘, 처음으로 서원 씨를 보고는 나 역시도 말도 안 되는 생각을 많이 했었다. 나도 몰랐던 정우 씨의 또 다른 쌍둥이 형제가 있었던 게 아닐까. 그러기엔 성도 다르고, 나이도 다르다. 어른인 나 역시도 아직까지 놀랍고, 심장이 두근거리는데…. 내가 지하철역에서 정우 씨와 닮은 그 사람을 보고 정신이 없었던 그날의 내 모습이 너무도 안쓰러워 보여 정우 씨가 오늘 우리에게 보내준 걸까? 정우 씨라면 그럴지도 모른다. 그 사람은 내가 보고 싶다고 하면 오는 사람이었고, 내가 하고 싶어 하는 걸 해주려고 했던 사람이었으니까…. 그 사람이라면… 정우 씨라면… 아마, 그럴지도 모른다.』

「지예야….」 어느새 인희의 두 눈망울이 글썽거리는 걸 조용히 삼키며 지예의 이름을 부르자 「응?」 지예가 대답을 하고 「민재 삼촌이나 민재 엄마, 그리고 민재한테 저분이 우리 아빠를 닮았다고 절대로 말하지 않기.」 인희가 말하는데 「왜?」 「그럼… 엄마랑 민재 삼촌이랑 같이 일하는 게 곤란해지고, 어색해질 수가 있어서…. 지예는 엄마가 힘들어하는 거 좋아하지 않지?」 「아니… 그럼, 안돼!」 「그래. 약속… 비밀이다. 엄마와 지예만의 비밀!」 「응!」 「둘만 알기!」 「응! 알았어.」 지예가 대답한다.

『지예가 이런 이해할 수 없는 상황에 대해 어떻게 이해를 할까. 시간이 지나서 지예가 컸을 때, 그저… 특별한 추억이 되기를 바랄 뿐이다. 나의 바람은 그렇다.』

때마침, 카페 마감 시간에 맞춰서 도진이 도착하고, 두 사람과 함께 고깃집으로 향하는데, 이미 고깃집 안에는 회식 중이던 회사원들과 가족, 친구 단위로 자리가 한가득 차 있다. 도진은 카운터에 서서 종업원에게 이름을 말한 뒤, 예약된 창가 자리로 안내를 받고 갈비 3인분을 주문한다. 「여기… 유명한가 봐. 사람들이 꽤나 많네.」 인희가 주변을 두리번거리면서 말하자 「응. 이 근처에 살면서 여기… 몰랐어?」 도진이 놀라면서 인희에게 묻는다. 「응. 그러고 보니, 올 기회가 없어서….」 인희가 양손을 물수건으로 닦으면서 말하는데 「그럼, 우리 앞으로 이런 곳에 자주 오자. 지예도 좋지?」 도진이 웃으면서 말하자 「네!」 지예가 힘찬 목소리로 대답한다. 「나는… 뭐… 동네 친구도 이쪽에 살고, 굳이 이런 데에 혼자 와서 먹기가 좀 그렇고 해서… 고기 먹고 싶을 때, 잘됐다 싶기도 하고… 하하하하. 같이 와줘서 고마워.」 도진은 혹시라도 인희가 눈치 챌까 봐 말을 더 덧붙이는데 「내가 더 고맙지. 네가 이쪽으로 이사 오지 않았다면, 우린 계속 이런 곳도 못 와봤을걸?」 인희가 말하자 「동네 친구가 이래서 좋은 거야.」 도진의 말에 「그러게 말이야. 은경이네도 이 동네로 오면 더 좋을 텐데… 은경이네 남편 회사가 그쪽이라….」 인희가 아쉬워하면서 말한다. 「그나저나 내가 이 동네로 오기 전까지 지예랑 둘이 계속 심심했겠다.」 도진이가 말하던 그때 종업원이 양념 된 생고기를 가져와서 불판 위에 올린다.

『그동안 인희는 모든 것들을 혼자서 해나가야 하는 상황이었기에 시간적으로나 심적으로 여유가 부족했을 수 있다. 하지만 이제는 부담이 없고, 편한 '나'라는 친구가 옆에 있으니, 이렇게라도 인희와 지예가 평소에 못 와봤을 곳들을 함께 다녀보고 싶다. 이러한 일상들이 한 겹, 두 겹 쌓이고, 쌓여서 두 사람의 마음속에 '나'라는 사람이 조금이라도 소중히 기억되기를 바랄 뿐이다.』

「지예야, 여기… 도진이 아저씨랑 와본 거다.」 도진이 고기를 구우면서 지예에게 말하자 「네!」 두 눈이 고기에 고정된 채 지예가 대답한다. 「나중에 여기에 또 오고 싶으면 아저씨한테 꼭 말해줘.」 도진이 고기를 가위로 작게 자른 뒤, 지예의 접시 위에 건네며 말하자 「네!」라며 지예가 대답을 마치고서 김이 나는 고기를 후후 불어가며 젓가락으로 집어 먹고 있는데 「너, 나중에 아이 낳으면 잘하겠다.」 둘의 모습을 흐뭇하게 지켜보고 있던 인희가 말한다. 「그래? 그럼 뭐해. 여자가 있어야지.」 도진의 말에 「그러게. 왜 없을까. 얼른 도진이도 좋은 사람을 만나야 할 텐데…」 인희가 진심 가득한 모습으로 말하자 「나도 빨리 그런 날이 왔으면 해.」 도진이 인희의 얼굴을 제대로 쳐다보지 못한 채 대답한다.

『내게 있어 좋은 사람이란, 너라는 걸 모르고 있겠지. 내가 네게 첫눈에 반한 그날부터 여태껏 짝사랑 중이라는 사실을 너는 모르고 있을 거다. 어릴 때, 내가 너를 얼마나 많이 좋아했고, 설레기도 했고, 또 아파했다는 걸. 내 마음속에서 너라는 공간이 오랜 시간 동안 자리를 잡고 있었는지… 나를 그저 편안한 친구 정도쯤으로 생각하고 있는 너는 아마 모를 거다. 나 역시도 네가 이런 내 마음을 아직은 모르길 바란다. 네 마음이 아직도 그 사람으로 인해 아프다는 걸 나도 아주 잘 알고 있기에…』

식사를 마친 세 사람은 그 자리에서 작별 인사를 마친 뒤 헤어진다. 집으로 돌아온 인희는 방 안에서 지예를 재운 뒤, 다시 거실로 나와 어두워진 창밖을 보며 생각에 잠긴다. 밤하늘에는 구름에 살짝 가려진 보름달이 떠 있지만, 작게 새어 나오는 달빛은 꽤나 밝아 빛이 났다. 인희는 한동안 그 달을 빤히 쳐다보다가 주방으로 발을 옮기고서 노트를 펼친 뒤, 종이 위에 볼펜으로 한 글자, 한 글자 적어 내려가기 시작한다.

『정우 씨… 오늘 참 많은 일이 있었네. 나와 지예는 당신과 아주 많이 닮은 서원 씨와 한 달이라는 짧은 기간 동안 잘 지낼 수 있을까? 걱정되기도 하고, 시간이 지나 그 사람이 한국을 떠나게 되면 지예는 괜찮을까? 내 마음은 또 어떨까? 서원 씨를 당신이 우리에게 보내준 한 달간의 선물이라 생각하기로 했지만, 그 사람이 떠난 이후도 걱정이 돼. 아무튼 정우 씨, 우리 지예… 잘 부탁해. 그저 그 사람이 지예에게 특별한 기억으로 남기를 바랄 뿐이야. 그리고 내 친구, 도진이라고… 오늘 그 친구와 함께 동네 근처 고깃집에서 저녁 식사를 했어. 지예가 많이 좋아하더라. 우리 지예가 이렇게나 좋아하는데 나는 왜 이제야 그곳에 간 걸까. 심지어 우리 집과 가까운 곳인데, 난 왜 지예와 정우 씨랑 그곳에 한 번도 가보질 못한 걸까 싶었어. 이런 행복도 있는데, 내가 너무 무심했나 싶기도 하더라. 아무튼, 오늘은 도진이를 통해서 무언가를 느꼈던 하루야. 오늘은 하루가 정신없이 빨리 지나간 날이기도, 또 이런 생각, 저런 생각들로 가득 찬 날이었어. 그냥 뭔가… 정우 씨가 많이 생각났던 하루야. 그럼, 이만 줄일게.』

어느덧, 인희는 졸린 눈으로 노트와 볼펜을 주방 서랍 안에 집어넣은 뒤 스위치 불을 끄고, 방 안으로 들어간다. 방 안에 누워서 옆에 자고 있던 지예의 얼굴을 어둠 속에서 가만히 바라본다.

『지예야, 오늘은 지예에게도 많은 일이 일어났던 날이기도 했네. 그럼에도 불구하고 엄마에게 늘 밝고, 씩씩한 모습을 보여줘서 고마워. 좋은 꿈꾸렴.』

인희는 지예의 배를 토닥이다가 얼마 뒤에 그 옆에서 잠이 든다. 다음 날, 카페 앞에 먼저 도착을 한 서원이 인희를 기다리며 서 있는데, 그 뒤로 인희가 도착하고, 서로 인사를 마친 뒤 서둘러 카페 안으로 들어간다. 각자 테이블을 정리하다가 서원이 정적을 깨며 말한다. 「보통 직원이 나가면 새 직원을 뽑던데, 사장님께서는 그러지 않으시네요.」「보통은 그렇긴 한데 저와 계속 함께했던 그 직원이 한 달간 여행을 간 거라 기다리기로 했어요. 또 제가 그 직원한테서 그동안 도움을 많이 받기도 했고, 우리 집 사정도 잘 알기도 해서… 그 직원이 다시 복학하기 전까지는 계속 같이 하고 싶어요.」인희가 답하자 「그러셨구나.」서원이 웃으면서 말한다. 그때 손님 세 명이 카페 안으로 들어와서 음료 주문을 하고, 인희와 서원은 일을 시작한다. 바로 뒤, 은경이가 가게 안으로 조용히 들어와 빈 의자에 앉아 번역할 책과 두꺼운 종이를 테이블 위에 펼친 후, 커피 주문을 하러 카운터로 향한다. 「어! 언제 왔어!」인희가 음료 세 잔을 쟁반 위에 올리다가 은경을 발견한다. 「방금 전에 도착했어. 나 한동안은 여기에서 일하려고. 집에서 일하다 보니 집중이 잘 안되네. 잠시 동안 공간을 바꿔보면 잘 될까 싶어서….」은경은 인희에게 말하고는 있지만, 두 눈은 서원에게 향해있다. 음료는 아메리카노로 주문한 뒤 다시 자리로 돌아가고, 이내 인희가 커피를 만들어서 은경에게 갖다준 뒤 다시 카운터로 향한다. 「그럼 공부하러 언제 가는 거예요?」라며 인희가 서원에게 묻자 「두 달 뒤요. 6월 26일.」서원이 답한다. 「쉬운 결정은 아니었겠네요.」인희가 말하자 「네, 그렇죠. 제가 나이도 있고, 타지 생활에 홀로 아는 사람도 없이 해야 할 일들이 많아지니까…. 그래도 두 번 사는 인생도 아니고, 혼자 많이 생각하고, 또 생각한 일이기에 쉽지는 않았지만, 그렇게 하기로 결정을 내리게 됐어요.」서원이 이렇게 대답은 하고 있지만, 표정에서는 어딘지 모르게 걱정이 많아 보인다. 「그런 용기도 대단한 거예요. 그리고 서원 씨가 혼자다 보니 자신이 내린 결정에 대해 실행 가능성이 커졌다고 해야 할까? 가족이 있으면 하고 싶은 일이 생겨도 가족들의 인생을 생각하게 되기도 하고, 무엇을 결정하더라도 나 자신만의 결정이 아닌 게 되어버리니까요.」인희가 부러워하는 얼굴로 서원에게 말하자 「뭐… 하고 싶은

거 있으세요?」서원이 웃으면서 인희에게 묻는데「그냥… 먼 훗날이 되
겠지만, 지예가 어느 정도 커야 가능한 일이에요. 저도 외국에 가서 다른
나라 언어를 하며 살아보고 싶기도 하고, 어디론가 한 달간 여행을 떠나
보고 싶기도 하고, 제가 대학생 때 못 이뤘던 꿈도 이뤄보고 싶기도 하고
그렇죠. 뭐, 어차피 지금은 그럴 수 없으니까 나중에 지예가 성인이 돼서
저와 비슷한 분야에 원하는 시기가 같아진다면 그때 같이 해보고 싶은
마음이 크죠.」인희가 이렇게 말하다가 갑자기 생각만으로도 기분이 좋
아져서 얼굴에 미소가 가득 번진다.「파이팅!」서원이 작은 목소리로 인
희에게 외치자 그의 말에 인희가 소리를 내며 웃는다. 그 근처에서 둘의
이야기를 듣고 있던 은경이 갑자기「에헴!」소리를 내며 카운터로 가서
인희에게 조용히 하라며 검지를 입에 대고, 쉿! 하는 제스처를 보인 뒤,
다시 제자리로 돌아간다. 인희는 은경의 행동에 순간 멈칫하다가 갑자기
자신이 서원과 나눴던 대화와 상황들이 뇌리를 빠르게 스쳐 지나가버린
다.

『나도 모르는 사이에 서원 씨가 편해져서 내 모든 걸 이야기했던 것 같다. 이 사람의 얼굴
을 보고 있으면 꼭 우리 정우 씨를 보고 있는 것만 같아서…. 나 어떡하지. 설마, 내가 이 사
람을 당신으로 생각하는 건 아니겠지?』

지예가 학교를 마치고 카페 안으로 들어와서 인희와 서원, 은경에게 인
사한 뒤, 자리에 앉아서 영어 노트를 펼치다가 인희가 서 있던 카운터로
살며시 다가가서 서원의 주위를 맴돌기 시작한다. 그리고는 아빠를 닮은
서원의 얼굴을 빤히 쳐다보며 한 단어를 외친다.「선물!」「응?」서원이
약간 놀란 표정을 하며 지예를 보는데「선물!」지예가 재차 외치자「선물

받고 싶어?」 서원이 지예의 행동에 대해 궁금해하며 되묻는다. 「아니요. 민재 삼촌이 선물이에요.」 지예가 말하자 「어?」 서원이 약간 당황한 표정을 짓는데 「아니, 한 달 동안 근무하게 될 직원을 못 구하고 있다가 갑자기 구하게 돼서 '민재 삼촌이 선물 같은 존재다'라는 그런 뜻이에요.」 갑작스러운 지예의 행동으로 인해 사색이 된 인희가 당황해하며 대충 얼버무린다. 「아, 네….」 서원은 이제야 이해했다는 듯 웃는다. 「제가 힘들어했거든요. 그런데 민재 삼촌이 오게 되어서 지예가 어제 제게 선물 같다고 한 걸… 오늘 또 그러네요.」 인희가 어색하게 웃으면서 말을 대충 덧붙이는데 「지예야, 그렇게 불러줘서 고마워.」 서원이 웃으면서 지예에게 말한다. 「지예야, 영어 단어를 노트에 적으러 가자.」 당황한 인희가 지예를 서둘러 이끌며 은경의 자리로 향하고, 은경은 그런 인희와 서원의 얼굴을 번갈아서 빤히 쳐다보고만 있다.

한편, 방송국 1층 야외 화단 벤치에 앉은 도진이 은경과 전화를 하고 있다. 「어, 은경아.」 도진이 말하자 「시간 괜찮아?」 은경이 다급한 목소리로 도진에게 말하고 「어, 방송 이제 막 끝났어. 왜?」 「아니, 저기 있잖아. 그 인희네 가게에 새로 온 직원… 그 사람… 인희 남편 닮았어.」 「뭐?」 「응. 닮다 못해 똑같이 생겼어. 내가 말을 아끼려고 했는데, 아무래도 안 되겠어. 인희가 처음 보는 사람과는 많은 대화를 하지 않는 애인데… 그 사람을 정우 씨로 착각했는지 별 이야기를 다 하더라. 그리고 지예는 그 사람을 선물이라고 부르지를 않나.」 은경의 말에 도진의 얼굴은 점점 창백해지다 못해 무표정이 되고, 순간 도진은 할 말을 잃고 만다. 「듣고 있는 거야? 도진아… 도진아?」 「은경아, 나중에 전화하자.」 도진이 굳어진 얼굴로 통화를 끝내려 하는데 「도진아, 전화 끊기 전에 내 말 좀 들어봐. 그래도 희망적인 게… 그 사람, 두 달 뒤에 외국으로 공부하러 떠난대.」 은경의 말에 도진의 정신이 되돌아오지만, 이미 온몸에 힘이 빠진 상태에서 통화를 마친다. 「이러면 안 되는데… 이렇게 되면, 난… 어떻게 되는 거지?」

『그 순간에 난… 마치, 머릿속이 텅 비어버린 사람처럼 무언가를 생각할 수도, 생각나지도 않았다. 잠시 동안 일하게 될 그 직원이 지예의 아버지와 닮았다는 말에 한 번, 지예가 그 직원을 보며 선물이라고 불렀다는 말에 한 번, 그리고… 제일 컸던 건 인희가 그 사람을 정우 씨로 착각해서 자신의 이야기를 거리낌 없이 말했다는 것에서 순간 머리를 어딘가에 심하게 부딪힌 사람처럼 아무런 생각도 나지 않았다. 머릿속이 텅 빈 느낌으로 마음이 무너져 내려버릴 것만 같았고, 잠깐이지만 큰 충격으로 다가왔다. 마음과 온몸이 아프게만 느껴졌다. 그만큼 내게는 인희라는 존재가 컸고, 그래서 더욱더 슬펐다.』

「어떡해. 충격받았나 봐.」 카페 밖에서 은경이 휴대폰을 두 손에 들고, 안절부절못한 채 도진을 걱정하며 한참을 서성이다가 심호흡을 크게 한 번 내쉰 뒤, 다시 카페 안으로 들어간다. 카페 안에서는 인희와 서원이 여전히 작은 목소리로 대화를 나누고 있고, 그 광경을 본 은경이 일부러 큰기침 소리를 내며 자리로 돌아가는데, 꽤나 다정해 보이는 두 사람의 모습을 보고 있던 은경의 심정은 도진을 대신해서 착잡하기만 하다.

한편, 도진은 무슨 정신으로 방송을 마쳤는지도 모를 정도로 모든 스케줄을 끝낸 뒤, 퇴근 준비를 하고 있다. 여전히 머릿속에서는 정우를 닮은 서원의 생각으로 가득 차 있다.

『인희의 남편을 닮은, 그날 스쳐 갔던 그 직원의 얼굴이 신경 쓰일 정도로 다시 궁금해지기도, 한편으로는 그 사람을 마주치는 일이 두려워지기도 했다. 인희와 그 사람이 함께 있는 모습을 보고, 혹시 자신이 없어지게 될까 봐. 현실은 그렇게 어김없이 다가왔다.』

카페 창문 너머로 인희와 서원은 음료를 만들면서 대화를 나누고 있는 중이고, 은경은 번역 일을, 그 맞은편에 앉은 지예는 뭔가를 열심히 노트 위에 적고 있다. 모퉁이 벽 뒤로 몸을 숨긴 도진은 인희와 서원의 모습을 무표정한 얼굴로 한참 동안 지켜보다가 차마 카페 안으로 걸음을 옮기지 못한 채 다시 발길을 돌린다.

『멀리서 그 사람의 얼굴을 다시 보니, 나와는 많이 달랐다. 인희는 저 모습을 가진 사람을 좋아했고, 사랑했었구나. 남자다우면서도 어딘가 중후한 매력이 느껴졌다. 그때처럼 가까이서 자세히 보면 또 다른 느낌을 받을 수 있겠지만… 멀리서 본 그의 모습은 그랬다. 인희의 남편과 내 모습 그 어디에서도 비슷한 점을 찾아볼 수 없었다. 그래서 자신감도 사라졌고, 우울해졌다. 아직 시작하지도 않았는데, 벌써 진 느낌… 비록 한 달여간의 시간이지만, 인희가 저 사람을 받아들였다는 건 이렇게 해서라도 잠깐 동안 그의 모습에서 정우 씨를 보고 싶고, 찾고 싶었기 때문일 것이다. 나도 이해한다. 그렇게 해서라도 세상에 없는 그 사람을 다시 보고 싶어하는 그 마음을… 그리움이 너무나도 컸기에 그걸 알면서도 나는 그런 인희의 선택에 대해 서운함이 앞서기도 한다. 나 역시도 인희의 마음을 열기 위해서 오랫동안 시간과 노력을 각오했던 사람이었지만, 인희가 그 닮은 사람에게 금방 마음을 열었다는 사실이 나를 더 슬프게 만들었다. 순간, 모든 것들에 대해 자신이 없어졌고, 내가 인희를 어떻게 만났고, 또 어떤 마음을 갖고서 살아왔는지, 이 모든 것들이 무의미해질 정도로 무력감이 몰려왔다. 그럼, 나는 한 달이 될지, 두 달이 될지, 얼마가 될지도 모르는 시간 동안 또다시 멀리서 기다리고만 있어야 하는 걸까.』

도진은 거리를 터벅터벅 힘없이 걸어간다. 그렇게 하루가 지나고, 4일이 지나도 도진은 인희의 카페에 가지 않는다. 은경은 한동안 카페에 나타나지 않는 도진이 걱정되긴 하지만, 그날 그렇게 통화를 마친 뒤로 차마 다시 연락을 할 수 없었다. 그날 이후로 도진이 카페에 나타나지도, 어떠한 연락도 없자 은경이 어느 정도 짐작을 하며 번역 일 도중, 인희가 서 있던 카운터로 향한다. 「인희야, 요즘 도진이가 보이지 않지?」 은경이 인희에게 말하자 「어, 진짜…. 이틀에 한두 번 정도는 왔었는데, 요즘은 보이지 않네? 바쁜가?」 인희가 조금 놀라면서 말한다. 「그럼, 연락해보자.」 은경의 말에 「그래. 한번 해봐.」 인희가 말하는데 「나 배터리가 별로 없어서… 네가 좀 해봐.」 은경의 말에 「그래, 알았어.」 인희가 말을 끝내자마자 휴대폰을 들고, 문자를 작성한다. 〔도진아, 요즘 바쁜가 봐. 얼굴 보기 힘드네.〕 5분이 지났을까. 도진에게서 전화가 걸려온다. 「어… 도진아.」 인희가 전화를 받는데 「어… 인희야, 요즘 좀 바쁜 일이 생겨서. 지예는 잘 있지?」 도진의 말에 「그럼, 잘 있지. 누가 보면 몇 달 못 본 사이인 줄 알겠다. 요즘, 은경이도 그렇고, 나도 그렇고, 궁금해서 연락해봤어.」 인희가 웃으면서 말하는데 「그래. 나 방송 들어갈 시간이라… 전화 끊어야겠다.」 도진이 말하자 「응, 그래…. 안녕.」 인희는 통화를 마친다.

그 시각, NBS 방송국 복도에서 인희와의 통화를 마친 도진은 그 어디에도 서두르는 모습 없이 그 자리에 가만히 서 있다.

『이렇게라도 인희가 나를 찾아주니 고맙고, 반가웠지만, 나도 모르게 방송 핑계를 대며 전화를 끊어버렸다. 그동안의 난… 사실… 그렇게 바쁘지 않았다. 퇴근한 뒤에 인희의 카페에 들르지 않았을 뿐, 평소와 비슷하게 시간을 보냈다. 그곳에 가고 싶었던 마음이 더 컸지만, 억지로 그 마음을 억누르며 참고 또 참았다. 이런 행동을 하는 내 마음이 도대체 왜 이러는지 나도 아직 잘 모르겠다. 인희에 대한 생각과 마음은 그대로인데, 왜 피하려고 하는지…. 근 4일이라는 시간 동안 나는 아무것도 하기 싫었고, 그 4일이 내게는 한 달처럼 느껴졌다. 평소대로 하면 되는데… 그 사람은 두 달 뒤에 떠날 사람인데….』

은경은 카페 안에서 번역 일을 하다가 이런 문장을 종이 위에 적고 있다. 〔그는 슬펐다. 그녀가 자신에게서 멀어지고 있다는 감정을 느낀 뒤로는… 그래서 그녀를 제대로 볼 수가 없었다.〕 은경이 이 문장을 한글로 적다가 놀라며 큰 소리를 낸다. 「아! 이거 뭐야….」 카페 안에 있던 인희와 서원, 그리고 손님들이 갑작스럽게 들려오는 큰 목소리에 놀라며 은경의 얼굴을 쳐다본다. 은경은 주변의 시선을 느끼며 죄송한 마음에 카페 밖으로 조용히 나가 근처 편의점에서 맥주 한 캔을 구입한 뒤, 그 앞 벤치에 앉아서 맥주를 벌컥벌컥 들이켜기 시작한다. 그리고서 잠시 생각을 마친 뒤, 도진에게 전화하는데 「어… 오랜만이다. 은경아.」 도진이가 전화를 받자마자 「도진아, 걱정할 필요 하나 없어. 그동안 네가 느낀 감정들이 뭐였는지 난 다 알 수 있을 거 같아. 어차피, 그 사람… 두 달 뒤에 외국으로 간다니까? 참 다행이지 않니?」 은경이 다짜고짜 말을 쏟아내기 시작하고 「나는… 아니다. 고맙다.」 도진이 무슨 말을 하려다가 힘없이 말을 마친다. 「내가 널 도와주겠다는 말… 잊지 않았지? 너무 심란해하지 마. 네가 그렇게나 좋아하는 인희네 카페에 예전처럼 자주자주 놀러 오고, 인희 얼굴도 보고 그래…. 네 옆에 든든한 지원군이 떡 하니 있는데, 무슨 걱정이야. 내가 도와준다니까.」은경의 말에 「고맙다. 내가 너한테 신세를 많이 지네. 그런데 너 술 마셨니?」도진은 어딘지 모르게 은경의 말투가 어눌하게 들려오자 「응. 아니! 음료수를 조금 마시고 있었어. 그럼, 끊을게.」은경은 서둘러서 전화를 끊는다.

『'도와줄게'. 마음만이라도 고마운 은경의 이 말에서 나는 조금씩 힘을 얻어갔었는지도 모른다. 은경의 말대로 어차피 그 사람은 두 달 뒤에 먼 곳으로 떠날 사람이다.』

도진은 오랜만에 엷은 미소를 한번 지어 보인 뒤, 저녁이 돼서야 로즈메리 카페 문을 조심스레 열고 들어간다. 「어, 왔네.」인희가 도진을 먼저 발견하며 말하자 「응….」도진이 조용히 대답하는데 「도진아.」은경이 어느 틈에 나타나서 양손으로 도진의 얼굴을 어루만지기 시작하고 「어….」도진은 당황해한다. 「얼굴은 왜 이렇게 홀쭉해졌어? 어디 아팠어?」은경이 측은한 표정을 지으면서 말하자 「아니… 바빠서….」도진이 당황해하면서 인희의 얼굴을 쳐다보며 말하는데 「도진아, 차 한 잔이라도 마셔.」인희가 커피포트에 물을 끓이고 「어….」도진은 대답을 마친 뒤, 서원의 얼굴을 쳐다본다. 일하고 있던 서원이 도진의 시선이 느껴져 인사를 건네는데, 도진은 못 본 척을 하며 은경의 맞은편에 앉아 지예에게 다정하게 인사를 건넨다. 「그동안 밥은 제대로 먹고 다닌 거야? 왜 이렇게 살이 빠졌어. 얼굴에 생기가 다 사라졌네.」은경은 도진의 얼굴을 안쓰럽게 쳐다보며 말하는데, 도진의 귀에서는 아무런 소리도 들리지 않는다. 도진이 일하는 서원의 얼굴만 쳐다보고 있을 때, 갑자기 서원의 이름을 부르는 인희의 목소리만 들려온다.

『그냥… 그 사람을 하염없이, 아무 생각 없이 쳐다보기만 했다. 정말 아무 생각 없이…』

은경은 그런 도진의 모습을 안타깝게 쳐다보고 있는데, 인희가 도진의 앞으로 칡꽃 차를 내오면서 말한다. 「도진아, 이 차는 식욕이 없거나 피로가 쌓일 때 마시면 좋은 차래.」 「어, 고마워. 잘 마실게.」 도진이 말하는데 「기운이 없어 보여.」 인희가 걱정스러운 표정을 지으면서 말한다. 「어? 어….」 「뜨거우니까 천천히 마셔. 난 일하러 갈게.」 인희가 카운터로 발을 옮기고 「응.」 도진은 뜨거운 차를 후후 불어가며 천천히 마신다. 「너… 내일은 일 없지?」 은경이 도진에게 묻는데 「응, 없어.」 도진이 답하자 「잘됐네. 인희가 내일 쉬는 날이라… 오늘 인희네 집에서 한잔하려고 하는데, 너도 같이 가자.」 「그래.」 갑자기 도진의 얼굴에서는 생기가 돌기 시작하고 「내가 인희한테 말하고 올게.」 은경은 도진의 밝은 표정을 보고서는 그제야 마음이 놓인다.

『정말이지, 은경이는 내게 있어 제일 소중한 베스트 프렌드다. 신은 인간에게서 하나를 빼앗고, 다른 하나를 주신다고 한다. 신은 서원 씨라는 시련을 내게 보내준 대신 은경이라는 큐피드를 보내주셨다. 은경이는 내게 있어 절대적인 존재라 할 만큼 감사한 존재다.』

「전 이제 퇴근하겠습니다.」 서원은 인희에게 퇴근 시간을 알린다. 「수고했어요. 내일은 쉬는 날이니 출근하지 마시고, 그 다음 날에 봐요.」 인희가 말하자 서원은 알겠다고 말하며 모두에게 인사를 마친 뒤, 카페를 나선다. 서원이가 완전히 퇴근한 걸 확인한 도진은 인희에게 말한다. 「나, 편안한 복장으로 갈아입고 다시 올게. 그리고 우리 집에 아직까지 손도 못 댄 와인이 있는데, 그것도 가져올게.」 「도진이 신났네.」 은경이 웃으면서 말하자 「그래, 가져와. 집에서 좀 쉬다가 가게 끝날 때 즈음 우리 집 앞에서 보자.」 인희가 미소를 지으면서 도진에게 말한다. 「응, 알았어. 지예야, 조금 있다가 보자. 과자도 많이 가져올게.」 도진의 말에 「와! 신난다!」 지예가 큰 목소리를 내며 대답을 하고 있는데, 조금 전까지만 해도 기운 없던 모습과는 180도 다르게 도진이 밝은 표정을 지으면서 카페를 나선다. 「아까 그 도진이가 맞니? 아무튼 도진이도 참… 단순해. 인희야, 난 안주랑 맥주 좀 사 올게.」 은경이 이 말을 마친 뒤, 밖을 나간다. 어느 틈에 벌써 집에 도착한 도진은 얼른 정장을 벗어 던지고, 서둘러 평상복으로 갈아입은 뒤, 주방으로 가서 큰 종이봉투 안에 레드 와인 한 병과 과자를 골고루 담기 시작하고, 카페 마감 시간 30분 전에 준비한 봉투를 한가득 들고서 인희네 집 앞으로 향한다. 이미 인희의 집에 도착한 은경이 현관문을 열어주자, 주방 안에서는 인희가 한창 안주를 만들고 있고, 식탁 위에서는 지예가 먼저 식사를 하고 있다. 도진은 지예에게 줄 과자 꾸러미를 식탁 위에 하나하나 나열하면서 말하는데 「이 과자, 전부 지예 거야. 식탁 위에 올려놓을게.」 「우와! 신난다!」 지예가 밥을 먹다 말고 외치자 「많이도 가져왔네. 고마워. 우선은 은경이랑 거실에 가 있어. 주꾸미 볶음하고, 불고기는 양념에 볶기만 하면 끝나니까….」 인희가 도진에게 말한다. 「엄마, 지예는 다 먹었어. 치카하고, 들어가 잘래… 지예 졸려.」 지예가 인희에게 말하며 방 안으로 들어간 사이에 인희는 빠른 속도로 음식을 하나둘 거실 테이블 위에 올려놓는다. 「자, 먹자.」 인희가 자리에 앉으며 말하자 은경이 레드 와인을 각자 잔에 따른 뒤, 이야기한다. 「우리 셋, 이렇게 다시 한자리에 모여 이런 시간을 보내고 있다는 게 무척이나 즐겁고 좋다. 이렇게 계속해서 함께 지냈으면 해.」「나도 그랬으면 좋겠어.」 도진이 말하자 「나도….」 인희도 말한다. 은경이 다시 잔에 와인을 채우고 있는데, 도진이가 조심스럽게 이야기를 꺼낸다. 「내가 예전부터 생각한 게 있는데, 일주일 아니면 2주에 한 번씩 모임을 갖는 게 어때? 거창하지 않더라도 찜질방도 가보고, 맛집도 찾아다니고, 놀이공원도 가보고, 공연도 보러 다니고….」「그래, 그러자.」 은경이 재빨리 대답하는데 「인희는 어때? 괜찮아?」 도진이 인희에게 조심스레 묻자 「응, 나도 좋아.」 인희가 너무나도 쉽게 긍정하며 답한다. 「어떤 주는 피곤할 수도, 바쁠 수도 있잖아. 그럼, 그 주는 쉬면 돼. 우리 모임은 강압적이지 않으니까….」 도진이 말하자 「알았어.」 인희가 마음에 들었는지 바로 답한다. 「그럼, 우리의 다음 모임은 찜질방 어때?」 은경의 말에 두 사람은 「응.」이라며 동시에 답한다. 어느덧, 세 사람은 와인 한 병을 다 마신 뒤, 맥주로 넘어가고 있다. 「인희야, 넌 도진이가 나오는 프로그램 중에서 어떤 방송이 제일 볼만해?」 은경이 인희에게 묻자 「음, 난… 어쩌다 도진이가 나오는 정오 뉴스? 평소에 내가 알던 도진이라는 사람이 뉴스에서는 다른 사람 같고, 진지해 보여서 신기하달까?」 인희가 웃으면서 대답을 하자 「아, 그래? 지예는 도진이 프로 뭘 좋아해?」 은경이 또 묻자 「퀴즈쇼. 거기서 나오는 문제들을 지예도 같이 푸는데, 정답이 맞으면 지예가 엄청 좋아하더라고….」 인희가 대답하는데, 그 말을 옆에서 조용히 듣고 있던 도진의 얼굴에서는 어느새 미소가 가득 번져 있다. 인희도 그 똑같은 질문을 은경에게도 묻는데, 은경은 도진이가 어느 프로그램에 나오는지 모른다며 장난을 치고, 인희는 「뭐야.」 하며 웃는데, 도진은 은경의 그 말이 기분 나쁘지 않은지 옆에 앉아있던 인희의 웃는 모습만 쳐다보고 있다. 「그럼, 다음 주에는 찜질방이다!」 은경은 갑자기 화제를 전환하고 「응. 알았다니까… 은경이 취했나 봐.」 인희가 말하자 「나, 그 찜질방 안의 스낵 코너를 지예와 같이 다 거덜 낼 거야. 내가 다 먹을 거다!」 은경은 지예의 말투를 따라 하면서 갑자기 소리를 외치기 시작하고, 그 모습에 도진과 인희는 웃음이 터지고 만다. 이 둘의 웃는 얼굴을 보니 은경이도 그제야 안심이 된다. 「주꾸미 볶음하고, 불고기… 맛있네.」 은경은 음식들을 하나하나 음미하면서 말하고, 도진이도 인희의 음식 솜씨를 칭찬한다. 친구들의 칭찬에 인희는 고맙다고 말하고, 어느덧 그렇게 웃고 떠들던 사이에 시간이 자정을 넘기자 은경이 도진에게 말한다. 「난 여기서 자고 갈 건데, 도진이도 여기서 자고 가.」 「아니, 나는 내 집에서 자야지. 걸어가면 술 다 깨는 적당한 거리야.」 도진은 혼자 당황해하면서 말하는데 「어두운 밤거리 혼자 쏘다니지 말고, 그냥 여기서 자고 가.」 은경은 자리에서 일어서려던 도진의 팔을 잡아끌고 「그래. 도진이는 소파에서 자면 되고, 은경이는 내 방에서 자면 되니까….」 인희도 옆에서 거든다. 「알았어.」 두 사람의 성화에 도진은 다시 자리에 앉는다.

『그날, 나는 인희네 거실 소파 위에서 뜬눈으로 밤을 지새우다가 새벽 6시쯤에 잠이 들었다. 이런저런 생각들과 함께 공간이 바뀌어서인지, 인희네 집이라서인지 잘 모르겠으나 인희와 같은 공간에 있는 것만으로도 잠이 제대로 오지 않았다. 그리고 그날 나는 결심했다. 그 직원이 일하게 되는 그 한 달이라는 기간 동안 인희네 카페를 매일 들르기로…. 그 정도로 그 사람이 신경 쓰였다. 그날, 내가 내렸던 그 결심이 천국과 지옥을 오갈 정도로 여러 감정을 느끼게 해줄 길고 긴 시간이 되리라는 걸… 그때는 알지 못했다.』

다음 날부터 도진은 회사를 마치자마자 바로 인희의 카페로 향한다. 카페에 서둘러 도착하게 되면 오후 6시 30분경…. 그 시간부터 서원이 퇴근하는 오후 8시까지 도진은 약 한 시간 반 동안 카페 안에서 시간을 보낸다. 그 중 어떤 하루는 이런 날도 있었다. 50대의 한 남자 손님이 인희에게 물으며 「그… 여기서 일하던 그 직원은 그만뒀어요?」 「아니요. 한 달간 쉬기로 했어요.」 인희의 대답에 「아, 그래서 남편이 도와주고 있는 거네. 금실이 좋아 보여.」 손님이 웃으면서 말하는데 두 사람의 대화를 근처에서 듣고 있던 도진이 주스를 마시다가 놀라며 그 남자 손님을 노려보기 시작한다. 「아니에요. 저분은 한 달간 카페 일을 도와주게 될 직원인데요.」 인희가 펄쩍 뛰며 놀라는데 「남편이 아니고? 아… 난 애기 아빠인 줄 알았지. 애랑 닮았길래. 그럼, 친척인가?」 손님이 약간 놀라며 다시 묻자, 그 건너편 자리에서 도진이가 날카로운 눈빛을 하며 그 손님을 계속 주시하고 있고 「아니에요.」 인희는 당황해하며 말한다. 「난 자주 마시는 라떼 한 잔. 뜨거운 거로….」 손님은 멋쩍은 모습을 하며 계산을 한 뒤, 테이블 의자에 앉아 라떼를 기다리고 있는데, 저 맞은편에서 도진으로부터 따가운 시선이 느껴지자 「뭐여, 왜 사람을 그런 눈으로 쳐다보는 겨! 할 말 있음 여기로 와서 해!」 손님은 도진의 시선이 불쾌한지 소리 지르자 「아, 제가 사람을 착각해서… 목소리를 들으니 아니네요. 예전에 저한테 돈 빌려 갔다가 아직까지 소식이 없는 사람과 외모가 비슷해서… 실례했습니다.」 도진은 에둘러 말한다. 「아님, 됐고!」 손님은 여전히 불편한 심기를 내보이던 그때 서원이 라떼를 그 손님 테이블 위에 갖다 놓는다. 「나는 이 집 사장 남편인 줄 알았어. 허허허허.」 그 손님이 또다시 서원에게 이렇게 말하자 「네?」 서원은 당황해한다. 「아니야.」 그 손님은 말을 마친 뒤, 라떼를 한 모금 마시기 시작하고, 도진은 또다시 그 손님을 째려보면서 차가운 주스를 벌컥벌컥 마시자, 그제야 몸에 난 열 기운이 가라앉는다.

『나는 저 아저씨 손님의 말과 행동이 기분 나쁨을 넘어서 굉장히 불쾌하기까지 하다. 정말 너무 싫다. 제발, 이 가게에 다시는 오지 않았으면 한다. 이런 날이 있는가 하면 또 다른 하루는 이런 일도 있었다.』

「내 정신 좀 봐. 서원 씨… 저 은행 좀 잠깐 갔다 올게요. 오늘까지 공과금을 내야 해서… 모르는 게 있으면 손님께 잠시 기다려주시라 해주세요.」 인희가 지갑을 챙기며 서원에게 가게를 부탁하자 「나도 할 수 있으니까 천천히 갔다 와. 모르는 거 생기면 내가 너한테 전화해서 물어봐도 괜찮지?」 그때 도진이 나서며 말한다. 「어… 그럼, 고맙고….」 인희는 말을 마친 뒤, 서둘러서 가게를 나가고, 도진과 서원은 그 자리에 멀뚱멀뚱 서 있는데, 잠시 후 세 명의 손님이 카페 안으로 들어온다. 서원이 카운터에서 음료 접수와 계산을 마치고 그 주문 내역을 확인하니 서원에게 아직은 어려운 카푸치노도 포함되어있다. 서원은 망고 주스와 메밀 차를 만들고서 안절부절못하고 있는데, 도진이 그 옆으로 다가가서 카푸치노를 만들기 시작한다. 서원이 안도의 숨을 내쉬며 손님 세 명에게 음료를 갖다 주고, 도진은 다시 자리로 돌아가서 주스를 마시던 중, 또 다른 손님 두 명이 카페 안으로 들어오고, 서원이 주문을 받는다. 그때 도진이 다시 자리에서 일어나 커피 부분을 도와준다. 서원은 각자가 만든 음료를 손님 두 명에게 전달하고, 도진은 다시 제자리로 돌아가는데, 은행 일을 서둘러 마친 인희가 카페 안으로 들어오니 테이블 위에는 다양한 음료와 함께 손님들이 북적이고 있다. 놀란 인희가 카운터로 가서 계산대 주문을 확인하며 묻는다. 「카푸치노와 라떼는 어떻게 만들었어요?」 「그거 내가 만들었어.」 그때 도진이 말하고 「우유 넣고 하는 거라 기계 만지기 힘들었을 텐데….」 인희가 말하자 「저번에 내가 잠시 일을 봐줬을 때, 네가 알려줬었잖아.」 도진의 말에 「손님들은 커피 맛보고 아무 말 없으셨어?」 인희가 묻자 「응. 아직까지 아무 말 없던데?」 도진이 말한다. 「그럼 다행이다. 수고했어. 도진아, 나 없이도 되겠다.」 그제야 인희가 웃는데 「아니, 뭐.」 도진은 인희의 말에 뿌듯해하면서 서원을 한번 쳐다본 뒤, 제자리로 돌아간다.

『좋아하는 사람을 위해서 그 사람이 필요로 하는 것, 작게나마 도움을 줄 수 있는 것, 그 자체만으로도 행복해진다. 그 사람이 필요할 때, 그 자리에 내가 있었다는 것, 그만큼 든든한 존재가 되어주고 싶다.』

또 다른 날, 카페 안은 손님들의 밀려드는 주문 때문에 정신없는 상태로 그 두 사람 옆에서 도진이도 같이 카페 일을 거들고 있었다. 서원이 음료를 서둘러 쟁반 위에 담아 가져가려던 그 사이에 인희가 다급하게 커피 한 잔을 가져오며 말한다. 「정우 씨, 정우 씨… 잠깐만….」이라며 외치는 순간 갑자기 인희가 당황하고, 그 말을 들은 도진은 온몸에 힘이 빠지고 만다. 반면에 서원은 카페 안이 시끄럽고, 바쁜 상황이라 인희의 조용한 외침을 못 들은 채 손님에게 바로 쟁반을 가져간다.

『인희가 그 사람을 정우 씨라고 잘못 불렀을 때 갑자기 내 심장이 쿵 하며 내려앉았다. '내가 인희에게 좋은 몇 가지를 하더라도 정우 씨를 닮은 저 사람은 못 이기겠구나'라는 생각이 순간적으로 스쳤고, 또 이런 생각까지 하게 됐다. 두 달 뒤, 서원 씨가 한국을 떠나게 되면 다시는 이곳으로 돌아오지 말고, 계속 그곳에서 삶의 터전을 잡아 살았으면 좋겠다고. 이런 생각으로 가득 찼었고, 어서 이 시간이 제발 아무 일 없이 빨리 지나가기를 간절히 바라고, 또 바랐다.』

『오늘, 서원 씨를 보고, 정우 씨라고 부르는 실수를 하고 말았다. 다행히 아무도 못 들은 것 같지만, 아무리 다급한 상황이어도 그렇지…. 마음 깊숙한 곳에서 나는 이미 그 사람을 정우 씨로 생각하고 있었는지도 모른다. 이런 상황이 너무나 당혹스럽기도 하고, 그 사람이 떠날 때, 난 어쩌려고 이러는 걸까. 그때의 난… 괜찮을까? 그리고 지예는? 아무런 내색도 하지 않는 지예는 어떤 마음일까….』

『그 사람에게는 있고, 내게는 없는 것들이 많다.』

또 어떤 날은 인희와 서원이 일하다가 「사장님께서는 저보다 어리지는 않으시죠? 워낙 동안이셔서….」 서원이 대뜸 인희에게 이런 말을 하는데 「네. 서원 씨보다 나이가 많아요.」 인희가 대답하자 「그럼, 누나네요.」 서원이 말하고, 인희는 아무런 대답 없이 고개만 끄덕인다. 서원이 시작한 인희에 대한 사적인 질문으로 인해 도진이 두 눈에 쌍심지를 켜며 서원을 노려보기 시작하고, 어디선가 강렬하고도 부담스러운 시선이 느껴졌던 서원은 고개를 돌리니 불이 나게 자신을 쳐다보고 있던 도진의 모습에서 당황하고 놀란다. 서원은 다시 일에 열중하는 반면에 인희의 표정에서는 슬픔이 느껴진다.

『저 사람이 인희에게 말을 걸던 그날의 난 이미 온 신경이 예민한 상태였다. 그런데 그날 이후로 은경에게서 전해들은 이야기로는 인희가 서원 씨로부터 누나라는 말을 듣던 그 순간, 저 사람과 정우 씨를 분리하기로 했다고 한다. 정우 씨와 서원 씨의 다른 점이 바로 나이다. 그동안 인희는 그 사람에게서 정우 씨와의 공통점을 찾으려 했나 보다. 어쨌든 은경으로부터 이 이야기를 나중에서야 전해 들으니 마음이 푹 놓였다. 그날에는 심기가 불편했던 두 사람의 대화였지만, 지금은 그날 그 사람이 저 말을 꺼낸 일이 고맙게 느껴지기까지 했다.』

『내가 이 정도의 사소하고도 작은 일에 실망을 하며 잠시 동안이었지만 슬픈 감정을 느꼈다라는 건 많은 부분에서 그 사람을 정우 씨로 생각하고 있었고, 이로 인해 약간의 미묘한 감정들을 그에게서 느끼고 있었나 보다. 착각할 정도로 정우 씨와 그 사람은 닮았으니까… 이 사실을 어쩌다 서원 씨가 알게 된다면 얼마나 놀랄까. 정말이지 이러고 있는 내 모습이 한심스럽게 느껴진다.』

이런 버라이어티한 시간이 지나고, 벌써 모임 날이 다가와서 인희와 지예, 도진과 은경은 대형 찜질방에 모였다. 모두는 찜질복으로 갈아입고, 스낵 코너로 가서 식혜와 수정과, 떡볶이와 맥반석 계란을 사 먹기로 하는데, 찜질방이 처음이던 지예는 이 모든 것들이 신기하게만 느껴진다. 반질반질한 대리석 바닥부터 황토로 만든 한증막과 소금방, 아이스방, 청옥방, 그리고 평소에 접하지 못했던 구옥 느낌의 벽 무늬, 자개 장식 등 눈을 뗄 수가 없다. 인희는 이 모든 것들이 처음인 지예의 모습에 미안해하면서도 이런 기회를 만들어준 친구들에게 고마움을 느낀다. 그때 은경이 이런 내기를 제안한다. 54도가 되는 뜨거운 온돌방 안에서 제일 오래 참고 견디는 사람의 소원을 들어주자는 내기를…. 도진은 은경의 제안을 듣자마자 바로 시작하자며 모두를 데리고, 그 온돌방 안으로 들어간다. 머리부터 발끝까지 갑자기 에워싸는 뜨거운 열기와 함께 코끝까지 건드는 답답함을 느끼자마자 은경과 지예가 참지 못한 채 1초 만에 밖으로 바로 나가고, 인희와 도진, 그리고 또 다른 일행 세 명만 54도 온돌방 안에 남게 된다. 인희와 도진만 나란히 앉아서 조용히 대결하고 있는데, 15분 정도가 흘렀을까? 「너 되게 잘 참는다.」 인희가 도진에게 이 말을 남긴 뒤, 바로 한증막을 나가고, 얼굴이 익을 대로 익은 도진이 그 뒤를 바로 따라나선다. 「도진이가 이겼네.」 밖에서 두 사람을 기다리며 수정과를 마시고 있던 은경이 말하자 「도진이 아저씨가 이겼다!」라며 그 옆에서 맥반석 계란을 먹고 있던 지예가 외친다. 「각자에게 바라는 소원을 말해봐.」 은경의 말에 도진은 아직 생각해놓은 것이 없어서 소원은 나중에 사용하겠다고 말한다.

『내가 친구들에게 말하지 않은 한 가지가 있는데, 사실 나도 은경이와 지예처럼 한증막 안에 들어가기만 하면 15초도 넘기지 못한 채 더운 공기를 참아내지 못하고, 바로 그곳을 나오던 사람이었다. 평소에도 숨 막히는 열기와 답답한 공기를 못 참기 때문에 한증막 안에는 절대로 들어가지 않았던 '나'였지만, 위싱 캡이 걸려있는 것 마냥 54도가 넘는 한증막 안에서 15분이라는 긴 시간 동안 인희와 나란히 앉아 이를 악물고 버티고, 또 버텼다. 그 안이 어찌나 더웠던지 심장이 터져버릴 것만 같았지만, '꼭 살아남아야겠구나…' 온통 이 생각뿐이었다. 아무튼, 언젠가 사용하게 될 소원이라는 포상이 걸려있었기에 평소라면 참을 수도 없었던 상황이었겠지만, 무슨 정신력이었는지 모를 정도로 어찌되었든 간에 참게 되었다. 아주 힘들게 얻어낸 위싱 캡이니, 꼭 중요한 날에 사용할 것이다.』

『사실, 그 소원을 내가 갖기를 바랐었다. 내기에서 이긴 뒤, 소중한 친구들과 웃을 수 있는 추억들을 많이 만들고 싶다고, 이런 내 진심을 전하고 싶었다. 최근 들어 느끼는 거지만, 나와 지예의 하루는 이 좋은 사람들로 인해 즐겁고, 행복하기만 하다.』

이러는 동안에 지예는 스파 안이 궁금하기도 하고, 알고 싶은 것들이 많아서 인희의 손을 이끌고, 11~17도의 아이스방에도 들어갔다 나오고, 스낵 코너로 가서 컵떡볶이도 사 먹고, 아직 배가 차지 않았는지 식당에 들러 냉면도 한 그릇 사 먹는다. 이후에도 계속 이곳저곳을 돌아다니다가 피곤한지 안마의자에 누워 잠이 든다.

그렇게 휴일이 지나고 다음 날이 되자 인희가 카페로 출근하고, 뒤이어 서원이 도착한다. 평소대로 서로 인사를 나누고 있는데, 정면에서 정우와 많이 닮은 서원의 눈빛과 얼굴을 보자마자 갑자기 인희의 심장은 두근거리며 뛰기 시작하고, 이로 인해 당황스러운 감정들을 느끼게 된다.

『나중을 위해서라도 정우 씨와 서원 씨를 분리해야 한다. 훗날, 나와 지예가 상처를 받거나 슬퍼하지 않으려면…. 나도 모르는 사이에 아직도 정우 씨와 그를 동일시하고 있다. 머리는 계속 아니라고 하는데, 이상하게 이 사람만 보면 정우 씨 생각에 다시 심장이 뛰고 만다. 내 바로 앞에 있는 이 사람은 정우 씨가 아니다. 아니다. 끊임없이 이렇게 몇 번이고 되뇌어본다. 서원 씨는 그 사람이 아니니까….』

❀ - 반짝거리며 눈부시게 쏟아지고 있는 햇살에 비친 연둣빛, 초록빛, 금빛의 들판이 아름답게 빛나고 있다. 그 한가운데에는 정우가 미소를 머금고 한동안 서 있다가 갑자기 미소를 지운 채 그 자리에 힘없이, 가만히 서서 인희를 바라본다. - ❀

❋ - 사진 한 장이 보인다. 해 질 녘 하늘 위에는 채운이 떠 있고, 그 아래에는 에메랄드빛의 잔잔한 바다가 물결을 친다. 사진 중앙에는 바다를 배경으로 어린 지예와 인희가 서 있고, 그 앞에서는 정우가 삼각대에 카메라 초점을 맞추고 있는 모습이 보인다. 정우가 휴대폰 카메라에 타이머를 맞춘 뒤, 인희와 지예가 있는 곳으로 재빨리 뛰어가 오른손은 인희의 오른쪽 어깨를 감싸고, 왼손은 지예의 왼쪽 어깨를 잡으며 환하게 미소를 지어 보이는데, 타이머가 멈추며 「찰칵.」 하는 소리가 들린다. 3년 전의 사진 속에서 인희의 가족은 행복하고, 따뜻하며 포근해 보인다. - ❋

카페 밖, 길옆 화단에는 철쭉이 빨갛고, 자줏빛에, 새하얗게 꽃을 피우고 있고, 어디선가 아카시아 향이 봄의 끝 무렵과 동시에 여름의 시작을 알리고 있다. 카페 안에는 도란도란 담소를 나누고 있는 손님들로 좌석이 가득 차있고, 그만큼이나 커피 향도 진하고 깊게 풍겨온다.

『이 로즈메리라는 곳은 정우 씨가 하늘의 빛이 된 뒤, 얼마 지나고 나서 내가 만들어낸 공간이다. 처음에 나와 지예는 정우 씨가 없는 삶이 익숙하지가 않아 이로 인해 모든 것들이 막막하게 다가왔었다. 우리와 평생을 같이 해줄 것만 같았던 그 사람이 갑자기 사라지게 되니 텅 비어버린 그야말로 혼돈 그 자체였다. 세상 물정도 모르던 나는 갑작스럽게 정우 씨가 사라진 이 세상을 지예와 어떻게든 생활해 나아가야만 했다. 그렇게 해서 찾아낸 이곳, 마지막으로 정우 씨가 우리에게 선물해준 이 공간, 내게는 이 장소가 무척이나 소중한 공간이다. 이곳은 나를 예전에 비해 더 굳고, 단단하게 만들어준 장소이기에 오랫동안 지켜내고 싶다.」

서원은 손님의 요청으로 커피머신 바로 아래 서랍에 놓인 여유분의 새 시럽 통을 꺼내기 위해서 그 앞에서 커피를 내리고 있던 인희에게 조심스럽게 말을 건넨다. 「저기, 사장님… 시럽통 좀 꺼낼게요.」「아, 네.」인희가 커피를 내리던 중, 그 옆으로 살짝 비켜서고, 서원은 바로 시럽통을 꺼내서 손님 앞으로 가져가는데, 그의 뒷모습을 보며 인희가 마음속으로 말한다.

『그는 그 사람이 아니다.』

그 후로 얼마의 시간이 지나고, 서원이 주문을 받은 카페라떼를 혼자 힘으로 만든 뒤, 인희에게 최종 확인을 부탁한다. 실력이 꽤 는 그의 커피를 인희가 칭찬하고, 서원은 환하게 웃으면서 그 커피잔을 들고, 손님 테이블을 향해 걸어간다. 그의 웃는 얼굴에서 정우의 모습이 아른거리지만…

『그는 그 사람이 아니다.』

어느덧, 식사 시간이 되어서 인희와 지예가 근처 식당에서 식사를 마친 뒤, 다시 카페 안으로 들어온다. 서원이 인희에게 「오늘은 뭘 드셨어요?」라며 묻자 「김치볶음밥이요.」인희가 대답하고 「맛있었겠다. 저도 오늘은 김치볶음밥으로 사 먹어야지. 사장님, 저 식사하러 나갔다 오겠습니다.」라며 서원이 웃으면서 말한 뒤, 앞치마를 벽 고리에 걸고 나가는데, 갑자기 인희의 심장은 빠르게 뛰기 시작하고, 그가 나간 문을 한참 동안 쳐다보며…

『그는 그 사람이 아니다.』

45분 정도가 지나자 식사를 마친 서원이 선영 씨와 민재를 데리고 카페 안으로 들어온다. 「지예야!」 민재가 지예를 반갑게 부르자 「민재야.」 지예가 색연필로 색칠 놀이를 하다말고 친구의 외침에 옆을 돌아보면서 말한다. 「지예 엄마! 나 왔어! 오랜만이네.」 선영 씨가 인희에게 인사를 건네자 「그러게요. 요즘 왜 이렇게 뜸했어요.」 인희가 선영 씨에게 묻는데 「아무래도 제 동생이 여기에서 직원으로 일하다 보니, 내가 이곳에 앉아 있으면 지예 엄마가 서원이를 혼내지 못할까 봐…. 일하는데, 괜히 불편해지면 어떡해요.」 선영 씨가 대답한다. 그러자 서원이 「누나, 사장님은 누굴 혼내는 스타일도 아니시고, 또 아직까지 혼난 적이 단 한 번도 없었어.」라고 말하자 「일 진짜 편하게 하네. 나는 여기에 잠깐 있다가 갈게.」 선영 씨가 서원에게 말한다. 때마침 서원은 손님이 없는 틈을 타 지예와 민재가 있는 자리로 다가가서 놀아주려 하는데, 지예가 서원의 얼굴을 가까이서 잠시 동안 쳐다보다가 갑자기 주뼛거린 뒤, 고개를 푹 숙이고 만다. 그 모습을 지켜보고 있던 인희의 마음은 저릿하며 아파오기 시작하는데…

『그는 그 사람이…』

저녁이 되자 도진은 퇴근 시간이 되어 서둘러 인희의 카페로 달려간다. 카페 근처에서 옷매무새를 다듬으며 심호흡을 한 뒤 카페 안으로 들어가는데, 다행히도 인희와 서원은 서로 대화 없이 일만 하고 있다. 「인희야, 나 왔어.」 도진이 인희에게 말하자 「어, 너 요새 매일 오네?」 인희가 묻는데 「어… 요즘 날씨가 좋잖아. 집에 그냥 들어가기 싫은 그런 날씨라, 혼자 집에 있으면 심심하기도 하고, 또 퇴근하자마자 이곳에서 잠깐 시간을 보내다 보면 스트레스가 풀리더라고…. 사람 구경도 하고, 내가 좋아하는 음료와 차를 마시면서 이런 생각, 저런 생각을 정리하기도 하고, 힐링의 시간을 가지며 내게 바람직한 기능을 하길래 매일같이 들르는 거야. 난 오늘은 아이스초코로….」 도진은 혹시라도 인희가 눈치를 챌까 봐 미리 생각해 놓은 예상 답안을 막힘없이 술술 말한다. 「어, 알았어. 자리에 앉아있어.」 인희가 웃으면서 말하며 음료 만들 준비를 하고, 도진은 노트 위에 한글을 빼곡히 적고 있던 지예의 자리로 가서 인사를 나눈다. 「지예야, 잘 있었어? 오늘은 무슨 다른 일… 없었지?」 도진이 카페 안의 상황을 묻자 「네….」 지예는 짧게 대답을 한 뒤, 다시 노트 위에 한글을 적는다. 도진은 음료를 기다리며 일하고 있던 서원의 주변을 계속해서 주시하는데….

『사실, 난… 이곳에 오게 되면 스트레스가 더 쌓인다. 그건 바로 저 서원 씨라는 사람 때문에… 내게 있어 원래 이곳은 들어서자마자 좋은 향이 가득한 곳이었으며 따스한 온기가 나를 감싸주던 장소였다. 저 사람이 이곳에서 일하기 전까지 내게는 안식처와 같은 공간이었는데, 갑자기 저 사람이 등장한 이후로는 두통을 동반한 증상과 함께 엄청 신경이 쓰이기 시작했다. 혹시라도 내가 없는 시간에 저 둘 사이에 무슨 일이 생길까 걱정이 돼서 계속 안절부절못하며 매일을 이곳에 서둘러 달려오게 된다. 유럽 여행 중인 지선 양이 돌아오기 전까지 나는 절대로 아파서도 안 되고, 천재지변이나 심각한 교통체증이 생겨서도 안

되며 갑자기 일이 늦게 끝나서도 안 된다. 이 많은 일 중에 하나라도 걸리게 되는 날엔… 그날은 정말이지 상상하기도 싫다.』

「무슨 생각을 그렇게 인상 쓰면서 해.」 인희가 도진에게 아이스초코를 건네면서 묻자 「아, 내가 그랬어? 회사 일 때문에….」 도진은 음료 한 모금을 서둘러 마시고, 인희는 다시 카운터로 돌아간다. 「지예야, 이번 주 쉬는 날에 엄마와 뭘 하기로 했어?」 도진이 지예에게 묻자 「잘 모르겠어요.」 지예가 말한다. 「그럼, 다른 약속은 없는 거지?」 도진이 다시 지예에게 묻자 지예가 그렇다고 하며 고개를 끄덕인다. 「지예야, 놀이공원에 가고 싶어? 아쿠아리움에 가고 싶어? 아트뮤지엄에 가고 싶어? 우주뮤지엄에 가고 싶어? 이렇게 말하면 모르겠다. 사진으로 보여줄게. 놀이공원은 이런 놀이기구를 탈 수 있는 곳이고, 아쿠아리움은 큰 수족관에 여러 물고기 친구들을 볼 수 있는 곳이야. 그리고 아트뮤지엄은 이런 예술 작품들을 볼 수 있는 곳이고, 우주뮤지엄은 행성들과 우주 체험을 할 수 있는 곳이야. 지예는 어디가 좋아?」 도진은 지예에게 휴대폰 속 여러 놀이 문화 사진들을 보여주면서 설명한다. 「예쁘다. 지예는 다 가고 싶어요.」 지예의 눈빛이 반짝거리기 시작하고 「하루에 다 가는 건 힘든데… 그러면 한 달 안에 매주 네 번으로 나눠서 전부 다 가보기로 하자.」 도진이 큰 그림을 그리면서 말하자 「네!」 지예가 신나 하며 힘차게 외친다. 「그럼, 순서를 정해보자.」 도진의 말에 지예는 잠시 생각을 마친 뒤, 1번은 아트뮤지엄, 2번은 놀이공원, 3번은 우주뮤지엄, 4번은 아쿠아리움으로 정한다. 도진은 지예가 정한 순서에 대해 궁금해하자 지예가 답하는데 「다른 데는 다 가봤는데, 여기는 한 번도 안 가봐서 1번으로 정했어요.」 「알았어.」 도진이 웃으면서 말하자 「그런데, 아저씨는 왜 맨날 우리랑 놀아요?」 지예가 도진에게 갑작스러운 질문을 던지는데 「어? 이곳에 오면 친구들이 있으니까… 지예도 있고, 인희도 있고, 은경이도 있잖아.」 도진의 대답에 「아저씨는 여자들하고만 놀아요? 왜 남자는 없어요?」 지예가 궁금한 얼굴로 또 묻자 「왜 없어. 이번에 사귄 재한 씨도 있고, 지예가 잘 모르는 회사 남자 선배님도 있단다.」 「아, 그렇구나.」 「그럼, 지예는 친구 많아?」 「아니요. 민재밖에 없어요.」 지예가 시무룩해하며 답하는데 「지예도 남자하고만 노네? 왜 여자는 없어?」 도진이 장난스럽게 묻자 「지예는 친구 사귀는 게 부끄러워서… 그런데요. 펑이는 여자예요.」 지예가 수줍어하며 대답한다. 「아, 그 귀엽고, 털이 부드러운 곰 친구? 알았어. 지예도 아저씨랑 똑같네….」 도진은 지예의 말에 웃으면서 말한 뒤 아이스초코를 마시면서 인희가 있는 카운터로 향하고는 그 옆에서 바나나를 손질하고 있던 서원을 의식하면서 인희와 이야기한다. 「인희야, 다음 주에 어린이날이고 해서 미리 앞당겨서 이번 주에 네가 쉬는 날, 지예와 같이 아트 뮤지엄에 전시 보러 가기로 했는데, 괜찮지?」 「어, 나야 좋지. 어떻게 그런 생각을 다 했어. 난 그런 생각 하지도 못하고 있었는데…. 그러고 보니, 어린이날이 다음 주구나….」 인희가 도진의 세심함에 놀란 표정을 짓자 「아니, 어디서 지나다가 들은 게 있어서… 아이들 같은 경우, 10세 전에 창의력과 감성이 잘 발달할 수 있는 시기라서 알록달록한 곳들을 많이 데리고 다녀야 한다고 하더라고, 나도 어디서 들은 거라….」 도진이 말한다. 「그렇구나. 지예가 많이 좋아하겠다. 도진아, 너는 쉬는 날에 집에서 쉬어. 나와 지예만 다녀와도 되니까….」 인희는 도진의 부담을 덜어주기 위해서 말하는데 「집에만 있으면 심심하기도 하고, 내가 좀 활동적인 면이 있는 거 인희, 너도 잘 알잖아. 예전에 우리 동아리 과제 때도 그렇고….」 도진이 웃으면서 말하자 「아, 맞다. 너 어릴 때 그렇게 돌아다니는 걸 좋아했지? 하루 만에 여섯 군데를 돌아다녔었나?」 인희가 그때의 기억을 다시 꺼내보며 웃음 짓는다. 「어! 기억하나 봐! 내가 생각해봐도 그때는 심했던 것 같아. 넌 그만 됐다고 하는데, 난 계속 가야 한다고, 한다고… 아! 그때 우리 사진부에서 상금을 받게 해준 그 사진… 아직 우리 집에 있더라? 나도 몰랐었는데, 이번에 여기로 이사오던 날에 책장 정리를 하던 중, 그 사진이 나왔어.」 도진도 옛 추억에 웃음을 짓는다. 「아, 그래? 근데 그때 우리가 뭘 찍어서 상금을 받았지? 그날, 사진을 이것저것 많이 찍었던 기억밖에 나지 않아서….」 인희가 궁금해하며 묻자 「너….」 도진이 미소를 지으면서 말하고 「나? 아… 맞다. 맞다. 그랬지.」 인희가 잠시 생각을 하다가 이내 동조를 한다. 「내가 집에 가서 그 사진, 휴대폰으로 전송해줄게.」 도진이 말하자, 인희가 고맙다고 답한다. 「그럼, 이번 주에 지예와 아트뮤지엄, 알았지?」 도진이 인희에게 재차 확인하는데, 인희가 알았다고 웃으며 대답하자 도진은 서원이 있는 쪽을 한 번 더 의식한 뒤, 지예의 맞은편 자리로 향한다.

『항상 드는 생각이지만, 도진이와 같이 있으면 웃음이 저절로 새어 나온다. 도진이가 우리 두 사람을 잘 챙겨주는 모습에서도 그렇고, 내가 미처 생각하지 못했던 부분들을 채워주고 있다는 것도 그렇고…. 아마, 도진이도 지예와 비슷하게 아버지가 계시지 않는다는 유대감이 작용해서 우리에게 더 그러는 것 같다. 또, 워낙 착하고, 정이 많은 친구라 그런지, 순간순간 내 마음을 잘 알아주기도 하는 고마운 친구다.』

하늘빛이 풍부했던 어느 날이다. 일을 마친 도진이 어김없이 카페 안으로 들어오는데 「어, 왔어?」 인희가 도진을 보며 말하자 「오는 길에 하늘을 올려다봤더니 예쁘더라. 지예와 해가 질 때까지 카페 테라스에서 노을 감상 좀 하다 와. 이런 날, 흔치 않아. 카페는 나와 저 사람이 같이 보고 있으면 되니까….」 도진이 인희에게 말하는데 「아니야, 괜찮아.」 인희는 도진의 마음이 고맙지만, 사양한다. 「지예한테 이런 것 많이 보여줘야 좋다고, 어서.」 도진이 인희와 지예를 데리고 밖으로 나가려 하자 「아니, 괜찮은데….」 인희가 도진의 손에 이끌려 카페 테라스로 나간다. 하늘을 올려다보니 자연 풍경이 장관이다. 하늘 위에는 구름 색이 옅은 핑크와 오렌지빛을 띠며 그 주변 역시 물감이 번져 그림을 그려놓은 듯한 모습이었다. 「우와, 예쁘다.」 지예가 감탄하며 외치고, 인희도 그 다채로운 하늘 빛깔을 담고자 휴대폰으로 사진을 찍는데 「노을이 질 때까지 계속해서 하늘의 색도 변할 거고, 구름의 이동으로 다른 하늘의 모습도 보여줄 거야. 어두워지기 전에 돌아와.」 도진이 말하자 인희는 웃으면서 알겠다고 한다.

『어렸던 젊은 시절에 내가 노을을 많이 좋아했다는 걸 오늘 도진이 덕분에 다시금 깨닫던 날이었다. 그 어느 날보다도 나와 지예에게 있어 오늘이 기억에 많이 남는 날이 될 것 같다. 지치고, 힘든 날이 찾아올 때, 이런 예쁜 하늘에 위로받기. 하늘도 하늘이지만, 내게 다시 알려준 도진이에게 참 감사한 날이다.』

도진은 카페 안에서 인희와 지예의 뒷모습을 흐뭇하게 바라보며 서 있고, 서원도 도진의 옆에서 두 사람의 즐거워하고 있는 모습을 지켜보고 있다. 그러다 갑자기 도진의 부담스러운 시선이 느껴져서 서원은 바로 수건을 들고, 테이블 위를 닦기 시작한다. 그러다 지예의 자리로 가서 테이블 위에 올려진 책과 노트를 가지런히 정리하며 수건으로 닦은 뒤, 의자 위에 놓인 지예의 책가방을 한 손으로 든 채 가죽 의자를 닦고 있는데, 그때 열려있던 지예의 가방 안에서 사진 한 장이 바닥 위로 떨어진다. 서원은 떨어진 사진을 주워서 보는데, 바닷가를 배경으로 지예와 인희, 그리고 정우가 찍힌 가족사진에 시선이 간다. 사진을 들고, 한동안 가만히 응시하다가 정우의 모습이 어딘지 모르게 자신과 닮아있어 도진의 눈을 피해 지예의 자리 근처 거울 앞에 서서 사진 속 정우의 모습과 자신의 얼굴을 번갈아 여러 번 비교하는데, 서원은 그만 놀라고 만다. 마치, 쌍둥이와도 같이 꽤 닮아있는 정우와 자신의 모습을 보고서 서원은 서둘러 지예의 가방 안에 다시 사진을 집어넣고, 놀란 마음을 가까스로 숨긴 채 다시 수건을 들고, 다른 테이블을 닦기 시작한다. 이미 그의 표정에서는 말로 설명할 수 없는 많은 생각들이 스쳐 지나간 상태로 계속해서 한 테이블만 몇 분째 닦고 있고, 이 상황을 모르고 있던 인희와 지예는 카페 테라스 의자에 앉아 점점 색이 짙어져가는 하늘을 바라보며 감상을 하고 있다.

『이렇게 노을을 바라보고 있으니, 갑자기 정우 씨가 생각나네…. 정우 씨와 나는 이런 날에 결혼했었는데…. 정말, 행복했었는데…. 지예, 나, 그리고 정우 씨….』

점점 하늘색이 파랗게 짙어지자, 인희와 지예는 다시 카페 안으로 들어간다. 「오랜만에 이런 시간을 지예와 갖게 해줘서 고마워. 오늘, 하늘 빛깔이 참 곱더라.」 인희가 도진에게 고마움을 표하고 「정말, 예뻤어요. 색깔도 알록달록하고….」 지예도 신난 모습으로 말한다. 「오늘 찍은 사진, 너한테도 보내 줄게.」 인희가 도진에게 휴대폰 속 방금 전 하늘 사진을 전송한다. 「아, 맞다. 나도 너한테 보내줄 사진이 있지.」 도진도 인희에게 사진 한 장을 휴대폰으로 전송한다. 「어! 이거….」 인희가 그 사진을 보며 놀란다. 「응. 그때 말한 사진부 과제 사진….」 도진의 말에 「내가 어렸을 땐 이런 모습이었구나.」 인희가 스무 살이던 자신의 모습을 보며 말하자 「그때나 여기에 서 있는 인희, 네 모습이나 똑같은데?」 도진도 그 사진을 함께 보면서 말한다. 「말이라도 고맙다.」 인희가 수줍게 대답을 하고 있는데 「나도 볼래.」 지예가 인희의 휴대폰을 향해 두 손을 번쩍 올리면서 말하고 있고, 인희가 그 사진을 보여주자 지예는 엄마가 예쁘다며 계속해서 외친다. 「도진이 아저씨가 찍어준 거야. 도진아, 내가 보내준 하늘 사진 좀 봐줘. 잘 찍었나 모르겠네. 사진보다 실제로 봐야 더 멋있는데….」 인희가 도진에게 말하는데 「오늘, 하늘이 장난 아니었네. 잘 찍었어.」 명화와도 같은 하늘 사진에 도진이 놀란다.

『매일 이렇게 도진이에게 받기만 하는 것 같다. 아직은 뚜렷하게 떠오르지 않지만, 나도 언젠가 도진이에게 무언가를 줄 수 있는 친구가 되어주고 싶다.』

그 근처에서 두 사람을 바라보고 있던 서원은 인희의 얼굴을 가만히 쳐다보고 있는데, 이상하게 마음 한구석이 심란해진다.

드디어 주말이자, 인희와 도진의 휴일이기도 한 오늘, 약속대로 미리 어린이날을 기념하기 위해 도진이 인희와 지예를 차에 태우고 전시회 나들이를 가고 있다. 도진은 자신도 모르는 사이에 콧노래를 흥얼거리면서 운전을 하고 있고, 지예도 덩달아 신나서 만화 주제곡 노래를 부르기 시작한다. 인희는 그 옆에서 이 둘의 흥이 난 모습에 조용히 웃음을 짓고 있는데 「지예, 신나?」 도진이 백미러를 통해 노래 한 곡을 다 부른 지예에게 묻자 「지예! 신나!」 지예가 목소리를 크게 내며 외친다. 「은경이는 번역 일 때문에 바빠서 못 온다고 어제 문자가 왔던데….」 인희가 둘의 모습에 한참을 웃다가 도진에게 말하고 「응. 일이 많이 바쁜가 봐. 같이 가면 더 재미있었을 텐데… 뭐, 내가 오늘 은경이 몫까지 하면 되는 거니까….」 도진의 말에 「은경이 몫까지 하다가 내일 못 일어나는 거 아니야?」 인희가 웃으면서 말한다.

그 시각, 작업실 안에서 은경은 계속 번역 일을 하다가 갑자기 오른쪽 귀를 세 번 두드린다. 「아, 누가 내 이야기를 하나. 왜 이렇게 귀가 간질간질해.」 은경은 다시 번역을 하는데 〔그가 그녀를 위해 노력하면 할수록 상황이 안타깝게 흘러갔다. 그는 아무런 말없이 서 있다가 눈물을 보이고 만다.〕 은경은 볼펜을 놓고는 한숨을 내쉬며 「아, 뭐야. 내용이 슬퍼.」라고 말한 뒤, 유리잔 안에 한 모금 정도 남아있던 위스키를 입안으로 마저 털어 넣는다.

한편, 아트뮤지엄 안에서는 유명 설치 미술가들의 작품 전시회라 그런지 작품을 보러 온 관객들로 가득하다. 전시회 속 작품들은 자연을 소재로 한 물줄기, 암석 조각, 빛과 융합된 다채로운 색감들로 뮤지엄 안을 꽉 차게 장식했다. 빛의 화려함과 자연의 웅장함, 그리고 신비로움을 본 지예의 표정에서는 놀라면서도 경이롭고, 작품들의 기세에 압도당한 얼굴이다. 지예는 아무런 말없이 계속 휘둥그레한 눈으로 작품들을 둘러보고 있는데 「지예 표정 봐. 이런 곳은 처음이거든.」 인희가 도진에게 말하자 「나도 처음인데….」 도진이 말한다. 「나도 그래. 우리 다 처음이네.」 인희가 웃으면서 말하자 「응. 작품들이 다 멋지네.」 도진도 작품들을 하나하나 관찰하면서 말하던 그때, 지예가 다채로운 빛깔을 내뿜던 유리조각이 마음에 들었는지 그 앞에 서서 한참을 요리조리 구경하며 그 장소를 떠날 줄을 모른다. 도진은 인희와 지예에게 그 유리조각 조형물 앞에서 사진을 찍어주겠다고 말하며 두 사람의 사진을 찍어주려고 하는데, 인희가 도진에게 셋이서 같이 사진을 찍자고 말한다. 인희의 그 말에 도진은 좋으면서도 어색해하며 쭈뼛대는 모습으로 서 있자 어느새 지예가 그의 옷깃을 잡아끈다. 그러자 도진이 얼른 자신의 휴대폰을 근처에 지나던 관람객에게 건네주며 사진 한 장을 부탁하고, 그 관람객은 도진과 인희, 지예를 같은 프레임 속에 담는다. 도진은 다시 휴대폰을 돌려받은 뒤, 그 관람객에게 감사의 인사를 건네는데….

『지예도 그렇고, 인희 역시 이제는 내가 많이 편해졌나 보다. 어떤 상황 속에서도 아무렇지 않게 먼저 다가와주고… 우리 셋이서 같은 프레임 안에 들어온 순간, 나는 조금 감격스러웠다. 가까워졌구나. 내가 그동안 노력한 보람이 있구나. 이런 순간이 내게도 오는구나.』

「도진아, 표정이 왜 그래?」 인희가 약간 놀란 표정이고 「응? 왜?」 도진은 당황해하며 다시 묻는데 「아니, 네 표정이 뭔가 감동을 받은 모습이라서….」 인희가 조심스럽게 말하자 「아, 그래? 내가 그랬어? 나도 살면서 이런 전시회는 처음이라 나도 모르게 감격했나 봐. 아하하, 아하하하하. 내가 은근히 감수성이 풍부해서….」 도진은 당황해하며 어색한 표정을 지은 채 대충 말을 얼버무린다. 「아, 그래? 나도 이런 곳은 처음이라… 눈물은 나지 않지만, 감동이긴 하다.」 인희가 말한다.

『나도 모르던 사이에 내 기쁜 마음이 얼굴에 과한 모습으로 나타나던 그날이 인희에게는 나를 감수성이 풍부한 사람으로 잘못 알리게 된 날이기도 하다. 사실 난 쉽게 감동을 받는 사람이 아니다.』

『도진이가 감수성이 풍부한 친구였구나. 처음 알게 된 사실이다. 순간, 우리 지예도 도진이처럼 다정한 마음씨를 가진 감수성이 있는 어른으로 키우고 싶어졌다. 도진이가 우리 곁에 있을 때까지만이라도 지예가 그의 좋은 점들을 많이 본받고, 배웠으면 한다.』

그 시각, 민재네 집 거실에서는 선영 씨와 서원이 커피를 마시면서 대화를 나누고 있다. 「벌써, 카페 일… 2주가 다 되어가고 있네.」 선영의 말에 「뭐, 한 달간 일하는 건데, 한 달이라는 시간이 워낙 짧잖아.」 서원이 말하고 「일은 어때?」 선영이 묻자 「손님이 많을 때는 정신이 없고, 손님이 적을 때는 치우고, 닦고, 정리하는 거지.」 「인희 씨한테 혼난 적은 없었어?」 「응. 화를 잘 내지 않는 성격인가. 아니면 내가 한 달만 있다가 갈 사람이라 그런지 아직까지 한 번도 혼난 적은 없어. 그런데 누나….」 「응, 왜?」 「사장님 남편분께서는 카페에 한 번도 찾아오지 않으시던데… 많이 바쁘신가.」 「아, 인희 씨 남편은 민재가 유치원 입학을 하고 난 뒤인가? 하여튼 그때쯤에 돌아가셨어.」 「아니, 왜?」 서원은 놀라며 묻는데 「그 집, 남편이 소방관이셨는데, 사람을 구하다가 돌아가셨대. 내가 그때는 인희 씨와 그렇게 친한 편이 아니라서 장례식장에는 가지 않았었지.」 「그렇구나. 그럼, 누나는 사장님 남편 얼굴을 한 번도 못 봤겠네?」 「그렇지. 민재와 지예는 그 이후에 친해졌으니까…. 그런데, 갑자기 왜?」 「아니, 일하는 동안 사장님 남편분의 얼굴을 한 번도 못 뵌 것 같아서… 많이 바쁘신 분이신가. 그냥 궁금해서….」 서원은 애써 아무렇지 않은 듯 커피를 마시다가 이내 「안됐네.」라고 말하고 「안됐지. 뭐, 젊은 나이에 남편을 그렇게 보내고, 혼자서 딸을 키우는데…. 착하지, 아직도 꽃 같지, 아무튼 열심히 사는 사람이야.」「그렇구나.」 서원이 말을 하다가 한숨을 내쉬는데 「왜, 관심 있냐?」「내가 무슨… 그런 생각은 전혀 하지도 않고 있었는데….」 「아니, 네가 숨을 너무 깊게 내뱉어서… 아니면 말고, 그나저나 너 유학 가면 민재가 심심해하는 건 아닌지 모르겠다.」「나도 그게 걱정이야. 그 곳에서도 민재가 많이 보고 싶을 거야.」 서원은 심란한 표정을 지으면서 말한다. 유학 전까지 선영의 집에서 잠시 머물 예정이던 서원은 잠시 동 안 사용할 방 안으로 들어간 뒤, 침대 위에 걸터앉아 생각에 잠긴다. 「그 러고 보니 그때 지하철역에서 나를 보며 우셨던 분이 사장님이셨나? 그 때 그분이 울기까지 하셔서 얼굴이 매치가 잘되지 않는데… 나를 닮았다 던 그 사람이 그냥 아는 사람도 아니고, 남편이었네. 그럼, 첫날에 나를 보고 많이 놀라셨겠다. 또, 지예도 많이 놀랐겠구나…. 어떻게 이런 일이 있을 수 있지?」

다음 날, 인희가 먼저 카페에 도착한 뒤, 앞치마를 두르며 허리 쪽 리본 을 묶고 있고, 그 뒤로 서원이 도착한다. 평소와는 다르게 서원이 인희를 대하는 태도가 어색해졌다. 카페 안은 고요한 침묵만이 흐르고, 서로 어 색하게 인사를 마친 뒤, 서원은 카페를 청소하다가 침묵을 깨며 인희에 게 말을 건넨다. 「어제, 전시회는 잘 다녀오셨어요?」「네. 볼 게 많더라고 요. 지예도 많이 좋아했고….」「그 친구분과 많이 친하신가 봐요.」「네. 대 학교 때, 같은 동아리 부였어요. 또, 여기에 자주 와서 번역 일하는 다른 친구와 같이 이렇게 셋이서 절친이에요.」「아, 그렇구나. 그나저나 카페 이름이 참 예뻐요. 로즈메리… 장미꽃이 결혼한다는 의미인가….」 서원 의 말에 순간 정적이 흐르고 「장미꽃이 결혼한다는 뜻은 아니고, 허브 이름이에요.」인희가 조용히 웃으면서 말하는데 「저도 알아요. 농담한 거에 요.」서원도 웃으면서 말한다. 「그렇게도 해석이 되긴 하네요. 전혀 생각 지도 못했다.」인희가 서원의 신선한 해석을 다시 생각하며 웃는데, 서원 도 같이 웃다가 다시 어색한 공기가 흐르게 된다. 그때 은경이가 카페 안 으로 들어오며 「나 왔어.」라고 말한 뒤, 인희와 서원의 얼굴을 번갈아 쳐 다보며 「어제, 도진이와 재미는 있었고?」은경이 말하자 「응. 지예가 마 음에 쏙 들어 하더라. 그 전시회… 너도 같이 갔으면 좋았을 걸….」인희 의 말에 「나도 같이 가고 싶었는데, 일이 워낙 바빠야지… 그럼, 난 일 마 저 해야 돼서 집중 좀 할게. 조용히 해줘. 일 빨리 끝내야 하니까….」「응, 알았어.」인희와 서원은 은경의 부탁에 말없이 그 자리에 서 있는다.

같은 시간, 루리초등학교 1학년 4반 교실 안, 쉬는 시간에 지예의 같은 반 학생들은 의자에 앉아서 이야기를 나누거나 장난을 치며 교실 안을 뛰어다니고 있다. 왁자지껄한 교실 분위기 속에서 지예만 창가에 서서 하얀 뭉게구름 사이로 희미하게 움직이며 살짝살짝 얼굴을 내비치고 있 던 태양 빛을 가만히 쳐다보고 있는데, 다른 친구들과 짓궂게 장난치며 놀고 있던 민재가 혼자 서 있던 지예의 옆으로 다가가서 묻는다. 「지예 야, 뭐해?」「오늘은 아빠 표정이 어떤지 보려고….」지예가 답하자 「오늘 은 어떤 표정이야?」「음, 오늘은 아빠 얼굴이 잘 보이지 않는데, 따뜻해 보여.」「진짜다. 아빠 보고 싶어?」「응. 많이… 민재야, 이거 비밀인데… 너한테만 말하는 거야.」「응. 뭔데?」「아, 아니다. 지예는 엄마랑 약속했 어. 아무에게도 말하지 않기로… 안 말할래.」이 말을 한 뒤, 갑자기 지예 가 자기 자리로 이동하는데 「뭔데, 지예야. 나도 알려줘.」민재가 지예를 뒤따르며 말한다. 「안돼. 엄마랑 약속했어.」「뭐야, 그래. 알려주지 마! 하나도 안 궁금해!」「응. 안 알려줄 거야.」지예가 책상 위에 몸을 엎드리며 말하자 민재가 혼자 씩씩거리면서 자리로 돌아간다.

카페 안에서는 인희와 서원이 손님들로 분주해서 정신없이 바쁘다. 학교에서 수업을 마치고 돌아온 지예가 힘없이 카페 문을 열고 들어오다가 바쁜 인희의 얼굴을 한 번 보고, 그 옆에 서 있던 서원의 얼굴도 한 번 쳐다본 뒤, 은경의 맞은편 자리로 가서 힘없이 앉는다. 그러다 다시 인희 옆으로 다가가서 엄마의 손가락을 만지면서 말한다. 「엄마… 지예 왔어.」「어! 벌써 왔어? 엄마가 지금 바쁘니까 조금 있다가 지예의 자리로 갈게. 우선, 가 있어.」인희가 커피를 마저 만들면서 말하자 「응.」지예는 바로 그 옆에서 라즈베리 에이드를 만들고 있던 서원의 얼굴을 잠시 동안 쳐다보다 다시 제자리로 돌아간다. 어느덧, 카페 안에서는 손님들이 하나둘씩 나가고, 그제야 인희가 숨을 돌리며 지예의 자리로 향하는데, 시무룩한 표정을 하며 의자에 앉아있던 지예의 모습이 보이자 걱정스러워 하며 묻는다. 「오늘, 학교에서 무슨 일 있었어?」인희의 물음에 지예가 아무런 말도 하지 않자 「지예야, 어디 아픈 건 아니지?」인희의 말에 지예는 또다시 아무런 대답도 하지 않는다. 「지예야, 엄마한테 화나는 일 있었어?」그 말에 역시나 지예가 아무런 대답도 하지 않자 「아까 엄마가 바쁘다고 지예한테 여기에 앉아있으라고 해서 삐친 거야?」「아니야.」지예가 드디어 입을 연다. 「그럼, 뭐 때문에….」인희의 물음에 「오늘, 민재가 지예한테 삐쳤어.」「왜?」「내가 엄마랑 비밀 약속한 거… 안 말해준다고….」「은경아, 나 잠깐 지예와 밖에 좀 나갔다 올게. 가게 좀 서원 씨랑 부탁할게. 잠깐이면 돼.」인희가 지예의 손을 잡고서 은경에게 부탁한다. 「응. 알았어.」은경이 대답하고, 인희는 카운터 앞에 서 있던 서원에게도 가게를 부탁한 뒤, 여전히 시무룩한 표정을 지은 지예와 함께 밖을 나선다.

카페 근처 공원 벤치를 찾은 인희와 지예는 잠시 동안 아무런 말없이 앉아있다가 대화를 나누기 시작한다. 「갑자기, 왜 민재랑 그런 이야기가 나온 거야?」 인희가 지예에게 조심스럽게 묻자 「나도 몰라. 민재한테도 말해주고 싶었나 봐. 그런데 엄마랑 비밀이니까… 말 안 했어. 지예는 민재가 삐쳐서 슬프고, 민재 삼촌이 우리 아빠가 아니니까 슬퍼. 우리 아빠가 아니잖아.」 벌써, 지예의 두 눈에서는 눈물이 그렁그렁 맺히고 마는데 「미안해.」 인희는 이 말을 하며 옆에 앉아있던 지예를 꼭 안아준다.

『지예는 그동안 나를 위해, 내가 슬퍼할까 봐 계속 참고, 버티고 있었나 보다. 나는 어른이고, 우리 지예는 아직 아이인데…. 내 이기심으로 인해 어린 지예의 마음을 제대로 헤아리지 못한 것만 같다.』

저녁 시간이 되자 도진은 한 손에 쇼핑백을 가득 들고, 카페 안으로 들어오는데, 표정이 좋아 보이지 않는 인희의 얼굴과 눈이 부어있는 지예의 얼굴이 눈에 들어온다. 도진은 은경에게 이 상황에 대해 조용히 물어보는데, 은경이도 이유를 모르겠다면서 작은 목소리로 답한다. 도진은 저 두 사람의 눈치를 보며 얌전히 자리에 앉는데, 때마침 한가해진 인희가 은경의 옆자리로 다가가서 앉는 순간 또다시 정적이 흐르자, 도진이 그 침묵을 깨면서 말한다. 「아니, 다름 아니고, 내일이 어린이날이잖아. 그래서 미리 지예 선물을 챙겨왔는데, 마음에 들지 모르겠다.」 「와. 뭔데, 뭔데?… 지예야, 좋겠다.」 은경이 말하자 「지예야, 한 번 풀어 봐.」 도진은 쇼핑백 안에서 노란 리본으로 장식된 선물 상자를 꺼낸다. 「우와, 지예야. 뭘까, 뭘까?」 은경이 그 옆에서 더욱더 궁금증을 자아내기 시작하자 시무룩해하던 지예의 표정은 어느새 호기심과 기쁨이 가득한 표정으로 바뀌고, 서둘러서 선물 꾸러미 리본을 풀기 시작한다. 「와, 연두색 원피스네. 정말 예쁘다. 비싸 보이는데? 지예는 좋겠다.」 은경이 옆에서 호들갑 떨며 말하자 지예도 그 옷이 마음에 들었는지 입꼬리가 씰룩씰룩 움직이다가 바로 도진에게 감사의 인사를 전한다. 「도진아, 뭐 이런 걸….」 인희가 놀라면서 말하자 「괜찮아. 어린이날이니까….」 도진이 미소를 지으면서 말하고, 인희는 고맙다고 한다. 「짜잔!」 도진이 또 다른 쇼핑백 안에서 작은 선물 상자를 꺼내며 말하는데 「이건 또 뭐야?」 은경이 묻자 「지예야, 이것도 풀어봐.」 도진이 지예에게 작은 선물 상자를 건네며 말하고, 지예는 이내 상자 포장지를 조심스럽게 뜯는데, 그 안에서는 명화 그림이 그려진 퍼즐 두 박스가 나온다. 「카페 안에서나 집에서 심심할 때마다 이 퍼즐을 맞추면서 놀라고….」 도진이 말하자 지예가 머리를 숙이면서 감사한 마음을 표한다. 「지예! 신나?」 도진이 지예에게 묻자 「지예! 신나!」 지예가 좀 전과는 다른 밝은 표정을 지으면서 도진에게 외친다.

『항상 느끼는 거지만, 도진이는 언제 어디서나 우리 두 사람에게 잠시 사라졌던 웃음을 되찾아주고, 내가 순간순간 혼자 해결할 수 없던 부분들이 생기면 어느 순간에 도진이가 나타나서 해결해주고 채워준다. 그로 인해 이렇게 다시 웃고 있는 지예의 모습을 보게 되니 오늘따라 도진이의 존재가 더 커 보인다. 그날 이후로 특별하거나 별다를 것 없는 평범한 나날들로 3주의 시간이 빠르게 지나갔고, 서원 씨가 우리 카페에서 근무하게 될 시간이 이제 얼마 남지 않게 되었다. 남은 일주일… 일주일 뒤면 지선이가 이곳으로 다시 돌아오게 되고, 서원 씨와 이곳에서의 시간도 끝이 나게 된다. 장미와 능소화가 가득한 이 계절에 우리

『가 헤어질 시간이 점점 가까이 다가오고 있다.』

서원은 음료 제조를 끝낸 바나나딸기주스와 아이스초코를 들고, 손님께 가져다 드리려고 통로를 나가려 한다. 때마침 테이블 정리를 끝낸 인희가 그 통로로 들어가려고 하는데, 나가려는 서원과 들어가려는 인희의 동선이 서로의 길을 계속해서 막으며 겹치고 만다. 이런 상황 속, 두 사람은 당황해하다가 그만 어색한 표정을 짓는다. 「먼저, 이쪽으로 들어오세요.」 서원이 왼쪽으로 몸을 힘껏 붙여 길을 비켜서자 「아, 네.」 인희가 비어있는 공간으로 재빠르게 들어가서 싱크대 앞으로 향한다. 얼마간의 시간이 지나자 이번에는 인희가 음료를 들고서 통로를 빠져나가려 하고, 서원은 테이블 위를 치운 뒤, 통로 안으로 들어오려고 하는데, 전처럼 인희가 왼쪽으로 가면 서원이 왼쪽으로, 인희가 오른쪽으로 이동하면 바로 그 앞에 서원이 서 있다. 이렇게 자꾸만 둘의 동선이 겹치기를 여러 번… 「오늘, 많이 겹치네요.」 서원이 어색한 웃음을 지으면서 말하자 「그러게요.」 인희가 난감해하면서 대답한다.

『이제 5일 남았다. 서원 씨가 이곳에서 우리와 함께할 남은 시간이….』

「저기… 사장님.」 서원이 인희를 부르고 「네?」 인희가 서원의 얼굴을 쳐다보자 「아니에요.」 서원은 무슨 말을 하려다가 멈춘다. 「뭔데요?」 「아니, 아닙니다.」 「네.」 「그나저나 이제 얼마 남지 않았네요.」 「그러니까요. 다음 주 화요일까지네요.」 「사장님… 저, 미국 가기 전까지 이곳에 손님으로 자주 놀러 와도 되죠?」 「네? 아, 그럼요.」 「그동안 정이 많이 들었나 봐요.」 서원의 말에 「아. 네….」 인희가 어색해하며 잠시 생각하다가 말을 덧붙이는데 「한 달이라는 시간이 짧기도 하지만, 또 한순간에 정이 들 수 도 있는 시간이기도 하니까….」 인희의 말에 서원이 미소를 지어 보인다.

『그 순간, 나는 아무렇지 않게 그의 말을 넘겼지만, 나 역시도 그가 미국으로 떠나기 전인 아직 한 달이라는 남은 시간 동안 가끔 이곳에 손님으로 와주기를 내심 바라고 있었는지도 모른다. 그런 그의 그 말을 듣던 순간 갑자기 마음이 편안해졌다. 그가 그 말을 해주기 전까지만 해도 얼마 남지 않은 이곳에서의 시간에 대해 한편으로는 마음이 복잡하기도 했고, 괜히 아쉽기까지 했다. 또, 어떤 날은 일이 끝나고 집으로 돌아가는 길에 마음 한구석에서 허전함이 느껴지는 날들도 많았었다. 지예에게는 미안한 일이지만, 오늘 그의 말로 인해 내 마음은 안심됐다. 나도 내 마음을 어찌할 수가 없다. 이제, 시간이 정말 얼마 남지 않았다. 서원 씨는 한 달 뒤에 한국을 떠난다. 그때까지만이라도, 잠시일지라도, 정우 씨를 닮은 그를 눈에 담아두고 싶다. 정우 씨… 나, 그래도 괜찮지?』

✽ - 정우가 사고를 당하기 1년 전, 평소 정우의 소방 파트너이던 마지막 순간까지 함께한 박항수 소방관과 정우가 소방 업무를 마친 뒤, 근처 벤치에 앉아서 대화를 나누고 있다. 「오늘도 별 탈 없이 마쳤네.」 상사가 말하자 「네. 오늘도 수고하셨습니다.」 정우가 말한다. 「자네도 수고 많았어. 갑자기 드는 생각이지만, 난 항상 이 일을 마치게 되면 이런 생각을 하게 돼. 내가 어느 날, 불의의 사고로 잘못되면 우리 가족은 나 없이도 잘 살아갈까. 다행히도 우리 애들은 이제 스무 살이 넘었으니 뭐 그렇다 하고, 내 처는 강인한 사람이니 걱정하는 것보다는 훨씬 괜찮게 살아가지 않을까. 우리 집사람이 내게 항상 하는 말이 있는데, 내가 만에 하나 어떻게 되면, 자기는 재혼하지 않고, 평생 혼자 살겠다고…. 그게 마음이 더 편하다나 뭐라나. 자기 인생에 남자는 더 이상 없다. 더 이상 싸우며 살

기 싫다나 뭐 어쩐다나.」「자주 싸우시나 봐요.」정우가 웃으면서 소방관에게 묻자 「아니야. 그렇게 많이 싸우는 편도 아닌데, 나한테 그렇게 말하네? 우리 집사람이 참 표현을 이상하게 한다니까.」소방관의 말에 「아, 네.」정우가 웃는다. 「자네는 어떨 거 같아? 만약, 자네 없이 세상에 자네 부인과 딸만 남게 된다면….」소방관의 물음에 「그런 상황은 아직 생각해본 적도, 생각하기도 싫지만, 만약 갑자기 제가 그렇게 된다면… 제 아내는 아직 마음도 여리고, 젊고, 딸도 역시 아직 많이 어리거든요. 만약, 어느 누군가가 제 부인과 자식을 생각하는 마음이 크고 그 마음이 변치 않을 사람이 이 세상에 존재한다면, 그 사람이 저 대신 인희와 지예를 옆에서 지켜주면서 행복하게 만들어줄 수 있었으면 좋겠어요. 여기에 더 보태자면 저와 외적으로나 내면적으로나 비슷한 사람이 세상에 존재한다면 저는 괜찮을 거 같아요. 하지만 저는 오래 살고 싶습니다. 인희와 지예를 곁에서 오랫동안 봐야 하거든요.」정우가 말하자 「그래, 그래야지. 우리 오래 살아서 사랑하는 사람들 얼굴도 옆에서 많이 보고, 위험에 처한 사람들도 구하자.」상사의 말에 「네, 그래야죠.」라며 정우의 말이 끝나자 두 사람은 따뜻한 미소를 지어 보인다. - ✿

『인생을 살아가다 보면 흔치 않지만, 두 번째 기회라는 것이 찾아오기도 한다. 처음에는 그녀와 이루지 못했던 아쉬움과 미련, 후회와 눈물로 가득했던 날들도 많았었지만, 다시 찾아온 이 두 번째 기회로 인해 내 마음은 더욱더 선명해져 갔다. 어떻게 해서라도 인희를 놓치기도, 잃고 싶지도 않아졌다. 사랑을 지키기 위해서라면 뭐든 다 해보고 싶다.』

인희가 출근하기 전, 집 안 거실에 놓인 스투키 화분에 물을 주고 있던 그때, 지선이로부터 전화 한 통이 걸려온다. 「어머, 지선아. 한국 왔니?」 인희의 말에 「네, 사장님. 여기 인천 공항이에요. 이제, 집으로 가려고요.」 지선이 말하자 「피곤하겠다. 내일부터 출근은 괜찮겠어?」 「그럼요. 사장님, 저 기다려주셔서 정말 감사드려요. 내일, 사장님과 지예 선물을 한 아름 들고, 출근하겠습니다.」 「그래. 여행은 어땠어?」 「한 달을 더 여행하고 싶을 정도로 좋았어요. '세상 참 넓구나' 새삼 또 깨달았네요.」 「대견하다. 혼자서도 잘 찾아가고… 그래. 그럼, 내일 보자.」 「네. 알겠습니다. 사장님.」 지선의 말이 끝나자 인희는 웃는 얼굴로 전화를 끊는다.

『벌써, 한 달이라는 시간이 지났고, 지선이가 한국으로 돌아왔다. 지선이를 볼 생각에 반가우면서도 서원 씨는 오늘이 마지막 날이구나…. 오늘이 진짜 마지막 날이구나.』

인희가 카페 문을 열고 들어간 뒤, 머지않아 서원도 출근한다. 「사장님, 안녕하세요.」 서원이 인희에게 인사하자 「네. 안녕하세요.」 인희가 말하고 「오늘이 마지막 날이네요.」 「그러니까요.」 「그럼, 내일부터는 기존에 있던 그 직원분이 다시 오는 건가요?」 「네. 오늘 아침에 집에서 그 친구 연락을 받았어요. 한국에 잘 도착했다고.」 「오늘 도착했는데, 내일 바로 일하러 온대요?」 「네.」 「아, 그렇구나.」 「네….」 인희의 말을 끝으로 잠시 정적이 흐르는데 「체력이 좋으시다.」 서원이 뭔가 아쉬운 듯 말을 잇자 「체력도 좋고, 약속도 잘 지키는 아이라….」 「아… 네.」 또다시 정적이 흐르고 있는데, 때마침 은경이가 카페 안으로 들어온다. 「나 왔어.」 「어….」 인희가 대답을 하고, 서원과 은경이도 서로 인사를 나눈다.

그 시각, 도진은 방송국 복도에 서서 창밖을 바라보며 혼자서 계속 웃고 있는데, 기분이 굉장히 좋아 보인다.

『드디어, 오늘이 마지막 날이구나. 오늘까지만 잘 버티면, 그 사람은 이제 다시는 볼 수 없게 된다. 내가 이날만을 얼마나 기다렸는지… 한 달이라는 기간이 내게는 정말 길고도 힘들었던 시간이었다. 어서 빨리 오늘이 무사히 지나가기를….』

시간이 정오에서 오후로 지나고, 학교에서 수업을 마친 지예가 카페 문을 열고 들어오자마자 인희에게 조르르 다가가서 도진이가 선물해준 퍼즐을 찾는다. 인희는 선반 위에 올려놓은 퍼즐을 꺼낸 뒤, 지예에게 건네주자 지예는 서원과 은경에게 인사를 한 뒤, 자리에 앉아서 퍼즐 조각을 하나씩 맞추기 시작한다. 서원은 그런 지예의 모습을 잠시 지켜보다가 무언가 생각이 났는지 가방 안에서 백금빛의 작은 오르골 상자 하나를 꺼낸 뒤, 지예의 자리로 다가간다. 「지예야, 내가 오늘이 마지막 날이라서… 이거 오르골이라는 건데, 지예한테 선물할게.」서원이 오르골을 지예에게 건네면서 말하자 지예는 감사의 인사를 전한 뒤, 그 오르골을 신기하듯 바라보면서 열어본다. 안에서는 새하얀 아기 천사와 함께 태엽이 돌아가면서 낭랑하고, 맑은 소리의 아름다운 멜로디가 흘러나오기 시작한다. 「민재도 이거랑 똑같은 거 있어. 그럼, 난 일하러 갈게.」서원은 다시 조리대로 이동하는데, 지예는 서원과 눈을 제대로 못 맞추며 아름다운 멜로디가 흘러나오는 오르골 상자만 하염없이 바라보고 있다가 어느새 눈물을 참으면서 그 오르골 상자를 닫는다. 지예는 다시 퍼즐을 맞추려다가 이내 두 눈에 눈물이 그렁그렁 맺히고 만다. 은경은 그 모습을 보며 어찌할 줄을 모르다가 못 본 척을 하며 괜히 번역 일을 하는 척하고 있는데 「이제, 제법 덥네요.」서원이 인희에게 말하자 「그러니까요. 밖에 장미꽃 핀 거 알아요?」인희가 서원에게 묻는데 「아직 못 봤어요.」「벌써, 여름이 됐네요.」그때, 은경이가 다가와서 복숭아티를 주문하자 인희는 대화를 멈춘 뒤 음료를 만들기 시작한다. 은경이 그 자리에 서서 서원의 얼굴을 빤히 쳐다보고 있는데, 서원도 그 시선이 의식돼서 그쪽을 쳐다보자, 갑자기 은경은 눈동자를 재빠르게 메뉴판으로 고정시킨다. 인희가 음료를 다 만든 뒤 은경에게 건네는데, 은경은 다시 서원의 얼굴을 한 번 쳐다본 뒤 자리로 돌아간다. 벌써, 시간은 오후에서 저녁으로 넘어가고, 서원과 함께 있는 시간이 점점 줄어들고 있다. 어느덧, 일을 마친 도진은 뭐가 그리 신났는지 가벼운 발걸음을 하며 카페 안으로 들어선다. 「나 왔어.」그 어느 때보다도 밝은 표정을 한 도진이 인희에게 말을 건네자 「어….」인희가 도진의 얼굴을 쳐다보면서 말하는데, 도진은 인희의 얼굴을 보며 살짝 미소를 짓고는 지예의 옆자리로 가서 앉는다. 「지예야, 퍼즐 재미있어?」도진이 웃으면서 지예에게 묻는데 「네….」지예가 여전히 시무룩한 표정을 지으면서 대답을 한다. 평소 같지 않던 지예의 반응에 도진은 당황해하며 맞은편에 앉아있던 은경에게 이 상황을 묻는데, 은경은 고개를 좌우로 저으면서 나중에 알려주겠다고 눈짓한다. 그 이후로 한 시간 반 정도의 시간이 지나 서원이 퇴근하기 위해 앞치마를 풀어서 벽 고리에 걸자 인희가 지예를 부르며 「오늘이 민재 삼촌… 마지막 근무 날이셨어. 이제 가실 거야.」「지예야, 종종 놀러 올게.」 서원이 지예에게 미소를 지어 보이면서 말한다. 거기에 지예는 아무런 말도 하지 않은 채 가만히 서 있다가 생각이 많은 얼굴로 인희에게 귓속말을 하기 시작하고, 지예의 말이 끝나자 인희가 웃으면서 이야기한다. 「그래. 그래도 돼. 저기, 서원 씨.」「네? 사장님.」 서원이 말하자 「우리 지예가 서원 씨를 한 번만 안아 봐도 되는지 물어보네요. 마지막 날이라 그런지… 많이 아쉬운가 봐요.」 인희의 말에 「그럼요, 괜찮죠.」 서원이 두 팔을 펼치며 지예에게 손짓하자 지예가 잠시 머뭇거리다가 서원에게 안기는데, 서원은 지예의 등을 토닥이며 말한다. 「우리… 마지막 날에 친해진 것 같다.」 이 말에 지예는 아무런 대답 없이 서원을 꼭 끌어안고, 서원도 그런 지예의 마음을 아는 듯 한참을 그렇게 말없이 안아준다. 이 둘의 모습을 옆에서 쭉 지켜보고 있던 인희의 눈시울은 어느새 붉어졌고, 은경과 도진은 그 모습을 조용히 바라보기만 한다.

『지예와 서원 씨가 서로를 안고 있는 모습을 보니, 꼭 우리 정우 씨가 지예를 안고 있는 것처럼 보였다. 그동안 마음을 열지 않았던 지예도 이제는 서원 씨를 볼 수 없다는 말에 마치 그를 아빠로 생각하며 마지막으로 안아 보기라도 하듯 얼마간을 꼭 안고 있었다. 그 모습을 지켜보고 있던 나도 지예의 마음이 뭔지 아니까… 어떤 마음인지 알고 있으니까… 부둥켜 안은 서원 씨와 지예의 모습을 기쁜 마음으로 바라볼 수밖에 없었다. 그동안, 내 이기심으로 지예에게 상처를 준 것만 같아 힘들었었는데, 마지막 날 이 둘의 모습을 보니, 마음이 놓였다.』

『오늘이 저 사람의 마지막 날이라 기뻤었는데, 지예를 안고 있는 저 모습을 보니, 내가 아무리 노력을 해도 할 수 없는 부분이 있구나. 저 사람은 쉬운데, 나는 아직 어려운 것들이 많구나. 순간 그 상황이 답답하게 느껴졌지만, 그저 지예의 마음이 따뜻해졌기를…. 그 어느 날보다도 오늘만큼은 행복해졌기를 바랄 뿐이다.』

『그렇게 서원 씨가 가고, 지선이가 돌아왔다.』

「사장님, 보고 싶었어요.」 지선의 말에 「응. 나도… 지선아, 여행은 어땠어?」 인희가 지선의 유럽 여행 이야기를 궁금해하자 「이야기를 하자면 엄청 긴데요. 생각나는 대로 말씀드릴게요. 전체적으로 느낀 건 세상은 넓고, 나라마다 풍겨 오는 분위기와 색감들이 정말 다양하구나. 힐링이 되는 시간이었고, 마음에 여유와 낭만이 생겼다고 해야 하나…. 여행 첫날에는 영국 런던에 도착하자마자 지예의 선물을 사기 위해 〈해리포터 스튜디오〉로 곧장 달려가서 기념품들을 구입했고, 잡화 매장에서는 미스터 빈의 곰인형을 샀어요. 그다음부터는 관광을 시작했는데, 〈웨스터 민스터 사원과 시계탑〉, 〈세인트 폴 대성당〉이 정말 멋졌고요. 독일에서는 〈브레멘〉이라는 곳을 갔더니 지붕들이 뾰족뾰족하면서 다양한 색을 지닌 가정집들을 보며, 마치 제가 작고 예쁜 동화 마을에 온 거 같달까…. 아무튼, 나중에 사장님과 지예가 꼭 가봤으면 하는 생각이 들더라고요. 벨기에의 〈겐트〉라는 곳에서는 야경을 접했는데, 도시를 가로지르는 수로를 기점으로 길을 쭉 걸어가다 보면 〈성 마카엘 다리〉 근처에 들어선 건물들이 무슨 중세시대 속 모습 같아서 제가 꼭 그 시대 속 인물이 된 것만 같았어요. 정말, 낭만적이었고, 아름다웠던 곳이었어요. 프랑스로 가서는 〈에펠탑〉과 〈세느강〉, 화려한 〈베르사유 궁전〉, 그리고 〈루브르 박물관〉 안에서 그 유명한 예술 작품들을 실물로 접하게 되니 꿈만 같았어요. 마치 화려하고도 환상적인 세계 속에 제가 뚝 하고 떨어진 기분이 들더라고요. 특히, 프랑스 남부에 위치한 〈생폴드방스〉라는 곳은 골목골목에 아기자기한 가게들과 꽃들을 보는 즐거움, 그리고 벽돌에서도 오래된 아름다움이 느껴졌는데, 뭐랄까. 고풍스럽다는 말이 맞고요. 〈지베르니〉에는 거대한 화원이 있는데, 그곳에 서 있으면 동화 속 공주가 된 것만 같은 그런 기분이 들더라고요. 또, 스페인 바르셀로나에서는 가우디 투어를 하면서 그의 건축물인 〈카사 바트요〉와 〈카사밀라〉를 본 순간 놀라웠어요. 100년이 훌쩍 넘는 그 시대 속에서 어떻게 저런 독특한 건축 디자인을 생각했으며 평범함이란 찾아볼 수가 없는, 그가 상상했던 모든 걸 해냈다는 게 존경스럽기까지 했어요. 그 당시, 건물에 연속적인 곡선을 표현했다는 건 흔치 않은 기법이잖아요. 보통, 흔하지 않은 걸 보게 되면, 이상하다, 어색하다고 느껴질 법도 한데, 전혀 그런 생각이 들지 않았을 뿐더러 오히려 신비스러웠고, 가우디의 놀라운 창작력에 역시 천재구나라는 걸 다시금 느끼게 되었어요. 또 〈사그라다 파밀리아 성당〉도 가보았는데, 일단 거대한 외부 모습에 먼저 압도되었고, 그 디테일에 놀라게 되었어요. 내부의 모습은 겉과는 달리 화려한 동화 속의 모습과도 같이 부드러운 아름다움이 느껴졌고요. 그리고 사장님, 저 오드리 헵번 팬인 거 아시죠? 로마로 가서는 영화 〈로마의 휴일〉에 나오던 〈스페인 계단〉을 걷기도 하고, 〈진실의 입〉에 손도 넣어본 즐거웠던 기억이 제일 남아요. 그 영화 속의 장면들을 따라 하면서 제가 무슨 여주인공이 된 것과도 같은 기분이 들더라고요. 아! 〈트레비 분수〉 앞에서 동전도 던져봤구나! 마지막으로 그리스의 산토리니에서는 푸른 빛깔의 지붕과 문, 그리고 하얀색의 벽과 담으로 된 집들이 옹기종기 빼곡하게 모여있고, 그 앞으로는 드넓은 바다가 펼쳐져있었는데요. 밤이 되면 제일 높은 곳에서 초승달이 큰 빛을 내며 비추는데, 그야말로 마법 같은 아름다운 섬이랄까. 다시 생각을 해봐도 한 달이라는 시간은 부족했고, 한 나라에 두세 달씩 살아보고 싶다는 생각이 들 정도로 좋았어요. 다음에 또 기회가 된다면 이번에 못 가봤던 다른 나라들도 꼭 가보고 싶더라고요.」 지선이 한 달간 다녀온 여행지들을 하나하나 나열하며 흠뻑 취한 듯 쉼 없이 이야기를 하자 「좋았겠다. 나도 언젠가 지예와 함께 유럽 여행을 꼭 가보고 싶을 정도야. 그때까지 나도 돈을 많이 모으고, 시간적인 여유도 길게 만들어서 가봐야겠네.」 인희가 부러워하면서 말하는데, 지선은 여행 가방 안에서 지예에게 줄 헤르미온느 마법 지팡이와 키링, 잠옷으로 입기 좋은 해리포터 커플 티셔츠, 미스터 빈의 곰인형을 꺼내기 시작하고, 가우디 기념품인 화려한 무늬로 된 그릇과 카페에 장식하라며 반짝거리는 에펠탑과 루브르 모형, 각 국가의 다른 언어로 된 겉표지가 예쁜 책 네 권과 벨기에와 프랑스에서 구입한 과자와 초콜릿 여섯 상자를 인희에게 건넨다. 「뭘 이렇게나 많이 사 왔어.」 인희가 놀란 표정을 지으면서 지선에게 묻는데 「몰라요. 거기에 가니까 예쁜 것들이 너무 많아서 더 사오지 못한 게 한숨이 나올 정도예요. 그리고 해리포터 커플 티셔츠 두 장은 사이즈가 큰 거라 지예가 고등학생 정도가 될 때 입을 수가 있어서 사장님도 지예가 클 때까지 참다가 그때 되면 이 티셔츠를 커플 잠옷으로 입으세요.」 지선이 장난스럽게 말하자 「꼭 타임캡슐 같다. 그때 돼서 다시 꺼내 보기.」 인희가 웃으면서 말한다. 「제가 언제 또 유럽 여행을 가보겠어요. 돈은 또 벌면 되는 거고, 저를 믿고 기다려주신 사장님께 엄청, 엄청 고마운 마음뿐이에요.」 지선이 말하자 「지선아, 알았어. 오늘은 손님이 많을 때만 도와줘. 바로 출근하느라 아직 몸은 힘들 테니까 여기에 앉아서 쉬고 있어.」 인희가 웃으면서 지선에게 말을 건네는데 「아니에요. 저 하나도 힘들지 않아요. 괜찮아요. 그나저나 모두들 잘 지내고 계셨죠?」 지선의 말에 「응. 다들 뭐….」 인희가 잠시 생각을 하는데, 갑자기 그 옆에서 지선의 몸이 중심을 잃은 채로 휘청거리자 인희가 지선의 팔을 재빠르게 잡아 올리며 몸을 바로 세운다. 「지선아, 괜찮아?」 인희의 말에 「어, 왜 이러지… 잠깐 어지러워서….」 지선이 손으로 자신의 이마를 잡는데 「오늘, 쉬어야 하는 거 아니야?」 「어, 시차 적응이 안 됐나?」 「그런 가봐. 저기에 좀 앉아있어.」 「네, 사장님. 그럼, 저 조금만 앉아있을게요.」 지선은 의자에 앉아서 잠시 쉰다.

그 시각, 서원은 영어회화 학원에서 오전 수업을 마친 뒤, 배가 출출해진 관계로 학원 근처 패스트푸드점에서 햄버거를 먹고서 아무런 생각 없이 몸이 이끌리는 대로 발걸음을 옮기게 되는데, 어느덧 인희의 카페 근처로 다 와서야 갑자기 정신이 든다. 「나도 참….」 서원은 카페를 한번 쳐다본 뒤, 다시 집으로 향하러 발걸음을 돌리려다가 가는 길을 멈추고, 카페 창문을 통해 인희의 모습을 찾는다. 그 안에서는 인희와 지선이 서로를 마주 보면서 대화를 나누고 있다. 서원은 멀리서 인희의 웃는 얼굴을 바라보다가 안심하며 미소를 지은 뒤, 다시 집으로 향한다. 그로부터 얼마의 시간이 지나자 지예가 학교를 마친 뒤, 카페 안으로 들어서는데, 지선이가 반갑게 인사를 건넨다. 「지예야, 언니 왔어! 언니 없이 잘 지내고 있었던 거야?」「언니!」지예가 밝은 얼굴로 크게 외치자「이거 다 지예 거야.」지선이 테이블 위에 올린 다양한 선물꾸러미를 손으로 가리키며 말한다.「우와! 언니, 고마워. 우리 펑이가 이 곰인형 좋아하겠다.」지예가 미스터 빈의 곰인형을 안으면서 말한다.「그래. 펑이랑 이 곰인형이랑 사이 좋게 지내면 되겠다. 언니는 우리 지예 얼굴을 봐서 좋아. 보고 싶었어.」지선의 말에「지예도….」지예가 말하자 인희는 이 둘의 모습을 옆에서 지켜보면서 흐뭇하게 미소를 지어 보인다.

NBS 방송국 안에서는 정장을 입은 도진이 뉴스데스크 앞에 앉아 뉴스를 진행하고 있다.「벌써, 7월 하순 같은 이른 더위가 기승을 부리고 있는데요. 이미 한반도 남쪽에서는 북태평양 고기압이 예년보다 크게 세력을 넓히고 있고, 근접 국가들 곳곳에서 가장 이른 장마가 포착되고 있습니다. 진정빈 기자가 취재했습니다.」뉴스 화면이 바뀌고, 진정빈 기자가 자연 속 강한 햇살 아래에 서서 마이크를 손에 든 채 멘트를 하고 있다.「서둘러 찾아온 이른 더위로 인해 아직 5월 말인데, 7월 하순의 기온까지 온도가 올라가고 있습니다. 서울은 30.6도로 최고 기온을 기록했고, 서태평양 고온으로 대류가 굉장히 강해져서 공기 상승으로 인해 한반도에서는 고기압을 만들어 버리면서 예년보다 빠른 여름 날씨를 기록하고 있습니다.」도진은 뉴스를 마치고 나서 방송 관계자들과 인사를 나눈 뒤, 스튜디오를 나오는데, 복도에서 선배 성도를 만난다.「오랜만에 티타임 어때? 뒤에 또 다른 스케줄이 있는 건 아니지?」성도의 말에 도진은 흔쾌히 그 뒤를 따라나서고, 방송국 근처 카페 안에서 커피를 마신다.「우리 이런 시간, 오랜만이다. 요즘, 많이 바쁜가 봐?」성도가 도진의 근황을 묻자「그냥, 뭐….」도진이 말하고「요즘, 그 친구와 잘돼 가?」「그냥 그렇죠.

그래도 예전보다는 많이 가까워졌다는 것과 어색함이 줄어들었다는 그 정도….」「나도 연애감정에 대해 너한테 뭐라 조언을 해주기 어려운 상황이긴 한데, 사랑이란 상대에게 편안함을 주는 것도 중요하지만, 우선은 설레고, 두근거리는 화학 작용이 기반 되어야 하는 거 같아. 그 친구와 네가 여기에서 더 발전하려면 상대의 마음을 두근거리게 만들어야. 편안함만 줘서는 안 돼.」「선배 말이 맞네요. 그게 제일 중요한 건데….」도진은 뒤늦게 깨달았다는 표정을 짓는다. 「그게 바로 친구와 연인 관계의 다른 점이다. 그 사람이 너를 보면 두근거리냐, 두근거리지 않느냐.」성도의 말에 「그럼, 그 친구가 어떻게 하면 저를 보며 설렐 수 있을까요?」도진이 묻자 「도진아, 그걸 알면, 내가 지금 이러고 있겠니? 네가 그 방법 좀 찾아서 내게도 알려주라. 나도 오랫동안 쉰 상태라….」결국에는 어떠한 해결책도 내주지 않는 성도의 말에 도진은 허탈해하면서 웃다가 커피를 마저 다 마신다.

어느덧, 저녁이 되었고, 도진은 일이 끝나자마자 인희의 카페로 곧장 향한다. 카페 안에서는 벌써 이른 퇴근을 했는지 지선의 모습은 보이지 않고, 인희와 지예, 그리고 손님 한 명만 남아있다. 「오늘은 카페가 한산하네. 조용하다.」도진이 카페를 둘러보면서 인희에게 말하자 「어, 왔어?」인희가 도진이 서 있는 곳을 보며 말하고 「응. 오늘 은경이는?」도진의 말에 「이제는 집에서 일이 더 잘된다고, 당분간은 집에서 일하겠대.」「아, 그래?」「응.」

『인희의 마음을 두드릴 수 있는 방법이 뭐가 있을까.』

인희는 생각에 잠긴 채 자신의 얼굴을 빤히 쳐다보고 있던 도진의 얼굴을 같이 쳐다본다. 그러다 인희가 「왜?」라고 묻자 「아, 아니. 네 얼굴을 보니까 갑자기 회사 일이 생각나서, 난 오늘은 물만 마시면 되니까, 넌 일해.」 도진은 얼른 지예의 옆자리로 이동하는데, 지예가 노트 위에 영어 스펠링 스마일(Smile)을 몇 번이고 적어 내려가고 있다. 그 영단어를 본 도진이 잠깐 동안 뭔가를 생각하다가 자리에서 벌떡 일어나며 인희가 서 있던 카운터로 향한 뒤, 투명 냉장고 앞에 몸을 기댄 채 휴대폰 속 사진을 보며 그 앞에서 혼자 미소를 짓기 시작한다. 「도진아, 뭐 봐?」 인희의 앞에서 혼자 한참을 미소만 짓고 있던 도진이 궁금했던 그녀가 묻자 「아니. 아기 동물 사진이 귀엽네.」 도진은 여전히 환한 미소를 지어 보이며 휴대폰 화면에서 눈을 떼지 못한 채 인희에게 아기 동물 사진들을 보여준다. 「귀엽다.」 인희가 여러 아기 동물 사진들을 보며 웃자 「그렇지?」 도진은 그런 인희의 얼굴을 보며 계속 미소를 지어 보인다. 인희도 도진의 휴대폰 속에서 쿼카, 코알라, 친칠라, 아기 곰, 강아지 사진을 쭉 넘기면서 보다가 그의 얼굴을 쳐다보는데, 도진이 계속해서 인희의 얼굴을 빤히 쳐다보며 미소를 짓고 있자 갑자기 인희가 시선을 아래로 떨군다. 「이거 보여주고 싶어서, 난 다시 자리로 돌아갈게.」 도진은 다시 지예의 옆자리로 이동을 하는데….

『인희가 내 미소를 보고 두근거렸을까? 내 이 표정이 회사 카메라 테스트에서 합격을 가져다준 미소라고 하던데….』

『도진의 웃는 모습을 이렇게나 가까이서 오래 보는 건 처음이다. 도진이는 참 웃음이 많고, 내가 생각했던 것보다 해맑은 친구였구나…. 그의 미소가 아이처럼 순수해 보여서 계속 바라보고 싶었는데, 마음과는 달리 나도 모르는 사이에 고개를 떨구고 말았다.」

다음 날, 「안녕하세요. 저 왔어요.」 서원이 카페 안으로 들어와서 인희에게 인사를 건네자 「어….」 인희가 일을 하다가 갑자기 들려오는 서원의 목소리에 놀라서 멈칫한다. 「요즘, 영어 공부를 하고 있는데, 집에서는 공부가 잘되지 않네요. 그래서 당분간은 이곳에서 한두 시간씩 공부 좀 하다 갈까 해서요.」 「어, 그러세요.」 「저, 아이스 카페모카요.」 「네.」 인희의 말을 끝으로 서원은 계산을 마친 뒤, 빈자리로 가서 영어회화 교재를 펼치다가 커피를 만들고 있던 인희의 뒷모습을 한참 동안 바라본다. 그러다 인희가 완성된 커피를 들고서 갑자기 뒤를 돌자 서둘러 책을 응시하기 시작한다. 인희는 커피를 서원의 자리에 올려놓고 가려는데 「그동안 잘 지내고 계셨죠?」 서원이 인희에게 묻자 「네. 그런데 우리 못 본 지 아직 하루밖에 안 지난 거 아니에요?」 인희가 살짝 당황해하면서 말하다 이내 미소를 지어 보인다. 「그래도 안 본 그 하루 동안 여러 일이 일어나기도 하니까….」 서원도 조금 당황해하다가 웃는데 「그렇긴 하죠.」 인희가 이렇게 말한 뒤, 두 사람은 서로의 얼굴을 바라보며 미소를 짓는다.

한편, 도진은 방송국 아나운서실 안에서 인희의 마음을 두근거리게 할 방법들을 찾던 중에 한참을 아무것도 하지 않은 채 자리에 가만히 앉아서 골똘히 생각하다가 갑자기 고뇌에 찬 얼굴로 머리를 부여잡는다.

『인희의 심장을 두근거리게 할 방법들이 내 머릿속에서는 도저히 떠오르지 않는다. 몇 달 전에 은경이가 내게 귀띔하기로 인희는 이성 간의 사랑이라는 감정에 대해 마음을 닫고 있는 사람이라 두근거리게 만들 일이 웬만해서는 쉽지 않을 거라고 말했지만, 어렵고 쉽지 않은 일에 떨리는 마음까지는 아니더라도 약간의 설레는 감정을 전해주고 싶은데, 이런저런 생각을 아무리 해봐도 제대로 된 방법이 떠오르지 않는다. 그래서 더더욱 초조해지고, 순간순간 불안감이 엄습해 오기까지 한다.』

그 시각, 카페 안에서는 서원이 영어 교재를 덮고서 인희의 주변을 어슬렁거리기 시작한다. 「왜요? 뭐 다른 거 주문하시게요?」 인희가 서원에게 묻자 「아니요. 저 오늘은 이만 가려고요.」 서원의 말에 「벌써요?」 「네. 민재와 놀아 주기로 해서….」 「아, 네….」 「저는 이만 가볼게요.」 「네.」 「또 봐요.」 「네. 잘 가요.」 인희의 말을 끝으로 서원은 가방을 들고, 카페를 나간다. 어느덧 저녁이 되었고, 퇴근 시간이 한참이나 지났는데도 도진이 카페에 나타나지 않자 인희는 내심 의아해한다. 매일 카페를 꼬박꼬박 들렀던 터라 무슨 일이 생겼나 싶은 마음을 뒤로하고, 카페 마감을 한다. 인희와 지예는 집에 도착하자마자 저녁 식사를 마친 뒤 취침 준비를 하는데, 지예가 벌써 잠이 든 반면에 인희는 도통 잠이 오지 않자 다시 거실로 나와서 캔맥주를 들고 TV 앞으로 향한다. 그때 도진으로부터 휴대폰 진동음이 울리기 시작하고, 인희가 전화를 받자 휴대폰 너머로 도진이가 근처 호프집이라며 고민 상담으로 잠깐만 보자고 한다. 어느새 집 근처 호프집에 도착을 한 인희가 벌써 야외 테이블에 자리를 잡고 앉아 술을 마시고 있던 도진에게 다가간다. 「도진아, 무슨 고민인데?」 인희가 그 맞은편 자리에 앉으면서 말하자 「어… 왔어? 일단, 마시자.」 도진의 눈이 살짝 풀린 채로 계속 말을 이으며 「다름이 아니고, 이성 문제로 고민이 생겨서….」 「너 좋아하는 사람이 생겼어?」 인희가 묻자 「응.」 「어떤 사람인데?」 「음, 꽤 오래전부터 혼자 짝사랑하던 사람…. 그때 그 사람을 많이 좋아하고 있었는데, 상황이 받쳐주지 않는 관계로 고백 한 번을 못해보고, 그렇게 기억 속으로만, 가슴 아픈 추억으로만 남겨뒀던 사람이었거든…. 그런데, 우연하게도 그 사람을 또다시 만나게 됐어.」 도진의 고백 같은 고민에 대해 아무것도 모르고 있던 인희가 잘됐다며 말하자 「내 이런 상황에서 너라면 그 사람에게 내가 어떻게 해야 남자로 보일까?」 도진이 묻는데 「음, 내게도 그런 감정이 너무 오래돼서 생각이 떠오르지 않네.」 인희는 그 사람이 바로 자신이라는 사실을 생각지도 못한 채 대답을 한다. 「나는 그 사람에게 남자로 다가가고 싶은데, 그게 잘되지 않는 것 같아.」 도진의 말에 「속상하겠네.」 인희가 말하자 「그렇지. 속상했지… 많이 속상했지. 도진이 섭섭했어.」 도진은 갑자기 푸념하듯 주사를 부리기 시작하는데 「너 취했나 봐. 나 오기 전에 얼만큼 마신 거야.」 인희가 웃으면서 묻던 중에 「나만 말하기 그러니까… 너도 나한테 이성상담 좀 해봐. 내가 들어줄게. 서로서로 연대의식 좀 가져보자. 너는 최근에 주변 사람 중에서 남자로 느꼈던 사람은 있었어?」 도진이 묻자 「아니. 없었어.」 인희가 이렇게 대답하다가 잠시 서원의 얼굴을 떠올린다. 「그렇지? 그럴 거라 생각했어. 얼른 마셔. 지예 깨기 전에 가야지.」 도진은 살짝 아쉬운 표정을 지으면서 말하고, 시간이 흘러 두 사람은 가게를 나와 천천히 길을 걷고 있는데, 혼자 비틀거리면서 걷고 있던 도진의 모습이 걱정돼서 인희가 그의 몸을 부축하며 말한다. 「술을 너무 많이 마신 거 아니야? 괜찮겠어?」 이 말이 끝나자마자 갑자기 도진이 인희를 안는다. 「도진아.」 인희가 너무 놀라서 몸이 경직된 채 그 자리에 가만히 서 있고, 도진은 한참 동안 아무런 말없이 그 상태로 가만히 있다가 인희에게 말한다. 「고마워. 오늘 내 한심한 이야기를 들어줘서…. 내 이런 주사도 받아주고… 나 진짜 취했나 봐. 몸에 힘이 하나도 없어서 쓰러질까 봐 이러고 있는 거야.」「차 부를까? 너 이러다가 혼자 집에 못 갈 것 같은데?」인희는 여전히 놀란 얼굴이지만, 침착하게 말한다.「괜찮아.」도진은 인희의 어깨를 토닥이며 겨우 혼자 몸을 지탱한 채 그 자리에 간신히 선다. 인희는 서둘러 멀리서 다가오던 택시를 부르는데「조금만 기다려. 차 올거니까….」「응.」인희는 도진의 팔을 잡고서 간신히 그의 몸을 지탱한 채 차를 기다린다. 1분 정도가 지나서 신호에 걸렸던 택시가 두 사람 앞에 도착하고, 인희는 도진과 인사를 나눈 뒤, 차에 태워 보내고서 그의 가는 모습을 한참 동안 바라보며 서 있다. 도진은 택시 뒷자리에서 흐트러진 모습을 하며 잠시 앉아있다가 갑자기 멀쩡한 얼굴로 자세를 똑바로 고치며 바로 앉는다.

『책에서 읽었다. 스킨십을 하라고…. 그래서 생각해낸 방법이 내 머릿속에서는 이 방법뿐이다. 내가 이렇게라도 술 취한 척을 하지 않는다면 조금이라도 인희와 스킨십을 할 상황이 만들어지지 않았을 것이다. 이 계획이 내 머릿속에서 쥐어짜 낸 최선의 방법이었다.』

아직 자정을 넘기지 않은 시간에 집에 도착한 인희는 다시 잠옷으로 갈아입고, 소파에 앉는데 방금 전에 도진이가 자신을 오랫동안 안고 있던 장면이 머릿속에서 떠나지 않는다.

『전의 상황은 너무나도 정신이 없던 순간이었고, 아직까지도 내 기분이 이상하기만 하다.』

다음 날, 인희는 카페 카운터 앞에 서서 전날 밤에 있었던 도진과의 포옹을 생각하며 한참 동안 그 자리에 가만히 서서 상념에 빠져있다가 지선의 인기척에 놀라 그 생각으로부터 벗어난다. 「사장님, 무슨 생각을 그렇게 하세요?」 지선이 묻자 「어? 아니.」 인희가 당황해하는 사이 마침 도진에게서 한 통의 전화가 걸려온다. 인희는 잠시 동안 휴대폰 화면을 보며 전화를 받을까 말까 여러 생각이 스치다가 조심스럽게 받는데 「여보세요?」 인희의 말에 「어, 인희야.」 도진이 말하고 「응….」 「다름 아니고, 어제 일이 기억나지 않아서 그러는데, 내가 무슨 주사 같은 그런 건 없었지? 실수 같은 그런 거….」 「어? 어… 없었어.」 「그럼, 다행이고… 어제 필름이 끊겼나 봐. 널 보긴 봤는데, 그다음부터가 전혀 기억이 나질 않아. 집은 또 어떻게 찾아 왔는지도 모르겠고….」 「응. 내가 도착하기 전부터 취해 있더라.」 「내가 술이 좀 약한가 봐. 얼마 마시지도 않았는데… 혹시나 해서 전화해봤어. 그럼, 끊을게.」 「응, 그래.」 인희가 전화를 끊자마자 안도의 숨을 내쉰다.

『어제 일이 기억나지 않다니… 다행이다. 하마터면 도진이와 어색해질 뻔했어.』

그 시각, 도진은 방송국 복도에 서서 휴대폰 화면만 쳐다보며 생각을 한다.

『이제 인희가 나를 보며 어색해하지 않겠지. 술 마시고 나서 기억이 나지 않는다는 말… 내가 가장 싫어하던 비겁한 말인데, 오늘 여기에서 이렇게 사용을 하네. 이렇게라도 하지 않으면 괜히 인희의 마음이 불편해질까 봐… 그리고, 나는 인희의 얼굴을 계속 보고 싶으니까….』

그렇게 얼마의 시간이 지나고, 카페 안으로 서원이 들어온다. 「안녕하세요.」 서원이 인희에게 인사를 건네자 「어, 왔어요?」 인희가 말하는데 「오늘은 아이스초코로 주세요.」「네.」 인희의 대답을 끝으로 서원은 계산을 마치고, 창가 쪽 빈자리로 가서 영어책과 두께가 꽤나 두꺼워 보이던 노트를 가방 안에서 꺼낸다. 그리고는 노트 흰 종이 위에 샤프로 자동차를 스케치하던 중, 인희가 음료를 들고서 서원의 자리로 향한다. 「여기….」 인희가 음료를 테이블 위에 올리고 「어, 감사합니다.」 서원이 말하자 「그림, 잘 그리시네요.」「아, 네. 감사합니다.」 서원이 쑥스러운 듯 미소를 지어 보인다. 「한 번, 구경해봐도 되나요?」 인희가 말하자 「아, 쑥스러운데… 네, 보세요.」 서원은 본인이 오랜 세월 동안 스케치를 했던 노트를 인희한테 건넨다. 인희가 그의 맞은편 자리에 앉아서 꽤나 두꺼운 노트를 첫 장부터 한 장, 한 장씩 펼쳐보기 시작하고 「이 노트… 꽤 오래돼 보이는데….」 인희의 말에 「네. 맞아요. 고등학생 때부터 심심할 때마다 자동차를 그렸던 노트라서… 대학교 2학년이 될 때까지 이 노트에 그리다가 그 후로는 오랫동안 멈췄었는데, 다시 1년 전부터 이 노트에 이어서 그리고 있어요.」 서원이 말하자 「아… 그럼, 서원 씨가 이 길을 고등학생 때부터 가고 싶었던 게 아니었을까요?」「그럴지도 모르죠. 제가 고등학생 때, 상상하며 그려오던 카 디자인이 5년 뒤쯤인가? 독일에서 출시된 자동차 디자인과 비슷한 걸 보고서 굉장히 놀라면서도 내 길은 이 길인가, 이렇게 생각만 하고 있다가 다시 그 일을 잊고 지내며 살고 있었는데, 재작년에 또 제가 오래전에 끄적였던 카 디자인이 한국에서도 출시된 걸 보고, 그날부터 이 꿈에 더욱더 확실해졌죠.」「우와, 신기하다.」「네. 저도 정말 신기하면서도 어쩌면 이 길이 제가 좋아하는 일인 동시에 내 능력을 발휘할 수 있는 길이 되지 않을까 하는 생각이 들더라고요.」「서원 씨가 그동안 그려오던 카 디자인이 정말 다양해요. 이 디자인은 귀여우면서도 여성스럽고, 이 디자인은 날렵하면서도 멋있어요. 또 이 디자인은 젊은 느낌에 경쾌하고… 전체적으로 세련돼 보이네요.」 인희가 노트를 넘겨 가며 말하자 「정말 감사합니다. 누가 제 디자인을 보고, 이렇게 다양한 평을 내려준 건 인희 씨가 처음이에요.」 서원의 눈빛이 반짝이고 「뭐… 사실인데요.」 인희가 미소를 지어 보인다.

『재능이 있어 보이는 서원 씨가 그 꿈을 꼭 이룰 수 있도록 마음으로나마 힘이 되어주고 싶었다. 내가 그에게 큰 도움이 되어주지는 못 하겠지만….』

해가 뉘엿뉘엿 저물어가고 있다. 저녁이 돼서야 서원과 지선은 집으로 돌아갔고, 인희와 지예, 둘만 카페 안에 남아있던 그때, 평소보다 늦은 시간이 돼서야 도진이 때 이른 민소매 티셔츠를 입고서 밤 운동을 마치고 온 듯한 모습으로 카페에 들어선다. 「인희야, 지예야, 나 왔어.」 도진의 말에 「어, 도진아. 오늘은 못 오는 줄 알았는데, 늦게라도 왔구나. 벌써 민소매를 입었어?」 인희가 묻자 「여름이잖아. 초여름이긴 하지만… 그리고 운동 좀 하느라 몸이 더워서… 인희야, 어때?」 도진이 팔뚝에 힘을 잔뜩 주면서 말한다. 「어, 단단해 보이네.」 인희의 건조한 대답에 「한 번 만져 봐.」 도진은 불끈 솟은 팔 근육을 인희의 앞에 갖다 대자 「아니야.」 인희가 당황해하면서 사양을 한다. 「어서….」 도진이 인희의 한 손을 이끌며 자신의 팔뚝을 만져보도록 하자 「어, 단단하네.」 인희가 말하고 「나, 복근도 생겼다.」 도진이 티셔츠 밑단을 살짝 들어 올려보이자 「어, 그러네. 언제부터 운동한 거야?」 「틈만 나면 집 안에서도, 밖에서도, 헬스장에서도 열심히 했지.」 「아, 그래.」 「아직은 근육 상태가 그다지 선명하지 않아서 부족하긴 하지만, 지금보다 더 근육을 키워서 꽤 단단해진 상태가 되면 그때 다시 보여줄게.」「아니야, 괜찮아.」「아, 운동하고 왔더니, 땀나고 덥네. 복숭아티로 한 잔만….」「응.」「지예야, 아저씨 근육, 어때?」 도진의 말에 「울퉁불퉁 신기하게 생겼어요.」 지예가 눈을 동그랗게 뜨며 말하자 「그래? 칭찬이지?」 도진의 말에 지예는 아무런 말없이 그의 눈을 피하며 어색한 표정을 지으면서 웃고 만다. 평소, 인희와 은경에게 근육은 징그럽다고 지예가 여러 번 말하며 자신의 의견을 알렸었다. 인희가 복숭아티를 도진에게 건네자 그는 바로 그 앞에서 음료를 한 번에 마시며 「아, 시원하다.」라는 말과 함께 입가를 손등으로 닦으면서 외친다. 「무슨 스포츠 음료 CF를 보고 있는 것 같아.」 인희가 말하자 「어, 그래? 그만큼 멋있다는 의미지?」「어, 어… 그래… 도진아….」「오늘, 기분이 좋은데?」 도진이 웃는다.

『정우 씨의 직업이 소방관이었기 때문에 일반 사람들보다도 체력적으로나 몸 상태가 좋았을 거라 그래서 보여주고 싶었다. 내가 정우 씨보다는 체력으로나 몸 상태가 반 정도의 수준일지 몰라도 꽤 건강한 사람이라는 걸 인희와 지예에게 보여주고 싶었다.』

『도진이는 항상 유쾌하면서도 주변 사람들에게 매번 밝은 기운과 웃음을 주려고 한다. 하지만 오늘 여러 번 웃음이 나올 뻔한 이 상황들이 어젯밤에 도진이가 기억도 하지 못하는 그 일로 인해 어색한 감정이 아직 내게 남아있어 제대로 된 표현을 할 수가 없었다. 아무렇지도 않은 이런 상황에 나만 이렇게 어쩔 줄 몰라 하는 것만 같다.』

그 후로 며칠이 지나고, 서원은 카페 오픈 시간에 맞춰서 안으로 들어서

자마자 인희가 서 있던 카운터로 향한다. 「인희 씨. 이번 주 주말에 뭐하세요?」 서원이 묻는데 「아직, 다른 일정은 없는데요.」 인희가 말하자 「다름이 아니고, 제가 한국에 있을 날이 얼마 남지 않아서 이번 주 주말에 민재와 놀이공원에 가려고 하는데, 민재 녀석이 지예와 같이 가고 싶다고 해서요.」 「아, 그래요?」 「괜찮으시다면 지예와 같이 저희와 가면 어떠실까 해서요.」 「아, 지예가 오면 한번 물어볼게요. 그런데 선영 씨는요? 같이 가나요?」 「아, 누나는 그날 급한 일 생겨서 제가 민재를 돌보기로 했거든요. 그래서 같이 못 가요.」 「아, 네.」 「불편하시죠? 그럼, 저와 민재만 가도 돼요. 민재한테는 제가 잘 말할게요.」 서원이 말하자 인희가 잠시 생각을 마치며 「아니에요. 지예가 오면 물어보고, 제가 연락드릴게요.」라며 말하는데 「네. 그럼, 연락 기다릴게요. 저는 이만 가보겠습니다. 또 봐요.」 「네. 들어가세요.」 인희의 말을 끝으로 서원은 카페를 나간다.

『서원 씨의 말에 그 순간 심장이 뛰면서도, 한편으로는 부담스러웠다. 그 잠깐의 두근거림이 느껴졌다는 건 나도 모르는 사이에 서원 씨에게 이성적인 감정을 느끼고 있었다는 것일까. 정우 씨를 닮았다는 그 사실 하나만으로도 마음이 갔다는 건 흔하지 않은 경험이다. 그래서 더 혼란스럽게 다가왔었지만, 결국엔 좋은 마음을 갖기로 했다. 서원 씨와의 시간이 얼마 남지 않았으니까…. 잠시 동안만이라도, 이렇게라도 정우 씨와 닮은 그 사람과 함께 있는 거니까….』

시간이 오후로 넘어가자 지예가 학교를 마친 뒤, 카페 안으로 들어온다. 「지예, 왔네.」 인희가 반갑게 맞이하는데 「응. 엄마… 지예, 더워.」 지예가 손부채질을 하면서 말하자 「얼음 하나 넣은 물 한 잔 줄까?」 「응.」 지예의 말에 인희는 얼른 얼음 하나를 동동 띄운 시원한 물 한 컵을 자리에 갖다 놓는다. 지예가 서둘러 물 한 모금을 마시면서 더위를 식히고 있는 동안에 인희가 묻는다. 「오늘, 민재가 지예한테 무슨 말 하지 않았어?」 「응.」「그래? 아니, 이번 주말에 민재랑 민재 삼촌이랑 같이 놀이공원에 갈까 해서⋯ 민재가 너랑 같이 놀러 가고 싶다고 하던데?」「진짜? 아, 맞다! 어제 민재가 지예한테 뭘 말하려고 하다가 멈추고, 말하려다가 또 멈추고⋯ 저번에 내가 민재한테 했던 걸 똑같이 해서 답답했어.」「그래? 지예는 어때? 놀이공원에 민재랑 같이 가고 싶어?」「응. 지예도 놀이공원에 가고 싶어요. 회전바구니는 세 번 타고 싶고, 열기구랑 우주선이랑 회전목마도 다 타고 싶어요.」「지예야, 민재 삼촌도 같이 가는데, 괜찮아?」 인희의 물음에 신났던 지예의 반응이 금방 조용해지다가 이내 고개를 한번 끄덕이자 「알았어.」 인희가 카운터로 돌아가서 서원에게 문자를 보낸다. 〔지예가 괜찮다고 하네요.〕 같은 시각, 서원은 방 안에서 영어 공부를 하던 중에 휴대폰 진동음이 울리자 문자 내용을 확인한 뒤, 이내 미소를 지어 보인다.

어느덧, 하늘은 어둑해지고, 인희의 카페 마감 시간이 다가오는데, 오늘도 보이지 않는 도진이 궁금하기만 하다. 벌써 3일째 도진은 카페에 오지도, 연락도 없는 상태다. 지예도 역시 도진의 모습이 보이지 않자 궁금한 표정을 지으면서 인희에게 묻는데, 인희도 거의 매일 보던 도진이가 보이지 않자 걱정이 되면서도, 한편으로는 궁금하기도 하다. 하지만 그만의 사생활과 다른 업무로 인해 바쁠 거라 생각을 하다가 또 드는 생각이 3일 동안 보이지 않는다고 연락을 하는 것도 이상하게 여겨진다.

같은 시각, 도진은 방 안 침대 위에 누워서 지예와 인희가 선물해준 두 조명만 아늑하게 켜둔 채 혼자서 무엇인가를 골똘히 생각하고 있다.

『책에서 읽었다. 매일 찾아갔다면 이번에는 그 사람에게서 연락이 올 때까지 찾아가지 말라고…. 그래서 인희와 대화를 못 한지 벌써 3일이 지나가고 있다. 내게 있어 이 방법은 아주 고통스러운 플랜이라 오늘은 카페 근처를 지나가며 멀리서나마 인희의 얼굴을 보고 왔지만, 아직도 채워지지 않는다. 결국에 인희로부터 아무런 연락이 오지 않더라도 이번 주까지만 기다려볼 예정이다. 인희가 나를 생각하고 있을까. 인희가 내게 연락 한 통이라도 해준다면 바로 달려갈 텐데…. 그나저나 인희는 내가 3일 동안 나타나지도 않는데, 궁금하지도 않나. 아니, 뭐 그럴 수도 있지. 나를 친구로 생각하면 그럴 수도 있겠지만, 그래도 이번 계기로 나를 조금이라도 생각해줬으면 하는 작은 바람이 있다.』

다음 날, 도진은 방송국 아나운서실 안에서나 복도에서나 스튜디오 안에서나 밖에서나, 식사하던 도중에도 몇 번씩 휴대폰 화면을 살핀다. 하지만 시간이 지나면 지날수록 인희의 연락이 한 통도 오지 않자 괜히 마음만 초조해지고 갑자기 기운도 빠지면서 자신감도 사라져 간다.

그렇게 하루가 지나고 있을 무렵, 카페 마감 시간은 점점 다가오고, 인희는 오늘도 보이지 않는 도진의 근황이 궁금해서 연락해볼까 생각만 하고 있다. 같은 시각, 도진은 어두운 방 안에서 두 조명만 켜놓은 채 침대 위에 누워서 인희로부터 연락이 오지 않는 휴대폰 화면만 계속해서 쳐다보며 자신의 처량한 신세를 한탄하고 있다.

『난 오늘도 인희가 일하고 있는 모습을 저 멀리서 보고 왔는데, 얘는 내가 왜 오지 않는지, 어떻게 됐는지 궁금하지도 않나 보다. 아무리 동네 친구로 생각 해도 그렇지, 친구여도 보이지 않으면 연락 좀 해봐야 하는 건 아닌가? 나만 이 렇게 매일이고, 맨날 이고, 안달복달한다.』

도진은 혼자서 끙끙 앓다시피 하고 있는데, 한참을 그러던 중, 그렇게 기 다리고 기다리던 인희에게서 전화 한 통이 걸려온다. 한 손에 휴대폰을 들고 있던 도진이 갑자기 들려오는 벨소리에 순간 놀라다가 이내 한쪽 입꼬리가 올라간 채 전화를 받는다. 「여보세요.」「어, 도진아, 나야.」인희 가 말하자 「어, 인희야.」「아니, 요즘 보이지 않길래. 무슨 일이 있나 싶어 서….」「아니, 몸이 좀 아파서….」「어디가 어떻게 아픈데? 나한테 연락이 라도 하지… 혼자 어떡해. 지금은 어떤데?」「이제 많이 나아졌어. 냉방병 으로 열이 좀 있어서… 다음에 또 아프게 되면 그때는 미리 연락할게. 걱 정해줘서 고맙다. 인희야.」「그래. 나중에 또 그런 일이 있으면 나한테 말 해. 혼자인데 아프면 더 속상하잖아. 이럴 줄 알았으면 더 빨리 연락할 걸….」「네가 그렇게 말해주니까 힘이 나고, 벌써 다 나은 것 같아. 나 괜 찮아졌어. 진짜로….」「그래도 완전히 나을 때까지 집에서 안정을 취해.」 「응. 내가 내일 몸 상태를 보고, 알아서 할게.」「알겠어.」「응. 안녕.」「쉬 어.」인희의 말을 끝으로 전화를 끊자마자 그의 입가에서는 미소가 새어 나온다.

『몸이든 마음이든 간에 아픈 건 싫은데, 그래도 아프고 싶은 건 도대체 뭐지. 인희가 내 건강에 대해 걱정하는 목소리를 듣는 것만으로도 그동안의 서운했 던 감정들이 전부 사라졌다. 지금 눈을 감고, 바로 눈을 떴을 때, 오늘이 당장 내일이었으면 한다.』

인희는 전화를 마친 뒤, 옆에 앉아있던 지예에게 말한다. 「지예야, 도진이 아저씨, 그동안 많이 아팠대. 그래서 못 온 거라고….」 「어디가 아픈데?」 지예가 묻자 「열이 있었나 봐. 그런데 이제 좀 나아졌대.」 「큰일이다. 지예도 열이 있었을 때, 많이 아팠었는데… 지예 얼굴하고, 몸에서 열이 많이 나서 땀도 나고, 더우면서 춥고, 밥도 조금 먹고, 병원 가서 주사도 아야 하고, 약 먹고 나았는데…. 지예는 정말 무서웠어. 도진이 아저씨도 나처럼 아프고, 무서웠겠다. 그치, 엄마?」 「그러게… 지예가 그렇게 말하니까 엄마가 도진이 아저씨한테 좀 더 일찍 연락해볼 걸 그랬나 보다.」

『지예의 말을 듣다 보니 도진이가 그동안 우리에게 웃음도 주고, 알게 모르게 챙겨주고, 신경도 써준 일들이 스쳐 지나갔다. 그에 비해 내가 도진이에게 돌려주지 못한 게 많구나…하는 생각이 들었다. 근처에 살고 있는 친구면서 나는 소중한 주변인들을 잘 살피지 못하고 있는 사람이었구나….』

다음 날, 저녁이 되어서야 도진이 인희의 카페로 들어서자 「어, 도진아. 왔어? 몸은 좀 괜찮아?」 인희가 반갑게 맞이하고 「응, 많이 괜찮아졌어.」 도진의 말에 「내가 빨리 연락을 취했어야 했는데, 근처에 살면서 제대로 챙겨주지도 못하고… 네가 여기에 언제 들를지 몰라서 우선은 재료만 미리 사두었는데… 도진이, 너… 면역력이 약해진 것 같아서 내가 건강 음료를 만들어줄 테니 집에 가져가서 마셔.」 「어, 고마워.」 도진의 말이 끝나자 인희는 믹서기 안에 조각을 낸 사과와 비트, 레몬, 생수를 넣고, 여러 번 갈아낸 뒤 1.5L 플라스틱 통 안에 가득 담아낸다. 「이거 집에 가져가서 마시고, 다 마시고 나면 다른 건강 음료도 만들어줄게. 그리고 이건… 종합 비타민 영양제, 선물이야.」 인희가 음료와 영양제를 도진에게 건네자 「어, 고맙다. 인희야, 잘 챙겨 먹을게.」 도진이 말하고 「아프면 아프다고 말해. 이제부터는 이틀 정도 네가 보이지 않으면 바로바로 연락할게. 내가 그동안 너한테 받은 건 많은데, 해준 게 별로 없어서 그러는 거니까….」 「진짜 감동이다. 고마워. 그렇게라도 말해주고, 생각해줘서….」 도진이 말한다.

『뭔가를 바라면서 한 행동은 아니었는데, 그동안 내가 시간과 정성을 쏟아온 보람이 있었구나. 그래도 인희가 나를 생각해주는 마음이 있긴 있구나. 전혀 없지는 않았구나. 그동안 섭섭했던 마음이 한결 누그러졌고, 이번 일을 계기로 인희의 마음을 조금이나마 들여다볼 수 있어서 안심이 되었다.』

『이렇게라도 아픈 도진이를 조금이나마 챙겨줄 수 있어서 마음이 놓였다. 건강해 보이는 도진의 얼굴을 오늘 보니, 다시는 아프지 않았으면 했다. 도진이는 아픈 모습보다는 웃는 얼굴이 더 잘 어울린다.』

도진과 인희는 서로의 얼굴을 마주보면서 미소를 짓는다.

『이렇게 내 앞에서 미소를 띤 인희의 모습을 보고 있으니 갑자기 누군가가 내 심장을 똑똑똑 노크하며 두드리듯 두근대기 시작했다.』

「인희야, 내일은 뭐 해?」 도진이 묻자 「민재네와 놀이공원에 가려고….」 인희의 말에 「아, 그래? 내가 한발 늦었네. 저번에 지예가 아트뮤지엄 다음으로 놀이공원에 가고 싶다고 했었는데…. 그래서 이번 주에 같이 갈까 했거든.」 도진이 아쉬워하자 「그럼, 가을쯤에 또 가면 되니까….」 인희가 말하는데 「그래, 그러자. 이거 잘 마실게.」 「응. 가서 푹 쉬어.」 「응.」 도 진은 인희에게 손 인사를 한 뒤, 건강 음료를 챙기며 카페를 나선다.

휴일, 놀이공원에 도착한 인희와 지예, 서원과 민재는 많은 사람들로 북 적거리는 놀이기구 앞에 줄을 서서 회전목마와 회전바구니, 열기구, 모 노레일, 우주비행기, 범버카 순으로 타 보기로 한다. 지예와 민재는 여 러 기구 중에서 특히나 회전바구니와 우주비행기, 범버카가 재미있었는 지 출구로 나온 뒤, 또다시 같은 놀이기구에 줄 서기를 반복하면서 재탑 승을 하는데, 굉장히 즐거워 보인다. 식사 시간이 꽤 지났지만, 두 아이의 체력은 이제부터가 시작인지 힘이 아주 넘쳐 보인다. 「우리, 밥 먹기 전 에 마지막으로 뭘 탈까?」 두 아이의 에너지에 비해 지친 기색이 역력해 보이던 서원이 겨우 힘을 내며 물어본다. 「회전바구니!」 지예가 초롱초 롱한 눈빛을 하며 외치자 「나도!」 민재도 의욕이 앞서 있는 표정을 지으 면서 말한다. 「또? 벌써 세 번이나 탔는데?」 서원이 놀란 표정을 지으면 서 묻는데 「삼촌! 그래도 좋아!」 민재가 외치자 지예도 그 옆에서 맞장구 를 친다. 「엄마, 어지러운데… 서원 씨가 아이들을 데리고 갔다 오세요. 저는 여기서 기다리고 있을게요.」 꽤나 지쳐 보이던 인희가 애써 미소를 지으면서 서원에게 아이들을 맡기려 하자 「저도 어지러운데….」 서원이 말끝을 흐리던 그때 「어지러우면 다른 쪽으로 돌면 돼! 왔다 갔다! 왔다 갔다!」 지예가 인희의 옷 밑단을 잡아끌며 회전바구니가 있는 곳으로 끌 고 가고, 민재도 서원의 손을 잡아 이끌며 지예의 뒤를 따라나선다.

그 시각, 도진은 거실 소파 위에 앉아서 인희가 만들어준 건강 음료를 마 시며 TV에서 방영하고 있던 로맨스 영화를 시청하고 있다. 「건강 음료인데도 맛있네. 인희가 만들어줘서 더 그런가? 그나저나 나는 언제 저런 사랑을 해보지? 나도 어서 빨리 저런 사랑 좀 해보고 싶다. 둘이 아주 꿀이 뚝뚝 떨어지네.」 도진은 TV 영화 속에서 두 남녀 주인공의 애틋한 사랑 이야기에 푹 빠진 채 부러운 표정을 감추지 못하며 화면에서 두 눈을 떼지 못하고 있다.

놀이공원 안, 성곽 옆에서 식사를 배불리 마친 지예와 민재가 후식으로 소프트아이스크림을 먹으며 그 근처를 구경하고 있고, 인희와 서원은 근처 벤치에 앉아 쉬면서 두 아이를 지켜본다. 「아이들, 돌보는 거… 힘들죠?」 인희가 서원에게 묻자 「민재가 워낙 활동적인 아이라서 그 고도에 맞춰 어느 정도로 적응은 하고 있었는데, 오늘 이곳에서 지예와 민재가 만나니까 갑자기 평소보다 행동과 표현하는 크기가 더 커지는 걸 보고 많이 놀랐어요. 특히, 지예에게도 이런 모습들이 있었구나. 얌전한 친구인 줄 알았는데, 아닌 것 같네요.」 서원이 웃으면서 말하고 「맞아요. 지예가 원래는 조용한 아이인데, 민재만 만나면 신나서 평소보다 더 활발해지더라고요. 저도 깜짝깜짝 놀라요.」 인희도 웃으면서 말하자 「어른들도 그렇잖아요. 친한 사람과 친하지 않은 사람 앞에서 모습이 변하는 거… 그거랑 같은 거네요.」 「그만큼 편하다는 거니까….」 「인희 씨는 편하세요?」 서원의 갑작스러운 질문에 「네? 아… 네.」 인희가 잠시 머뭇거리다가 답하자 「저도요. 저는 놀이공원을 20대 중반에 마지막으로 와보고, 그 뒤로는 처음이네요.」 「저도 오랜만이고, 동심으로 돌아간 것 같아 좋네요.」 「저도요.」 「늦기 전에 집으로 가야죠.」 인희의 말에 「네. 아쉬우니까 세 개만 더 타고 가요.」 서원이 말하자 「네.」 인희가 대답한다. 두 아이가 아이스크림을 먹는 동안 인희와 서원은 지도를 펼치며 어떤 놀이기구를 탈지 정하고 있다.

그렇게 주말이 지나고, 도진은 새벽 스케줄로 평소보다 일찍 출근과 동시에 이른 퇴근을 하자마자 곧장 인희의 카페로 향하는데, 카페 안에서는 벌써 인희와 서원이 부쩍 친해진 모습으로 웃으면서 대화를 나누고 있다. 도진은 전혀 예상하지도 못했던 상황을 발견하게 되자 이미 머릿속에서는 많은 생각이 스쳐 지나가고, 예전보다 부쩍 더 친해진 두 사람의 모습을 창문을 통해 멀리서 지켜본다. 그의 심장은 이미 저 아래까지 내려앉았고, 뭔지 모를 불안감에 휩싸이고 만다. 도진은 더 구체적인 상황을 알아보기 위해 떨리는 심장을 부여잡고, 제대로 잡히지도 않은 평정심을 찾은 다음, 마음을 겨우 추스르며 몇 번을 망설이다가 카페 안으로 들어선다. 「인희야, 나 왔어.」 도진이 말하자 「어! 도진아! 이 시간에 웬일이야? 오늘은 일이 일찍 끝난 거야?」 인희가 놀라면서 묻고 「응. 오늘은 다른 스케줄로 평소보다 이른 시간에 출근하게 돼서 일이 일찍 끝났어. 오랜만이네요. 둘이 무슨 이야기를 그렇게 재미있게 나눠.」 도진은 옆에 서 있던 서원에게 짧은 인사를 건넨 뒤, 다시 인희의 얼굴을 보면서 묻는다. 「어… 어제 아이들이랑 놀이공원에 갔던 이야기를 하던 중이었어. 서원 씨도 같이 갔었거든.」 인희의 말에 「같이?」 도진이 놀라서 묻고 「응.」 「아, 그렇구나.」 도진이 말하는데 「그럼, 전 이만 가볼게요.」 서원이 인희와 도진에게 인사를 마친 뒤, 카페를 나서는 그 짧은 시간 동안 도진의 머릿속에서는 많은 생각이 스쳐 지나간다. 「인희야. 나, 다른 데 좀 들를 곳이 있어서… 오늘은 이만 가볼게.」 도진의 말에 「응, 그래. 잘 가.」 인희가 말하는데, 도진은 서둘러서 카페를 나간 뒤, 곧장 서원의 뒤를 따라 달리기 시작하고, 앞에 가고 있던 서원과의 거리가 좁혀지자 급히 소리를 외친다.「저기요! 서원 씨!」「네? 저요?」서원이 놀라서 뒤를 돌아보며 말하는데「네. 저기… 저와 잠시 이야기 좀 나눌 수 있을까 해서요.」도진의 말에「네. 시간 괜찮아요.」서원이 말한다.

『그날, 내가 그 사람을 무슨 정신으로 잡아 세웠는지 모를 정도로 순간적인 감정에 휩싸였었다. 그만큼 불안했고, 또 긴박했던 것 같다.』

도진과 서원은 근처 냉면 전문 음식점 안으로 들어간 뒤, 외진 곳으로 자리를 잡는다.「냉면 아니면 뭐 다른 음식으로 시키셔도 돼요. 식사, 아직이죠?」도진은 전과는 다르게 예의 있는 말투로 서원에게 말을 건넨다.「아, 네… 전 괜찮은데….」서원이 답하고「메뉴 보고 고르세요. 같이 식사를 하고 싶어서 그러는 거니까….」도진의 말에「그럼, 전 물냉면으로….」서원이 메뉴를 고르자「그럼, 저도 물냉면으로… 저기 아주머니, 여기 물냉면 두 개 주세요.」도진이 주문하는데「그런데, 무슨 일로….」서원이 묻자「다름 아니고, 서원 씨가 카페에서 일하실 때, 제가 무례하게 행동을 했던 부분들이 있었던 것 같아서….」「아, 처음에는 조금 당황했지만 괜찮습니다.」서원이 긴장을 풀면서 말하는데「제가 인희를 많이 좋아해서….」갑작스러운 도진의 고백에 순간 정적이 흐르고 있고, 물냉면이 나온다.「식사부터 하세요.」도진이 말하자「아, 네….」당황한 서원이 애써 침착하게 대답을 한 뒤, 말없이 식사만 하고 있다. 그렇게 식사를 마치고서 서원이 말하는데「저는 처음에 도진 씨의 그런 행동을 보고, 인희 씨의 남편 되시는 줄 알았어요. 그러다 아니라는 걸 알고는 나중에 짐작만 했던 정도였지만, 혹시 인희 씨를 좋아하시는 게 아닐까.」「그때 제가 서원 씨한테 실례가 많았던 것 같네요. 정말 죄송했습니다.」도진의 안절부절못하는 태도에 「아니에요. 그럴 수도 있죠.」「제가 그런 행동을 한 이유가 대학생 때부터 인희를 짝사랑했었거든요. 그러다가 제가 군대를 갔다 온 사이 인희와의 연락이 끊겨서 그 당시 많이 힘들어했는데, 최근, 거의 9년 만에 다시 만나게 돼서 인희에게 제 마음을 차근차근 전달하려고 하던 중이었거든요.」도진의 이야기에 서원은 아무런 말없이 고개만 끄덕이며 「어쨌든 그쪽 상황은 잘 알겠습니다. 도진 씨에게 어렵게 찾아온 이 기회를 저라는 불청객인지 아닌지도 모르는 사람이 갑자기 나타나게 돼서….」「그래서 많이 불안합니다. 서원 씨는 얼마 안 있으면 미국으로 가신다고 하던데….」도진의 말에 「잘 알겠습니다. 걱정하지 않으셔도 됩니다. 그럼, 전 이만 가볼게요.」서원은 이렇게 말을 하고 있지만, 표정에서는 복잡한 마음이 드러난다. 「네, 감사합니다.」도진의 말을 끝으로 서원은 가게를 나가고, 도진은 한동안 그 자리에 앉아있다가 안도의 숨을 내쉰다.

그날 이후로 서원은 유학 준비에 더 신경을 쏟게 되고, 인희는 누구를 기다리고 있는지 며칠을 계속 카페 창밖만 바라보며 서 있다. 「누구 찾아? 요 2주 동안 나와 대화를 하면서 계속 창밖만 바라보고 있는 거… 인희, 너… 의식하지 못했지?」도진이 인희에게 말하자 「어? 내가 그랬어?」인희가 놀라면서 말하고 「응.」도진의 대답에 「내가 그랬구나.」인희가 씁쓸한 미소를 지어 보인다.

『내가 서원 씨를 못 오게 한 건데, 인희가 계속 그 사람을 기다리고 있는 모습을 지켜보고 있으니 내 마음도 썩 편하지만은 않다. 그렇지 않아도 정우 씨로 인해 아직까지 마음 아픈 인희인데… 이런 인희의 힘없는 모습을 보게 되니 내 마음도 아파 왔다. 내 이기심으로 인해 인희에게 상처를 준 게 아닐까. 아픈 애를 더 아프게 만든 건 아닌지⋯ 한 달도 남지 않은 서원 씨의 이곳에서의 시간을 모르는 척하며 참을 걸 그랬나 싶기도 했다. 그래도 이런 못난 내게 서원 씨가 기회를 준 거라 생각하니 그에게 고마움을 느끼고 있지만, 또다시 다른 예상치 못한 상황으로 인해 인희와 나 사이에 방해물이 생길 수도 있겠다는 생각이 불현듯 스쳤다. 그날 이후로 내 마음을 되도록 빨리 인희에게 전달할 방법을 찾기 위해 주변의 모든 레이더망에 아무리 작고 하찮은 것일지라도 눈과 귀를 크게 열고, 내 모든 신경을 허투루 지나치지 않으며 기울이기 시작했다. 그로부터 어느 날이었다.』

NBS 방송국 아나운서실 안에서 7년 차 선배인 이초롱 아나운서와 도진이가 커피를 마시면서 대화를 나누고 있는데 「나, 다음 주부터 휴가를 2주 잡았다.」 이초롱 아나운서가 평소보다 밝은 표정을 지어 보이며 말을 꺼내자 「엄청 길게 잡으셨네요. 그렇게나 길게요?」 도진은 놀라는 동시에 부러움이 섞인 표정을 지어 보이고 「응. 내가 작년에 휴가를 못 갔기도 했고, 내 남은 연차, 월차⋯ 모든 걸 끌어다가 이번 휴가에 올인했지. 그래서 말인데, 내 라디오 임시 DJ⋯ 성도 선배가 맡으면 재미있지 않을까?」 초롱의 말에 「성도 선배, 예전에도 라디오 진행을 꽤 오래 하셨잖아요. 그때 인기가 많으셨으니 일단 맡으시면 잘하시겠죠.」 도진이 말하자 「그렇지? 성도 선배가 맡아줬으면 좋겠다. 그 임시 DJ 후보에 너와 세주도 있던데, 내가 너는 빼라고 PD한테 말했어. 넌 스케줄이 많잖아.」 「아⋯ 감사합니다. 현재 프로그램만으로도 저는 만족합니다.」 「세주가 해도 괜찮을 것 같은데⋯ 그때 우리 라디오에 초대 손님으로 나왔을 때, 차분하고 진지하게 잘하더라. 나와 이미지가 겹치지 않아서 좋아.」 「세주도 괜찮겠네요.」「한 주는 성도 선배가 맡고, 다른 한 주는 세주가 하고…
이렇게 해도 재미있을 것 같은데… 극과 극. 동네 삼촌 스타일 방송과 세
상 조용하고, 차분한 방송.」 초롱의 말에 도진은 뒤로 넘어가듯 엄청 웃
던 와중에 잠시 생각에 잠기다가 갑자기 번뜩이며 「선배!」라고 소리를
외치고 「응. 왜?」 초롱이 묻자 「제가 2주 동안 선배님 라디오를 맡고 싶
은데요? 제가 하겠다고 PD님께 말씀해주세요.」「갑자기, 왜… 너 바쁘잖
아.」「저, 오전 10시부터 12시까지 스케줄이 비어있어서 그래요. 제가 2
주간 맡겠습니다.」「나야말로 스타 아나운서가 해준다면 고맙지. 그런데,
이렇게까지 무리하지 않아도 돼.」「아닙니다. 제가 정말 하고 싶습니다!」
「나, 휴가 갔다 오는 동안에 자리 뺏기는 건 아니지? 그래, 그럼… 알았
어. PD님께 강력 추천하고 올게.」 초롱은 방금 전과는 다른 도진의 태도
에 갸웃거리며 아나운서실을 나가는데, 도진의 두 눈에서는 반짝 빛이
나고, 머릿속에서 뭔가가 떠오르는 듯 입가에서는 미소가 번지기 시작한
다.

『작게나마 내 마음을 인희에게 전달할 방법을 드디어 찾았다.』

✿ - 인희와 도진이가 스물한 살이 되던 3월의 어느 날, 학교에서 같은
교양 수업을 마친 두 사람이 손에 토스트를 하나씩 들고, 학교 산책로 근
처 벤치에 앉아서 간식을 먹고 있는데, 갑자기 차가운 바람이 인희의 코
끝을 스친다. 「어! 이 냄새….」 인희는 놀라면서도 반가운 듯한 얼굴로 소
리를 외치고 「응?」 도진은 옆에 앉아있던 인희의 얼굴을 쳐다보는데 「방
금 지나간 그 향… 어릴 적에 맡아본 냄새인데….」 인희의 말에 「그래?
뭔가 차가우면서 상쾌하다.」 도진은 뒤늦게 코를 킁킁거리며 지나간 공

기의 향을 맡고 있다. 「난 이 냄새가 좋아. 매년 한 번씩 내게 찾아오는 향인데, 이 냄새를 맡으면 어릴 적 친구들과 뛰어놀던 그 공간, 그 햇살, 차갑던 그 온도가 다시 느껴지더라. 그날은 겨울이 지나던, 그러나 아직은 추웠던 날이었지만, 햇살만큼은 따뜻하던 날이었거든… 이런 날 말고도 가을날에도 또 다른 향이 나는데, 오늘의 이 향과는 다르지만, 그 향 역시 어린 시절을 추억하게 만드는 향이야.」 인희가 행복한 미소를 지어 보이며 말한다. 「그렇구나….」 도진이 말하고 「너는 그런 거 없어?」 인희의 물음에 「응. 난 그런 건 없지만, 방금 지나갔던 그 향을 이제부터 좋아할래. 그럼, 오늘이 기억나겠다.」 도진의 말에 인희가 웃는다. - ✽

8

『행복이란 무엇일까. 내가 생각하고 있는 행복이란 순간순간 채워지는 마음속에서 풍족함을 느낀다면 그것이 행복이지 않을까 싶다.』

『내게 남은 2주라는 시간 동안, 결과가 어떻게 되더라도 그 사람의 마음속을 채워주고 싶다.』

그 후로 며칠이 지났고, 아나운서실 안에서 도진이 손에 볼펜을 잡고서 종이 위에 무엇인가를 꽤나 열심히 끄적거리고 있고, 그 근처에서 성도가 그의 모습을 쭉 지켜보다가 다가가서 묻는다. 「뭘 그렇게나 열심히 적어?」「아, 다음 주부터 이초롱 선배님께서 휴가를 가시는 관계로 〈특별한 오늘〉을 제가 2주 동안 맡기로 해서요. 라디오 오프닝 멘트도 제가 쓸 거라서 미리 구상하고 있던 중이었습니다.」 도진이 말하는데 「오프닝 멘트도 네가 쓰기로 했어? 와, 작가들 일 덜었네. 임시 DJ면서 뭘 그렇게까지 해.」 성도가 말하자 「짧을 수도 있는 그 2주라는 시간 동안 열심히 해보려고요.」「라디오에 욕심 있어?」「그런 건 아니고….」 도진의 말과는 다르게 얼굴에서는 이미 미소가 번지고 있다.

『내 마음을 인희에게 전달할 방법을 찾았는데, 그녀의 도움이 필요하다.』

일을 마친 도진이 서둘러 인희의 카페를 찾는데 「인희야, 나 왔어.」 도진의 말에 「어….」 인희가 대답하자 「나, 다음 주부터 라디오 임시 DJ를 맡기로 했는데⋯ 70.6MHz에서 〈특별한 오늘〉이라는 방송이야.」「그래?」
「그래서 말인데, 끝까지 들을 순 없더라도 오전 10시부터 방송이 시작이
라 네가 출근하기 전까지 앞부분은 잠깐 들을 수 있을 것 같은데⋯ 다음
주 월요일부터 2주 동안만 내가 임시로 진행하는 라디오 방송 앞부분 정
도까지만 잠깐 들어줘⋯.」「그럴게. 어차피 그 시간은 집에서 간단히 식
사하는 시간이라 별다른 일이 생기지 않으면 꼭 듣도록 할게.」「그래. 오
전 10시에 시작하는 오프닝 멘트도 내가 직접 글을 써서 읽기로 했는데,
다른 건 못 듣더라도 그 부분은 꼭 들어줘.」「응, 알았어. 그럴게.」「근데,
오늘 회사에서 몇 가지를 끄적이다가 도저히 생각이 떠오르지 않아서 네
가 도와줬으면 하는 게 있는데⋯.」「내가 도와줄 일이라는 게 뭔데?」「평
소, 네가 좋아하는 건 뭐야?」 도진의 물음에 「내가 좋아하는 건⋯ 갑자
기 생각하려니 떠오르지가 않네. 음⋯ 노을이 지는 하늘, 그리고 내가 좋
아하는 사람들과 즐거운 시간을 보내는 일, 과거에 행복했던 추억들, 마
지막으로 가족. 어릴 때는 좋아했던 것들이 참 많았던 것 같은데⋯.」 이
러한 인희의 이야기를 도진이가 자신의 휴대폰 메모장에 저장하면서 말
하는데 「나도 그랬어. 막상 생각하려니 아무것도 떠오르지가 않는 거
야. 아, 그리고 네 버킷 리스트는 뭐야? 하나라도 말해줘.」「버킷 리스트
라⋯ 질문들이 다 생각 좀 해봐야 하는 것들이네.」 인희가 말하자 「천천
히 생각해도 돼.」 도진의 말에 「그럼, 잠깐만 생각 좀 해봐야 하니까 기
다려줘.」 인희가 한참을 생각하다가 「음, 언젠가 내가 운전을 할 수 있는
날이 온다면 공기 좋고, 하늘 맑은 날에 차를 운전하며 해가 뜨는 방향
과 노을이 지는 방향을 따라 계속해서 달려보는 것. 해를 따라, 노을을 따
라, 차를 타고 달려보고 싶어. 닿을 수 없더라도 가까워질 수 있지 않을
까. 그냥, 그래 보고 싶어.」 인희의 말에 「너는 버킷 리스트도 낭만적이고,

참 예쁘다.」 도진이 말하자 「그래?」 인희가 말하고 「이런 건, 당장이라도 할 수 있는 건데…. 내가 있잖아, 난 운전이 가능하니까…」 도진도 인희의 버킷 리스트에 동참하고 싶은 눈치를 보이자 「그러네.」 인희의 웃음에 「너의 그 버킷 리스트, 나중에 나와 같이 해보자. 나도 해보고 싶어.」 「그래. 나중에 같이 해보자.」 두 사람은 미소를 짓는다.

『인희는 마음도, 생각하는 것도 참 예뻐서 언젠가 나도 인희가 그려본 아름다운 풍경에 함께 하고 싶어졌다.』

『항상 도진이는 평소라면 내가 생각해볼 수도 없었던 부분들을 다시 한 번 더 생각해볼 수 있게 만들어주고, 일깨워 주기도 한다. 다음 주부터 시작하게 될 도진이의 라디오가 벌써부터 궁금해지고, 기다려진다.』

드디어, 도진의 라디오가 시작되는 첫날이 되었고, 인희는 식탁 의자에 앉아서 소형 라디오에 주파수 70.6MHz를 맞추며 은경이와 통화를 하고 있다. 「도진이 떨리겠다.」 휴대폰 너머로 은경이 말하자 「뭐, 잘하겠지.」 인희가 웃으면서 말한다.

그 시각, 라디오 부스 안에서는 도진이가 미리 준비해온 오프닝 멘트 원고를 책상 위에 펼치고 있다.

『인희가 듣고 있을까. 이번 기회로 인희와 잘해보고 싶은 마음이 크다.』

어느새, 디지털 시계의 숫자가 오전 10시로 바뀌자 〈특별한 오늘〉의 라디오 시그널 음악이 흘러나오고, 도진은 자신이 준비해온 오프닝 멘트를 PD의 큐사인과 함께 읽어 내려가기 시작한다. 「첫 만남, 첫 등교, 첫 출근, 첫사랑, 그리고 첫 방송…. '처음'이라는 단어는 언제나 설렘을 안겨다 주는 동시에 긴장감을 느끼게 해주는데요. 우리의 첫 만남이 걱정보다는 설렘이 되었으면 좋겠고, 이 설렘이 마지막 날에는 어떻게 변하게 될지 기대가 되기도, 무척이나 떨리기도 합니다. 2주라는 시간 동안 서로에게 지그시 정이 들었으면 합니다. 〈특별한 오늘〉의 임시 DJ 임도진입니다.」 도진의 힘있는 멘트를 뒤로 라디오 부스 안에서는 Kim Feel의 〈Stay With Me〉라는 음악이 흐르고, 도진은 첫 방송이라 떨리는 건지, 아니면 인희가 이 방송을 듣고 있을 거라는 생각에 떨리는 건지, 오프닝 멘트가 끝나자마자 바로 심장 위에 손을 갖다 대며 숨을 한번 크게 내쉰다.

인희는 라디오에서 흘러나오고 있던 노래를 들으며 여전히 은경이와 통화 중이다. 「오늘, 오프닝 멘트의 포인트는 설렘이라는 단어 같다.」 은경의 말에 인희가 웃는데, 같은 시각에 방 안에서 서원이 영어 공부를 하고 있다가 잠시 쉬던 중에 라디오의 주파수를 돌리다 우연히 도진의 라디오 오프닝을 듣게 된다. 라디오 속에서 흘러나오던 노래를 들으며 의자에 몸을 기댄 채 생각이 많은 표정을 짓는다.

라디오 부스 안에서는 노래가 끝나자 도진이 멘트를 하는데 「첫 곡으로 Kim Feel의 〈Stay With Me〉를 듣고 오셨는데요. 안녕하세요. 2주 동안 휴가를 가게 된 이초롱 아나운서를 대신해서 〈특별한 오늘〉을 진행하게 될 임도진 아나운서라고 합니다. 첫날이라 그런지 많이 떨리는데요. 이 떨림이 꼭 첫사랑 상대에게서 느껴지던 그 감정과 많이 닮아있어서 그런

지 벌써부터 제 마음속이 살랑거립니다. 왠지 모를 이 기분 좋은 떨림을 이어받아 두근거림이 가득한 방송이 될 수 있도록 노력하겠습니다. 짧을 수도 있는 이 14일이라는 시간 동안 청취자분들과 소중한 인연, 소중한 시간을 보내고 싶은 데요. 저와 함께 해주실 거죠?」

『인희가 이 방송을 듣고, 하루에 5분 만이라도 두근거렸으면 좋겠다. 2주라는 짧은 기간 동안 하루도 빠짐없이 나와 함께 해줬으면 한다.』

인희는 라디오 방송을 듣다가 「은경아, 난 출근 준비를 해야 돼서 이만 전화 끊을 게.」「응. 도진이 라디오, 더 들을 수 있으면 더 듣고….」은경의 말에 인희가 알았다며 대답을 마친 뒤, 급히 방 안으로 들어간다. 그후로 두 시간이 지나고, 인희가 카페 안에서 손님이 주문한 아메리카노를 테이블 위에 올려놓고 있던 중, 앞치마 주머니 안에서 휴대폰 진동음이 길게 울린다. 「어, 도진아.」 인희가 전화를 받자 「인희야, 나 방금 전에 방송 끝났는데… 오늘, 들었어?」 도진의 말에 「응, 앞부분만….」 인희가 말하자 「아, 들었구나. 어땠어?」「첫 방송에서 도진이의 설렘이 느껴졌고, '2주라는 시간동안 좋은 방송을 만들겠구나'라는 느낌?」「그래? 너의 감상은 어땠어?」「나는 뭐, 네가 떨려 하는 모습에 웃음이 나오는 정도? 오프닝 멘트도 좋았어. 도진아, 앞으로도 파이팅하고….」「응. 계속 오프닝 부분만이라도 끝까지 들어줘.」 도진의 말에 「알았어. 무슨 일이 생기지 않은 이상, 그럴게. 나는 바빠서 이만 끊는다.」 인희가 말한다.

도진의 라디오 방송 2일째, 「철학자 니체가 이런 말을 했습니다. '자신이 누구인지 알고 싶다면 좋아하는 것이 무엇인지 생각해보라'라고 했는데요. 그래서 제 친구에게 좋아하는 것이 무엇이냐고 물었더니, 그 친구가 답하기를, 노을이 지는 하늘과 좋아하는 이들과 즐거운 시간을 보내는 일, 행복했던 추억 회상하기, 마지막으로 가족이라고 하더군요. 그 말을 들은 뒤, 저는 생각했습니다. 그 친구는 사람과의 관계를 소중히 여기는 사람이구나. 이 사람과 관계된 나 역시도 어쩌면 소중한 사람이 될 수도 있겠구나. 그래서 먼 훗날에 그 사람이 나라는 사람을 추억할 때, 좋은 사람으로 기억되고 싶었는데요. 당신은 무엇을 좋아하고 있나요? 나 자신에 대해 알고 싶다면, 이 음악이 끝날 때까지 우리 함께 생각해보셨으면 합니다.」도진의 멘트를 끝으로 Michael Buble의 〈Everything〉이라는 노래가 흘러나오고, 인희는 주방 식탁 의자에 앉아서 구운 토스트를 케첩과 머스타드 소스에 찍어 먹으면서 그의 라디오 오프닝 멘트를 듣다가 순간 본인의 이야기에 멈칫한다.

『내 이야기네. 그날, 내 이야기를 도진이가 듣고서 이런 생각을 했었구나. 도진이가 아무 것도 아닐 수 있는 나만의 이야기를 듣고서 마치 나를 대단한 사람으로 만들어준 것과도 같은 생각이 들었고, 그때에는 몰랐던 도진의 생각까지 듣게 되니 잠깐 동안이었지만 두근거렸다.』

라디오에서 흘러나오고 있던 음악이 끝나자 「안녕하세요. 〈특별한 오늘〉의 임시 DJ 임도진 입니다. 첫 곡으로 Michael Buble의 〈Everything〉이라는 곡을 듣고 오셨는데요. 청취자 여러분께서도 음악이 나가는 동안 내가 무엇을 좋아하는지에 대해 생각해보셨나요? 저도 짧은 시간 동안 잠시 생각해봤는데요. 저 역시도 제 주변에 있는 한 사람의 얼굴이 떠올랐습니다. 그 사람을 보고 있으면 저절로 웃음이 나고, 설레기도 하고, 여러 가지 좋은 감정들만 가득한데요. 청취자분들도 무엇을 좋아하는지 이곳으로 문자를 보내주세요.」 도진이 멘트를 한다.

『도진이가 좋아한다던 그때 말한 그 사람 이야기인가?』

그 시각, 작업실에서 번역 일을 하고 있다가 라디오 속, 도진의 멘트를 듣고 있던 은경이 '그 사람'이라는 사람이 바로 인희라는 사실을 단번에 알아채며 웃고 있다. 같은 시각에 서원도 그의 라디오 방송을 듣고 있다가 갑자기 라디오 전원 버튼을 눌러 끈다. 그 후로 두 시간이 지나고, 도진은 라디오 방송을 마치자마자 인희에게 전화하는데 「인희야, 오늘 방송은 어땠어?」 도진이 떨리는 마음을 안고서 묻는데 「오늘, 내 이야기를 했더라?」 인희가 웃으면서 말하자 「응….」 갑자기 도진의 모습이 차분해지고 「그날의 내 평범했던 대답에 네 생각까지 곁들여서 라디오에 나오는 걸 들으니 신기하기도 했고, 내가 뭔가 특별한 사람이 된 듯한 느낌도 받았어.」 인희의 말에 「그랬어?」 도진이 말하자 「응. 내 평범했던 그 대답에 네가 그런 생각을 가졌다는 것이 고맙기도 했고….」 인희의 말에 「평범하지 않았어. 의미 있던 대답이었어.」 도진이 말하자 「어? 그랬어?」 「응. 인희야, 난 다음 스케줄이 있어서 전화 끊을게.」 도진은 서둘러 전화를 끊는다.

도진의 라디오 방송 3일째, 도진이 멘트를 한다. 「영화 〈이보다 더 좋을 순 없다(As Good As It Gets)〉에서 여자 주인공 캐롤이 "저를 칭찬하는 말을 해줘요"라며 남자 주인공 멜빈에게 말합니다. 그러자 멜빈이 영화 속 명대사인 "당신과의 만남이 나를 더 좋은 사람이 될 수 있게 만들어 줘요"라고 머뭇거리면서 말하자 캐롤이 "내 인생 최고의 칭찬이에요"라며 감동을 받게 되는데요. 칭찬이 주는 힘이란 크고, 그 힘은 누군가의 인생을 바꿔놓기도 합니다. 당장 주변에 있는 사람들에게 칭찬을 해보세요. 그 칭찬이 그 사람에게 생각지도 못했던 상황으로 변화시켜 줄 겁니다.」 DJ Okawari의 〈Flower Dance〉 음악이 라디오에서 흘러나오고, 인희는 흐뭇한 미소를 머금은 채 간단한 식사를 하면서 그 멜로디를 듣고 있다. 음악이 끝나자 「안녕하세요. 〈특별한 오늘〉의 임시 DJ 임도진 입니다. 첫 곡으로 DJ Okawari의 〈Flower Dance〉를 듣고 오셨는데요. 방금전, 오프닝에서 언급되었던 남녀 주인공의 사랑이 참으로 부럽습니다. 저 역시도 저를 더 나은 사람으로 만들어줄 좋은 사람을 하루빨리 만나고 싶은데요. 오늘은 칭찬에 대해 이야기를 해볼까 합니다. 저 역시도 칭찬으로 인해 아나운서가 된 케이스라 보시면 되는데요. 제가 대학교 시절에 어느 소설책의 한 부분을 낭독하던 모습을 우연히 본 제 친구의 '목소리와 발음이 좋다'라는 그 말 한마디에 소설가가 꿈이던 저를 아나운서의 길로 인도를 해주었는데요. 그 친구는 무심코 던진 칭찬이었을 테지만, 저는 그 말을 기억했고, 덕분에 이렇게 나름 만족하는 삶을 살게 되었습니다. 제 경험이기도 한데, 누군가의 칭찬이 다른 누군가의 인생을 바꾸기도 합니다.」 라디오 안에서 도진의 떨리지만 힘찬 목소리가 나온다.

『그랬구나. 도진이의 꿈이 소설가였다는 사실을 오늘 처음 알게 되었고, 누군가의 칭찬으로 인해 아나운서라는 또 다른 방향을 찾게 되었다는 사실도 알게 되었다. 이렇게 도진이의 방송을 들으면서 친구라기보다는 한 인간으로서의 도진에 대해 다시 알아가고 있다는 새로운 기분마저 든다. 내가 알던 어릴 때의 도진이라는 친구는 사진을 아주 잘 찍던, 마음이 착하고, 수줍음이 많았던 사람이었는데, 이번 기회로 새로운 도진의 모습들을 발견한 동시에 이 방송이 점점 재밌어진다.』

오늘도 어김없이 라디오 방송을 막 끝낸 도진이 복도에 서서 인희와 전화하고 있는데 「인희야, 기억 안 나?」 도진의 물음에 「뭐가?」 인희가 말하자 「목소리 좋고, 발음 좋다고 한 그 칭찬….」 「응?」 「그 말, 네가 나한테 해준 말이잖아.」 「뭐? 내가?」 「응. 그날 내가 자주 가던 학교에 구석진 벤치에서 혼자 앉아 소리를 내며 소설책을 읽고 있었는데, 너와 은경이가 나를 찾다가 내가 낭독하던 그 소리를 듣고서 인희 네가 나한테 한 말이었는데….」 도진의 말에 「그게 내가 한 말이었어? 그랬구나. 근데, 그날의 내 기억으로는 너한테 직접 말하지 않고, 생각만 했던 것 같은데….」 인희가 가물가물한 기억에 의존해서 말한다. 「그때, 네가 소리 내서 책을 읽는데, 목소리도 좋고, 내용이 귀에 쏙쏙 박혔다는 게 어렴풋이 기억나긴 한다.」 인희의 말에 「그래. 어쨌든 그 칭찬으로 여기까지 오게 된 거라서 고맙다고….」 도진이 말하자 「아니야. 정확하게 기억하지 못한 내가 더 민망하다. 지나갈 수도 있는 내 말에 도진이 네가 잘 큰 게 더 고맙지.」

『그 말을 한 사람이 나였다니…. 순간, 머릿속이 새하얘졌다. 그냥 지나칠 수도 있던 내 칭찬에 누군가는 힘을 얻기도 하고, 오랫동안 기억을 하며 잊지 않고 고마워하는구나…. 내가 도진이의 꿈에 조금이라도 도움을 준 사람이었다니…. 아무것도 아닐 수 있는 내 칭찬에 도진이는 힘을 얻었구나….』

도진의 라디오 방송 4일째, 「같이 한 공간에 있는 것만으로도, 또는 그 대상을 생각하는 것만으로도 우리의 삶에 생기와 활력을 불어넣어 주는 그런 존재가 혹시 여러분 주변에 있나요? 일상 속을 생기 넘치게 만들어주고, 삶을 더 풍성하게 해주는 것, 맛있는 음식과 상쾌한 공기, 그리고 우리가 사랑하는 어떠한 존재들…. 하루에 10분에서 15분 정도라도 이런 여유의 시간을 갖는 것이 행복의 원동력이 되지 않을까 싶은데요. 그 시간이 쌓이고, 쌓여 어느 날에 힘든 일이 생길지라도 극복해나가는 힘을 얻지 않을까 싶습니다. 어느덧, 오늘로 11일이 남은 〈특별한 오늘〉의 임시 DJ 임도진 입니다.」 도진의 멘트가 끝나자 Hisaishi Joe의 〈Summer〉가 흘러나오고, 인희는 냉동고에 얼려 놓았던 얼음을 꺼내며 그 멜로디를 듣고있다. 「첫 곡으로 Hisaishi Joe의 〈Summer〉를 듣고 오셨는데요. 오늘은 생기와 활력을 불어넣어주는 존재들에 대해 이야기도 해보고, 사연을 받아보기로 하겠습니다. 저 같은 경우에는 가장 먼저 떠오르는 것 중 하나가 어느 귀여운 꼬마 숙녀와 함께 있는 시간인데요. 여러분의 기분을 좋게 만드는 것들이 또 뭐가 있을까요? 문자를 받아보도록 하겠습니다.」 라디오에서 흘러나오는 도진의 멘트에 인희가 웃음을 지어 보인다.

『그 귀여운 꼬마 숙녀가 지예인가? 도진이가 지예를 좋게 생각해주고 있었구나. 내게 활력을 불어넣어주는 존재라…. 역시나 지예, 그리고 은경이와 지선이, 도진이는 두말할 것도 없다. 또….』

어느덧, 미국으로 떠날 날이 성큼 다가온 서원이 유학 준비를 마치며 큰 캐리어 안에 옷과 스케치 노트, 영어책을 담고서 모든 정리를 마친 뒤, 잠시 머뭇거리면서 고민을 하다가 서둘러 밖을 나간다.

한편, 카페 안에서는 지예가 태권도 학원을 간 사이, 인희가 은행 업무 때문에 지선에게 가게를 맡긴 뒤 밖을 나가고 있던 그때, 서원이 숨찬 모습으로 카페에 들어온다. 「어….」 예상하지 못했던 그의 방문으로 인희는 놀라 입 밖으로 소리가 새어 나온다. 「안녕하세요. 제가 그동안 연락이 뜸했죠. 유학 준비로 바빠서….」 서원이 머쓱해하며 말하자 「그러셨구나. 저 잠시 볼일 보러 나가려던 참이었는데….」 인희의 말에 「아, 네….」 서원이 말하자 「서원 씨, 같이 나가요.」 「네.」 두 사람은 가게를 나와 걷다가 카페 근처 공원 벤치에 한동안 말없이 앉아있게 되는데 「모레가 저, 가는 날이에요.」 서원이 먼저 말을 꺼내고 「벌써, 그렇게 됐구나.」 인희가 힘없이 말한다. 「저기… 저, 인희 씨 좋아해요.」 서원의 갑작스러운 고백에 「네?」 인희가 놀라서 묻자 「모레면 떠날 텐데, 갑자기 이런 말을 해서 죄송해요. 제 고백에 대한 그 어떠한 대답도 하지 않으셔도 됩니다. 그저… 떠나기 전에 한 달간 느꼈던 제 감정을 인희 씨한테 솔직히 말해보고 싶은 마음뿐이라서…. 이렇게 말이라도 해보지 않으면 나중에 후회로 남게 될까 봐… 많이 놀라셨죠? 죄송해요.」 서원의 말에 인희의 마음은 복잡하기만 하다. 「'그날 그 사람 마음이 그랬구나. 그랬었구나'라는 것만 알아주셨으면 해서…. 제가 바라는 건 하나도 없습니다.」 그러나 서원의 표정 어딘가에는 착잡한 마음이 전혀 숨겨지지 않고 있다.

『서원 씨의 고백을 들은 그 순간, 내색은 하지 않았지만, 그날의 내 심장은 많이 떨렸었고, 뭐라 설명하기 어려운 감정들이 계속해서 오갔었다. 서원 씨는 정우 씨와 나이도 성향도 성격도 모두 달랐지만, 또 한 번의 고백을 정우 씨한테서 받은 느낌이 들 정도로 내 마음이 이상했다. 이런 상황이 내게는 너무나도 갑작스러워서 그날 서원 씨에게 어떠한 대답도 하지 못했다. 벌써, 서원 씨가 모레면 한국을 떠나는구나. 얼마 남지 않은 시간을 이제야 체감을 하게 되니 마음이 좋지 않았고, 서원 씨가 그곳으로 가지 않았으면 하는 생각이 자꾸만 들었다. 서원 씨가 디트로이트로 가지만 않는다면 나는 아마 그의 고백을 수락했을지도 모른다.』

저녁이 되었고, 도진은 퇴근길에 인희의 얼굴을 보러 가기 위해 카페로 향한다. 인희가 싱크대 앞에서 커피잔을 씻던 중, 어느새 도진이 그 근처에서 서성이다 인희의 이름을 부른다. 「어, 왔어?」 인희가 도진의 인기척에 놀라고 「오늘, 들었어?」 「어? 어… 오늘 네가 말한 그 꼬마 숙녀가 지예 맞지?」 인희가 웃으면서 말하며 닦던 컵을 마저 정리한다. 「어, 들었네.」 도진이 쑥스러워하는데 「응. 그나저나 그때 네가 좋아한다던 그 사람이랑 잘 돼가고 있어?」 인희의 물음에 「그냥, 그렇지. 뭐….」 도진이 말하는데 「오늘, 서원 씨가 오랜만에 찾아왔는데… 모레, 출국한대. 그동안 유학 준비로 바빠서 못 찾아왔다고 그러더라.」 인희가 말하자 「마지막으로 작별 인사를 하러 왔나 보네.」 갑자기 도진의 반응이 어색해진다. 「응. 그런데 그 사람이 그렇게 마지막 말을 하고 떠나는 걸 보니 마음이 조금 이상했어. 슬펐다고 해야 하나… 잠깐 사이에 그 사람과 정이 많이 들었었나 봐.」 인희의 표정이 심란해 보인다.

『모레면 서원 씨가 이곳을 떠나게 된다. 그런 인희의 마음도 이해한다. 어찌 됐든 간에 이제 서원 씨는 먼 곳으로 떠나기 때문에… 나는 괜찮다. 나는 정말 괜찮은데, 앞으로 서원 씨를 볼 수 없게 되어 슬펐다는 인희의 말에 괜히 신경이 쓰이면서도, 다른 한편으로는 위로가 되어주고 싶기도 했다.』

일과를 마치고 집으로 돌아온 인희는 방 안에서 지예를 재운 뒤, 잠을 청해보지만 잠은 오지 않고, 계속해서 생각만 많아진다. 아무리 자세를 고쳐보고 고쳐봐도 도무지 잠에 들 수가 없다.

『잠이 오지 않는다. 그동안 전혀 예상하지 못했던 서원 씨의 고백 때문인지, 아니면 곧 다가올 그와의 이별 때문인 건지…. 어떡해야 하나, 살면서 정우 씨와 닮은 사람을 다시 만나게 될 날이 또 언제일까. 내 평생 서원 씨가 마지막일 것 같은데, 어떡하지.』

다음 날 아침, 인희는 도진의 라디오 방송을 포기한 채 평소보다 이른 시간에 카페로 나와 긴장된 모습으로 누군가를 기다리고 있다. 얼마 지나지 않아서 카페 문이 열리고, 서원이 들어오는데 「어, 왔어요?」 인희가 말하자 「안녕하세요. 어젯밤에 인희 씨가 제게 만나자는 문자를 보내셔서 조금 놀랐어요.」 서원이 말하는데 「아, 네….」 인희가 차 두 잔을 내오며 서원의 맞은편 자리에 앉는다. 「다름이 아니고, 서원 씨가 어제 제게 하신 말씀… 잘 들었어요. 언제 다시 한국으로 오실지, 그곳에서 일하시게 되면 다시는 못 만날 수도 있겠지만, 그래도 먼 훗날에 우리가 마주하여 볼 수 있는 날이 오게 된다면 그때에도 우리 편한 마음으로 웃으며 인사하기로 해요. 그리고 얼마 되지 않는 시간 동안, 저와 지예에게 좋은 추억을 남겨주셔서 감사했습니다.」 인희의 말에 서원의 마음속에서는 여러 감정들이 스쳐 지나가고 「제가 언제가 될지 아직은 잘 모르겠지만, 다시 한국으로 돌아왔을 때, 인희 씨 옆에 누군가가 있지 않다면, 그때 편한 마음으로 웃으며 인사하기로 해요.」 서원의 말에 인희의 심장이 두근거리게 되지만 「그래도 그곳에서 좋은 인연이 다가오면 그 인연을 잡으세요.」 인희가 미소를 지으면서 서원의 얼굴을 쳐다보고, 그도 인희에게 같은 웃음을 지어 보인다.

『마지막으로 서원 씨와 마주하며 기약 없는 짧은 대화를 흘러가듯 나눴더니 어젯밤의 뒤숭숭하고, 어지러웠던 내 마음이 한결 편안해졌다. 훗날, 우리가 다시 만날 수 없게 되더라도 그와의 작은 추억들을 좋은 마음으로 소중하게 잘 간직할 수 있을 것 같다.』

시간은 벌써 정오 12시로 도진이 5일째 라디오 방송을 마친 뒤, 복도로 나가는데, 얼굴빛이 밝아 보인다. 그렇게 시간이 흘러 저녁이 되었고, 도진은 일을 마치자마자 곧장 카페 안으로 들어간다. 「인희야, 나 왔어.」 도진의 말에 「어.」 인희가 말하자 「오늘도 들었어?」 도진이 묻는데 「아니, 미안. 오늘은 서원 씨한테 전할 말이 있어서….」 인희가 미안한 표정을 지어 보이며 말한다. 「아, 그래.」 도진이 실망한 표정을 짓고 있는데 「응….」 인희가 힘없이 대답한다.

『서원 씨가 있는 한, 나는 그 사람을 이길 수 없겠다는 생각이 순간적으로 내 머릿속을 스쳤다. 내일이면 그가 떠난다. 나는 좋은데, 인희의 얼굴을 보니 갑자기 내 마음도 슬퍼졌다. 내가 정우 씨였다면…. 내가 정우 씨와 닮은 사람이었다면 더 좋았을 텐데…. 내가 서원 씨였다면 얼마나 좋을까.』

도진의 라디오 방송 6일째, 인희가 그의 방송을 듣고 있다. 「모든 것에 영원한 건 없다고 하는데요. 만남이 있으면 언젠가는 이별이 찾아오기도 하죠. 하지만 그래도 여전히 영원을 찾고자 한다면 비록 현재는 어떠한 이별로 인해 서로가 마주하지 못할지라도 하루 중에 잠깐의 시간 속, 그 사람을 추억하며 평소 지어 보이던 한 번의 웃음과 아름다운 추억을 기억한다면 거기에 영원이 존재하기도 합니다. 슬프거나 그립더라도 우리들은 추억이라는 회상을 통해 그 안에서 위로를 받기도 하는데요. 혹시,

지금 어디선가 누군가로 인해 슬프고 지친 마음이 가득 차 있지는 않으신가요. 지쳐있는 그 마음에 잔잔한 위로를 조금이나마 건네도록 하겠습니다.」 도진의 멘트가 끝나자 Yiruma의 〈River Flows In You〉가 라디오에서 흘러나오고, 인희는 먹먹한 마음을 안고, 잔잔한 울림의 피아노 소리를 가만히 듣고 있다.

『잘 가요. 서원 씨…』

도진의 라디오 방송 7일째, 오늘도 역시 인희는 주방으로 가서 라디오를 켠다. 벌써 시그널 음악이 흘러나오고 있고, 도진의 활기찬 목소리가 들려온다. 「인생을 바쁘게 살아가다 보면, 삶을 되돌아볼 여유도, 행복을 위한 좌표를 생각해보는 일조차도 힘들 수 있는데요. 그래도 거창하지 않더라도 그 안에서 의미 있는 삶에 대한 다짐을 언젠가는 실행해보고자 버킷 리스트라는 걸 작성해보기도 합니다. 최근에 저 역시도 곰곰이 생각을 해봤지만, 도무지 근사한 버킷 리스트가 떠오르지 않자 대신 제 친구의 낭만적이면서도 아름다운 리스트 한 가지를 소개해보도록 하겠습니다. 그 친구가 말하기를 언젠가 공기 좋고, 하늘 맑은 날에 차를 타고, 해가 뜨는 방향과 노을이 지는 방향을 따라 계속해서 달려보는 것이라 하는데요. 현실적으로는 태양과 닿을 순 없을지라도 마음으로나마 가까워질 수 있기를 바라고, 정말 예쁜 버킷 리스트라 생각이 들 정도로 저도 그 친구와 함께 해보고 싶었습니다. 살면서 꼭 해보고 싶은 일… 여러분의 버킷 리스트는 무엇인가요? 그것이야말로 거창하지는 않더라도 우리에게 행복을 주는 일이 아닐까요?」 도진의 멘트를 끝으로 Conan Gray의 〈Overdrive〉 음악이 흘러나오는데…

『내 이야기다. 저번에 내가 도진이에게 말했던 버킷 리스트…. 도진이를 통해서 다시 듣게 되니, 그 하늘 풍경이 내 눈앞에 그려졌다.』

음악이 끝난 뒤, 도진의 목소리가 들려온다. 「안녕하세요. 〈특별한 오늘〉의 임도진 입니다. Conan Gray의 〈Overdrive〉라는 곡을 듣고 오셨는데요. 음악이 나가고 있는 동안에 많은 분이 제 버킷 리스트에 대해 궁금해하시면서 질문을 해주셨는데요. 그래서 잠시 생각을 해봤는데, 제 버킷 리스트는 언젠가 사랑하는 사람과 밤하늘에 떠 있는 달과 별을 바라보며 행복한 시간을 갖는 것과 아주 아주 먼 훗날이 되겠지만, 그 사랑하는 사람과 노부부가 되어 비록 다리에 힘이 없어 걸음은 느릴지라도 두 손을 마주 잡고, 서로 나란히 걸음을 맞춰 걸어가며 아름다운 모습으로 나이 들고 싶습니다. 어서 빨리 그런 날이 왔으면 좋겠네요.」

『방금, 도진이가 마지막에 말했던 노부부에 관한 이야기에서 놀라웠다. 살아생전에 정우 씨도 내게 그와 비슷한 말을 했었기에….』

도진은 라디오 방송을 마친 뒤, 방송국 복도로 나와서 인희에게 전화를 한다. 「인희야, 들었어?」 도진이 말하자 「응. 듣고 있는 내내 내가 다 흐뭇해지더라. 아무것도 아닌 내 이야기를 도진이 네가 아름답게 말해주더라고….」 인희가 웃으면서 말하는데 「나는 뭐 한 게 없어. 그저 네가 나한테 했던 그 말을 그대로 방송에서 전한 것뿐이야.」 도진이가 말하자 「어쨌든 잘 들었어. 네가 자꾸 방송에서 내 이야기를 하니까 마음이 부풀더라. 고마워.」 인희가 웃으면서 말한다. 「오히려 내가 더 고맙지. 네 도움으로 인해 내가 잠시 맡은 라디오 방송의 퀄리티가 더 좋아졌으니까….」 도진의 말에 「우리 계속 서로에게 고맙다는 말만 하고 있는 거 알아? 우리는 서로에게 고마운 것이 참 많은가 봐. 나는 너에 비해 별로 해준 것도 없는데… 어, 나 손님 왔어. 끊을게.」 인희가 급한 듯 전화를 끊으려 하자 「응, 그래.」 도진이 말하며 전화를 끊는다.

『잠깐 동안이지만 내가 라디오를 맡길 정말 잘했구나. 이렇게라도 작게나마 인희에게 웃는 일이 생겼으면 한다.』

도진의 라디오 방송 8일째, 인희는 주방에서 간단한 식사를 하면서 라디오를 듣고 있다. 「우정이란, 친구와의 사랑이라 말하고, 남녀 간의 사랑이란, 첫인사와 첫 눈빛만으로도 금방 사랑이라는 감정에 빠지기도 하는데요. 사랑이라는 감정은 설레기도, 웃게 하기도, 이와 반대로 울게 하기도, 고난과 시련, 그리고 상처를 주기도 합니다. 그럼에도 우리가 사랑하게 되는 이유가 뭘까요? 여러 종류의 사랑 중에서 변함없이 곁을 지켜주는 사랑도 존재할 것이고, 그 사랑으로 인해 우리는 성장이라는 완전한 감정을 경험하기에 우린 또다시 사랑을 하지 않나 싶습니다. 어떤 책을 읽었는데, 두 남녀가 서로를 위해 천사가 되어주는 것이 사랑이라 하는데요. 그 정도로 좋아하는 사람이 여러분 곁에 있나요? 저는 그런 사람이 있습니다.」 도진의 멘트가 끝나자 라디오에서 Frank Sinatra의 〈Moon River〉 노래가 흘러나오고, 인희는 잠시 생각하다가 「그때, 그 여자분 이야기인가?」라고 말하며 식사를 마저 한다. 음악이 끝나자 도진의 목소리가 들려오기 시작한다. 「안녕하세요. 〈특별한 오늘〉의 임도진 입니다. 첫곡으로 Frank Sinatra의 〈Moon River〉를 듣고 오셨는데요. 오프닝 멘트에서 말씀드렸다시피 저 역시 우정이라는 것도 일종의 사랑이라 생각하

는데요. 어떠셨나요. 소중한 친구와도, 사랑하는 연인과도 사랑하고 계신
가요? 어떤 관계이든 간에 좋은 관계란 서로에게 천사가 되어주는 관계
가 가장 이상적이라 생각하는데요. 혹시, 저와 같은 생각을 하고 계시는
분 있나요?」인희는 도진의 말에 다시 식사를 멈추면서 주의 깊게 듣고
있다가 확실치는 않지만 의심스러운 이상한 생각들이 불현듯 스치게 되
면서 갑자기 머릿속은 복잡해지고, 얼굴에서는 뜨거운 열기가 느껴지게
된다.

『설마… 아니겠지. 아닐 거야….』

도진은 방송을 마치자마자 휴대폰을 손에 들며 한참 동안 복도를 서성이
다가 인희에게 전화한다.「어, 인희야, 오늘….」도진이 더 말을 하려고 하
는데「어? 어… 오늘은 라디오 못 들었어. 바쁜 일이 생겨서… 미안, 끊
을게.」인희가 그의 말이 아직 다 끝나기도 전에 가로채며 빠르게 말하자
「아, 그래….」도진이 말하고「응. 바빠서 먼저 끊는다.」인희의 말에「응.」
도진이 전화를 끊은 뒤, 한숨을 내쉰다.

『하필, 오늘 듣지 않았구나….』

저녁이 되자 일을 마친 도진이 카페 안으로 들어가는데, 인희가 도진의
얼굴을 보자마자 당황한 기색을 보이며「어… 왔어?」라며 말한다.「인희
야.」도진이 부르자「어?」인희가 놀라는데「내가 예전에 내기에 이겨서
소원 들어주기로 했었잖아.」도진의 말에「아, 어….」인희가 말하자「내
일부터 하루도 빠짐없이 내 라디오 오프닝을 들어줘. 강요는 하지 않겠

지만, 이게 내 소원이야.」 도진의 말에 「어?」 인희가 다시 놀라고 「꼭 들어줘.」 도진이 재차 말하자 「어….」 인희가 마지못해 답한다.

『이런 말을 하고 있는 나도 도대체 뭘 어쩌려고 이러는 건지 모르겠다. 그래서 내가 인희한테 뭘 어쩔 건데…』

『도진이가 방송에서 대체 뭘 말하려 하는 걸까. 소원을 써가면서까지 꼭 들으라는 건 또 무슨 의미일까. 이런 상황 속에서 내 얼굴이 화끈거리고 있는 것도 당황스럽고, 아직 확실하지도 않은 일에 대해 내가 너무 앞서가고 있는 건 아닌지 잘 모르겠지만, 도진이를 더 이상 볼 수 없게 될까 봐 두려워지기까지 했다. 게다가 이런 생각을 하고 있는 내 모습이 우습기까지 했다. 인희야, 내가 아닐 수 있다. 정신 차리자. 그런데 그러기엔 방금 전의 상황이 너무나도 이상하기만 하다. 그러면 난 이제 어떻게 해야 하나….』

도진의 라디오 방송 9일째, 인희는 간단한 식사를 하면서 그의 방송을 듣고 있다. 「SNS에서 찾은 건데요. 심쿵을 유발하는 귀엽고, 예쁜 영어 단어들을 소개해드릴까 합니다. ‘Adorable’은 ‘사랑스러운’, ‘Cherish’는 ‘소중히 여기다, 아끼다’, ‘Cooing’은 ‘달콤하게 속삭이다’, ‘Pit a pat’은 ‘두근두근’, ‘Affectionate’는 ‘다정한, 애정 어린’, ‘Delight’는 ‘기쁨’, ‘Heimish’는 ‘마음 편한, 아늑한’, ‘Seraphic’은 ‘천사 같은’. 발음도 뜻도 반짝이듯 예쁘고, 심장이 두근거리는데요. 이런 스윗하고, 러블리한 단어들을 듣고 있던 와중에 어떤 사람이 떠오르셨나요? 각자가 생각하고 있던 그 존재를 떠올리며 이 두근거리는 감정을 음악으로 들려드리도록 하겠습니다.」 도진의 말을 끝으로 Harry Styles의 〈Adore you〉 음악이 라디오에서 흘러나오고 있는데, 인희는 알 수 없는 표정을 지은 채 계속 그 노래만 듣고 있다. 음악이 끝나자 「안녕하세요. 〈특별한 오늘〉의 임도진입니다. 첫 곡으로 Harry styles의 〈Adore you〉를 듣고 오셨는데요. 앞서제가 멘트를 했던 사랑스럽고, 소중하게 여기고 싶고, 아껴주고 싶고, 달콤하게 속삭이고 싶은 사람. 두근거리고, 다정하고, 애정 어리고, 기쁘고,마음이 편하고, 아늑해지고, 천사같은 그런 사람이 이 세상에 존재할까요? 세상에 없을 줄 알았는데, 이미 그런 사람이 저와 가까운 곳에 존재하고 있습니다.」 인희는 도진의 이 말을 듣다가 또다시 식사를 멈춘 뒤,두 눈만 깜박이며 그 자리에 앉아있다.

그렇게 두 시간이 지나 라디오 방송을 마친 도진이 손에 휴대폰을 쥐며계속해서 만지작거리다가 다시 바지 주머니 속으로 집어넣는다.

『오늘부터 라디오가 끝나는 남은 5일이라는 시간 동안 그 어떤 전화도 인희에게 하지 않기로, 카페를 가는 것도 잠시 멈추기로 했다. 이미 내 소원이라고 인희에게 말했기 때문에, 인희가 나와의 약속을 지킬 사람이라는 걸 잘 알기에마지막 날까지 이렇게라도 방송으로나마 내 마음을 인희에게 전하기로 결심했다. 내가 전에 말한 좋아한다던 그 사람이 바로 인희라는 사실을 본인이 인지하지 못할 수도 있겠지만, 넌지시 느낌만으로도 내 마음을 알아줬으면 한다.』

도진의 라디오 방송 10일째, 인희는 오늘도 주방에서 식사하면서 그의방송을 듣고 있는데 「오늘은 다양한 커플 관계에 대해 이야기를 나눠볼까 하는데요. 연인 관계에 관한 종류에 대해 알려드릴 테니 현재 사랑하는 사람과 어떤 관계인지, 연인이 없다면 어떤 이상적인 연애를 하고 싶은지, 또 어떤 연애는 절대로 하기 싫은지 선택해주세요. 1번, 가치관이 동일해서 서로 더 깊이 이해하는 관계. 2번, 성향이 비슷해서 행동이나 생각이 잘 맞아 마음이 편안한 관계. 3번, 서로 양보하는 마음을 가진 관계. 4번, 한쪽이 잘 리드하는 관계. 5번, 서로를 내조하는 관계. 6번, 서로 다른 면에 이끌리는 상호보완 관계. 7번, 물과 기름이 만난 기적적인 관계. 여러분이 하고 싶은 사랑, 현재 하고 있는 사랑은 어디에 속하나요?」 도진의 말이 끝나자 영화 〈슈렉〉 OST의 〈Fairytale〉 음악이 라디오에서 흘러나오고, 인희는 그의 물음에 자신이 하고 싶은 사랑에 대해 곰곰이 생각해본다. 노래가 끝나자 「안녕하세요. 〈특별한 오늘〉의 임도진 입니다. 첫 곡으로 〈슈렉〉 OST의 〈Fairytale〉을 듣고 오셨는데요. 여러분은 어떠셨나요? 사랑하는 사람과 어떤 관계를 유지하며 사랑을 하고 계시는지 궁금하네요. 저 같은 경우는 아직 사귀는 사람은 없지만, 사랑하게 된다면 2번이었다가 1번으로 가는 관계… 서로 잘 맞는 편안한 관계였다가 서로 더 깊이 이해하는 관계로 발전하는 것이 이상적인 커플 관계라 생각하는데요. 반면에 제가 제일 하기 싫은 커플 상은 물과 기름이 만난 기적적인 관계인데, 아주 생각만으로도 싫습니다.」 도진이 이 말을 마치면서 갑자기 웃기 시작하고, 라디오에서 흘러나오고 있던 그의 웃음소리를 인희도 들으며 같이 웃기 시작한다.

도진의 라디오 방송 11일째, 「요즘 같이 더운 여름날에는 그 무엇보다도 아이스크림과 얼음, 에어컨에 관심이 많이 가는데요. 음식이나 사물뿐만 아니라 누군가에게 관심을 갖는다는 것은 그 사람과 친해지고 싶고, 더 알고 싶고, 오늘 겪었던 이런저런 이야기를 나누며 함께 시간을 보내고 싶다는 마음이 클 거라고 생각합니다. 시원한 공기와 에메랄드빛을 내는 바닷가, 신나는 EDM 음악과 맥주, 그리고 따뜻한 여행가 같은 그 사람의 반짝이는 눈빛…. 이 무더운 여름날에 저절로 관심을 갖게 하는 것들에는 또 무엇이 있을까요? 관심이 간다라는 건 이미 그 대상에 빠져있다는 것일지도 모릅니다.」 도진의 말이 끝나자 Martin Garrix의 〈Summer Days〉가 라디오에서 흘러나오고 있고, 인희는 그 노랫소리에 귀를 기울이고 있다.

도진의 라디오 방송 12일째, 「'첫눈에 반하다'. 이 말을 들으면 어떤 생각이 가장 먼저 떠오르시나요? 이 말에 이르기까지 그 사람의 외모나 목소리, 매력이나 성품, 또는 각인될 만한 상황, 단어나 글, 이미지일 수도 있겠는데요. 아름다움이나 친절함, 강렬한 무언가나 의외성, 나도 모르는 사이에 뛰고 있는 심장 소리에 이끌려 그런 감정들이 생긴 적이 있으신가요? 첫눈에 반했다는 건 쉽게 나타나는 감정은 아닐 테지만, 그 우연한 감정이 무시 못 할 운명이 되기도 합니다. 언젠가 그 우연한 감정이 우리를 괴롭게 하기도, 고통을 주기도 한다는 단점이 존재하기도 하는데요. 저 역시도 그런 감정을 일깨워준 한 사람이 있습니다. 스무 살이라는 나이에 첫눈에 반했던 그 여학생이 오늘 문득 생각이 나네요.」 도진의 말이 끝나자 Ant Saunders의 〈Yellow Hearts〉 노래가 라디오에서 흘러나오고 있고, 인희가 식사하다가 그의 말을 듣고서 순간 놀라며 그릇 위에 포크를 떨어뜨린 채 두 눈만 깜박이고 있다.

도진의 라디오 방송 13일째, 「어떻게 할 수조차 없는 상황으로 인해 운명같던 사랑이 방해를 받게 된다면, 순간 그 현실을 포기하고 싶을 정도로 허무하고 슬픈 감정이 마음에 가득할 것이고, 그렇게 되면 될수록 두 사람의 시간은 더욱더 소중해지고, 간절해지게 될 겁니다. 내가 그 사람을 좋아하고, 그 사람이 나를 좋아하게 될 확률은 낮을지라도 서로의 얼굴을 마주하며 웃음 짓는 일이란 참으로 아름다운 일이기도 한데요. 인생을 살아가는데 있어서 가장 큰 이유 중 하나가 바로 누군가를 사랑하고, 사랑받는 일이라 생각합니다. 언젠가 그 한때를 돌아보고 생각하다 보면 아름다운 사랑이건 슬픈 사랑이건 결국에는 가치 있는 추상이 되지 않을까 생각하는데요. 사랑이란 마음을 넉넉하게도, 풍족하게도 해준답니다.」 도진의 말이 끝나자 Avicii의 〈Waiting For Love〉가 라디오에서 흘러나오고, 인희는 그 노랫소리를 들으며 가만히 앉아있다.

도진의 라디오 마지막 방송 날이 되었다. 「그런 사람이 있습니다. 행동 하나하나, 손길 하나하나에서 민들레 꽃씨처럼 가벼이 흩날리는 사람. 그 사람의 웃는 얼굴을 보고 있으면 그 옆에 있는 사람한테도 청량한 기운을 내주는 사람. 그 사람의 말에서는 아름답고, 깨끗한 마음이 겉으로 드러나고, 그 사람이 주는 섬세한 배려 속에서 보살핌과 편안함이 느껴지고, 때로는 그 사람의 아픔이 가냘파 보이기도 하지만 보기보다 결코 가녀리지 않은 사람. 그 사람으로 인해 불치병이 생기는 동시에 또 그 사람만 생각하면 그 아픔이 사라지게 되는 모순적인 경험도 하게 됩니다.」 도진의 말이 끝나자 영화 〈만추〉 OST인 Thomas Greenberg의 〈The Right Path〉가 라디오에서 흘러나온다. 그의 말에 인희의 마음속에서는 작은 솜 방울들이 살랑거리기 시작하는데, 자신도 모르는 사이에 살짝 미소가 새어 나온다. 음악이 끝나고, 라디오 부스 안에서는 도진이 평소보다 떨리는 모습을 보이며 멘트를 하기 시작한다. 「안녕하세요. 〈특별한 오늘〉의 임시 DJ 임도진 입니다. 첫 곡으로 영화 〈만추〉의 OST인

Thomas Greenberg의 〈The Right Path〉를 듣고 오셨는데요. 오늘이 저의 라디오 방송 마지막 날이네요. 망설이는 겁쟁이에게 가능한 것은 없다는 생각으로 사실은 제가 2주 동안 자진해서 라디오를 맡게 된 것과 그동안의 오프닝 멘트를 직접 준비했던 일, 모두 제가 용기를 내서 한 행동들이었는데요. 청취자 여러분도 14일 동안 저와 정이 많이 드셨나요? 어떤 일이 불가능해 보이더라도 계속 뒤에서 숨을 수만은 없기에 용기를 냈던 일, 살면서 누군가에게 진실했던 적이 있으신가요? 그 친구가 이 방송을 듣고 있을지 잘 모르겠지만, 11년 전에도, 우리가 다시 만난 봄에도, 그리고 오늘도… 내 마음속에는 언제나 네가 자리 잡고 있었어. 2주간 내 오프닝 이야기로 인해 너의 하루가 잠깐이라도 행복해졌기를 바란다.」 미리 예고하지 않았던 갑작스러운 도진의 고백으로 인해 담당PD와 작가들이 경악하면서 그의 얼굴을 쳐다보고 있고, 라디오에 귀를 기울이던 인희 역시도 놀란 표정에, 몸은 굳어진 상태로 잠시 행동을 멈추다가 다시 정신을 차린 뒤, 물 한 모금을 마시면서 마음을 진정시킨다.

『11년 전이면 우리가 스무 살이던 처음으로 마주했던 그때다. 그리고 우리는 봄에 다시 만났다. 그렇다면 그동안 방송에서 말했던 도진이의 이야기가 전부 내게 한 말이었나. 그래서 꼭 방송을 들어달라고 한 건가. 도진이가 방송에서 고백을 했다. 나를 좋아한다고…. 그 말을 듣는 순간, 나는 이제 도진의 얼굴을 어떻게 봐야 하지. 오늘로 모든 것들이 확실해졌고, 도진이는 오랫동안 나를 좋아하고 있었다. 왜 이런 나를….』

그 후로 두 시간이 지나자 방송을 마친 도진이 라디오 부스 안에서 PD와 작가들의 질문 공세를 연거푸 받고 있고, 아나운서실 안에서도 선후배들의 질문 공세를 받아내며 대답 대신 어색한 웃음만 지어 보이고 있다.

『방송에서 내 고백 후, 회사 입사 이래 전 직원에게서 관심이란 관심은 모두 받게 되었고, 그날 포털 사이트에서는 나와 관련된 모든 단어들이 실시간 검색 순위에 잠시 동안 올라가는 경험도 하게 되었다. 내 마지막 방송을 듣고 있었던 은경은 라디오 방송 도중 실시간 문자에서도, 방송이 끝난 후에 전화 통화에서도, 내게 미쳤냐며 험한 소리를 해댔고, 친누나 역시 내 방송을 듣고서 오랜만에 연락을 해왔다. 하지만 정작 당사자인 인희에게서만 아무런 연락이 없었고, 휴대폰은 조용했다. 그러다 시간이 지나면 지날수록 갑자기 이런 생각이 들었는데, 벌써 일은 다 벌여놓고, 뒤늦게 서야 제정신이 돌아왔다고 해야 하나. 갑자기 후회가 밀려왔고, 은경의 말대로 그때 잠시 내 정신이 어떻게 되었다는 생각이 불현듯 스쳐 지나갔다. 앞으로 인희의 얼굴을 어떻게 봐야 하나….』

그 시각, 인희는 카페 안에서 멍한 표정을 지은 채 카운터 앞에 서 있는데「사장님, 오늘 임도진 아나운서가 방송에서 사랑 고백한 거 아세요?」지선의 두 눈이 휴대폰 화면에 고정된 채 놀라면서 말하고「아니, 그런 일이 있었어?」인희가 시치미를 뗀 채 놀라면서 말하자「네. 여기 기사에도 떴는데….」지선이 휴대폰 화면을 인희에게 보여준다.「그래?」인희가 많이 당황한 모습으로 두 눈을 크고 동그랗게 뜬 채 휴대폰 화면을 보는데「아무래도 누군가를 오랫동안 길게 짝사랑 중이었나 봐요. 좋겠다. 누군지 몰라도 방송에서 그런 고백도 받고…. 저는 오늘부로 임도진 아나운서에 대한 마음을 접었어요. 그나저나 그 여성분은 임도진 아나운서의 고백을 받아주겠죠?」지선의 말에「나야 모르지.」인희가 어색한 표정을 지은 채 고개를 떨군다.「도대체 어떤 분이길래, 그토록 오랫동안 한 사람만을 사랑할 수 있었던 걸까요. 그런데 사장님도 임도진 아나운서와 몇 년 만에 다시 만난 사이… 아니세요? 예전에 제가 듣기로는 두 분이 꽤 오래전에 봤다가 최근에 우연히 다시 만나신 거로 아는데요.」지선의 물음에 「어? 지난번에 도진이가 내게도 말했었는데, 좋아하는 사람이 있다고. 그렇게 만난 사람이 나 말고 또 있나 봐. 나는 아니야.」인희가 얼른 말을 얼버무리는데 「아, 그렇구나. 하여튼, 신기하네.」지선이 고개를 갸웃거린다.

그 다음 날부터 인희는 카페 안으로 들어오는 도진과 비슷한 체형을 한 정장을 입은 남자 손님만 봐도 흠칫 놀라게 되는데, 그 손님들 모두 도진은 아니었고, 그날도, 그다음 날도, 그 어디에서도 도진의 모습은 찾아볼 수 없었다.

『도진이가 소원이라며 꼭 방송을 들어달라고 한 그날부터 고백을 한 어제, 그리고 오늘, 그 다음 날에도 그의 모습은 보이지 않았다.』

카페에 도진이가 모습을 드러내지 않은 지 9일째 날이 되자 「엄마, 도진이 아저씨는 왜 여기에 안 와?」지예가 궁금해하면서 묻는데 「어? 많이 바쁘시대.」인희가 얼른 말끝을 흐린다. 그러다 10일째 되던 날부터 인희가 카페 문밖에 시선을 두며 서 있는데, 어느 순간부터 자신도 모르는 사이에 도진을 기다리고 있는 모습과도 같아 보인다.

『도진의 모습이 계속 보이지 않는다. 전화라도 해볼까 생각도 해봤지만, 전화해서 무슨 이야기를 해야 하나 싶어 결국엔 하지 않았다. 그러던 중, 오늘 은경에게서 연락이 왔는데, 도진의 라디오 방송을 잘 들었냐며 내게 물었지만, 듣지 못했다고 했다. 그러자….』

저녁이 되었고, 한가해진 인희가 카페 안에서 차를 마시며 쉬고 있던 그 때 도진이 안으로 들어오는데, 전혀 예상하지도 못했던 그의 방문에 인 희가 놀란 표정을 짓는다. 「잘 지냈어?」 도진이 어색한 듯 웃으면서 인사 를 건네자 「어, 응…. 오랜만이다. 요즘, 바쁜 일이 있었나 봐.」 인희는 도 진의 눈을 제대로 마주치지 못한 채 말한다. 「연락이라도 올 줄 알았는 데….」 도진은 휴대폰만 만지면서 말하고 있고 「나도 그동안 바빠서….」 인희는 머그잔의 손잡이 부분을 만지작거리면서 답한다.

『인희가 내 고백을 들었다. 인희는 은경에게 내 방송을 듣지 않았다고 말했지 만, 평소와는 다른 인희의 어색한 태도에서 바로 느낄 수 있었다. 인희의 그 모 습을 보니, 라디오 마지막 방송에서 내가 괜한 말을 했구나. 성급했다. 내가 인 희에게 또 하나의 걱정거리를 안겨주었구나. 상황을 불편하게 만들었구나. 나 는 안 되는구나. 나는 인희에게 친구 이상은 힘들겠구나. 이런 생각들이 내 머 릿속을 스쳐 지나갔고, 순간 숨을 쉬는 것조차 답답하게 느껴지면서 마음이 슬 퍼졌다.』

두 사람은 아무런 말없이 그 자리에 있다가 갑자기 도진이 아무렇지 않 은 말투로 이 답답한 분위기를 벗어나려고 한다. 「인희야, 난 오늘은 아 이스초코로 마실게. 오늘은 달콤한 초코가 당기네. 초코 줘. 빨리빨리….」 도진의 말에 「어? 어… 알았어. 기다려. 금방 만들어줄게.」 인희가 서둘러 조리대 쪽으로 향한 뒤, 아이스초코 음료를 만들면서 갑자기 무표정이 된 도진의 얼굴을 살짝 쳐다보게 되는데, 그 모습을 보고는 한숨을 조용 히 내쉬고 만다.

『도진아, 미안해… 네가 싫은 건 아니야.』

집에 도착한 도진은 정장을 입은 채 힘없이 소파에 몸을 기대고 있다가 냉장고 안에서 맥주 한 캔을 꺼낸 뒤, 뚜껑을 따서 한 모금을 들이킨 후, 고개를 숙이고 있다가 은경에게 전화한다. 「어. 도진아, 어떻게 됐어?」휴대폰 너머로 은경이 말하는데 「오늘, 인희의 표정을 보니까 그날 방송을 들은 것 같아. 행동도 어색하고, 나와 눈도 마주치지 않고, 내 얼굴을 보자마자 당황한 모습이던데?」도진이 힘없이 말을 하자 「인희가 나한테는 방송을 못 들었다고 했는데….」은경의 말에 「민망하니까 그렇게 말했겠지.」도진이 말하고 「그럼, 너… 차인 거지? 괜찮아?」은경이 조심스럽게 말하는데 「네가 볼 때는 내가 괜찮아 보이냐? 그래서 나 지금 술 마시는 중이야.」도진이 허탈해하자 「그러니까 방송에서 왜 그런 말을 해서… 이게 무슨 망신이야.」은경이 말하는데 「정말 후회된다. 오늘 카페에서 애써 아무렇지 않은 척을 했는데…. 너도 그 상황에 있어 봐. 눈물이 나올 뻔 했던 걸 겨우 참았다.」「그래도 인희가 그 방송을 들었어도 못 들었다고 했으니 그런 줄 알고, 친구로라도 옆에 있어. 그러고 있다 보면 언젠가 또 기회가 찾아오겠지. 아직 덜 가까워져서 그래. 이번처럼 성급하게 행동하지 말고, 천천히 다가가자.」「마음은 아프지만, 나도 그럴 생각이야.」「그래. 네가 그러는 동안 인희가 그날의 진실을 내게 말해줄 때까지 옆에서 은밀하게 알아보고 있을게.」「응. 그렇게 해줘.」도진이 말한다.

『또 언제일지도 모르는 세 번째를 기약해야 한다. 여기에서 하나의 정확한 사실은 인희의 마음속에서 나라는 존재가 아직은 아니라는 거….』

같은 시각, 늦은 밤이 되도록 잠이 오지 않던 인희는 어두운 방 안에 누워 깊은 생각에 빠지게 된다.

『오늘, 도진이가 나를 보자마자 어떤 생각이 들었을까. 오늘 다시 도진이의 얼굴을 보게 되니, 그날의 고백이 떠올랐고, 그동안 그와 함께 나누었던 추억들과 기억들까지도 내 머릿속에 스쳐 지나갔었다. 재회한 지 얼마 되지도 않아 내 눈물을 본 사람이자 기쁨도 즐거움도 함께 한 사람. 옆에서 나를 도와주기도, 걱정도 해주던 사람. 이 외에도 많은 일들이 떠올랐고, 도진이가 함께 해준 모든 순간들이 고맙게 느껴졌다. 언제나 그와 함께 있으면 마음이 편했고, 따뜻했으며 웃음이 나왔다. 하지만 최근 도진의 방송을 듣다가 약간 설렜던 것 빼고는 친구 이상의 감정을 느낀 적은 없었다. 이제야 다시 생각을 해보니 오랫동안 나를 잊지 않고, 좋아하던 그의 마음이 고맙게 느껴졌고, 그동안 많이 힘들었을지도 모른다는 생각이 들기도 했다. 나를 향한 도진의 사랑이 힘들었겠다고 생각하니 마음이 아팠다. 오랜만에 그를 보는 내내 어색해진 내 모습을 보고 혹시나 상처를 받지나 않았을까. 도진에게 아무렇지 않게 행동하고 싶었는데, 아직은 내 모습이 많이 부족해 보인다. 언젠가 시간이 해결해주겠지. 그럼, 도진이도 나를 다시 친구로 생각하며 서로를 아무렇지 않게 마주 볼 것이다. 그때에는 도진의 마음도, 내 마음도 다시 편안해지겠지. 내게 있어 도진이는 가장 소중한 친구이기에 이대로 계속 남아줬으면 하는데… 도진이의 생각도 나와 같을까?』

그 시각, 도진이도 오지 않는 잠을 청하며 몸을 이리저리 뒤척인다.

『잠이 오지 않는다. 지금, 인희의 마음은 어떻고, 무슨 생각을 하고 있을까? 내가 불편할까. 아니면 나로 인해 힘들까. 내게 좋지 않은 방향으로 흘러가게 되더라도 인희의 마음이 더 중요하다. 그렇지만, 내 마음도 중요하다. 이렇게나 힘들어하고 있는 내 마음을 인희도 알까. 오랜 세월을 기다리고, 기다렸던 내 마음을… 그 세월 동안 내 힘들고, 지쳐있던 마음과 말로는 표현하기 어려운 감정들을 인희가 알아줬으면 좋겠고, 언제가 되더라도 내게 마음의 문을 열어줬으면 한다. 어디에도 말하지 않은 이야기지만, 사실 난 너무 힘들고, 또 많이 지쳐있다.』

마음을 추스를 시간이 필요했던 도진은 그날 이후로 6일 만에 카페에 모습을 드러낸다. 「어, 도진아!」 인희가 말하자 「어, 인희야. 난 오늘은 과일 주스로 아무거나….」 도진이 아무렇지 않은 듯 반가워하며 말한다.

『왜 내가 6일 만에 나타났는지 인희는 묻지 않았다. 그렇게 우리는 이런 상황과 분위기를 시간에 맡긴 채 지나쳐 가려 한다.』

도진은 카페를 나온 뒤 집으로 향하고, 그 주변에서 저 두 사람의 모습을 처음부터 끝까지 몰래 지켜보고 있던 도진의 친누나인 미진이 카페 안으로 들어갈지 말지 망설이다가 결국 안으로 들어선다. 「어서 오세요.」 인희가 미진에게 인사를 하자 「아. 네, 카페라떼.」 미진이 당황해하며 메뉴판에 바로 눈에 보이는 커피를 아무거나 주문하고 계산까지 마친 뒤, 의자에 앉아서 인희의 모습을 슬쩍슬쩍 몰래 쳐다보기 시작한다. 드디어 완성된 커피를 인희가 손에 들고서 미진의 테이블 위에 올려놓은 뒤, 퍼즐을 맞추고 있던 지예의 옆자리로 가서 앉는다. 「엄마, 이거 어디에 넣는 거야? 지예는 모르겠어.」 지예가 퍼즐 한 조각을 손에 들고서 꽤나 고심하는 표정을 지으며 인희에게 묻자 「어디 보자. 같이 해볼까?」 인희가 말하는데 「응, 엄마.」 「여기도 아니고, 저기도 아니고… 어렵네.」 인희가 퍼즐 한 조각을 들고, 퍼즐 판 위에 여러 번 옮기면서 말하자 「도진이 아저씨는 잘 맞추던데… 나중에 아저씨가 오면 도와달라고 해야겠다.」지예의 말에 「지예가 말해.」인희가 웃으면서 말하자, 지예가 알겠다고 한다. 그 근처에서 둘의 대화를 몰래 듣고 있던 미진은 갑자기 안색이 나빠진 채로 그대로 카페를 나간 뒤, 곧장 어머니 댁으로 달려가서 오늘 있었던 일을 전한다. 「엄마, 아무래도 도진이가 애 있는 여자를 좋아하나 봐.」미진이 흥분한 모습을 보이면서 말하고 「이건 또 무슨 소리야.」어머니가 놀라서 되묻는데 「그때, 방송에서 도진이가 고백한 이후로 도대체 그여자가 누구인지 궁금해서 그날부터 걔 뒤를 밟았거든… 그랬더니 도진이가 말한 대로 웃는 얼굴이 뭐가 어떻고, 가냘파 보이는 그런 여자가 걔 주변에 딱 한 사람 존재하더라고….」미진의 말에 「그 여자가 확실해?」「응. 걔 주변에 여자가 없어서 찾기가 쉬웠다니까…. 그리고 촉이 와. 아무리 생각을 해봐도 그때 말한 그 여자가 저 여자인 것 같아. 그런데 애가 있더라니까!」「애가 있는 여자라….」「도진이한테 직접 물어볼까? 아무튼 쟤도 참… 여자도 많고 많은데, 하필이면….」미진의 이야기를 다들은 어머니는 심란한 표정을 지은 채 입을 굳게 닫아버린다.

그로부터 약간의 시간이 지나 인희는 카페를 마감한 뒤, 지예와 손을 마주 잡으며 집으로 향해 걸어간다. 「우리 지예… 매일 이런 하루… 괜찮아? 재미없지?」인희가 지예에게 묻자 「음, 심심하긴 한데, 괜찮. 엄마랑 있으니까!」지예가 씩씩하게 대답한다. 「엄마도 지예와 같이 있어서 좋긴 한데, 걱정이야. 지예가 이렇게 시간을 보내는 것보다는 뭐 하나를 더 배워보는 게 어떨까? 다른 거 뭐 배워보고 싶은 거 있어? 여름 방학도 곧 있으면 다가오니까… 그럼, 시간이 더 많아지잖아. 방학 동안에 미술이나 악기를 배워보거나 여름이니까 수영도 배워 볼래? 지예야, 방학 동안에 여러 가지를 배워 보기로 하자. 엄마는 지예가 그랬으면 좋겠어. 어때? 지예야?」인희의 말에 「응. 알았어, 엄마.」지예가 답하고 「지예야, 엄마는 지예한테 이것저것 많은 것을 해주고 싶은 마음이 크지만, 지예가 감당하기 힘들면 힘들다고 말해줘야 해.」「응. 알았어, 엄마.」「그리고 내일은 엄마가 쉬는 날인데, 우리 뭘 할까? 집에서 파스타를 만들어 먹으면서 애니메이션이나 볼까?」「응! 엄마, 지예 신나!」「알았어. 그렇게 하자.」인희가 지예의 밝은 모습을 지켜보면서 미소를 지어 보인다.

『나의 행복은 지예와의 이런 소소한 일상들을 함께 나누는 것이다. 평소에는 지예와 함께 할 수 있는 시간들이 적어 많이 아쉽기는 하지만, 이런 엄마의 상황을 이해하는지 어린 지예의 투정이 점점 줄어들고 있다. 자식에게 이것저것 좋은 것들을 많이 보여주고 싶고, 해주고 싶은 것들이 많다는 건 이 세상 모든 부모들의 마음과도 같을 것이다. 남 부럽지는 못하더라도 내가 할 수 있는 제한된 부분 안에서만큼은 지예에게 해주고 싶은 것들이 언제나 많다. 내게는 우리 지예가 보석과도 같은 자식이기에 지예를 위해서 삶을 살아가고 싶다.』

다음 날, 인희와 지예는 미트토마토파스타를 먹으면서 TV 영화 채널에서 나오는 애니메이션을 웃으며 시청하고 있다.

『지예와의 이런 평범한 일상들이 내게는 가장 소중한 시간이다. 이런 작지만 행복한 일상들이 변함없이 계속되기를…. 오늘처럼 항상 웃을 순 없더라도 서로를 생각해주는 마음만은 크기를 바랄 뿐이다. 이 세상에 가족은 나와 지예뿐이니까….』

그로부터 얼마 지나지 않아 은경이한테서 전화 한 통이 걸려온다. 「어, 은경아. 응? 그래. 와도 돼. 오늘은 쉬는 날이라서 지예와 점심을 먹으며 애니메이션을 보던 중이었거든. 그래. 그러던지. 응….」 인희는 전화를 끊은 뒤 「지예야, 은경이 이모가 오늘 놀러 오겠대.」 인희가 지예한테 말하자 「은경이 이모? 우와, 빨리 오라고 해!」 지예가 기뻐하면서 말하고 「근처래.」 「응!」 15분 정도 지나자, 초인종 벨소리가 울린다. 인터폰 화면 안에서는 더위에 지친 은경의 얼굴이 보이고, 인희가 서둘러서 현관문을 열어주는데, 은경의 양손에는 먹을 것들이 가득하다. 그 종이봉투 안에는 지예에게 줄 과자와 간식, 어른들이 마실 맥주가 들어있다. 은경은 현관에 들어서자마자 곧장 에어컨 앞으로 달려가서 땀을 식히고 있고, 인희는 견과류 안주와 맥주를 챙긴 뒤 거실로 향한다. 지예는 어느 틈에 벌써 과자 한 봉지를 뜯고서 애니메이션을 마저 다 시청하다가 라스트 씬을 끝으로 졸린 눈을 하며 방 안으로 들어가고, 거실에 남은 인희와 은경은 다른 채널에서 방영 중이던 범죄 스릴러 영화를 시청하면서 대화를 나누기 시작한다. 「우리, 정말 오랜만이다. 일은 어떻게 돼가?」 인희의 물음에 「응. 이제 두 권 끝나가.」 은경이 말하자 「빨리 읽어보고 싶다.」 「응. 나도 빨리 완성하고 싶어. 그나저나 우리 모임도 두 달이 넘게 못 했네. 도진이는 지금 뭘 하고 있으려나… 여기로 부를까?」 「어?」 인희가 갑자기 놀라면서 말하고 「왜 놀라? 부르면 안 돼?」 은경의 말에 「아니… 불러.」 인희가 작은 목소리로 답하자, 은경이 바로 한손에 휴대폰을 드는데 「은경아, 오늘은 우리끼리 마시면 안 될까?」 인희가 서두르면서 말하자 「왜?」 은경이 묻는데 「아니… 그냥, 우리 둘이서 너무 오랜만이고 해서….」 인희가 말끝을 흐리자 「도진이랑 무슨 일 있었어?」 은경의 물음에 「아니….」 인희가 시선을 피한 채 맥주를 한 모금 들이켜고, 그로부터 은경의 끊임없는 추궁에 결국 인희가 못 이겨서 말한다. 「사실… 나… 도진이 방송 들었어.」 「어? 그래? 들었구나.」 은경이 약간 놀라는데 「은경아,

혹시 너도 끝까지 들었니?」 인희의 물음에 은경이 그렇다고 하자 「도진이가 방송에서 말했던 그 사람이 나 맞지?」 인희가 은경에게 조심스럽게 물어보는데 「응. 내가 알기로 11년 전이면, 그때 그 사람은 너밖에 없거든.」 은경이 잠시 머뭇거리다가 답하고 「너는 알고 있었구나. 아무튼, 그래서 일단은 모르는 척하며 지내려고 했는데, 도진이 얼굴을 보는 순간, 그게 잘 되지가 않더라고…. 아무렇지 않게 행동하려 한 내 모습이 다 표시가 나.」 인희의 말에 「그 고백을 듣고, 너는 마음이 어땠어?」 「처음에는 긴가민가했다가 솔직히 말해서 도진이가 고백했던 그 말들이 당사자가 아니더라도 좀 설레잖아. 그래서 설레기도 했고, 잠깐이었지만 마음이 흔들리기도 했어.」 인희의 말이 끝나자 「진심이 느껴졌지?」 은경은 살짝 미소를 지으면서 말하는데 「응. 그래서 도진이를 제대로 못 보겠어. 게다가 나에게 있어서 도진이는 친구잖아.」 「괜찮아. 뭐 어때? 너한테는 도진이가 친구일지 몰라도, 도진이는 아니잖아. 그냥, 마음이 가면 가는 대로… 가지 않으면 않는 대로 유연하게 넘기면 돼. 너무 부담 갖지 마. 도진이 정도면 괜찮은 남자잖아. 거기에다 남자로도 매력 있지. 순정적인 면도 있는 데다가 좋은 사람이잖아. 마음이 설레고, 흔들렸다면 그렇게 마음이 가는 대로 맡겨봐. 자꾸 감추려 하지도, 숨기려 하지도 말고…. 또, 마음을 애써 닫으려 하지도 말고…. 도진이는 오랫동안 널 마음에 두었던 사람이야. 이제 너도 알게 됐잖아. 나도 걔를 11년이라는 오랜 세월 동안 옆에서 봐와서 잘 알지만, 내가 너한테 굳이 걔가 어떤 사람인지 말하지 않아도 너 역시도 잘 알고 있잖아. 지금 당장은 무리일지 몰라도 조금씩 마음을 열어줘. 나는 네가 좋고 소중한 만큼 도진이도 좋으니까….」 은경이 자신의 생각을 인희에게 솔직히 전달한다.

『은경의 말이 맞다. 도진이는 충분히 좋은 사람이다. 하지만 나는 그런 은경에게 어떠한 대답도 하지 않았다. 아직 내 마음속에는 그 어떠한 확신도 없었기에…. 나도 내 마음을 잘 모르겠다.』

밤늦은 시간에 도진이 캔맥주를 마시면서 거실 소파 위에 앉아 리모컨으로 TV 채널을 이리저리 돌리고 있는데, 은경으로부터 휴대폰 벨소리가 울리기 시작한다. 「어, 은경아.」 도진이 말하자 「도진아, 난 오늘 네 편에 서서 엄청 노력했어.」 은경이 대뜸 이 말부터 하는데 「무슨 노력?」 도진의 물음에 「도진아, 심장 잘 붙잡고 있어. 잘 붙잡았어?」 은경이 말하자 도진은 성의 없이 「응.」이라고 대답을 하는데 「인희가 네 라디오를 끝까지 다 들었대. 네 그 고백에 설렘 잠깐, 흔들림 잠깐이었다고 하더라.」 은경의 말에 「진짜? 정말? 인희가 잠깐이라도 설레고, 흔들렸다고?」 갑자기 도진의 심장이 벅차오르는데 「그런데, 인희가 더 이상의 마음을 보이지 않아. 설레고, 흔들렸지만 그 정도로만 남겨둔 채 끝맺으려 하고, 닫으려 한다고 해야 하나…. 어떡하지? 비록, 친구로 남게 되더라도 너무 실망하지 마.」 은경이 힘없이 말하자 「괜찮아. 이런 이야기를 들으니 갑자기 없던 힘이 다 생긴다. 그동안 부정적인 생각만 하고 있었는데, 다행이다. 그래도 조금의 희망이 생겼다고 생각하니, 기분이 한결 나아졌어. 설레고, 흔들렸지만, 닫으려 한다면 계속해서 내 나름의 진심을 보여주며 다시 열면 되는 거니까…. 어쨌든 아주 작은 틈이라도 생겼다는 말이니까… 만약, 잘되지 않는다 하더라도 실망하지 않을게. 오늘 중요한 이야기를 들려줘서 고맙다.」 도진이 은경에게 고마운 마음을 전하는데 「그래. 도진아, 넌 참 밝아서 좋아. 안심이다. 그럼, 끊을게.」 「응.」 도진은 한결 밝아진 모습을 하며 전화를 끊는다.

『그동안 꽤나 막막했었는데, 그나마 다행이다. 그 당시, 인희의 솔직한 감정들을 이렇게나마 은경으로부터 전해 들으니 없던 힘이 다시 생겼다. 나는 이제 걱정하지 않는다. 인희가 마음을 닫으려 한다면 내가 다시 열면 되니까… 다시 설레도록 마음을 흔들면 되니까… 비록, 희미한 빛줄기일지라도 희망이 보였고, 기회가 보였다. 내가 정우 씨가 아니더라도, 서원 씨가 아니더라도, 이제는 괜찮다. 저 두 사람의 모습과는 다른 '나'라는 사람에게 인희가 잠시라도 떨렸으니까….』

✽ ─ 도진의 라디오 마지막 방송이 끝난 날로부터 9일이 지난 날의 일이다. 인희가 딱 하루 못 들었던 그의 5일째 날 라디오 방송을 노트북으로 다시 듣고 있는데, 그의 목소리가 시그널 음악과 함께 흘러나오고 있다. 「북극과 남극 지방 밤하늘에 이따금 나타나서 신비로운 형상의 빛을 내는 오로라에 대해 다들 알고 계시나요? 오로라는 춥디추운 북극과 남극 밤하늘에 형형색색으로 자연의 아름다운 빛을 나타내며 몽환적인 물결빛을 펼쳐 보이는데요. 빨강, 노랑, 하양, 초록, 보라가 형광빛을 내며 춤을 추듯 움직이고 있는 형상을 감상하기란 그곳에서조차도 흔치 않은 광경이라고 합니다. 가장 뚜렷한 오로라의 모습을 보고 싶다면 아이슬란드 〈레이캬비크〉라는 장소로 밤이 긴 겨울 저녁에 나서길 권한다고 하는데요. 그만큼 오로라를 보긴 힘들지만, 막상 보게 되면 잊을 수 없을 정도로 환상적이면서도 아름다운 감정과 느낌을 보는 이들에게 가져다준다고 합니다. 별빛을 좋아하는 사람에게는 최고의 선물이 되지 않을까요? 저도 언제가 될지 모르지만, 별을 좋아하는 그 사람과 꼭 한번 가보고 싶은 곳이기도 합니다.」 Fromm의 〈Pieces of You and Me〉라는 음악이 흘러나오는데, 그 노래를 들으며 인희는 평소 자신의 휴대폰 배경이던 핑크

빛 오로라 화면을 바라보며 살짝 미소를 지어 보인다. - ❀

❀ – 인희가 거실에서 플라스틱 그릇 안에 붉은 봉선화 꽃잎과 초록 잎사귀를 한 움큼 넣고, 티스푼 정도의 미리 빻아 놓은 소금을 같이 섞은 뒤, 두꺼운 플라스틱 막대로 그 잎들을 콩콩 찧는다. 색은 점점 검은 빛으로 진해지며 즙이 나올 때쯤 지예의 열 손톱 위에 매니큐어를 칠하듯 봉선화를 두껍게 올린 후, 손톱 주변 하나하나를 비닐로 칭칭 감아 실로 고정한다. 그렇게 하룻밤을 자고 일어났더니 지예의 손톱이 어느새 봉선화 꽃의 주홍 빛깔로 곱게 물들어있다. 「엄마, 이것 봐.」 지예가 주홍빛으로 곱게 물들어진 자신의 열 손가락을 인희에게 펼쳐 보이면서 신기해하듯 말하는데 「시간이 지나면 점점 색이 옅어지면서 아주 예쁜 색으로 변하게 될 거야.」 인희가 웃으면서 말하자 「우와, 신기하다.」 지예가 말하고 「이게 봉선화 물들이기라는 건데, 요즘에는 잘 하지 않는 것 같지만, 엄마도 지예의 나이던 여름 방학에 해본 추억이 갑자기 떠올라서 해줘 봤어. 지예가 좋아하니 엄마도 기분이 좋다. 지예야, 그거 알아? 첫눈이 올 때까지 지예의 손톱에 봉선화 색이 남아있으면, 사랑이 이루어진다는 이야기.」 인희의 말에 「진짜? 우와, 엄마도 해.」 「아니야.」 「엄마도 같이하자.」 「아니야. 괜찮아.」 두 사람은 그렇게 웃는다. – ❀

한여름 속 무더운 날씨를 갑자기 쏟아져 내리는 소나기가 식혀주다가 또다시 뜨거운 태양 볕이 내리쬐는 날씨가 하루에도 몇 번을 반복하고 있다.

『이제, 인희도 내 마음을 알고, 나도 인희의 마음을 알게 되었다. 비록, 작은 흔들림이었을 테지만, 인희는 앞으로도 계속 모르는 척을 하며 내 진심에 대해 침묵을 지킬 것이다. 내가 그 사람에게 향해 가는 길이 순탄치만은 않겠지만, 그래도 괜찮다. 그리고 나는 믿는다. 내가 진실된 마음을 계속해서 보여준다면 언젠가는 인희의 마음도 열리게 될 거라고…. 하지만 내게 싫은 내색을 보인다면, 그때에는 그만둘 생각이다. 내 마음이 중요하듯 인희의 마음도 중요하니까….』

퇴근을 마친 도진이 심호흡을 크게 내쉰 다음 카페 안으로 들어간다. 그 인기척에 인희가 카페 문 쪽을 쳐다보던 중, 도진과 눈이 마주치자 잠시 어색해하다가「어, 왔어?」라고 말하고「응.」도진의 말을 끝으로 또다시 정적이 흐르게 되는데「오늘은 오렌지 스무디로 할게.」도진이 메뉴를 고르자「어. 알았어.」인희는 재료를 믹서기 안에 넣은 뒤 갈기 시작하고, 도진은 퍼즐을 맞추면서 놀고 있던 지예의 자리로 가서 앉는다.「아저씨가 어려운 걸로 사왔는데도, 지예는 잘 맞추네.」도진의 말에「어, 안녕하세요. 아저씨, 저 퍼즐 하는 거 도와주세요.」지예가 말하자 두 사람은 퍼즐을 같이 맞추기 시작하고, 이내 인희가 그 테이블 위에 완성된 스무디를 올려놓고 가려 한다.「인희야, 손님이 올 때까지 우리 같이 퍼즐 맞추고 있자.」도진이 인희에게 웃으면서 말을 건넨다.「아니, 나는 잘 못 해서… 괜찮으니 둘이서 놀아.」인희가 카운터로 가려 하자 도진이 같이하자며 인희의 손목을 조심스럽게 잡아끌고, 그의 갑작스러운 행동에 인희가 당황한 나머지 슬며시 손목을 푼다.「엄마도 같이하자. 응?」지예가 그 옆에서 거들자 그제야 인희가 자리에 앉으며「엄마는 잘 못 하는데….」라고 말하자「그럼, 우리가 하는 거 보고 있어. 옆에 앉아만 있어도 되니까….」 도진의 말에 인희는 고개만 끄덕인다.

『도진아… 전에는 그냥 넘길 수도 있었던 일들이 어느 순간 네 마음을 알고 난 후로부터 왜 이렇게 내 마음과 행동들이 어색해지면서 갑자기 혼자 당황하고, 놀라는 일들이 많은지 모르겠어. 게다가 심장은 왜 이렇게 떨리는지… 시선은 또 어디에 두어야 하는지 잘 모르겠다. 네가 싫은 건 아닌데, 이상하게 어디론가 자꾸만 피하고 싶은 마음만 들어.』

한편, 그 카페 근처 모퉁이에 숨어있던 도진의 어머니와 친누나인 미진이 저 세 사람의 모습을 몰래 훔쳐보고 있는데 「보통 사이가 아닌 것 같아. 들어서자마자 도진이가 저 여자 딸 옆에 앉지를 않나. 여자 손목을 잡지를 않나.」 미진이 말하자 「이놈의 자식이… 여자도 많고 많은데….」 어머니는 갑자기 화를 내기 시작하시고 「11년 전부터였대. 그나저나 쟤는 저 카페를 매일 같이 들르나 봐.」 미진이 말하는데 「11년 전이면 도진이가 스무 살 때부터지? 아니, 근데 하필이면 왜 아이가 있는 여자야.」 어머니께서 역정을 내시면서 말하자 「엄마, 가자. 들키겠다. 오늘은 여기까지만 하기로 해.」 미진이 어머니의 팔을 잡아 이끌면서 말하는데 「어휴, 내 팔자야.」 어머니가 주먹으로 가슴을 치면서 발걸음을 돌린다.

카페 안에서는 도진이와 지예가 퍼즐 놀이를 끝까지 다 맞춘 뒤, 「드디어, 다 맞췄다.」라며 도진이가 자리에서 일어나 외치는데 「우와, 아저씨… 엄청 잘한다.」 지예가 〈반 고흐의 별이 흐르는 하늘의 론 강〉이라는 명화 그림의 완성된 퍼즐을 보면서 기뻐하는 모습에 「아니지. 우리 지예가 다 맞춘 거잖아. 아저씨는 지예가 거의 다 맞춘 조각에 몇 조각만 맞춘 거라서 별로 한 게 없는데?」 도진이 말하자 인희는 그 두 사람의 모습을 지켜보며 살짝 미소를 짓고서는 다시 카운터로 향한다. 도진도 살짝 스쳐 갔던 인희의 표정을 보며 내심 흐뭇해하다가 두 사람과 작별 인사를 나눈 뒤 카페를 나가는데, 인희가 걸어가는 그의 뒷모습만 바라보며 서 있다.

『도진이가 기억하고 있던 11년 전의 나라는 사람은 어떤 모습의 사람이었을까. 어쨌든 이런 나를 아직까지 좋아해주고, 오랜 세월로부터 마음속에 잘 간직해줘서 그저 고마울 따름이다. 나는 정말 아무것도 아닌 사람인데, 그는 우리 지예에게도 신경을 써주며 시간을 보내고, 같이 놀아주고… 우리에게 이런 진실된 모습을 보여준 도진에게 상처주고 싶지는 않은데… 이 생각을 하고 있는 이 순간에도 머릿속은 복잡해지고, 마음속은 답답하기만 하다.』

같은 시각, 제법 밝아진 저녁 여름 거리 속, 도진이 입가에 미소를 머금은 채 길을 걸어가고 있다.

『인희의 손목을 카페 안에서 잠시 잡았을 때, 약간의 떨림이 느껴졌었다. 그 떨림이 내가 긴장을 해서 느낀 떨림인 건지, 인희의 떨림인 건지, 그것도 아니라면 나와 인희가 동시에 느꼈던 떨림인 건지… 아무튼, 서두르고 조급한 마음보다는 그저 인희의 마음속에 천천히 들어가고 싶다. 방송에서의 내 고백과 은경으로부터 인희의 속마음을 전해들은 그 날부터 이상하게도 내 마음은 한결 편안해졌다. 그래서 한 번이라도 인희의 웃는 얼굴이 더 보고 싶어졌고, 어떠한 핑계를 대서라도 손목도 한번 잡아보고 싶어졌고, 또 언젠가 그녀의 마음을 토닥여주고도 싶다.』

다음 날, 도진이 아나운서실 안에서 업무를 보던 중, 그 근처에서 씁쓸한 표정을 짓고 있던 세주가 그의 얼굴을 빤히 쳐다보며 서 있다. 그때, 도진의 휴대폰에 전화 한 통이 걸려오고, 전화를 받기 위해 그가 잠시 아나운서실을 나간 사이, 세주가 선배 성도의 자리로 가서 「선배님⋯.」이라며 작은 목소리로 부르자 「어, 왜?」 성도가 말한다. 「혹시, 도진 선배님이 좋아한다던 사람이 어떤 분인지 알 수 있을까요? 계속 회사 안팎으로 이슈가 돼서 궁금하기도 하고⋯.」 세주의 말에 「나도 잘 몰라. 도진이가 내게도 말을 해주지 않더라고⋯ 오랜 친구였고, 도진이가 그 사람을 오랫동안 짝사랑하고 있었다라는 사실 말고는⋯.」 성도가 말하는데 「아, 네⋯.」 세주가 입술을 지그시 깨문 뒤, 근심이 가득한 표정을 지으며 제자리로 돌아간다.

도진은 방송국 복도에 서서 어머님과 통화 중인데 「너는 어떻게 된 게 그때 나가서 여태껏 한 번이라도 집에 얼굴도 보여주지 않는 거니? 곧, 퇴근 시간이지? 오늘 같이 저녁 식사나 할 겸 얼굴이나 좀 보자.」 어머니가 말씀하시자 「네. 어머니.」 도진이 말하고 「그래. 집으로 오렴.」 「네.」 그렇게 도진은 회사 업무를 마친 뒤, 서둘러 퇴근하고 회사 근처 과일 가게로 들어가 열대 과일 바구니를 구입한 후, 바로 본가로 향한다. 어머니는 주방에서 된장찌개를 끓이고 계시다가 현관 쪽에서 초인종 벨소리가 들려오자 인터폰 화면 속에 있는 도진의 얼굴을 확인한 뒤 얼른 문을 열어준다. 그래도 오랜만에 보는 아들 얼굴이라 그런지 반갑기도 하고, 그동안 혼자 잘 먹고 다녔는지 혈색까지 좋아 보여 안심을 하게 된다. 「저 왔어요. 그동안 잘 지내셨죠?」 도진이 과일 바구니를 어머님께 건네면서 말하는데 「그래.」 어머니는 과일 바구니 속, 군데군데에 처음 보는 과일들이 껴있는 걸 보고 신기해하며 주방으로 갖고 가신다. 어느새 식탁 위에는 저녁 밥상이 차려있고 「어서 먹어.」 어머니의 말씀에 「네.」 도진이 수저를 들고, 아직 식지도 않은 된장찌개 국물을 후후 불어가면서 마신 뒤, 식사하기 시작한다. 「그동안 밥은 어떻게 해먹고 다니는 거야? 인스턴트만 먹고 다니는 건 아니지?」 어머니께서 말씀하시자 「아니에요.」 도진이 말하고 「그래. 얼른 먹어라.」 어머니는 아들 도진의 식사가 다 마칠 때까지 조용히 기다리시다가 식사가 끝나자 묻는다. 「저번에 라디오… 잘 들었다. 어떤 여자니?」 「아… 어머니도 들으셨구나.」 도진이 갑자기 당황하고 「사귄 지는 얼마나 됐고?」 어머니의 말씀에 「아직, 그런 사이는 아니에요.」 도진이 말하자 「그런 사이가 아니면, 무슨 사인데?」 「친구예요.」 「엄마 속일 생각은 하지도 마라. 친구인데, 방송에서 그런 고백을 해? 미리 말해 두겠지만, 엄마한테 이런 사람은 데리고 오지 말았으면 한다. 자기 자식도 키우기 힘든데, 무슨 남의 자식을 키우니…. 엄마는 애 있는 사람이 싫다. 혹시라도 그런 사람을 좋아하거든 내 앞에 데려올 생각도 하지 마라. 다 널 위해서 하는 말이니까….」 갑작스러운 어머니의 말씀에 「갑자기요? 그리고 아이가 있는 여자가 뭐 어때서요?」 순간, 도진의 표정이 어두워지고 「왜? 네가 좋아한다는 사람이 그런 사람이니?」 어머니가 묻자 「아이가 있든 없든 사람 대 사람으로 좋으면 만나는 거지. 어머님… 너무 예전 틀에 갇혀 사시는 거 같은데요?」 도진이 말하자 「뭐? 네가 정 그렇다면 나는 그 여자가 누군지 이미 다 알고 있으니까 거기로 가서 내 아들을 만나지 말라고 해야겠구나.」 갑자기, 어머니의 감정이 격해지시고 「어머니!」 도진이 놀라며 외친다. 「그럼, 내가 나서기 전에 네가 알아서 마음 정리해라.」 어머니의 단호한 태도에 「아직 우린 아무 사이도 아니고, 저 혼자서 그 사람을 짝사랑하던 중이었어요. 제발, 그 사람에게 아무런 말도 하지 말아주세요. 그 사람… 그렇지 않아도 상처가 많은 사람이고, 마음이 여린 사람이니 부탁드립니다. 어머니….」도진의 표정은 금방이라도 울 것만 같은 모습이다. 「짝사랑? 그럼 너만 마음 정리하면 되겠구나.」「어머니, 그 사람은 제가 오랫동안 기다려왔던 사람입니다. 저한테는 이 정도의 일만으로 그만둔다는 건 쉽지 않은 일이고요. 그저 저는 그 사람 옆에 조용히 있고 싶습니다.」도진이 어머니께 자신의 마음을 전하는데 「네가 기어코 엄마 속이 뒤집히는 그런 일을 만들겠다는 거니?」어머니가 흥분을 하시고 「어머니께서도 남편을 여의고, 평생을 혼자 사셨잖아요. 그 사람도 어머니와 똑같은 처지에 있는 사람이에요. 다만, 어머니보다도 더 일찍 남편을 잃은 것뿐입니다. 혹시라도 그 사람을 만나시거나 그 사람 눈에 눈물이라도 나오게 하시면 다시는 어머니 얼굴을 보지 않을 겁니다.」도진은 이 말을 남기고서 바로 집을 나간다. 어머니는 도진이가 좋아한다던 여성이 자신의 삶과 비슷하다는 이야기를 전해 들은 뒤, 그 여성의 처지가 안타까운 동시에 아들의 단연한 태도를 보고서 넋이 빠진 얼굴로 현관문만 쳐다보며 서 있다.

밤늦은 시간이 되어서야 도진은 기운이 빠진 채로 집에 도착한 뒤, 소파에 몸을 기댄 채 깊은 한숨만 내쉰다.

『시작도 하기 전에 내게 왜 이런 일이 생기는지 모르겠다. 아직 우리는 아무런 사이도 아닌데, 어머니까지 그러시니 괴롭고, 힘들다. 혹시나 이번 일로 인해 인희가 상처라도 받게 되는 날이 오게 된다면 나는 다시는 그녀의 얼굴을 못보게 될 것만 같다. 너무 미안하고, 또 미안해서… 내 이런 감정조차 그녀의 조용했던 삶에 좋지 않은 영향을 끼치게 될까 봐 걱정이고, 그러한 최악의 상황이 생기지 않기를 바라고, 또 바랄 뿐이다. 오늘, 어머니를 만나고 와서 인희에 대한 생각을 하고 나니 숨을 제대로 쉬지 못할 정도로 답답해졌고, 마음이 아팠고, 슬펐다. 이게 아닌데… 난 그저 인희와 지예의 얼굴을 옆에서 오랫동안 보고 싶었을 뿐이었는데… 이 모든 것들이 어그러지게 된다면 나는 이제 어떻게 해야 하나. 이로 인해 두 사람에게 상처를 주게 되면 어쩌지… 이런 생각과 저런 걱정이 앞선다.』

다음 날, 건강 프로그램 MC를 맡은 도진이 녹화 방송 준비를 하며 무대 위에 서 있고, 그 바로 앞 테이블 위에는 가림막으로 가려진 음식들이 놓여있다. 「이어서 폐에 좋은 운동에 대해 알아보도록 하겠습니다. 이 앞에는 베일에 싸인 음식들이….」 도진이 카메라를 응시하며 멘트를 하고 있는데, 스튜디오 안에 서 있던 의사와 게스트들, 프로그램 담당PD와 작가들이 놀란 눈을 하며 도진의 얼굴을 쳐다본다. 「컷! 임도진 아나운서. 운동이 아니라 음식입니다.」 담당PD가 말하는데 「어! 제가 음식이라고 말하지 않았나요?」 도진이 놀란 눈을 하며 되묻자 「네. 다시.」 담당PD가 말하고 「앗! 죄송합니다. 이어서 폐에 좋은 음식에 대해 알아보도록 하겠습니다. 이 앞에는 베일에 싸인 음식들이 놓여있는데요. 진소영 의학 박사님… 힌트 부탁드립니다.」 「컷! 임 아나운서. 먼저 게스트들에게 음식을 맞추도록 답을 받아낸 다음에 힌트가 나가야지. 왜 그래요. 오늘따라 안 하던 실수를 다 하고….」 PD의 말에 「아… 정말 죄송합니다. 오늘 내가 왜 이러지….」 도진이 자책하자 「잠시, 10분간 휴식하겠습니다.」 PD가 말하고, 도진은 스튜디오에 서 있던 의사와 출연진들에게 「죄송합니다.」라고 말하고는 계속해서 고개를 숙이고 있다.

한편, 인희는 카페 테이블 위를 정리하다가 바닥 구석진 장소에 떨어져 있던 연한 황토색 장지갑을 주워서 펼쳐보는데, 다행스럽게도 지갑 주인의 주민등록증과 명함이 들어있었고, 그 안에 어린아이의 증명사진을 보니, 한 시간 전에 카페를 떠났던 남자아이와 엄마 손님의 지갑인 듯하다. 곧장 인희는 명함 속에 인쇄된 번호로 전화한다. 「안녕하세요. 다름이 아니고, 아까 오셨던 카페에 지갑을 두고 가셨길래 전화를 드렸어요. 네? 네… 거기 알아요. 네… 괜찮습니다. 제가 그쪽으로 갈게요.」 인희는 지갑 주인과 통화를 마친 뒤, 지선에게 가게를 부탁하자 「왜 사장님께서 가시게요? 그분이 여기로 찾으러 오셔야지. 기껏 찾아줬더니….」 지선이 황당해하면서 말하는데 「이 동네에 처음 오신 분이라서… 옆에 아이가 있고, 차도 없어서 여기가 어딘지 잘 모르시겠대. 사거리 쪽에 있는 피자 가게에서 지인과 식사 중인가 봐.」 인희의 말에 「제가 다녀올게요.」 지선이 말하자 「아니야. 다녀오는 길에 마트에서 딸기 좀 더 사올게. 재고가 다 떨어져서… 어차피 나가야 돼.」 「그럼, 다녀오세요.」 「응. 갔다 올게.」 인희는 손님 지갑을 손에 들고, 서둘러서 카페를 나간다.

NBS 방송국 녹화장 안에서는 도진이가 진행하고 있던 건강 프로그램이 거의 막바지를 향해 가고 있는데 「오늘은 폐 건강에 대해 알아보셨는데요. 오늘 소개한 다양한 음식과 운동, 치료법을 잘 참고하셔서 더 활기찬 인생을 사시는 데 도움이 되셨으면 합니다. 이것으로 〈건강의 지식〉을 마치도록 하겠습니다. 다음 주에 뵙겠습니다. 감사합니다.」 도진이 멘트를 마친 뒤, 카메라를 보며 인사를 하고 「OK. 다들 수고하셨습니다.」 담당 PD가 외치자 「오늘 여러모로 죄송했습니다.」 도진이 죄송한 표정을 지으면서 담당PD에게 서둘러 달려가는데 「오늘 무슨 일이야. 평소보다 녹화가 한 시간이나 늦게 끝났네. 이런 일 없었잖아. 스케줄이 많아져서 그래?」담당PD가 말하자「죄송합니다. 요즘 신경 쓰이는 일이 생겨서…」도진이 고개를 푹 숙이면서 말하는데「그래. 가서 잘 쉬고, 다음 주에는 이런 일이 없도록 하자.」「네. 알겠습니다. 다음 주에 뵙겠습니다.」「응. 어서 가봐.」「네.」도진은 담당PD한테 인사를 마친 뒤, 스튜디오를 빠져나간다.

인희는 피자 가게에 도착한 뒤, 지갑 주인을 찾기 위해 주변을 살피고 있는데, 그때 지갑 주인인 한 여성이 인희에게 다가오면서 말한다.「감사해요. 제가 이 동네는 처음이라 여기까지 오시게 했네요.」「아, 네… 여기요.」인희가 지갑을 여성에게 건네자「이거… 여기서 만든 피자인데, 가져가서 드세요.」여성이 포장된 미디엄 사이즈 피자 한 판을 인희에게 건넨다.「아니에요. 괜찮아요.」인희가 손사래를 치며 말하는데「고마워서 그러는 거니까… 아까 카페를 나간 뒤에도 다른 여러 장소를 들렀던 터라 지갑을 찾기가 막막했었거든요. 카드 분실 신고를 해야 하나… 또, 제 아들 사진과 주민등록증도 다시 만들어야 한다는 생각에 여러모로 불편했는데, 다행스럽게도 다시 찾게 되었으니… 그러니 제 성의를 받아주세요.」여성이 인희에게 피자를 다시 건네자「아, 감사합니다. 잘 먹을게요.」인희가 피자를 받고「네. 여기까지 와주셔서 고마워요.」「네. 그럼….」인희는 여성과 인사를 마친 뒤 가게 계단을 내려오고 있는데, 향긋한 피자 냄새가 솔솔 풍겨 온다.「지예와 지선이가 좋아하겠다.」인희가 미소를 지으면서 한참을 걷다가 단골 마트가 보이기 시작하고, 그곳에서 딸기 한 통을 구입한 뒤 얼마간 걷고 있는데, 하늘에서 예고도 없던 소낙비가 굵고 세차게 떨어지기 시작한다. 인희는 얼른 피자와 딸기통을 안고서 비에 젖지 않기 위해 근처에 있던 빌딩 입구로 재빨리 몸을 숨기는데, 갑자기 내린 큰비로 인해 인희의 머리며 옷이며 피자 포장지도 이미 다 젖어버렸다. 「어떡하지… 우산도 없는데… 언제 이 비가 그치려나… 큰일이네.」 인희는 먹구름으로 금세 어두워진 하늘만 쳐다보며 서 있다.

저녁이 되었고, 도진은 퇴근을 마치자마자 카페 앞에 도착해서 젖은 우산의 빗물을 털어낸 뒤 가게 안으로 들어가는데, 지선이가 도진의 얼굴을 보자마자 외친다. 「안녕하세요. 어! 우산 있다!」 「아직까지 퇴근을 안 하셨어요? 인희는 어디 갔어요?」 도진의 말에 「저기… 저 우산 좀 빌려주세요. 갑자기 소나기가 쏟아지는 바람에 사장님께서 여기로 못 오시고 계시거든요.」 지선이 다급해하며 말하자 「인희는 어디에 있는데요? 제가 다녀올게요.」 도진이 말하는데 「잘 모르실 텐데… 제가 갔다 오는 편이 더 빠를 거예요.」 「알려주세요. 저도 이 동네 주민이라….」 도진의 말에 지선은 얼른 서랍 안에서 종이와 볼펜을 꺼낸 뒤, 지도를 그리면서 설명을 하기 시작한다. 「이쪽으로 쭉 가시다 보면 TH은행이 보이실 거예요. 그 지점에서 왼쪽으로 돌아서 쭉 가시다 보면 큰 마트 하나가 있는데요. 사장님께서 그 근처에 외관이 회색인 빌딩 입구에 계시대요.」 지선의 말이 끝나자마자 도진은 우산과 지도가 그려진 종이를 손에 들고, 서둘러 카페를 나선다. 지도에 그려진 대로 길을 걷다가 은행이 보이자 왼쪽으로 돌아서 한참을 뛰기 시작하는데, 마트를 100m 앞에 두고, 그 근처에 위치한 빌딩들 입구만 쳐다보며 천천히 걸어가기 시작한다. 얼마 지나지 않아서 회색 빌딩 입구 안에서 추위에 떨고 있던 인희의 모습이 보이기 시작하는데, 그 모습을 보자마자 도진이 우산을 들고 서둘러 그 건물 입구 쪽으로 뛰어간다. 「언제까지 이러고 있으려고 했어.」 도진이 말하자 「어! 도진아!」 인희가 놀라면서 그의 얼굴을 쳐다보는데 「춥겠다. 어서 가자.」 도진의 눈에는 그런 인희의 모습이 안쓰럽게 느껴지고 「응. 그런데 여기에는 어떻게…」 인희의 말에 「카페로 가니까 지선 씨가 우산이 없어서 쩔쩔매고 있더라. 가게 봐줄 사람도 없고 해서 내가 대신 온 거야.」 도진이 말하면서 인희가 들고 있던 딸기통을 한 손에 받아 들고, 또 다른 한 손은 우산을 든 채로 서 있다. 「그랬구나. 나도 참… 오늘 비가 내릴 거라는 걸 알지 못했어도 계절이 여름인 만큼 여유분의 우산을 챙겨 나왔어야 했는데…」 인희가 말하자 「내가 앞으로 매일 날씨를 챙겨서 네게 알려줘야겠다.」 「어? 아니야. 괜찮아.」 도진의 훅 들어온 말에 인희가 당황해하는데 「그래야 앞으로 네가 더 이상 비를 맞지 않을 거고… 이렇게 여기서 혼자 떨고 있지 않아도 되잖아.」 도진이 꿋꿋하게 이어서 말하자 「어…」 인희가 어색한 모습을 하며 대답을 한다. 「여름에는 해가 떠 있어도, 하늘이 맑아도 갑자기 비 내리는 날이 많으니까…」 「응, 그래.」 인희와 도진은 대화를 마친 뒤, 아무런 말없이 비 내리는 거리 속을 걸어가고 있는데, 어느새 도진이가 들고 있던 우산이 인희 쪽으로 많이 기울어있고, 그의 한쪽 어깨는 빗물에 젖어있다. 그렇게 한참을 걷다가 카페 안으로 들어가는데…. 「지선아, 미안. 벌써 퇴근했어야 했는데….」 인희가 미안한 표정을 지으면서 말하자 「아니에요. 어차피 저도 우산이 없어서 퇴근 시간이 돼도 못했을 거예요.」 지선이 안심을 시키는데, 인희가 그 옆에서 피자 상자를 연다. 「이거… 아까 그 지갑 주인이 준 피자인데, 비에 젖어서 눅눅해졌겠다. 어쩌지….」 인희가 시무룩한 표정을 지으면서 말하자 「그래도 이 상태면 양호한 거예요. 전자레인지에 살짝 데우면 괜찮아지겠는데요? 제가 전자레인지에 돌려볼게요. 사장님.」 지선이 피자 상자를 들고, 조리대로 향한 뒤, 피자를 한 조각씩 떼어서 작은 접시에 담아 전자레인지에 데운다. 모두들 피자 한 조각씩 맛있게 나눠 먹고 있는데 「어, 비 그쳤다! 저는 이만 가볼게요.」 지선이 서둘러 가방을 챙기면서 말하자 「어, 잘 가. 오늘 수고했어.」 인희가 외친다. 지선은 모두에게 인사를 마친 뒤 가게 밖으로 급히 뛰어나가고, 인희와 도진은 서로를 마주 보며 남은 피자를 먹고 있는데, 갑자기 인희가 도진의 눈을 피하면서 테이블만 쳐다본다. 그 상태에서 인희가 마저 식사를 마친 뒤, 얼른 자리에서 일어나 조리대로 향한다. 「카페에도 미리 우산 몇 개를 갖다놔야겠어.」 인희의 말에 「응, 그렇게 해.」 도진이 말하고 「뭐 좀 마실래?」 인희의 물음에 「음, 아이스티.」 도진이 대답하자 「응, 알았어.」 인희가 서랍 속에서 복숭아 시럽을 꺼낸다. 도진은 지예와 남은 식사를 하며 대화를 나누고 있고, 인희는 컵 안에 물과 복숭아 시럽을 넣은 뒤, 티스푼으로 저으면서 두 사람의 모습을 지켜보고 있다.

『내가 어떤 어려움에 처해있을 때, 항상 도진이가 어디선가 나타나서 도와주고 간다. 그에 대한 고마운 마음을 어떤 방법으로 전달해야 하나…. 부족하지만 작게나마 내가 할 수 있는 일이 현재로는 이것밖에 떠오르지 않는다.』

인희는 아이스티 두 잔을 양손에 들고서 도진과 지예의 테이블 위에 올려놓는데, 카페 창밖에서는 접은 우산을 들고 서 있는 도진 어머니의 모습이 작게 보인다. 카페 안에서 세 사람이 함께 앉아있는 모습을 지켜보고 있던 어머니가 몹시 못마땅한 표정을 지은 채 자리를 떠나고, 시간이 지나 도진은 인희와 지예에게 인사를 한 뒤, 카페를 나와 한손에는 접은 우산을 들고 집으로 향한다.

『이렇게라도 계속 인희의 옆에 있어주고 싶고, 챙겨주고 싶다. 이렇게 아무런 사이가 아니더라도 그 옆에 조용히 남고 싶다. 나중에 인희가 내게 불편해하고, 싫어하는 내색을 보인다면 그때는 떠날 마음이다. 미련이 남더라도, 내가 그녀의 곁을 떠날 마음이 없을지라도, 인희가 싫으면 싫은 거다. 그때까지만이라도 이렇게 있는 편이 좋다.』

그 후로 며칠이 지나 도진은 비즈 장식이 가득 담긴 작은 플라스틱 통을 들고서 카페 안으로 들어간다. 「인희야, 나 왔어.」 도진이 말하자 「어, 왔어? 오늘은 뭐로 마실래?」 인희가 묻는데 「음, 바나나 스무디.」 「응, 알았어.」 인희의 말이 끝나자 도진은 지예의 옆자리로 가서 투명통 안에 든 팔찌 부자재들을 꺼내기 시작한다. 그 투명 통 안에는 반짝거리는 구슬부터 여러 색과 다양한 모양을 한 구슬들이 담겨있다. 「우와, 아저씨… 이게 다 뭐예요?」 지예가 토끼 눈을 하며 도진에게 묻자 「응. 오늘은 아저씨랑 지예가 같이 팔찌를 만들어볼 거야.」 도진이 말하는데 「팔찌요?」 지예의 말에 「응. 지예가 하고 싶은 구슬들을 이 끈에 차례대로 하나씩 넣는 거야.」 도진이 팔찌 만드는 방법에 대해 설명하자 「우와.」 지예가 신기한 표정을 지어 보인다. 「지예가 엄마랑 지예 팔찌를 만들고, 아저씨는 지예 엄마랑 아저씨 팔찌를 만들 거야.」 도진의 말에 「네!」 지예가 신난 모습을 하며 힘차게 대답한다. 도진과 지예는 팔찌에 들어갈 구슬들을 고심하면서 고르던 그때, 인희가 음료를 가져오며 「이게 다 뭐야?」라고 궁금해하면서 묻자 「응. 지예와 팔찌 좀 만들어보려고… 인희야, 온 김에 손목 좀 잠깐만 줘봐.」 도진이 말하자 「왜?」 인희가 묻는데 「지예가 엄마 거도 만든다고 해서… 사이즈 좀 재보게.」 도진의 말에 인희는 그제야 손목을 내밀고, 도진은 그 손목에 끈을 둘러서 둘레를 잰다. 「됐어.」 도진이 말하자「웅. 그럼, 난 일하러 갈게. 그리고 지예와 놀아줘서 고마워.」인희가 서둘러 카운터 쪽으로 향하면서 말하고「지예가 나와 놀아줘서 더 고맙지. 가서 일해.」도진이 웃으면서 말하자「웅.」인희는 카운터로 돌아간다.「지예야, 이게 엄마 끈이야.」도진이 다정한 말투로 지예에게 말하자「네.」지예가 대답한다.「지예 끈도 만들어야 하니까… 손목 줘봐.」도진의 말에「네.」지예가 손목을 내밀며「지예는 엄마 팔찌랑 똑같이 만들 거예요.」라고 말하자「그래? 그럼, 아저씨도 지예 엄마 거랑 똑같이 만들어야겠다.」도진의 말에「네!」지예가 웃으면서 소리를 크게 외친다. 어느덧, 두 사람은 집중한 얼굴로 끈에 구슬을 차례대로 끼워 넣기 시작하고, 한 시간 반 정도가 지나자 드디어 팔찌가 완성된다. 지예는 자신이 만든 팔찌를 손목에 걸고서 기뻐하고 있는데, 그 팔찌의 모습은 반짝이는 별 구슬과 하트 구슬, 네모와 동그라미 구슬들로 알록달록 화려하면서도 다양한 색을 띠고 있다. 반면에 도진이가 만든 팔찌는 전부 동그란 작은 구슬로 연두와 형광 주황의 색깔로 구성되어 한 구슬씩 번갈아가며 이어졌고, 그 중간중간에는 작은 금색 구슬들로 채워졌다. 도진은 똑같이 만든 두 개의 팔찌 중에 하나를 인희가 보지 못하게 서둘러 자신의 바지 주머니 속으로 숨긴 뒤「우리… 이거, 엄마한테 가져다주자.」도진이가 지예에게 말하자「네!」지예가 힘차게 외친다. 두 사람은 각자가 만든 팔찌를 손에 들고서 인희가 서 있던 카운터로 향하는데「엄마, 이거… 엄마 거… 지예가 만든 거야.」지예가 팔찌를 인희에게 건네자「어머, 지예 솜씨가 대단한데? 아주 잘 만들었어.」인희가 놀라고「엄마, 빨리 해봐. 지예도 했어.」지예가 이미 손목에 차고 있던 팔찌를 인희에게 보이면서 말하자「어! 엄마 거랑 똑같이 만들었네. 알았어.」인희가 그 팔찌를 서둘러 왼쪽 손목 위에 채운다.「아저씨도 엄마 거 만들었어.」지예의 말에「어,

이거….」 도진은 자신이 만든 팔찌를 인희에게 건네자 「어… 고마워.」 인희가 그 팔찌를 조심스럽게 받는데 「지예가 만든 팔찌와 내가 만든 팔찌를 같은 손목에 채우면 더 예쁠 거야.」 도진이 쑥스러워하며 말을 이어나가고, 인희는 그 팔찌를 바로 같은 손목에 채우면서 말한다. 「정말이네, 예쁘다.」 「우와, 예쁘다. 아저씨! 지예 것도 만들어주세요.」 그때 지예가 부러워하며 도진에게 말하자 「그럴까? 알았어. 자리로 가자.」 도진이 웃으면서 말한다. 도진과 지예는 다시 자리로 향하고, 인희는 두 사람이 만들어준 팔찌를 보며 흐뭇하게 미소를 지어 보인다. 인희는 다음 날도, 그 다음 날도 두 사람이 만들어준 팔찌를 한 손목에 계속 채운 채 카페 일을 한다. 퇴근 때마다 카페에 들른 도진도 관심 없는 척하며 인희의 손목을 매일같이 체크하는데, 어느새 그의 얼굴에서는 숨겨지지 않는 미소가 번져가며 이유 모를 웃음과 함께 심장은 두근거리기까지 한다.

『인희가 내가 만들어준 팔찌와 지예가 만들어준 팔찌를 첫날부터 하루도 빠짐없이 계속해서 같은 손목에 채우고 있다. 아직 그녀의 마음이 어떤 마음인지는 잘 모르겠으나 단순히 팔찌가 마음에 들어서일 수도, 아니면 우정의 의미일 수도, 이것도 아니라면 다른 이유일 수도 있다. 어떤 의미더라도… 의미가 있든 없든 간에 그 모습을 본 내 기분은 표정을 숨길 수 없을 정도로 좋았고 기뻤다.』

그렇게 일주일의 시간이 지난 어느 날이었다. 인희가 카페로 출근한 지 얼마 되지 않은 이른 시간에 도진의 어머니가 그 안으로 들어갈지 말지 밖에서 잠시 망설이고 있다가 눈을 딱 감고서 가게 문을 연 뒤 안으로 들어간다. 「어서 오세요.」 인희가 먼저 인사를 하자 어머니는 인희의 앞으로 다가가서 이리저리 살펴본 뒤, 「저기, 나… 도진이 엄마 되는 사람인데….」「어, 안녕하세요.」 인희가 적잖이 놀란 표정을 짓는다. 「다름이 아니고, 뭐 좀 궁금한 게 있어서… 도진이와 무슨 사이죠?」 어머니의 물음에 「친구입니다.」 인희가 바로 답하자 「친구인 건 알겠는데, 그 이상의 감정은 없는 거죠?」 어머니의 말에 「네? 네.」 갑자기 인희의 표정은 어딘가 불편해져 간다. 「도진이에게 헛된 기대를 심어주지 않았으면 해요. 부탁드립니다. 초면에 이런 대화를 하게 돼서 마음이 불편하긴 한데, 미리 전하는 거에요.」 어머니의 말에 「네….」 인희가 답한다. 「그럼, 저는 이만… 그리고 도진이한테는 비밀로….」 어머니가 말을 마친 뒤 서둘러 카페를 나가고, 이내 인희의 얼굴은 붉어진 상태로 마음속은 답답하기만 하다.

『모든 것들이 갑작스러워서 지금 당장은 아무런 생각도 나지 않는다. 내가 왜 이런 이야기를 들어야 하는지 모르겠고, 이유 모를 답답함만이 가득하다.』

같은 시각, NBS 방송국 아나운서실 안에서 도진은 자리에 앉아 웃는 얼굴로 인희와 똑같이 만든 팔찌를 계속해서 만지작거리다가 결국 자신의 손목에 채워보는데, 그 근처를 지나던 성도가 묻는다. 「뭐야, 요즘 얼굴이 좋아 보이는데… 잘 돼가나 봐?」「아니에요. 그런 거….」 도진이 말과는 다르게 계속 웃으면서 말하고 있고 「그 팔찌는 뭐야?」 성도가 팔찌에 시선을 두며 묻자 「여름이라서 시원하게 껴볼까 하고 한번 만들어 봤어요.」 도진이 말하는데 「그 사람하고 나눠 낀 건 아니지? 팔찌를 왜 그렇게 애정 뚝뚝한 눈빛으로 바라봐?」 성도의 말에 「아니에요. 그런 거….」 들켰지만, 도진의 기분은 좋기만 하다. 그 근처에서는 세주가 두 사람의 대화를 엿들으면서 도진의 즐거워하는 모습을 보며 그의 팔찌를 질투 어린 시선으로 쳐다보고 있다.

한편, 카페에서 인희가 일을 하던 도중 계속해서 작은 한숨만 내쉬고 있다. 「사장님… 무슨 일 있으세요?」 지선이 걱정스런 표정을 지으면서 묻자 「어? 아니….」 인희가 당황해하며 말한다. 「오늘, 안색이 별로 좋아 보이지 않으신데….」 지선의 말에 「그래? 더워서… 날씨가 더워서 그런가 봐.」 인희가 말하자 「아… 네.」 지선이 곧 순응한다. 그때, 은경이가 카페 안으로 들어오면서 인희에게 「오랜만….」이라고 인사를 하자 「어….」 인희는 경직된 얼굴을 한 채 말하고, 지선은 은경에게 인사를 건넨 뒤 식사를 하러 카페 밖을 나간다. 「난 아이스 아메리카노로… 얼음 동동.」 은경이 커피를 주문하자, 인희는 커피머신 앞에 서서 음료를 만든 뒤 은경의 자리로 다가간다. 은경은 커피를 한 모금 마시면서 「아… 시원하다. 그나저나 우리 요즘, 모임을 못 했잖아. 너, 여름휴가 기간은 언제로 할 거야? 그때로 맞춰서 우리 가족이랑 너네 가족, 그리고 도진이와 다 같이 휴가를 떠날까 하는데….」 「나는 별로… 너희끼리 갔다 와.」 인희가 힘없이 말하고 「왜? 다 같이 가면 재미있잖아. 아직도 도진이가 불편해?」 은경의 물음에 「아니, 그런 건 아닌데… 더우면 어디라도 나가기가 싫어서 그래.」 인희가 말하자 「왜? 물에 발 담그면서 놀면 얼마나 시원하고, 재밌는데….」 은경이 설득하려고 하는데 「너희끼리 갔다 와. 우린 괜찮으니까.」 인희가 말하고 「예전에 물어보니까, 지예도 물놀이하러 가고 싶다고 하더만….」 은경의 말에 인희가 가만히 있다가 「은경아, 도진이 어머님께서 내게 당부하고 가셨어. 아무래도 이제는 도진이와 친구로 지내는 것도 힘들 거 같아.」라며 한숨을 내쉬면서 말한다. 「뭐? 왜? 도진이 어머님이 너한테 뭐라고 하셨는데?」 은경이 놀라면서 되묻지만, 인희는 대답 대신 고개만 떨구고 있다. 「저번에 도진이 어머님이 나한테도 그러셨는데… 성격이 유별나시긴 하셨지. 나도 겪어봐서 알아. 그냥 무시해.」 은경이 말하는데 「아니야, 도진이 어머님 말씀대로 그러는 편이 더 나을 거 같아. 도진이를 위해서라도….」 인희가 이렇게 말을 하면서 말끝을 흐리자 「그럼, 넌… 너는 소중한 친구를 이렇게 잃어도 괜찮아?」 은경의 말에 인희는 또다시 한숨만 내쉰다. 「그냥 신경 쓰지 말고 무시해. 어휴… 그 아주머니도 참….」 은경은 속이 탔는지 커피를 벌컥벌컥 들이켜며 마시고, 인희는 우울한 표정을 지은 채 테이블 위만 처다보며 앉아있다. 은경은 심각한 표정으로 인희의 기분을 여러 번 살피면서 도진에게 이 사실을 알릴지 말지에 대해 고민을 한다. 어떤 방법이 최선의 방법인지, 이 난관을 어떻게 헤쳐나가야 하는지, 도저히 방법이 떠오르지 않자 혼자서 괴로워만 하다가 도진이가 카페로 도착하기 직전에 집으로 돌아간다. 얼마 지나지 않아 저녁이 되었고, 설렘 가득 밝은 모습을 한 도진이가 인희에게 인사를 건넨다. 「인희야, 나 왔어.」 도진의 두 눈은 이내 인희의 왼쪽 손목에 채워진 팔찌로 향하고 「어….」 인희는 무뚝뚝하게 반응한다. 「오늘은 뭐로 마실지 안 물어봐?」 도진은 이전 같지 않은 인희의 태도에 약간 당황하며 묻는데 「어.」 인희가 무표정한 얼굴로 차갑게 답한다. 「왜 그래?」 도진은 당황하고 「뭐 마실 건데?」 인희가 묻자 「오늘, 무슨 일 있었어?」 도진은 인희의 갑작스러운 냉랭한 태도에 놀라며 조심스럽게 묻는다. 「도진아, 뭐 마실 거 있으면 뭘 마실 건지 말하고, 없으면 피곤할 텐데, 어서 집에 가서 쉬어.」 인희의 말에 도진의 표정이 굳어진 채 그 자리에 잠시 가만히 서 있는데, 인희도 그 말을 내뱉고 이내 마음이 좋지 않던 데다가 본인의 퉁명스런 말투에 놀라며 「미안. 오늘 신경 쓸 일이 많아서… 너도 이만 가보는 게 좋겠다. 오늘은 나도 빨리 가게 문을 닫고

쉴 거라….」「아, 그랬구나. 어디 아픈 거라면 약이라도 사다 줄까?」도진이 걱정스러운 듯 묻자「아니야. 그런 거… 오늘은 그만 가봐. 잘 가.」인희가 얼른 대화를 마친다.「응. 알았어. 갈게. 지예야, 안녕.」도진의 인사에「네….」지예가 인희의 눈치를 보면서 대답을 하고, 그가 카페를 나가자 인희의 두 눈에서는 눈물이 맺힌다.

『도진이한테는 이러면 안 되는데…. 도진이는 아무런 잘못도 없는데…. 내가 지금 뭘 하는 건지도 모르겠고, 이러는 나 자신이 싫다. 그냥 모든 것들이 다 싫어진다.』

집에 도착한 도진은 거실 소파에 앉아 은경이와 전화를 하고 있는데「나랑 통화하고 싶다면서 왜 이렇게 전화가 안 돼?」도진의 말에「아… 밖에 나갔다가 오느라 땀범벅이 돼서 샤워 좀 하느라고… 다름이 아니고, 오늘 너희 어머님께서 인희네 가게에 들르셨나 봐.」은경이 말하자 도진은 아무런 말도 하지 않은 채 깊은 한숨만 내쉰다.

『그래서 오늘 인희의 모습이 그렇게 차가웠구나…. 어쩌지, 상처 주기 싫었는데…. 인희는 아무런 잘못도 없는데… 다 내가 혼자 좋아 그런 건데….』

「도진아, 그랬다고! 왜 대답이 없어! 내 말… 듣고 있는 거야?」휴대폰 너머로 은경이 외치고 있는데…

『어머니는 도대체 왜 그러시는 걸까. 본인도 남편 없이 혼자서 자식 둘을 키우셨으면서…. 지금 이런 상황이 나로서는 도무지 이해가 되지 않는다. 그 사람 눈에 눈물 나고, 그 사람 마음에 상처 주는 날이 어머니 자식 역시 똑같이 눈물을 흘리고, 상처받게 될 거라는 걸 모르시나…」

도진은 온몸에 힘이 빠진 채 계속해서 한숨만 내쉬고 있다.

그 시각, 평소보다 이른 시간에 퇴근을 마치고 집으로 돌아온 인희가 화
장대 의자에 가만히 앉아서 얼마간 깊은 생각에 잠기다가 갑자기 왼쪽
손목에 차고 있던 팔찌 두 개를 풀어 화장대 서랍 속에 집어넣는다.

다음 날이 되자마자 도진은 퇴근을 마친 뒤, 곧장 본가로 향한다. 「여긴
무슨 일이야. 벌써 그 아이가 너한테 다 말했니?」 어머니가 예상한 듯한
표정을 지어 보이면서 묻자 「아니에요. 그런 거… 어머니, 부탁 좀 할게
요.」 도진의 얼굴은 이미 전부를 잃은 듯한 모습이고 「부탁? 무슨 부탁?
너는 이럴 때만 부탁이지? 그래서 그 아이가 너한테 뭐라고 했는데?」 어
머니의 말에 「인희는 그런 거… 저한테 말할 사람이 아니에요. 제가 느끼
기로는 평소와는 태도가 달라져서…」 도진이 말하자 「그래? 애가 말은
잘 알아듣네.」 「인희가 어머님께 뭐 잘못한 일이라도 있나요? 어머니는
그 사람에 대해 잘 모르시잖아요. 겪어보지도 않으셨으면서 그런 판단을
내리시고, 무조건 안 된다고만 하시면 어느 누가 어머니의 말씀을 이해
하고, 동의하겠어요?」 도진의 말에 「다 너를 위한 일이다.」 어머니가 말
한다. 「저를 위한 일… 아니에요. 어머니, 아이가 있다는 게 그렇게 흠이
될 일이에요? 어머니도 혼자서 자식 둘을 키우셨잖아요.」 「그래도 나 같
은 경우는 너희가 다 컸을 때, 네 아빠가 돌아가신 거고…. 그 집 애는 많
이 어리던데, 남의 자식을 키운다는 게 어디 쉬운 일인 줄 아니? 엄마랑
비교하지 마라.」 어머니가 대화를 끝내려 하자 「인희도 어머니와 똑같이

남편을 잃은 사람이에요. 그나마 어머니께서는 아버지의 병환으로 어느 정도의 예측도, 마음의 준비를 할 시간도 있었지만, 인희의 남편은 갑작스러운 사고로 죽은 거라 마음의 준비를 할 시간도 없었다고요. 어느 정도 이와 같은 심정을 어머님도 이해하실 거라 생각하는데요.」 도진의 말에 어머니는 잠시 멈칫하다가 말을 이어가는데 「나이도 어린데, 그건 좀 안 됐네. 하지만 그래도 안 되는 건 안 되는 거다. 팔자가 얼마나 세면 남편을 잃을까. 엄마 봐라. 엄마도 팔자가 세지 않니.」 「도대체 언제 적 이야기를 하시는 거세요?」 도진은 기가 막히고 「왜? 엄마, 옛날 사람이다. 이런 엄마가 유치하고, 창피하냐?」 「참, 생각하시는 게….」 「그렇게 한심한 얼굴 좀 하지 마라. 안 되는 건 안 되는 거다.」 「어머니….」 갑자기 도진이 두 무릎을 꿇기 시작하고 「뭐니.」 어머니는 당황한 얼굴로 그 모습을 쳐다보는데 「저… 인희를 11년 전에도, 군대에 있었던 9년 전에도, 그리고 아나운서라는 직업에 대해 꿈을 꾸게 된 그날도, 인희를 볼 수 없었던 꽤 오랜 시간을 지나오면서 그 사람을 잊지 않았고, 걱정했고, 그리워하며 살았어요. 그러다가 올해 다시 인희를 만나게 되었는데, 제 옛 마음이 변하지 않았다는 걸 알았고요. 어머니, 저… 한 번이라도 제가 좋아하는 사람을 만나고 싶습니다. 이만큼 누군가를 오랫동안 좋아한 경험은 처음이에요. 보고 있는 것만으로도, 그 사람 옆에 있는 것만으로도 행복해요. 게다가 이런 감정 모두 저 혼자만의 감정이고, 그 사람은 아직 제 이런 마음을 받아준 것도 아닙니다. 언젠가 그 사람이 제 마음에 부담을 느끼고 싶다고 하면, 그때는 깨끗하게, 미련 없이 정리하도록 하겠습니다. 어머니도 인희를 겪어보시면 제가 왜 그 사람을 그토록 오랫동안 좋아했는지 분명히 아시게 될 거에요. 제발, 조용히 지켜봐 주셨으면 합니다.」 어머니는 자식의 진심 어린 모습을 보며 체념한 듯 힘없는 그의 얼굴을 바라보며 말없이 그 자리에 서 있다.

『인희야… 이제는 네 얼굴을 마음 편히 볼 수 있을까? 네가 나를 다시 예전처럼 반겨줄까?』

한편, 인희는 거실 창문 앞에 서서 밤하늘을 올려다보고 있다.

『정우 씨… 거기서 잘 지내고 있지? 오랜만이네. 나는 지예와 그럭저럭 잘 지내고 있어. 오늘따라 많이 보고 싶다. 거기에서 우릴 지켜보고 있는 거 맞지?』

하늘을 노랗게 물들이던 노을을 바라보며 먼 곳을 향해 걸어가고 있는 정우의 뒷모습이 보이고, 갑자기 인희의 목소리가 들린다. 「정우 씨.」 그 소리에 정우는 가던 길을 멈춘 뒤, 뒤를 돌아보며 그 자리에 가만히 서 있는다. 그리고는 인희가 있는 그곳을 바라보며 미소를 지어 보인다.

다음 날, 도진의 어머니와 미진은 거실에서 얼음물을 마시면서 대화를 나눈다. 「어제 도진이가 무릎을 꿇고, 나한테 그렇게 말을 하는데, 어떡하니… 할 말이 없더라니까. 뭐라 아무 말이나 막 하고 싶은데, 그러다가 도진이 재… 잘못될까 봐. 어차피, 그 여자가 싫다고 하면 깨끗이 정리한다고 했으니 그냥 내버려 두려고….」 어머니의 말에 「엄마! 그러다가 둘이 잘되기라도 하면 어쩔 건데?」 미진이 말하자 「자식 이기는 부모 없다지만, 여기에 있어서만큼은 저 관계가 힘들다는 걸 누구보다도 내가 더 잘 알잖니. 그래서 말리고 싶은데, 도진이 얘가 설득력 있게 말을 하니, 듣고 있는 내가 다 할 말이 없더라. 얘가 너무 똑똑해도 안 돼. 나중에 너도 자식 낳으면 똑똑하게 키우지 말고, 부모 말 잘 듣는 아이로 키워라. 안 그러면 부모 이기는 자식 된다!」 어머니가 하소연이 섞인 당부의 말을 미진에게 전한다.

한편, 카페 밖에서는 도진이 한참을 망설이며 서성거리다가 결심을 마친 뒤 최대한 밝은 표정을 하며 가게 안으로 들어간다. 도진이 인희를 마주하는데 「인희야, 나 왔어.」 「응.」 「나는 오늘은 뭐로 마실 거냐면… 음… 아이스화이트초코….」 「응.」 계속 무표정한 얼굴을 하던 인희가 뒤돌아서 음료를 제조하고 있고, 도진은 그런 무뚝뚝한 인희의 태도에 무안해하며 지예의 자리로 가서 앉는다. 계속 싸늘한 모습을 하고 있던 인희의 태도에서 지예도 자리에 앉아 눈치만 보고 있고, 도진도 같이 인희의 눈치를 보고 있던 와중에 지예의 손목으로 눈이 가는데, 팔찌가 보이지 않는다. 「지예야, 아저씨랑 같이 만들었던 팔찌… 오늘은 안 하고 왔네?」 「네….」 지예가 도진의 눈을 피하며 대답을 하자 「내일은 꼭 하고 와~」 도진은 애써 미소를 지어 보이는데, 인희가 도진의 테이블 위로 음료를 두고 아무 말 없이 카운터로 되돌아간다. 그 찰나에 그녀의 손목을 본 도진은 갑자기 힘을 잃고 만다.

『나와 지예가 만들어준 팔찌가 인희의 손목에서 보이지 않는다. 우리가 팔찌를 만들어준 첫날부터 하루도 빠짐없이 착용해서 나와 인희의 거리감이 많이 좁혀졌다고 생각했었는데, 얼마 전까지만 해도 한 발 뒤였던 내 거리감이 오늘따라 다시 서먹해졌고, 몇천 발자국 뒤로 더 멀어진 기분이 들었다. 갑자기 숨이 막히고, 마음은 답답하기만 하다. 이런 상황 속에서 나는 무엇을 어떻게 해야만 하는 걸까. 이제 막 두 사람과 가까워졌다고 생각했었는데, 우리가 처음

만났던 날보다도 더 멀어진 기분이다. 지금은 그 어떠한 생각도 나지 않는다. 텅 비어버린 상태로 마음만이 슬퍼져 간다.』

도진은 애써 슬픔을 감추면서 음료를 마시고 있다가 자리에서 일어서며 「지예야, 아저씨 또 올게. 안녕.」「네….」지예가 대답하고 「인희야, 또 보자. 가 볼게.」도진이 힘겨운 미소를 인희에게 지어 보이는데 「응.」인희가 무표정으로 대답하며 이내 그의 눈을 피해버린다. 도진은 그 모습을 보고 마음이 착잡해지지만 슬픔을 감추며 카페를 나가고, 인희는 그제야 그의 뒷모습을 보며 한숨을 내쉰다.

『도진아, 미안해.』

집에 막 도착한 도진이 소파 위에 힘없이 털썩 앉은 뒤 생각에 잠기다가 곧 은경에게 전화한다. 「은경아.」「어, 도진아.」휴대폰 너머로 은경이 말하자 「그날, 인희가 우리 어머니한테서 상처를 많이 받은 것 같아. 그 이후로 나를 대하는 인희의 태도가 많이 달라졌어. 나와 눈도 제대로 마주치지 않고, 대답도 단답형이고, 태도도 싸늘해지고….」도진의 말에 「너희 어머님이 직설적이긴 하잖니.」은경이 말하는데 「나… 어떡하지? 인희와 지예랑 처음보다도 더 멀어진 것 같아.」「내가 한번 인희와 이야기해볼게.」「그래, 고맙다.」「잠은 오지 않겠지만, 좀 자고… 끊어.」은경의 걱정 어린 말에 도진은 알았다고 하며 전화를 끊는다.

『이런 어이없는 상황으로 인해 인희와의 사이가 멀어지게 된다면 어떡하지. 계속해서 이런 생각, 저런 생각들로 인해 마음만 답답해졌다. 우리가 이런 일로 인해 멀어지지 않기를 바랄 뿐이다.』

다음 날, 은경은 카페 오픈 시간이 되기 훨씬 전에 먼저 와서 밖에서 기다린다. 잠시 후 은경은 출근하던 인희를 만나게 되고 「무슨 일이야?」 인희가 어두운 낯빛으로 묻자 「어? 오늘은 왜 이렇게 표정이 어두워? 너는 그런 표정, 안 어울려.」 은경의 말에 인희는 아무런 대답도 없이 카페 안으로 들어간다. 「도진이 어머님 때문이야? 무시하라니까… 그 아주머니, 원래 그러시는 분이야. 예전에 나한테도 그러셨어. 나도 그때 엄청 황당했다? 그런데도 난 아직까지 도진이와 잘 지내고 있잖아.」 은경이 말하자 「도진이 어머님 말씀이 맞아. 자식이 걱정돼서 그러시는 건데…. 도진이도 얼른 좋은 짝 만나야 하고, 나도 오래전부터 도진이가 계속 카페에 들르는 게 신경 쓰였었어. 사람들 보는 눈도 있고 해서….」 인희가 말하고 있는데 「그럼, 도진이는?」 갑자기 은경의 표정에서 허탈감과 슬픔이 보이고, 인희는 아무런 말이 없다. 「도진이 어머님 생각만 중요한 거야? 도진이의 마음은 중요하지도 않아?」 은경의 물음에 「좋은 친구를 잠시 동안만 보지 않는 것뿐이야. 도진이가 사랑하는 사람과 결혼하고 난 뒤에 그때 다시 보면 되는 거니까.」 인희가 말하자 「너도 조금은 떨렸다며….」 은경이 인희의 마음을 간절히 잡아보는데 「그때 내가 그런 말을 했다는 게 창피해. 이젠 떨리지도 않아.」 인희의 마음은 지쳐 보이고 「인희야, 도진이 어머님은 정말로 신경 쓰지 않아도 돼. 도진이한테 좋은 사람은…. 이런 이야기, 도진이와 해봤어? 도진이와 단 한 번도 그 어떤 이야기도 해보지 않고, 벌써부터 그렇게 마음을 닫지 마. 그리고 너 자신을 속이지도 말고…. 도진이에 대한 너의 감정, 이제는 떨리지 않는다고 했으면서 왜 콧물을 훌쩍이고, 눈물을 참으려는 듯 왜 계속 두 눈을 깜박이고 있고, 목구멍에는 뭐도 없으면서 뭘 자꾸 삼키는데?」은경의 말에 「내가 그랬어? 에어컨을 계속 틀어놔서 그런가. 감기 기운이 있나 봐.」인희가 다른 말로 돌리는데 「너… 감기 아니야. 이렇게 말하고 있는 너도 슬프잖아. 슬프니까 이러는 거 아니야. 목소리도 떨리고….」은경이 말하자 「은경아, 가봐. 지선이 올 시간이다.」인희가 서둘러 카운터로 향하는데 「오늘은 이만 간다. 계속 그런 이상한 생각에 그런 표정이면 내가 다시 여기로 찾아올 거야. 알겠어? 도진이와 다시 예전처럼 잘 지내기다!」은경이 당부하지만 「잘 가.」인희는 그 말에 대해 어떠한 대답도 하지 않자 「인희야, 도진이 마음도 생각해줘.」은경은 한숨을 내쉬면서 마지못해 카페를 나가고, 그제야 인희의 두 눈에서는 눈물이 그렁그렁 맺힌다.

『절대로, 그 어떤 마음도 아닌 좋은 친구를 잃는다는 생각에 슬픈 거다. 도진이는 내게 있어 친구 이상도, 그 이하도 아니다.』

인희는 두 눈에서 흐르고 있던 눈물을 손등으로 재빨리 닦는다. 얼마 후 버스 정류장 벤치에 앉아있던 은경이 휴대폰을 들고, 도진에게 전화를 할지 말지 망설이며 한참을 한숨만 푹푹 내신 뒤, 다시 가방 안에 휴대폰을 집어넣는다.

한편, 오후가 되어서 인희가 잠시 카페를 비운 틈을 타 도진의 어머니가 앞 챙이 긴 보넷 모자를 얼굴이 보이지 않게 꾹 눌러쓴 채 가게 안으로 들어와서 지선에게 아이스바닐라라떼를 주문한 뒤, 구석진 곳으로 자리를 잡는다. 그러다 얼마 뒤에 밖에서 일을 마친 인희가 카페 안으로 들어온다. 인희는 도진의 어머님이 오신지도 모른 채 카페 일을 마저 하고 있는 중이고, 어머니는 요리책을 보는 척하며 슬쩍슬쩍 인희에게 눈길을 주고 있다. 어느덧, 지예의 여름 방학이 일주일 뒤면 끝나게 되는데, 태권도 학원에서 운동을 마치고 돌아온 지예가 이어서 영어 숙제를 끝낸 노트를 들고는 인희에게 가져간다. 「엄마! 지예가 다 했어!」 「어디 보자. 이 많은 걸 빨리도 했네. 글씨도 엄청 정성스럽고 예쁘게 썼다. 우리 지예… 잘했어.」 인희가 웃으면서 칭찬을 하자 「지예… 기분 좋아.」 지예가 행복한 얼굴로 말한다. 「응. 조금 있으면 수영 학원 차 아저씨도 오시겠다.」 인희의 말에 「응. 지예는 방학이 좋아. 수영도 재미있어.」 지예가 말하자 「그래. 지예야, 수영복 가방 들고, 이 앞에 나가서 차 기다리자.」 인희가 서둘러 말하며 두 사람은 카페 밖으로 나가는데, 도진의 어머니가 그 둘의 모습을 조용히 지켜보며 입을 삐죽거리다가 어느새 입가에서는 자신의 의지와는 다르게 미소가 새어 나온다. 인희가 지예를 어린이 수영장 셔틀 승합차 안에 태운 뒤, 다시 카페 안으로 들어와서 카운터로 향하는데 「지예는 좋겠다. 방학도 있고, 여러 가지 재미있는 것도 많이 배우러 다니고… 사장님, 지예는 태권도랑 수영이랑 미술이랑 영어… 그리고 또 어디 다녀요?」 지선이 묻자 「그렇게 네 가지만 배우고 있어. 방학이라 학교도 못 가니, 우리 지예가 심심해하니까….」 인희의 말에 「그중에서 뭐가 제일 재미있대요?」 지선이 묻자 「어느 하나를 선택할 것도 없이 다 재미있대. 지예가 평소에는 조용하지만, 호기심도 많은 아이라서 지예가 하고 싶은 거 다 하게 해주려면 돈을 많이 벌어야겠더라고…. 이번에 지예의 새로운 모습을 알게 됐는데, 자신이 관심 있어 하는 분야에 대해서는 엄청 열정파라서 휴일만 되면 집에서 쉬지 않고 영어로 구연동화를 이야기하듯 뭐라 뭐라 말하고, 또 무슨 선수가 된 것처럼 태권도와 수영 동작을 땀 뻘뻘 흘려가며 연습도 하고, 일주일이 채 되기도 전에 스케치북 종이에 온통 그림을 그려놔서 남아나질 않더라고…. 그린 그림도 꼭 어느 날은 바실리 칸딘스키처럼… 또 어느 날은 클로드 모네처럼….」 인희가 여느 부모들처럼 지선에게 자식 자랑을 하고 있다. 「그렇구나. 지예가 그렇게 얌전한 아이가 아닌 열정 가득한 아이였네요.」 지선이 웃으면서 말하는데, 도진의 어머니도 그 이야기를 몰래 듣고 있다가 웃음이 나오려는 걸 간신히 참아낸다.

한편, NBS 방송국 복도에서는 도진이 은경이와 전화통화 중이다. 「은경아, 어떻게 됐어?」 도진의 말에 「어? 어… 오늘은 바빠서 못 갔어. 다음에 시간 되면 그때 인희한테 말해볼게.」 은경은 차마 사실대로 말하지 못하고 「응.」 도진은 기운이 빠진다. 「도진아, 아니다. 끊어.」 은경은 무슨 말을 하려다가 말을 하지 않고, 도진은 알았다고 하며 전화를 끊은 뒤 힘이 빠진 모습을 하며 아나운서실 안으로 들어간다.

같은 시각, 작업실에 있던 은경은 전화를 끊은 뒤, 괴로운 표정을 지은 채 위스키 한잔을 마시고는 머리카락을 두 손으로 사정없이 헝클린다. 「도진아, 내가 너한테 힘을 주고 싶었는데, 갑자기 왜 이렇게 되어버린 건지 모르겠다. 도진아, 나도 너만큼이나 괴롭다. 정말이지 도움을 주고 싶었는데….」 은경이 괴로운 표정을 지으면서 다시 술을 마신다.

다시, 카페 안에는 어느 노부부 손님과 친구로 보이는 세 명의 여성, 그리고 도진의 어머니로 자리가 채워져 있다. 인희는 벌써 두 시간 동안 혼자 요리책을 정독하면서 간간이 휴대폰 화면을 쳐다보는, 얼굴을 모자로 가린 도진의 어머니에게 시선이 가고 있던 중 갑자기 밖에서는 빗물이 거

세게 내리기 시작한다. 그러자 카페 손님들 중, 한 할머님께서 걱정하듯 앞에 앉은 할아버님께 이야기한다. 「여보, 비가 많이 오네. 우리 우산도 없잖아요.」 「그칠 때까지 기다리자.」 할아버님 말씀에 「언제 그치는데요. 우리 오늘 아들네 손자 녀석도 보러 가야 하잖아요.」 할머님은 애가 타시고 「다음으로 미루지, 뭐 어떡해. 비가 언제 그칠지도 모르는데….」 할아버님이 말씀하신다. 그렇게 할머님은 한참을 창밖만 바라보며 서성이다가 자리에 앉기를 반복하고 있던 그때 이 모습을 조용히 지켜보고 있던 인희가 우산 하나를 들고, 노부부가 앉아있는 자리로 향한다. 「손님, 이 우산 가져가세요.」 인희가 상냥한 말투로 말하는데 「어머, 이거 우리가 써도 돼요?」 할머님이 반가운 말투로 말씀하시고 「네. 다음에 오실 때 그때 주세요.」 인희의 말에 「고마워요.」 할아버님이 말씀하시자 「친절도 하셔라. 그럼, 내일 갖다 드릴게요.」 할머님께서도 그 옆에서 거드신다. 「네, 그러세요.」 인희의 말이 끝나자 노부부는 그 우산을 펼친 뒤 카페를 나서는데 「사장님… 퇴근하실 때, 어쩌시려고요.」 지선이 말하자 「저번에 우산 여러 개를 미리 갖다 뒀어. 이 서랍 안에 세 개나 더 있지~ 지난번에 나, 우산이 없어서 카페로 못 오던 날, 그날 이후로 몇 개 갖다 뒀어.」 인희는 말을 하다가 갑자기 도진의 얼굴이 떠오른다.

『그날, 도진이의 도움을 받았었지….』

그로부터 얼마 있다가 도진의 어머니가 조용히 자리에서 일어나 잘 마셨다는 인사와 함께 우산을 펼치며 카페를 나간다. 인희는 그 테이블 위를 치우다가 벽시계를 보고는 「지예 올 시간이 다 됐네. 나 잠깐 나갔다 올게.」라며 지선에게 말하고는 우산 하나를 챙기며 서둘러 카페를 나선다.

벌써 도진의 어머니는 집에 도착해서 미진과 통화를 하고 있다.「흠잡을 거 뭐가 있나 보러 가본 건데…. 오늘 하루만 보고 단정 짓기는 좀 뭐하지만, 애 잘 키우고, 자기 일 열심히 하고, 손님에게 마음 쓰며 친절하더라고… 그렇다고.」어머니의 말씀에「그래서 엄마 마음에 들었어?」미진이 묻자「들고 말고가 어디 있어. 아직 그럴 단계는 아니지만, 그렇더란 말이지.」「알았어, 엄마.」「허락은 아닌데, 그냥 가만둬보게.」어머니는 이렇게 말씀하신다.

저녁이 되자 도진은 최대한 밝은 얼굴로 카페 안으로 들어가서 인사를 한다.「인희야, 안녕?」「응.」인희는 오늘도 역시나 전과 같은 모습이고「오늘은 네가 음료 좀 추천해줘.」도진의 말에「아무거나 마셔.」인희가 말한다.「그나저나 지예는?」도진이 아무렇지 않은 척을 하며 묻는데「영어학원에 갔어. 도진아, 너도 느껴서 조금은 알고 있을 테지만, 난 네가 이곳을 매일같이 오는 게 불편해.」인희의 평소 같지 않은 이야기에 도진은 놀라며 말이 없다가「그래? 그 불편함이 언제부터였는데?」라며 묻자「예전부터….」인희가 다른 곳을 쳐다보면서 말한다.「우리 어머님께서 이곳을 방문하시고 난 뒤부터가 아니고?」도진의 말에 인희는 아무런 대답도 하지 못하고「그런 일… 있었다는 거 미안하게 생각하고 있어. 그래서 내가 우리 어머님께 말씀드렸어. 앞으로는 그러지 마시라고…. 그랬더니 그러지 않으시겠대.」도진의 말에「도진아, 내가 불편해서 그래.」인희는 아까와 같은 말만 한다.「뭐가 불편한데, 그 일이 있기 전까지 우리 모두 괜찮았잖아.」도진은 애원하듯 말하는데「그냥… 이런저런 관심들이 싫고, 무엇보다 난… 마음의 여유가 없는 사람이야. 이런저런 일에 신경을 쏟으며 살아가는 게 벅찬 사람이라서 이 모든 상황이 불편하고, 힘겹게만 느껴져.」 인희가 말하자 「그러면 이렇게 하면 되겠다. 일주일에 한두 번씩 놀러 올게. 그렇게 보는 게 좋겠다. 동네 친구로 우리 그 정도로만 하자. 이러면 괜찮지?」 도진이 말하지만, 인희는 거기에 그 어떠한 대답도 하지 않는다. 「갈게.」 도진은 힘이 빠진 모습으로 겨우 말하고, 인희는 그의 시선을 외면한다. 도진이 제대로 발이 떨어지지 않는 듯 천천히 걸으며 카페를 나서는데….

『도진아, 정말 미안해.』

도진이 접힌 우산을 한손에 든 채 비를 맞으면서 정처 없이 거리를 걸어간다.

『인희가 나를 밀어내고 있다. 인희를 보지 못했던 9년이라는 세월만큼이나 오늘 느끼는 이 거리감은 상당히 멀어진 느낌이고, 이런 내 마음은 슬픔과 절망감이 앞선다. 이제 어떡해야 하나…』

늦은 시각, 집으로 돌아온 인희는 거실 창 앞에서 서서 여전히 비가 내리고 있는 밤하늘을 올려다보고 있다.

『정우 씨… 나 이렇게 하는 거 맞는 거지? 다시 생각을 해보고, 또 해봐도, 내가 오늘 도진이한테 한 행동이 너무 심한 거 같은데, 어쩌지? 나도 이런 내 마음을 잘 모르겠고, 또 많이 힘들기도 해. 어떡하면 좋을까? 정우 씨….』

그날 이후로 4일 뒤, 도진은 카페 앞을 서성이다가 안으로 들어가서 인희를 마주보고 웃는 얼굴로 인사를 건네지만, 인희의 얼굴은 계속 무표정한 상태고, 태도는 냉랭하기만 하다. 그 모습 때문에 상처를 받아 카페를 나서는 도진과 그의 뒷모습을 지켜보며 마음 아파하는 인희…. 그날부터 일주일 후 도진은 다시 카페를 찾지만, 여전히 같은 상황만 반복이다.

『인희가 마음을 완전히 닫아버렸다. 달라진 인희의 모습을 처음 본 그날부터 하루도 빠지지 않고, 계속해서 내 마음은 아프기만 하다. 그 사람의 옆을 떠나고 싶은 마음은 조금도 없지만, 얼마 전부터 나를 대하는 인희의 태도에서 불편해하는 모습들이 자꾸만 눈에 밟힌다. 그래서 떠나려 한다. 계속 그 옆에 있고 싶은 마음이 아직도 크지만, 내 마음만 중요한 건 아니기 때문에…』

그 후로 며칠 뒤, 점심시간에 맞춰 한 고급 요리 집에서 도진과 은경이 식사를 하고 있다. 「은경아, 그 소설 번역을 다 마치는 날, 우리 그때 다시 보자.」 도진이 대뜸 이런 말을 하자 「응?」 은경은 이게 무슨 말인가 싶은데 「그동안 인희와 나 사이에서 많이 힘들었지? 이젠 그러지 않아도 돼. 그동안 고마웠다.」 도진이 마음에도 없는 소리를 한다. 「이건 또 무슨 소리야?」 은경이 당황해하면서 묻자 「은경아, 나… 이제 그만하기로 했어.」 도진이 힘겹게 말을 내뱉는데 「뭐?」 은경이 놀라자 「솔직히 말하자면, 난 여기서 그만두고 싶지 않은데, 나를 대하는 인희의 모습이 많이 불편해 보이고, 그 차가운 반응에 대체 내가 뭘 더 어떻게 해야 하는 건지 잘 모르겠어. 그래서 힘들고, 지쳐가.」 도진은 풀이 죽은 모습을 하며 앉아있다. 「갑자기 이야기가 왜 이렇게 흘러가?」 은경이 긴 한숨을 내쉬고 있는데 「당분간 나만의 시간을 가져보려고. 인희와 나… 얼마 동안 각자의 시간을 가져보면 다른 방법이 떠오르지 않을까 해서…. 현재로는 그 어떤 방법도, 인희의 마음을 다시 돌릴 방법이 떠오르지 않아…. 그래서 답답하기만 해.」 도진은 많이 힘들어하는 모습인데 「그 나만의 시간이 길지 않아야 할 텐데… 큰일이다. 그래, 마음 단단히 먹은 사람… 돌리기 어렵지. 나도 이 모든 상황이 답답하기만 하다. 불과 2주 전까지만 해도 괜찮았었잖아. 그런데 그 한순간의 일로 일이 이렇게 되어버리다니….」 은경은 도진의 힘없는 모습을 보면서 안타까워한다. 그렇게 시간이 흘러 저녁이 되었다. 도진은 꽤 어두운 표정을 지으며 카페 앞을 서성거리다가 깊게 한숨을 내쉰 뒤 안으로 들어간다. 인희와 지예는 나란히 의자에 앉아 웃으면서 이야기를 나누고 있는데, 이제 막 카페 안으로 들어선 근심 가득한 도진과 인희의 눈이 마주치자 도진은 힘겹게 입을 떼며 말한다. 「인희야, 지예야, 나… 갑자기 일이 바빠져서 아무래도 오늘이 두 사람과의 마지막 날이 될 것 같아. 그동안 즐거웠었는데, 많이 아쉽다. 그럼, 잘 지내고…. 지예야, 마지막으로 한번만 안아보자.」 도진의 갑작스러운 작별 인사에 지예가 슬픈 표정을 지으며 인희의 얼굴을 쳐다보는데, 인희는 애써 담담한 얼굴로 지예에게 고개를 한번 끄덕인다. 도진은 지예를 토닥이며 안아준 다음 인희에게 마지막 악수를 건네고, 인희는 그의 내민 손을 힘없이 잡는다. 「그동안 고마웠어.」 인희가 말하자 「응. 잘 지내고….」 도진이 눈물을 꾹 참으면서 말한다. 「진짜, 도진이 아저씨… 이제 못 보는 거예요?」 지예가 많이 아쉬워하면서 묻자 도진은 차마 지예의 물음에 그 어떠한 대답도 하지 못한 채 카페를 나가려다가 「그래도 무슨 일이 생기거나 도움이 필요하면 언제든 연락해.」 이 말을 남긴다. 「응, 잘 가.」 인희가 덤덤한 모습으로 말하고 「응….」 그렇게 도진은 카페를 떠난다.

『도진이가 우리에게 마지막 인사를 건넸다. 그런데 갑자기 왜 내 마음속에서 센 열기와도 같은 통증이 느껴지고, 아파오는 걸까.』

그 시각, 거리를 정처 없이 걷다가 다시 걸음을 멈춘 도진의 표정에서는 절망감과 좌절감이 상당하다.

『이제 완전히 끝난 거나 마찬가지다. 완전히 끝났다. 떠나고 싶지 않았는데… 억지로 떠난 거나 마찬가진데… 벌써부터 마음은 허전해졌다. 모든 걸 잃은 것처럼 텅 빈 상태다. 이렇게 끝나면 안 될 것 같은데… 이건 아닌 것 같은데도 결국에는 그 어떠한 것도 하지 못한 채 다시 인희가 있는 곳으로 돌아가지 못하는 내 자신만 초라할 뿐이다. 인희야, 지금 내가 느끼고 있는 이 아픈 감정들을 너도 똑같이 느끼고, 많이 아파봤으면 좋겠다.』

도진은 깊은 한숨과 함께 흐르는 눈물을 손으로 닦은 뒤, 다시 길을 걸어간다. 하늘 위에는 초승달과 별 하나가 힘없이 걸어가는 도진의 뒷모습을 감싸면서 비추고 있다.

✿ - 3년 전, 어느 여름밤에 정우와 인희가 집 앞 근처에서 산책하던 중, 하늘 위에 밝게 떠 있던 초승달과 별 하나를 올려다보며 이런저런 대화를 나누고 있는데, 「인희가 행복했으면 좋겠어.」 갑자기 정우가 이런 말을 하고 「나, 행복한데?」 인희가 말하자 「언제라도 인희를 진심으로 아껴주고, 생각해주는 좋은 사람들과 행복한 시간을 많이 보냈으면 해.」 정우가 말을 잇는다. 「난 이미 그런 사람과 행복한 시간을 충분히 그리고 아주 많이 보내고 있는데? 그 사람이 누굴까요?」 인희가 아주 행복한 미소

를 지어 보이며 정우의 얼굴을 빤히 쳐다보는데 「그래.」 하지만 정우의 얼굴에서는 많은 생각이 스쳐 지나가듯 인희의 얼굴만 가만히 바라보며 그 자리에 한참을 서 있다. - ✿

『사랑이란, 지금 내가 서 있는 곳이 절망적인 순간이더라도 희망을 주는 감정인 반면에 절대 생각대로 되지 않는 감정이기도 하다. 손닿을 곳까지 왔다 가도 눈앞에서 한순간에 금방 사라진다. 잡으려고 애써봐도 닿지 않는 것 또한 사랑이다. 이 사랑은 그 수많은 사랑 중에서도 이루지 못한 사랑이라 말할 수 있다. 애석하게도 이토록 힘들고, 어려운 사랑을 나는 한 여자에게 그것도 두 번이나 같은 경험을 하게 되었다. 이 두 번 모두 내 의지로 멀어진 게 아닌 어쩔 수 없는 상황과 갑자기 나타난 난관으로 인해 시작도 하기 전에 그 사랑을 두 번이나 놓치고 말았다. 그래서 허무하기만 하다. 그 사람과 뭘 해보기도 전에 나는 안 되는구나. 그토록 원하며 바라더라도 나는 인희와 잘되기는 힘들구나. 이번에 우리가 재회했을 때, 나는 생각했었다. 내가 노력한다면 언젠가 우리는 분명 운명이 될 거라고…. 그런데 우리는 운명이 아니었나 보다. 인희와 작별 인사를 나눈 지 벌써 12일이 지났다. 나는 이렇게 하루하루 날짜를 세어가며 그 사람을 생각하고 있는데… 언제쯤 이런 생각들이 멈추게 될까? 아마 몇 년은 걸리겠지. 손에는 아무것도 잡히지 않고, 무언가를 할 의욕조차도 사라진 채 머릿속은 텅 비어가고 있다.』

아나운서실 안에서 도진은 깊은 생각에 잠긴 채 계속 그 자세 그대로 힘없이 앉아있다. 미동도 하지 않는 도진의 모습을 근처에서 한참 동안 지켜보고 있던 성도가 그의 자리로 슬며시 다가간 뒤, 책상을 세게 두드리는데, 그 소리에 도진의 정신이 번쩍 들며 「네?」라고 외친다. 「퀴즈 풀러 가야지. 무슨 생각을 그렇게 오랫동안 하고 있는 거야?」 성도의 물음에

「벌써 시간이 이렇게 됐네.」 도진이 휴대폰 시간을 확인한다. 「요즘, 왜 그래. 무슨 일 있어? 얼굴은 풀이 죽어있질 않나. 심지어, 녹화 방송 NG를 그렇게 많이 낸다고 하던데… 어서 가봐, 늦겠다.」 성도가 말하자 도진은 서둘러 아나운서실을 나간다.

한편 카페 안, 지예가 영어 문제를 풀다가 옆에 앉아있던 인희의 눈치를 살피면서 말을 건넨다. 「엄마.」 「응?」 인희가 답하자 「도진이 아저씨… 보고 싶어. 이제는 여기에 다시 안 오는 거야?」 지예의 물음에 「응. 바쁘시대. 보고 싶어도 참아.」 인희가 말하자 「지예는 도진이 아저씨랑 노는 게 재미있었는데….」 지예는 어깨가 축 처진 채 힘없이 말한다.

『도진이가 그날 마지막 인사를 끝으로 더 이상 이곳에 오지 않고 있다. 그도 그럴 것이 내가 계속해서 도진이를 차갑게 대하던 태도에서 많은 걸 느꼈을 것이다. 하지만 그렇게 행동을 했던 실제 내 마음속은 결코 도진이가 싫었던 건 아니었다. 단지, 나로 인해 모든 사람이 힘들어지지 않기를 바랐을 뿐, 지금은 도진이도 나도 힘들겠지만, 언젠가 서로가 마음을 추스르고, 도진이에게 다른 행복이 찾아오는 날, 그때 다시 웃으며 볼 날이 생기겠지…. 이렇게 생각을 하고 있다가도 지예가 도진이를 찾는 날이면 그의 마지막 모습이 떠올라 또다시 내 마음속은 심란해지기도 한다. 다시 마음을 다잡아야 하는데, 도진이가 우리에게 해준 많은 것들이 자꾸만 생각이 나서 또다시 내 마음이 아파오기도 한다.』

같은 시각, 작업실 안에서는 번역 작업 중이던 은경이 한숨만 푹푹 내쉬며 종이 위에 글을 적고 있다. 〔서로에게 마음은 있지만, 보내주기로 한다. 옆에 있고 싶지만, 떠나기 싫지만, 보내주려 한다.〕 「아니, 마음이 있는데 왜 그러냐? 아무리 상황이 힘들더라도 서로를 지켜줘야지. 왜 진심을 숨기는데? 아무것도 생각하지 말고, 둘만 마음이 있다면 옆에 계속 남아있으면 되는 거지. 왜 이렇게 복잡하고, 어려운 건데… 괜히, 내 마음만 안타깝게….」 은경은 이 말을 하다가 목이 타는지 얼음물을 들이켠다. 어느새 번역하고 있던 소설책은 마지막 권을 향해가고 있다. 이제 얼마 있지 않으면 거의 끝나갈 분량으로 은경은 하루라도 빨리 번역 일을 마무리하기 위해 다시 볼펜을 잡는다.

그 후로 이틀이 지났고, 최근 도진은 일을 마친 뒤 집으로 돌아오면 일단은 거실로 가서 보지도 않는 TV를 켜놓은 채 매일을 하루도 빠짐없이 맥주로 마무리하고 있다.

『결국, 어머니가 바라던 대로 돼버렸다. 그날, 어머니가 인희를 찾아가지 않았더라면 우리는 아직까지도 잘 지내고 있었을 텐데… 그저 많이 아쉬울 뿐이다. 그래서 너무 힘들고 아쉬워서 결국 참지를 못하고, 회사에서 퇴근을 마친 뒤 카페 먼발치에서 인희의 얼굴을 보고 왔다. 이렇게나 억지로 참아내야 하는 일이 내게는 너무나도 힘든 일이다. 보고 싶은데 볼 수 없다는 것, 그리고 마주 보며 대화를 나누고 싶은데 그러지 못한다는 것, 참지 못하는데 참아내야 한다는 것 때문에 제자리에 똑바로 서 있기조차 힘든 상태다. 지금, 내 상태는 누가 살짝이라도 건드리면 금방이라도 옆으로 쓰러져버릴 것만 같은 상태로 다시는 일어서지 못할 그런 심신 상태에 처해있다.』

같은 시각, 인희가 불 꺼진 방 안에서 지예를 재우고 있는데, 지예가 잠이 오지 않자 다시 감았던 눈을 뜨며 옆에 누워있던 인희를 어둠 속에서 물끄러미 바라보면서 이야기한다. 「엄마… 난 도진이 아저씨랑 같이 노는 게 신나고, 재미있었는데…. 엄마가 도진이 아저씨 오지 말라고 한 거지? 엄마, 지예는 심심해. 그러니까 우리가 도진이 아저씨 보러 가자.」「지예야, 엄마 피곤해. 엄마는 그만 잘래.」 인희가 말을 돌리는데 「엄마 미워. 아저씨 울게 하고….」 지예의 말에 「그런 거 아니라니까. 지예, 자꾸 그러면 엄마가 혼낸다!」 인희가 다그치자 갑자기 지예가 조용해진다.

『도진이의 얼굴을 못 본 지 벌써 2주 정도가 지난 것 같은데, 어느 순간부터 매일을 이렇게 지예가 그를 찾는 덕에 순간순간 그의 안부가 궁금해지기도 한다. 그동안, 도진이가 우리 가족에게 소중하고 즐거웠던 추억들을 내어준 일들이 자꾸만 스쳐서 괜스레 힘들어지기도 한다. 도진이는 잘 지내고 있으려나. 잘 지내고 있었으면 좋겠다.』

그 시각, 도진이도 방 안 침대 위에 누워서 인희와 지예가 선물로 준 두 조명 불만 켜놓은 채 한참 동안 그 불빛들을 바라보고 있다.

『허무하게 무너져버린 내 마음, 더 이상 회복되기 어려울 것 같다. 이렇게 끝나는 건가. 이제 이 두 불빛도 꺼야 하는 걸까. 그러고 싶은 마음은 전혀 없는데… 이것마저 정리하면 다시는 영영 인희와 지예를 못 보게 될 것만 같다. 며칠만이라도, 얼마간이라도, 아니… 계속 이 자리에 두고 싶다. 저 두 불빛을 방 안에 설치했던 그날의 설렘이 아직도 남아있는데, 인희는 매일을 술로 지새우며 힘들어하고 있는 내 마음을 조금이라도 알까? 알아줬으면 좋겠는데… 이런 내 마음을 모르고 있다면 누구라도 인희한테 가서 내가 많이 힘들어하고 있다고 알려줬으면 좋겠다. 내가 죽을 만큼 아주 많이 힘들어하고 있다는 걸…』

그로부터 일주일이라는 시간이 지났고 주말이 되자, 인희와 지예가 오랜만에 외식을 하러 거리로 나왔다. 아직 햇살은 여름과도 같이 뜨겁지만 선선한 바람이 불어 가을이 다가오고 있음을 알리고 있다. 동네 번화가 사거리 신호등 앞에서 인희와 지예가 나란히 서 있는데, 그 맞은편 신호등 근처에서 도진이가 서 있는 걸 인희가 발견한다. 3주 정도 못 본 사이, 그의 얼굴은 상당히 핼쑥한데, 도진은 아직 인희를 못 본 듯하다. 그때 다른 곳을 보며 서 있던 도진이 맞은편에 서 있던 인희에게 시선을 돌리자 둘의 눈이 마주치게 된다. 도진은 놀라지만 반가움이 뒤섞인 표정으로 인희의 얼굴을 빤히 쳐다보고 있는데, 도진의 이 표정들은 이내 사라지게 되고, 애처로운 모습만 남게 된다. 그의 그런 모습에서 인희의 시선은 바로 땅으로 향한다. 인희는 잠시 그 자리에 서 있다가 옆에 있던 지예에게 말을 하는데 「지예야, 많이 배고프지? 우리 저쪽으로 가자. 저기 신호등이 더 빨리 바뀔 것 같아.」 「응.」 지예의 대답에 「그래, 가자.」 인희가 지예의 손을 잡고 다른 신호등을 향해 발걸음을 옮긴다. 자신을 피하는 인희의 모습을 쭉 지켜보고 있던 도진의 머릿속에서는 많은 생각이 스치다가 이내 고개를 힘없이 떨구고 만다.

『이러려고 한 건 아니었는데, 도진이를 피할 마음도 없었는데…. 지나가며 인사 정도만 건넬 수도 있었던 상황이었는데…. 마음과는 다르게 행동으로는 자꾸만 그를 피하려고만 한다. 오랜만에 마주하게 된 도진이의 건강한 모습이 아닌 약해진 모습을 보게 되니 괜히 내 잘못인 것만 같고, 자꾸만 그에게 상처를 주는 것만 같아서… 정말 이러려고 한 건 아니었는데, 자꾸만 그렇게 되고 만다. 이런 생각을 하고 있는 이 순간에도 내 마음은 썩 좋지가 않다. 하고 많은 날 중에 하필이면 오늘 이 장소로 나온 게 후회된다.』

도진이가 서 있던 신호등의 불빛이 초록으로 바뀌지만, 그는 건너지 않은 채 얼굴은 굳어진 상태로 그 자리에 그대로 서 있기만 하다.

『아까 인희와 눈이 마주쳤을 때, 그 짧은 순간 동안에 간단한 손 인사와 함께 서로의 안부 정도를 물으면서 그곳을 지나치길 바라고 있었다. 그런데 내가 오늘 이곳으로 나온 게 후회가 될 정도로 이렇게까지 되리라고는 그동안 생각해 본 적도 없기도 했지만, 오늘부로 내 작은 바람조차 무너지게 되었다. 오늘, 인희가 나를 보자마자 그 자리를 피했다.』

밤이 되자 지예는 잠이 들었고, 인희는 오후에 도진과의 짧은 마주침으로 생각이 많아지며 마음은 괴롭고 속이 체한 것처럼 불편해진다. 그 탓에 잠도 오지 않아 뜬눈으로 한참을 침대 위에 눕다가 결국 다시 일어나서 침대 옆에 스탠드 조명을 약하게 켜놓은 뒤, 화장대 서랍 안에서 정우의 사진을 꺼내 보게 된다. 여전히 그 안에서는 환하게 웃고 있는 정우의 모습이 보인다.

『정우 씨… 이렇게 정우 씨의 얼굴을 보고 있으니 3년 전 사진인데도 꼭 어제의 정우 씨 모습 같아. 아직도 정우 씨가 내 마음속에 이렇게 살아있고, 생생하기만 한데…. 갑자기 슬퍼져. 나, 고민이 생겼는데… 정우 씨한테 말해도 돼? 정우 씨는 이런 내 마음을 이해해줄 거지? 나, 도진이가 신경 쓰여. 오늘, 우연히 그 사람을 봤는데, 그 사람의 핼쑥해진 모습도 신경 쓰이고, 슬픈 얼굴을 하고 있는 모습도 신경 쓰여. 그 사람이 왜 그런지 나 역시도 너무 잘 알고 있으니까…. 정우 씨, 나 어떡하지? 정우 씨의 생각이 궁금한데… 사진 속에서 정우 씨는 이런 나를 보며 계속 웃고 있네. 그래서 마음이 너무 아프다. 정우 씨… 오늘은 이만 줄일게.』

인희는 한숨을 내쉬다가 사진을 다시 서랍 속에 집어넣는다.

다음 날, 도진의 두 눈은 어제보다 더 움푹 들어간 채 핼쑥하고, 어두워진 안색으로 아나운서실 자리에 앉아있는데, 회사 직원 모두는 도진의 그런 모습을 보며 놀란 얼굴이다. 그의 주변에서 웅성거리며 소곤대는 소리가 들려오지만, 도진의 귓가에는 그 어떠한 소리도 들려오지 않는다. 「전보다 상태가 더 안 좋아졌네. 몸이 아프다고 하진 않았는데….」 성도가 초롱에게 소곤대는데 「뭐에요? 그럼, 그때 라디오에서 고백했던 그 여성분이랑 잘되지 않은 거에요?」 초롱이 조용히 말한다. 「화면에 나가는 사람의 얼굴이 저러면….」 성도의 말에 「다음 주부터 임 아나운서가 휴가를 냈던데…. 쉬고 돌아오면 조금은 나아지지 않을까요?」 초롱이 말하자 「그랬으면 좋겠는데…. 그 여성분도 그냥 받아주지. 도진이가 오랫동안 좋아했다던데….」 성도가 안타까워하며 말하는데 「임 아나운서, 인기 많은데…. 그 여성분 눈이 높으신가? 남자 보는 눈이 없네. 오랫동안 한 여자만 바라봤다면 그냥 받아주지. 저 정도 외모면 준수하지, 성격 좋지, 뭐가 문제야. 그 여성분은 어떻게 생겼나 내가 다 궁금해지네요.」 초롱도 속상해하자 「나도 궁금해. 아무튼, 도진이… 안 됐네. 밥은 제대로 먹고 다니는지 모르겠다.」 성도가 안타까워하면서 말하는데 「내 주변에 괜찮은 후배들을 소개해주고 싶네.」 초롱의 말에 「재는 자기가 좋아하는 사람이 아니면 만남조차 거부해. 자기가 좋아하는 사람이 아니면 아예 만나보려 하지도 않는다니까….」 성도가 말하자 「뭐야. 민들레야, 뭐야. 일편단심이야?」 초롱이 놀라면서 말한다.

그 시각, 인희가 카페 일을 하다말고 한숨을 내쉬자, 평상시와 다른 인희의 근심 어린 얼굴을 지선이 쳐다본다. 얼마 있다가 인희가 또다시 깊은 한숨을 내쉬자 「저기, 사장님」 「응?」 인희가 지선의 얼굴을 쳐다본다. 「무슨 걱정거리라도 있으세요? 아까부터 계속 한숨만 내쉬고 계시던데….」 지선이 조심스럽게 물어보자 「내가 그랬어?」 인희가 놀라고 「네, 방금 전에도 두 번…. 오늘 합쳐서 30번도 넘게….」 지선이 말하자 「내가 그렇게나 많이?」 인희의 말에 「표정도 어두우시고….」 지선이 말하자 「그래?」 인희가 놀란 표정을 짓는다. 「뭔가 기운도 없어 보이시고….」 지선이 계속 이어서 말하자 인희가 아무런 말없이 그 자리에 힘없게 서 있다. 「오늘은 제가 끝까지 일하다 갈게요. 사장님은 지예와 얼른 퇴근하세요. 쉬시는 편이 좋으실 것 같은데요.」 지선의 말에 「아니야, 괜찮아. 신경 써줘서 고마워.」 인희가 말을 마친 뒤, 두 사람은 조용히 각자 할 일을 한다.

『말로는 괜찮다고 했지만, 하나도 괜찮지가 않다.』

한편, 작업실 안에서 초췌한 모습을 한 은경이 마지막 권, 마지막 장의 끝 문장을 종이 위에 적은 뒤, 소설책을 덮는다. 그리고서 위스키 병을 들고 잔에 가득 따른 뒤, 한 모금을 마시며 「드디어 끝났다. 인희와 도진이도 제발 이렇게 끝났으면…. 얼른 퇴고하고, 출판사로 넘겨야지. 이 책이 둘의 관계에 많은 도움이 되었으면 좋겠다. 제발, 제발….」이라며 간절히 바라고 있다.

어느덧, 시간은 저녁이 되었고, 카페 안에는 인희와 지예, 그리고 손님 한 분만 남아있다. 인희는 지예의 옆자리에 앉아 휴대폰만 만지작거리다가 화면 속 문자 안의 [도진]에서 시선이 멈춘다. 순간 문자를 보낼까 말까 한참을 고민하다가 결국에는 보내지 않고, 다시 휴대폰을 앞치마 주머니 속에 넣은 뒤 지예에게 말한다. 「오늘, 학교에서 재미있었어? 어땠어?」 「응, 선생님이랑 민재가 재미있었어.」 지예의 대답에 「그랬구나. 지예가 재미있었다니 다행이다.」 인희가 말하는데 「엄마, 웃어 봐.」 갑자기 지예가 이 말을 하자 「갑자기? 응, 알았어.」 인희가 애써 밝은 표정을 지으면서 웃는다. 「아니야. 엄마 또 달라졌어. 또, 그때처럼 슬픈 얼굴이야.」 시무룩한 표정을 지으며 지예가 말하자 「엄마가 또 그랬어? 지예야, 미안.」 인희가 어쩔 줄 몰라 하고 있고 「지예가 엄마한테 속상하게 한 거 있어?」 지예가 심각한 표정을 지으면서 묻는데 「아니. 지예는 엄마 말을 아주 잘 듣고 있어. 지예야, 그런 거 아니야. 엄마가 요즘에 일이 정신없이 많아져서 그랬나 봐. 이해해줘. 일이 많아져서 그런 거니까… 알겠지?」 인희가 안심을 시키면서 말하자 지예가 알았다고 한다.

『항상 지예 앞에서는 웃는 엄마, 강인한 마음을 지닌 엄마가 되고 싶었었는데…. 이와는 다르게 자꾸만 약한 모습만 보이는 것 같다.』

한편, 늦은 퇴근을 한 도진이 무의식중에 길을 걸어가다 걸음의 기억만으로 집이 아닌 인희의 카페 근처까지 걸어가게 되고, 바로 그 근처 공원 앞에서 가까스로 정신을 차린 뒤 놀란 모습으로 인희의 카페를 잠시 보다가 다시 걸음을 돌려 집으로 향한다. 집에 도착한 도진은 소파에 힘없이 몸을 기댄 채 눕는데….

『생각 없이 발길 닿는 대로 걸었더니, 집이 아닌 인희네 카페 앞이다. 지금은 몸도 마음도 쉬고 싶을 뿐, 그 어떤 생각도 하고 싶지 않다.』

도진은 잠시 동안 혼자만의 시간을 가지며 오늘도 어김없이 보지도 않는
TV를 켜 놓고서 노트북에는 시련과 아픔이 가득 찬 노래 다섯 곡을 반복
재생으로 틀어놓는다. 인희와 작별을 한 지 3주라는 시간 동안 매일을 습
관처럼 빈속을 술로 달래다가 거의 절정에 달했을 때, 꼭 마지막에는 이
런 말을 한 뒤 그 자리에 쓰러지고 만다. 「언제는 설레고, 떨렸다면서…
또 팔찌는 계속 껴놓고서 이젠 싫다고 하는 건 또 뭐야. 나는 떠나고 싶
지도 않았는데…. 정말 모르겠어. 이제는 술 없이 잠도 못 자. 서럽고 서
운해. 우리 엄마가 그렇게 말했다고 그만 보자고 하냐! 서운하다! 서운
해! 그래! 이젠 지겹다. 지겨워! 이젠 지긋지긋해. 눈물 흘리는 것도 지겹
다. 지겨워. 넌 아마 내 이런 기분을 모르겠지. 나 좀, 좋아하면 안 돼? 나
좀 좋아해줘. 인희, 나빴어!」 매일을 이렇게 만취한 상태로 밤을 지새는
데, 그나마 다행인 건 혼자 있을 때, 이런 흑역사를 써내려가고 있다는 것
이다.

그 시각에 인희는 카페 마감을 한 뒤, 집으로 돌아와서 거실 소파에 앉아
계속 휴대폰만 만지작거리다가 어제 도진과의 일이 마음에 걸린 나머지
큰마음을 먹고, 결국 그에게 문자를 보내기로 한다. 〔도진아… 어제, 우
리 봤었는데, 나도 모르게 그만 너를 피하고 말았네. 어제 일은 정말 미안
해. 잘 지내고 있는 거야?〕까지 글자 버튼을 누르다가 갑자기 글을 지우
고. 〔도진아, 미안해. 어제 이후로 마음이 좀 그렇네. 밥 잘 챙겨 먹고….〕
이렇게 다시 문자 버튼을 누르다가 지우기를 반복하며 한동안 그 자리에
가만히 앉아있다가 문자 보내는 일을 포기한 채 방 안으로 들어간다.

다음 날이 되었고, 루리초등학교 1학년 4반 교실 안에서는 1교시가 끝난 뒤, 쉬는 시간이 되자 지예네 반 학생들 모두 각자 자리에서 일어나 삼삼오오 짝을 이루면서 놀고 있는데, 지예는 혼자 멀뚱멀뚱한 표정을 지으며 자리에 앉아 쉬고 있다. 그때, 같은 반 남학생인 강송민과 여학생 지란이가 지예의 자리로 다가가서는 「야, 근데 너네 아빠는 왜 해달별이야?」 강송민이 대뜸 지예에게 묻자 「응?」 지예가 뜬금없는 강송민의 질문에 두 아이를 쳐다본다. 「너, 예전에 아빠를 해달별로 그렸잖아.」 지란이가 그 옆에서 거들자 두 아이의 말에 갑자기 지예가 시무룩한 표정을 지으며 아무런 말도 하지 못한 채 가만히 앉아있는데, 그때 그 근처에서 세 아이의 대화를 듣고 있던 민재가 지예의 자리로 다가가서 말한다. 「우리 아빠는 하늘인데? 지예네 아빠는 해달별이고! 대단하지? 너희 아빠는 뭐야? 사람이지?」 강송민과 지란은 민재의 말에 당황해하며 자신들의 아버지가 사람이라 창피한 듯한 표정을 짓던 중, 벌써 스피커에서는 쉬는 시간이 끝나가는 멜로디가 반 전체에 울리기 시작하자, 학생들은 다시 제자리로 돌아간다. 2교시는 국어 시간으로, 수업하기 위해 담임선생님께서 교실 안으로 들어오신다. 「모두 책을 펴보자.」 선생님이 말씀하시는데, 갑자기 강송민이 한쪽 손을 번쩍 들며 선생님을 부르고 「응? 왜, 송민아.」 선생님께서 말씀하시자 「지예네 아빠는 왜 해달별이에요?」 강송민의 뜬금없는 질문에 「응?」 선생님이 되묻자 「예전에 지예가 아빠를 해달별로 그렸잖아요. 그런데 지예가 왜 그렇게 그렸는지 알려주지 않아서요.」 지란이 말하는데, 수업 도중 두 학생의 갑작스러운 질문에 지예가 고개를 푹 숙인 채 자리에 힘없이 앉아있고, 선생님은 그런 지예의 풀이 죽은 모습을 보며 잠시 생각에 잠기다가 말을 하기 시작한다. 「송민아, 지란아, 1학기 미술 시간 때의 일을 2학기 국어 시간에 질문하니? 벌써 언제 일이야. 너희들도 나중에 커서 언니 오빠, 누나 형이 되면 배우게 되겠지만, 글을 쓰는 작가들은 시나 소설에서 해나 별, 달을 사랑하는 사람에 빗대어 말한다거나 또는 그리운 무언가를 대신 말하기도 한단다. 지예 같은 경우도 아버지를 많이 사랑해서 그 마음의 커다란 크기를 해달별로 그렸던 거고⋯. 사람으로 그리는 것보다 자연적인 대상으로 그렸다는 게 얼마나 아름답고, 낭만적이니⋯. 말이 나온 김에 모두들 노트를 펴서 너희들이 가장 사랑하는 가족이나 친구, 동물, 사물을 생각하며 다른 것들에 빗대어 발표하는 시간을 가져보기로 하자.」 선생님의 제안에 「네!」 반 학생들이 씩씩하게 대답을 한다. 「선생님이 먼저 예를 들어볼게. 선생님 집에는 네 살이 된 골든 리트리버 강아지가 한 마리 있어. 덩치는 너희보다도 큰 개인데⋯ 하는 행동은 아직 아기야.」 선생님 말에 학생들이 깔깔대며 웃기 시작하고 「그 강아지는 동물이긴 하지만, 선생님한테는 사람이라 생각될 정도로 아직은 아기 같기도 하고, 나이가 한참 어린 막둥이 동생 같기도 해. 실제로도 선생님은 우리 강아지를 아기나 막둥이 동생으로 생각하고 있단다.」 선생님은 말이 끝나자마자 칠판 위에 무엇인가를 적기 시작한다. 칠판에는 '내가 가장 사랑하는 존재' 아래 '강아지'가 적혀 있고, '내가 생각하는 다른 이미지' 아래 '아기, 동생'이 적혀 있다. 「이런 식으로 각자 사랑하는 존재를 생각하며 노트에 적어보는 거야. 시작.」 선생님 말에 학생들은 한참 동안 각자 자리에 가만히 앉아서 곰곰이 생각하다가 뭔가가 떠오르듯 하나둘씩 노트 위에 무언가를 적기 시작한다. 「누구 발표해보고 싶은 친구, 있니?」 선생님 말에 「저요!」 민재가 손을 번쩍 드는데 「그럼, 민재부터 발표해보자.」 「네. 우리 아빠는 하늘입니다. 매일 저에게 하늘같은 아빠라고 말하는데요. 우리 엄마는 아빠를 돼지라고 불러요. 그건 아빠가 음식을 아주 많이 잘 먹어서입니다. 그래서 우리 아빠는 하늘도 되고, 돼지도 됩니다.」 민재의 말에 학생들은 깔깔거리며 웃기 시작하고, 지예도 웃음이 터지고 만다. 「그래. 민재네 아버지께서는 가족한테 하늘로 불리고 싶으신데, 어머니께서는 아버지를 자꾸 돼지라 부르시는구나.」 선생님도 웃으면서 말씀하시고 「네.」 민재가 대답하자 「그럼, 어머니께서는 민재를 뭐라고 부르시니?」 선생님의 질문에 「왕자님….」 민재의 대답에 학생들과 지예가 마구 웃기 시작한다. 「민재는 좋겠네. 그래. 잘했어. 자리에 앉아.」 선생님은 흐뭇한 미소를 지으면서 「또 없니? 시간이 더 필요하지? 모두, 숙제로 내일까지 노트에 적어 오기로 하고, 이제 수업하자.」 선생님과 민재의 유쾌했던 번외 발표 시간으로 인해 지예는 다시 웃음을 되찾게 되고, 민재도 그런 지예의 얼굴을 보면서 미소를 짓는다. 어느새, 모든 학교 수업을 마친 뒤, 지예가 카페 안으로 들어오는데 「엄마, 지예 왔어.」 지예의 말에 「그래. 자리에 앉아있어.」 인희가 말하자 「엄마… 나 핑이랑 스케치북이랑 색연필….」 지예가 말하자 「응? 집에 있잖아.」 인희의 말에 「오늘, 여기에서 같이 놀고 싶은데….」 지예가 말하고 「그러면 엄마가 밥 먹는 시간에 집에 같이 가서 가져오기로 하자.」 인희의 말에 지예가 알겠다고 말한다. 어느덧, 시간이 지나 두 사람은 집으로 가서 식사를 마친 뒤, 곰인형 핑이와 스케치북, 색연필을 챙겨서 나오고, 카페에 도착한 지예는 잠시 핑이와 놀다가 스케치북을 펴놓고서 그림을 그리기 시작한다. 「핑아, 오늘은 내가 우리 핑이를 아주 아주 귀엽게 그려줄게.」 지예가 말을 마친 뒤, 곰인형의 머리를 움직이며 「응. 언니!」라고 말한 후, 스케치북 종이 위에 곰인형을 열심히 그리다가 그 옆에 한 남자아이도 같이 그리기 시작하는데, 인희가 그 옆을 지나가다가 그 그림을 보며 「지예야, 핑이 그린 거야?」라고 묻자, 지예는 색연필로 색칠을 하면서 고개만 끄덕인다. 「핑이 옆에 그린 사람은 누구야? 지예는 아닌 것 같은데?」인희가 또 묻자「민재야.」지예가 대답하는데「머리에 왕관도 그렸네? 왕자야?」인희의 말에 지예는 정성껏 색칠하면서 고개를 한번 끄덕인다.「옆에 지예도 그리지….」인희가 웃으면서 말하자「아니야.」지예가 쑥스러운 듯 괜히 이렇게 말하는데「왜?」라며 인희가 궁금해하자「이거 민재 줄 거야.」지예의 말에「민재는 좋겠다. 지예가 그림도 그려주고….」인희가 부러워하던 중에「민재는 천사야.」지예가 대뜸 이런 말을 하고「그래?」인희가 웃는다.「엄마도 천사.」또다시 지예가 말하자「고마워.」인희가 말하는데「도진이 아저씨도 천사. 아저씨 보고 싶다.」지예의 말에 인희는 아이의 얼굴을 쳐다보며 그 자리에 가만히 서 있다가 한숨을 내쉰 뒤, 그 옆자리에 앉아 휴대폰만 만지작거리고 있다.

그 시각, 도진은 혼자만의 조용한 식사를 하기 위해서 방송국 근처에 한적한 식당을 찾아 헤매다가 어느 한 조용하고, 허름한 식당 안으로 들어간다. 주인아주머니가 주방에서 설거지를 하고 계시다가 도진의 인기척을 느끼고 서둘러 주문을 받으러 테이블 쪽으로 나오신다. 도진은 메뉴판을 보다가 메밀국수로 주문하는데, 오랜 기다림 없이 주문한 음식이 나온다. 도진은 메밀국수를 입안에 두 젓가락을 넣고 있던 와중에 갑자기 식탁 위에 놓여있던 휴대폰 진동음이 짧게 울리자 화면을 확인하게 되는데, 그가 그토록 기다렸던 인희의 문자다.〔도진아… 그날은 미안했어. 평소에도 건강 잘 챙겨가면서 밥 잘 먹고, 잘 자고… 그리고… 지예가 널 많이 찾고, 또 보고 싶대.〕도진은 인희가 보내온 문자 내용을 쭉 읽어 내려가다가 이내 눈시울이 붉어지고 마는데, 반가워서 그러는 건지…. 그날의 서운했던 감정이 또다시 북받쳐서 나온 설움인 건지…. '미안했어'라는 단어 때문인 건지…. 보고 싶다는 단어가 원인인 건지…. 정말 인희가 자신에게 보내온 문자가 맞는 건지 확인하고, 또 확인하지만…. 분명 그 인희가 맞다. 도진은 한참 동안 마음을 추스르고, 또 추스른 다음에 휴대폰을 든다.

같은 시각, 카페 안에서는 인희가 마음을 졸이며 휴대폰만 만지작거리고 있는데…

『도진이에게 문자를 보내기 전까지 이틀이라는 시간 동안 묵직한 덩어리 하나가 내 마음 속을 짓누르고 있었는데, 오늘 이렇게라도 그에게 문자를 보내고 나니 홀가분 반, 답장이 올지 안 올지에 대한 약간의 조마조마한 마음 반이다. 과연, 내가 이런 문자를 보내는 일이 잘하는 일이고, 또 맞는 일인지. 괜히 보낸 건 아닌가 싶기도 하다.』

그때, 인희의 휴대폰에서 벨소리가 울리기 시작하고, 화면에 뜬 도진의 이름을 본 순간, 갑자기 심장이 빠르게 뛰기 시작한다. 인희는 잠깐 동안 마음을 진정시키며 조심스럽게 통화 버튼을 누른 뒤 「어, 도진아….」 인희가 말하자 「그동안… 잘 지냈어?」 도진의 목소리가 들려오고 「어, 어… 너는 어때.」 인희의 말에 「그렇게 잘 지내지는 못했어.」 도진이 말하자 「그래… 미안. 나도 사실 그렇게 잘 지내지 못했어.」 인희가 말하고 「응….」 도진의 말을 끝으로 두 사람의 침묵이 잠시 동안 흐르게 되는데 「지예가 보고 싶다고….」 인희가 침묵을 깨며 말하자 「그래. 내가 요즘에 얼굴이 좀 그래서… 조만간에 찾아갈게.」 도진이 말한다. 「어… 잠깐만! 지예 좀 바꿔 줄게.」 인희가 도진에게 말하며 옆에 앉아있던 지예한테 도진이 아저씨 전화라고 알린 뒤, 휴대폰을 서둘러 건네준다. 인희의 그 말에 지예가 「진짜?」라는 말과 함께 반가운 마음이 앞서 휴대폰에 얼굴을 바싹 갖다 대면서 말한다. 「도진이 아저씨!」 「응. 지예야.」 휴대폰 너머로 도진이 말하자 「아저씨… 지예랑 언제 놀아요? 지예는 아저씨가 보고 싶어요. 아직도 바빠요?」 지예가 말하는데 「아니, 하나도 바쁘지 않아. 이제, 다시 지예랑 놀 수 있어.」 갑자기, 도진의 목소리가 떨려오다가 간신히 울음을 삼키는 듯한 소리가 들려온다. 「우와! 진짜요? 지예 신난다.」 지예가 밝게 웃으면서 말하자 「그래, 지예야.」 도진의 말에 「네.」 지예는 신난 얼굴로 다시 인희에게 휴대폰을 건네주는데 「도진아… 언제 다시 얼굴 보도록 하자. 그리고 다시 한번 더 말하지만 그날은 정말 미안했어. 그럼, 이만 끊을 게.」 인희가 말하자 「응. 놀러 갈게. 안녕.」 도진의 끝인사에 「응.」 인희는 통화를 마치며 지예의 얼굴을 바라보는데, 지예가 해맑은 미소를 지어 보인다.

『지예야, 엄마… 잘한 거 맞지? 이렇게 웃고 있는 지예의 얼굴을 보니까 잘한 것 같기도 하다. 그리고 도진이와 통화를 하고 나서 그런지 엄마 마음도 한결 편안해졌어.』

혼자 식당 안에 앉아있던 도진은 그동안의 시간이 서글프기도 하고, 전혀 예상하지 못했던 인희의 연락이 감격스러워서 두 눈에 눈물이 그렁그렁하다.

『인희와 지예를 보지 못한 3주라는 시간 동안 이제 다시는 그 두 사람의 얼굴을 못 보게 되는 줄 알고, 그동안 꽤 많이 괴로웠다. 그렇지만, 이제 다시 볼 수 있게 되다니 기쁘면서도 순간 꿈은 아닌지 싶었다. 이렇게 좋아하게 되면 또다시 좋지 않은 상황들이 내게 다가오게 될까 봐 자제하려고 마음을 눌렀다.

이제 힘들었던 마음을 툭툭 털어버리고, 다시 기운을 차려서 이런 힘든 일들이 자의든 타의든 우리에게 더 이상 일어나지 않기를 바랄 뿐이다.』

어느덧, 밤이 되었고, 카페 일을 끝낸 뒤 집으로 돌아온 인희가 화장대 서랍 속에 넣어두었던 팔찌를 다시 꺼내기 시작한다.

『그냥… 마음이 편한 방향으로, 이끄는 대로 가보도록 하자.』

다음 날, 루리초등학교 1교시가 끝난 뒤, 쉬는 시간이 되자마자 민재가 지예의 옆자리로 가서 앉는데 「아! 맞다. 이거….」 지예가 민재의 얼굴을 보자마자 어제 정성껏 그린 그림 한 장을 가방 안에서 꺼낸다. 「이게 뭔데?」 민재가 그림을 보면서 묻자 「너 가져. 내가 어제 그린 거야.」 지예가 말하는데 「어! 이거 펑이지? 귀엽다. 이 옆에 있는 사람은 누구야? 왕관도 썼네?」 민재의 물음에 「그거, 너….」 지예가 수줍어하면서 말하자 「나야? 나… 왕자야? 잘 그렸다. 우와, 고마워.」 민재의 기분이 무척이나 좋아 보인다. 「또 그려줄게.」 지예가 수줍게 말을 건네자 「응. 그래! 그런데 나도 펑이 보고 싶다.」 민재의 말에 「그래? 나중에 우리 집에 가서 펑이랑 같이 놀자. 저번처럼 펑이랑 같이 아빠 엄마 놀이도 하고, 병원 놀이도 하자.」 지예가 신나서 이야기하는데 「그래.」 민재의 말을 끝으로 둘은 서로의 얼굴을 바라보며 해맑게 미소를 짓는다.

한편, 전날과는 다르게 도진의 얼굴에서 환한 빛이 비친다. 힘이 넘치는 발걸음으로 회사에 출근하다가 곳곳에서 마주치던 선배님들과 후배들에게 인사를 건네는데, 직원들은 근 3주라는 시간 동안 다 죽어가던 도진의 상황과는 180도로 달라진 모습에 당황해하면서 얼떨결에 그의 인사를 받게 된다. 「오늘, 무슨 좋은 일이라도 있어? 얼굴이 좋아 보이네.」 성도가 대표로 묻자 「그냥, 뭐….」 도진이 씩 하며 웃은 뒤 자리로 가서 앉는데, 아나운서 직원 모두가 도진의 감정 기복에 꽤나 놀란 얼굴이다.

같은 시각, 카페 안에서도 인희의 모습 또한 예외가 아니다. 한 달 전에 도진이와 지예가 만들어준 두 팔찌를 왼쪽 손목에 다시 둘렀고, 얼굴에는 한가득 미소를 머금은 채 일을 하고 있다. 「사장님, 다시 원래 얼굴로 돌아오셨네요.」 옆에서 일하고 있던 지선이 말하자 「응? 그래? 그럼, 다행이네.」 인희가 웃음을 지어 보인다.

도진과 인희는 각자 자리에서 다시 예전의 모습으로 돌아가 활기가 넘치는 시간을 보내게 되고, 점심시간이 지나자 지예는 하교하고, 시간이 또다시 훌쩍 지나 저녁이 되어서 지선이 퇴근한다. 그 후로 얼마 지나지 않아 다시 카페 문이 열리게 되는데, 도진이가 환한 표정을 지으면서 안으로 들어온다. 「인희야, 지예야.」 도진이 두 사람을 반갑게 부르고, 갑자기 들려오는 그의 목소리에 인희가 놀란 표정을 지으며 그곳을 향해 쳐다본다. 여전히 핼쑥하지만, 표정만은 밝은 도진이 문 앞에 서 있는 모습에서 바로 며칠 전, 사거리에서 마주쳤던 도진의 상태보다도 더 좋지 않은 그의 모습에 인희의 마음은 걸리지만, 이내 반가워하면서 그의 이름을 부르고 「어! 도진이 아저씨다!」 반가운 마음이 먼저 앞섰던 지예가 평소답지 않게 도진을 와락 안는다. 「어. 그래, 지예야.」 도진이 당황해하다가 이내 웃고 「살이 많이 빠졌네.」 인희가 걱정하면서 말하는데 「어. 누구 때문이라고는 말하지 않을게.」 도진이 이렇게 말하자 「어, 어….」 인희는 그의 말에 어색한 반응을 보이게 된다. 「지예는 도진이 아저씨가 보고 싶었어요.」 지예가 말하자 「나도 지예가 많이 보고 싶었어.」 도진이 웃다가 지예의 손목을 보며 「어… 지예야, 팔찌 했네?」 「네.」 지예가 대답하는데, 인희도 도진이가 만들어준 팔찌를 손목에 두른 상태라 왼쪽 팔을 슬며시몸 뒤로 숨긴다. 「밥은 제대로 먹고 다니는 거야?」 인희는 걱정 어린 표정을 지어 보이면서 말을 건네는데 「어제 오후부터 제대로 챙겨 먹고 있어.」 도진의 말에 「그래….」 인희가 말하자 「나, 건강 음료 또 만들어 줘.」도진이 말하고 「알았어. 재료 사서 만들어줄게.」 인희가 웃으면서 말하자도진이 알았다고 한다.

그날 이후로 3일이 지났고, 아침이 되자 인희와 지예가 학교로 등교하기 위해 집을 나서는데, 마침 늦은 여름 휴가가 시작된 도진이 운동을하면서 인희의 집 앞을 서성거리다가 그렇게 세 사람은 마주치게 된다.「어….」 인희가 놀라자 「어! 도진이 아저씨!」 지예도 같이 놀라는데 「운동하다가 여기까지 와버렸네. 이왕 이렇게 된 김에 아저씨가 오랜만에지예를 학교까지 데려다줄게. 인희야, 넌 들어가.」 도진의 말에 「아니야.괜찮아. 이젠 지예도 혼자 갈 수 있어.」 인희가 말하자 「오늘만 지예를 학교까지 데려다주고 싶은데…. 지예야, 아저씨랑 둘이 같이 가는 거 괜찮지?」 도진이 묻는데 「네!」 지예가 씩씩하게 대답을 한 뒤, 인희의 얼굴을쳐다본다. 「그럼, 알았어. 오늘은 도진이 아저씨랑 잘 갔다 와.」 인희의 허락에 「응. 엄마… 안녕.」 지예가 손을 흔들면서 인사하고 「쉬어.」 도진이인희에게 말하자 「고마워.」라고 인희가 말한다. 도진과 지예가 길을 나서자, 인희는 그 둘의 뒷모습을 먼발치에서 눈에 보이지 않을 때까지 배웅한 뒤, 다시 집 안으로 들어간다. 「지예야, 아저씨랑 봄에 같이 등교한 이후로 오늘이 두 번째네.」도진의 말에 「네.」지예가 말하고 「책가방, 아저씨한테 줘. 들어줄게.」도진이 말하자 「아니에요.」지예가 갑자기 책가방을 사수하는데 「또 놀릴까 봐 그래?」도진이 웃자 「네.」지예가 대답한다. 「안 그럴게.」도진의 말에 지예는 잠시 생각을 하다가 책가방을 건네는데 「어! 이번에는 그때보다 꽤 무겁다. 책이 많이 들어갔나 봐.」도진이 놀라며 말한다. 그리고서 둘은 한참 동안 말없이 걷다가 지예가 갑자기 이 말을 꺼낸다. 「지예가 생각해봤는데요. 도진이 아저씨는 천사 같아요.」「천사? 그렇게 봐줘서 고마워. 지예는 아기 같아.」도진이 웃으면서 말하는데 「저, 아기 아닌데요.」지예가 당황해하면서 말하자 「아저씨 눈에는 아가야.」도진의 말에 「아기 아닌데… 저 이제 여덟 살이에요. 학교에도 가고 있어요.」지예가 자신은 아기가 아니라고 강하게 말하자 「헉, 벌써 여덟 살? 얼굴은 아직 아기인데? 아저씨 눈에는 그만큼 지예가 귀엽다는 소리지….」도진은 뭐가 그렇게 좋은지 한참을 웃는다. 어느덧 멀찍이서 초등학교가 보이기 시작하고, 도진은 지예의 등에 책가방을 메주려고 잠시 길을 멈춰 서는데, 저 멀리서 같은 반 남학생이던 강송민이 전력 질주를 하며 지예의 앞으로 달려가서 외친다. 「어! 해달별?」그 소리에 지예가 화들짝 놀라며 강송민을 쳐다보는데 「누구? 친구야?」도진이 지예에게 묻고 「해달별이지?」강송민이 또다시 말하자 「아니야.」지예가 꽤나 성가신 표정을 지으면서 말하는데 「맞잖아.」옆에서 강송민이 끈질기게 묻는다. 「아니라니까… 아니라고! 너! 조용히 해. 시끄러워. 이리 와봐.」갑자기 지예가 강송민의 팔꿈치를 한 손으로 잡아끌며 교문 안으로 들어서는 행동으로 인해 평소와 같지 않은 지예의 강압적인 모습에서 그 남학생은 많이 놀란 표정을 지으며 끌려가고 있다. 「지예야! 파이팅!」도진이 빠른 걸음으로 교문 안으로 들어가고 있던 지예에게 큰소리로 외치는데「안녕.」지예가 뒤를 돌아보면서 도진에게 손을 흔든 뒤, 다시 강송민의 팔을 잡아당기며 서둘러 학교 안으로 들어간다.「둘 사이가 좋아 보이네.」두 아이의 상황을 모르고 있던 도진이 웃으면서 손을 흔든 뒤 발길을 돌리는데, 인희에게서 전화가 걸려온다.「어, 인희야.」도진이 전화를 받으며 말하자「며칠 전에 내가 만들어준 건강 음료는 다 마셨어?」인희의 말에「응.」도진이 말하자「방금, 내가 또 음료를 만들어 놨는데, 와서 가져가.」인희의 말에 도진은 알았다고 말한 뒤, 전화를 끊자마자 빠르게 달려간다. 그리 멀지 않아서 인희의 집 초인종이 울리고, 인희는 인터폰 화면 속에서 도진의 얼굴을 확인한 뒤 현관문을 열어주면서 말한다.「지예 학교까지 수고했어.」「아니, 뭐….」도진이 말하는데「오늘은 면역력과 피로 회복에 좋은 음료로 만들어봤는데, 맛이 있을지는 잘 모르겠다. 가져가서 마셔.」인희가 음료를 담은 1.5L 크기의 페트병을 도진에게 건네자「응, 고마워. 그나저나 난 오늘부터 일주일간 휴가고 현재 공복 상태로 운동까지 해서 배가 무척이나 고픈 상태인데, 우리 집에는 밥이랑 반찬도 없고, 이 시간에는 문을 연 식당도 없어서 그러는데….」도진이 이곳에서 아침 식사를 하고 싶다는 말을 장황하게 늘어놓으면서 이야기한다.「여기서 아침 식사 좀 하고 갈게.」「어? 우리집 밥이랑 반찬이 네 입맛에 맞을까 모르겠네.」인희가 당황해하면서 말하자「난 아무거나 다 잘 먹어. 그리고 지금은 배가 무척 고픈 상태라서 어떤 음식이더라도 다 잘 먹을 자신 있어.」도진의 말에「그래? 알았어.」인희가 말을 마친 뒤, 냉장고 안에서 이것저것 뒤적거리다가 가스레인지 근처로 가서 계속 뭔가를 뚝딱 뚝딱거리고 있다. 어느새 식탁 위에는 밥과 얼음을 세 알 띄운 냉계란국, 계란후라이, 김과 절인물김치, 그리고 진미채가 놓여있다.「지예와 내가 평소에 먹던 음식인데, 네 입맛에는 좀 안 맞을 수도 있어.」인희의 말에 「이 음식들… 전부 다 내가 좋아하는 음식들이야. 그리고 엄청 맛있는데? 전부 다 맛있어.」 도진은 인희가 만들어준 요리들을 허겁지겁 맛있게 먹으면서 말하자 「그럼, 다행이고….」 인희가 살짝 미소를 지어 보인다.

『우리 중, 누구 하나 사귀자는 말은 하지 않았다. 괜히 또 그 말을 꺼냈다가 다시 서먹해지고, 어색해질까 봐. 그래서 아예 언급조차 하지 않았다. 그저 이대로 조금씩 천천히 서로가 서로에게 짙어져 갔으면 한다. 이렇게 한 걸음, 한 발자국씩 맞춰가며 걸어가는 게 현재 우리의 최선의 방법이고, 그러다가 어느 순간까지 다다르다 보면 서로를 생각해주는 마음의 거리가 오늘보다도 더 가깝게 있지 않을까. 누구 하나 그 말을 꺼내지 않아도 느껴진다. 인희가 이제 마음을 열었다는 것을…. 그 이유에서는 전보다 눈 맞춤이 많아졌고, 웃음이 더 많아졌으며 어떠한 상황 속에서도 나를 피하지 않는다는 걸 느낀 순간, 인희가 어떤 말을 하지 않아도 나를 대하는 태도가 전보다는 꽤 많은 변화가 생겼다는 걸 알 수 있게 되었다. 내가 다시 인희에게 고백하게 되는 날, 그날이 또 오게 될 때까지 그때까지는 인희에게 그 어떠한 부담도 주고 싶지 않고, 그저 이렇게 천천히 다가가고 싶은 마음뿐이다. 인희의 생각도 그럴 거다. 인희와 마주하고 있는 이런 시간들로 인해 그동안 어두웠던 내 주변에 불이 하나둘씩 다시 켜지게 되면서 평소에 보지 못했던 것들이 보이기 시작했고, 그 작은 것조차도 아름답게 보이기 시작했다. 그거면 된 거다.』

『이제는 도진이를 친구라고 하기엔 내 마음이 어딘가 불편해졌고, 그렇다고 친구 이상이라 하기엔 아직은 어색하다. 나도 내 이런 마음을 잘 모르겠으나 그냥 마음이 편한 쪽으로 움직이고 싶다. 아직은 이런 관계를 뭐라 단정하고 싶지가 않다. 이렇게 흘러가다 보면 언젠가는 그 어딘가에 어떤 형태로 닿아있지 않을까.」

며칠 뒤, 도진의 휴가 기간의 일이다. 선영 씨가 고맙게도 모처럼 지예와
민재를 데리고 오후 내내 애니메이션 영화를 본 뒤, 돌봐 주기로 해서 오
래간만에 혼자서 여유 있는 시간을 보내게 된 인희가 냉면을 먹기 위해
음식점으로 향한다. 2인 식탁에 자리를 잡고 앉아 설레는 마음을 안고 물
냉면을 기다리고 있는데, 드디어 음식이 나온다. 인희가 정신없이 식사
하던 중, 갑자기 하얀 반팔 티셔츠를 입은 한 남성이 상쾌한 올리브 비누
향을 풍기면서 맞은편 자리에 앉아 냉면을 먹고 있던 인희의 모습을 지
켜보고 있다. 역시 인희도 식사하다가 낯선 남성에 잠시 당황하며 고개
를 들고서 그의 얼굴을 쳐다보는데, 도진이가 바로 그 앞에서 미소를 띠
며 앉아있다. 「어?」 인희가 놀라다가 이내 웃는데 「잘 먹네.」 도진이 말하
고 「여긴 어떻게….」 인희의 말에 「잠깐, 시계 건전지를 사러 나왔다가 이
근처에서 이것저것 구경을 하고 있었는데, 어디서 많이 본 사람이 이 안
으로 혼자 들어가는 거야. 그래서 살 거 빨리 다 사고, 나도 따라 들어왔
지.」 도진이 말하자 「아, 그래? 식사는 했어?」 인희가 묻자 「응. 벌써 했
지. 인희, 너 혼자 먹고 있는 것보단 내가 앞에 있어주니까 반가우면서도
든든하지?」 도진의 말에 「난 원래 혼자서도 잘 먹어서…. 그래도 내 앞에
있어줘서 고마워. 근데, 그 향… 산뜻하면서도 싱그럽다.」 인희가 도진의
몸에서 나던 향을 맡는데 「어? 아… 밖에 나오기 전에 샤워를 하고 나왔
더니 아직도 향이 나나 보네. 비누향이야. 이 비누도 거의 다 써서 방금
사 왔는데… 너도 하나 줄게. 한번 써봐.」 도진이 종이봉투 안에서 비누
하나를 꺼낸 뒤 인희에게 건넨다. 「어. 아, 이거구나. 고마워. 지예가 좋
아하겠다. 나도 다음에 우리 집 비누 하나 가져다줄게. 약간 베이비파우

더향이 나는 건데, 쓰고 나면 피부가 촉촉해지더라고….」 인희가 말하자 「응. 알았어. 얼른 먹어.」 도진의 말에 「응.」 인희가 좀 전과는 다르게 젓가락으로 면을 조금 조금씩 건져가면서 먹고 있자 「아까와는 다르다.」 도진이 인희의 먹는 모습을 유심히 지켜보면서 말한다. 「응?」 인희가 식사를 멈추면서 묻는데 「아까는 면을 한 움큼씩 건져가면서 먹던데, 이제는 여섯 줄씩 건져서 먹네.」 도진이 웃으면서 말하자 「뭐?」 인희가 당황해하고 「이전의 모습도, 이 모습도 다 너이긴 한데, 그래도 나는 아까 그 모습이 더 좋더라. 우리 어렸을 때, 내가 봐왔던 너의 그 재미있던 모습들이 생각나서….」 도진의 말에 인희는 미소만 짓는다.

『꼭 무엇이라 지정되지 않은 우리 두 사람의 오가는 여러 감정들과, 꼭 별다른 힘을 들인다거나 뭔가를 특별히 해야 한다는 생각을 하지 않아도 되는 이런 평범하지만 소중한 시간들…. 우리는 뭘 한 건 없이 평범하고도 보통의 이야기를 나눴을 뿐인데, 그 시간들이 내게는 설렜고, 두근거리게 다가왔다.』

『나를 대하는 인희의 행동에서 편안함이 느껴진다. 그거면 된 거다. 여기에서 더 욕심이라면 어릴 때, 내가 보았던 밝고 재미있던 인희의 예전 모습으로 조금씩 되돌려보고 싶은 마음뿐이다. 나는 그녀가 지금보다 더 웃음이 많아지고 행복해졌으면 하는 바람이 크다.』

어느덧, 짧게만 느껴지던 일주일이라는 시간이 지나가고, 도진의 휴가도 끝나갔다. NBS 방송국 안에서는 도진이가 뉴스데스크 앞에 앉아 정오 뉴스를 진행하면서 멘트를 하고 있는데 「9월 말로 들어섰지만, 낮 동안은 여전히 더위가 남아있습니다. 기후학적으로는 계절이 아직 여름이라고 하는데요. 그렇다면 진정한 가을은 언제부터일까요. 백유진 기자가 보도합니다.」화면 속에서는 초록과 연두 잎이 가득한 나무들과 강렬한 햇살이 비추던 도심 속 공원 안에서 마이크를 들고 서 있던 백유진 기자가 멘트를 하고 있다. 「어느덧, 부쩍 높아진 푸른빛의 하늘과 하얀 뭉게구름, 역대 최강 장마와 연이은 태풍 뒤에 찾아온 가을 풍경이 보이고 있습니다. 9월의 가을이 시작된 이후로 아침과 저녁으로 선선한 바람이 불고 있지만, 한낮에는 기온이 25도가 넘는 늦더위가 여전한데요.」

카페 안에서 인희가 휴대폰으로 도진이 진행하고 있던 가을에 관한 뉴스를 시청하던 중, 그녀가 평소에 가장 좋아하던 계절이 바로 코앞까지 다가오고 있다는 것 자체만으로도 반가운 기분마저 든다. 어느새 저녁이 되었고, 퇴근한 도진이 인희와 대화를 나눈다. 「20도 안팎으로 9일 이상 지속됐을 때가 가을의 시작이래.」도진이 말하는데 「나는 이미 가을이라 생각하고 있는데? 벌써 길가에 코스모스도 폈고, 또 아침과 저녁으로는 카디건도 찾게 되더라고…. 그럼, 가을 아닌가? 난 가을이라 생각하고 있을래. 나는 가을이라는 계절을 가장 좋아하니까…. '가을이 내게 빨리 찾아왔구나~'라고 미리 생각하고 있을 거야.」인희가 행복한 표정을 지으면서 말하자 「가을을 좋아하는구나.」도진이 말하고 「도진이 너는 어느 계절이 제일 좋아?」인희의 물음에 「음, 딱히 생각해보지 않았는데… 이제부터 나도 가을 할래.」도진이 말하자 「뭐야, 왜 따라 해.」인희의 말에 도진이 웃는다.

『그 후로 보름 뒤를 시작으로 도진의 말대로 20도 안팎의 기온이 9일 이상 지속됐고, 정말 완연한 가을이 되었을 무렵, 은경이가 번역 중이던 책이 드디어 완성됐다. 그동안 감감무 소식이던 은경은 외국 소설책의 퇴고에 박차를 가하던 중이라 많이 바빴었고, 한국어로 번역이 된 소설책이 출간되기도 전에 나와 도진에게 〈Love me. Love her.〉이라는 제목으로 된 세 권의 책을 건네주었다. 우리는 시간이 빌 때마다 틈틈이 그 책을 읽었는데, 읽으면 읽을수록 어딘지 모르게 꼭 도진이와 내 이야기 같았다. 대학교 때 이야기, 갑자기 여주인공이 사라진 이야기, 각자의 세월 속에서 여주인공의 아픔과 남주인공의 아픔들, 그러다 다시 남자 주인공과 재회한 이야기, 그리고 또다시 헤어지고, 만난 이야기 등 상황과 에피소드는 모두 달랐지만, 어느 부분에서는 그 당시에 느꼈던 감정들이 나와 너무나도 비슷해서 읽으면서도 신기했고, 놀라웠고, 또 도진이가 이런 상황 속에서는 그런 마음이었겠다고 이해하게 되었다. 그리고 다른 한편으로는 미안한 감정이 들어서 눈물이 다 났다.』

『은경이가 번역한 책의 내용을 읽는 내내 마음이 아파왔고, 대사 하나하나가 내 마음을 건드렸다. 은경이가 나를 위해 덧입혀서 해석한 건지 모르겠으나 그런 착각마저 일으킬 정도로 내 안에 박혀 들어왔다. 어쨌든 성공했다. 그 책을 읽는 내내 눈물이 멈추지 않았으니까… 인희는 알까. 인희도 그때의 내 마음을 알아줬으면 좋겠는데… 이 세 권의 책을 일주일이라는 시간 동안 단숨에 다 읽은 나로서는 우리의 마지막도 이 소설책의 내용과 같았으면 하는 바람이 들었다.』

『그리고 머지않아 은경이가 번역한 책이 세상 밖으로 나오게 되었고, 각종 서점에서 단숨에 베스트셀러가 되었다. 우리는 은경이를 축하해주기 위해 도진이네 집에서 조촐한 파티를 열게 되었는데, 그 배경에는 도진이가 은경에게 늘 고마운 것들이 많았다며 자신의 집에서 파티를 열자고 모두에게 제안했고, 은경이는 그의 제안을 기쁜 마음으로 받아들였다.』

도진의 집 안, 거실 테이블 위에는 축하 케이크와 고기, 음료수, 샴페인,

와인, 맥주가 다양하게 놓여있고, 은경과 재한, 인희와 지예, 그리고 도진은 그런 은경을 축하해주기 위해 이 자리에 모이게 되었다.

『다시 우리들은 아주 오랜만에 이곳으로 모이게 되었다.』

「은경아, 축하해. 수고 많았다.」 도진은 그 누구보다도 기뻐하며 말하고 「고마워. 내가 이 책을 번역했다는 사실이 영광이지.」 은경은 쑥스러워하면서 말한다. 「감동적이더라.」 인희가 말하자 「그나저나 인희와 도진이, 벌써 그 책을 다 읽은 거야?」 은경이 궁금해하는데 「응.」 도진과 인희가 동시에 대답한다. 「어땠어?」 은경이 묻자 갑자기 두 사람은 어색해하며 말없이 맥주만 마시고 있는데 「읽었으면 됐어. 마시자.」 은경이 웃으면서 말한다.

『그 책을 읽는 내내 그리고 마지막 장까지 다 읽은 후에도 계속 도진이가 생각났고, 그의 얼굴이 떠올랐다. 도진이가 그 많은 시간 동안 나를 기다려줬고, 언제나 그 자리, 그곳에서 지켜왔다는 생각에 속이 상하기까지 했다. 나는 아무것도 아닌 사람인데…. 그래서 미안했고, 또 미안했다. 어느 순간부터인가. 가을이 더욱 깊어가면서 나무에는 연두와 초록 잎들이 노랗게, 빨갛게 고운 색으로 물들어가듯 내 마음도 서서히 붉게 물들어가기 시작했다.』

『느껴지고 있다. 인희가 전보다는 다른 속도로 내게 다가오고 있다는 것을… 인희가 내 얼굴을 세 번이라도 더 봐주려 하고, 네 번이라도 더 웃어주려고 한다는 것을… 나는 느꼈다. 가을바람이 내 마음속에 살며시 들어와 살랑거리듯 간지럽혔고, 매년마다 가을을 탔던 나였지만, 이상하게 이번 가을은 무난히 지나가게 되었다. 그동안에 인희는 가을에, 나는 겨울에 태어났다는 사실도 알게 되었고, 서로의 생일을 챙겨주기도 했다. 또, 겨울의 시작을 알리는 첫눈도 함께 맞았는데, 어른이 되고 나서는 그렇게 싫었던 눈이 사랑하는 사람과 맞게 되니 이렇게나 아름답고, 새하얗고, 이토록 반짝거렸던가… 새삼 다시 느끼게 되었다. 눈을 맞으며 동심의 세계로 돌아가서 지예와 눈사람도 만들어보고, 사진도 찍어보고, 이런 게 바로 행복이라고 느끼게 되었다. 그러던 중, 인희가 어릴 때나 어른이 되고 나서나 여전히 눈을 좋아하고 있다는 것도 알게 되었는데, 인희는 생각하는 것도 아직 소녀 같구나… 거기에 맞게 내 마음도 소년으로 변해가길 바라고 있으며 또 그렇게 되도록 노력하고 있는 중이다.』

『첫눈이 오던 날, 지예의 엄지손톱 끝 부분에 봉선화의 주황빛이 아주 희미하게 남아있었고, 내 엄지손톱 끝에도 그 꽃잎 색이 남아있었다. 각자, 마음속에 그날을 간직한 채 보냈고, 크리스마스이브에는 도진이가 중형 크기의 트리를 사와서 우리 집에서 지예와 함께 장식을 하며 크리스마스다운 날을 보냈다. 크리스마스 조명의 불빛처럼, 트리 장식처럼 반짝이며 빛나는 날을 도진이, 나, 그리고 지예와 함께 만들었다. 우리는 그렇게 그 겨울과 그해의 마지막 날을 따뜻하게 보냈다.』

『다음 해가 되었고, 여전히 겨울 추위는 매서웠지만 나와 인희, 그리고 지예가 함께 있어서 마음만은 무척이나 따뜻했고, 포근했다. 새해를 맞이하여 나는 목도리와 장갑을 인희와 지예에게 선물했고, 물론 나 역시도 똑같은 거로 구입했다. 그날, 인희는 별다른 이야기 없이 내가 준비해온 선물에 고마움을 느끼며 미소를 지어 보였다. 그렇게 우리 사이에는 소소한 시간들과 작고, 보통의 것들이 하나하나 쌓이고 쌓여서 서로의 마음을 채워가고 있었다.』

『그에 맞춰서 나는 양털 모자를 준비했다. 도진이, 나, 지예…. 모두 색깔만 다른 털모자.

이게 도진이에 대한 내 마음의 표현이었다. 이런 평범하면서도 편안한 시간들이 아늑하고, 따뜻하게 또 가끔은 행복하게 계속 지속되었으면 한다. 무엇보다도 지예가 행복해하는 모습을 보니 내 마음도 행복해졌고, 우리만 행복한 게 아니라 도진이도 함께 행복했으면 했다. 도진이는 나와 지예에게 평소라면 생각지도 못했던 부분들을 채워줬고, 나도 그로 인해 얼마간 잊고 지냈던 또 다른 행복들을 배우게 되었다. 추웠던 겨울도 지나가고 어느덧 코앞으로 봄이 성큼 다가옴으로써 따뜻한 햇살과 온기가 느껴졌다. 봄이 다가오고 있구나… 따뜻한 봄에는 또 어떤 일들이 있으려나…』

『인희와 재회한 지… 벌써 1년이 지났다. 1년 전 그날과 1년이 지난 시간 속에서 다른 점은 작년보다는 어느 정도로 확신이 생겼다는 것이다. 나는 이미 인희, 지예와 함께할 날들이 준비되어있었고, 그 시간들을 보내는 동안 내 마음은 더욱더 확고해졌다. 그래서 인희에게 고백을 언제, 어떻게 해야 할지, 기회만 엿보고 있는 중이다. 이렇게 몇 날 며칠을 인희 앞에서 망설이고, 말하려다가 그만두기를 여러 번… 벚꽃이 피는 날에 나는 다시 용기를 내기로 했다.』

아직 벚꽃이 만개하지 않았지만, 그래도 연분홍 꽃이 핀 나무 사이를 도진과 인희가 걸어간다. 「이제 곧 있으면 활짝 피겠다.」 인희가 나무를 보면서 말하자 「응, 그러네. 저기 인희야.」 도진이 뭔가 긴장한 모습을 하며 말하는데 「응?」 인희의 물음에 「너에게 해줄 말이 있어.」 도진이 잔뜩 긴장한 모습으로 말한다. 「뭔데?」 인희의 말에 「벌써, 1년이 지났다.」 도진이 말하자 「응? 뭐가?」 인희가 묻는데 「우리가 다시 만나 어떤 날은 크고 작은 행복들로 인해 위안을 얻기도, 소소한 추억들을 쌓기도, 또 어떤 날은 아른거리기도, 몸살을 앓기도… 우리가 이렇게 서로에게 익숙해지고 있다고 생각하지 않아?」 도진의 말에 인희는 대답 없이 고개만 끄덕이며 걷고 있는데 「1년 전에 우리가 다시 만났던 그날, 이런 생각이 들더라. 다시 또 내게 기회가 찾아왔구나. 그리고 오늘 이렇게 너와 함께 거리를 걷고 있는 와중에도 더욱더 선명해지고 있어. 내가 너와 지예를 행복하게 만들어줄 수 있게 앞으로 남은 긴 시간과 세월 동안 그 기회를 내게 주지 않을래?」 예상하지 못했던 도진의 고백에 인희가 놀라 당황한 채 가던 걸음을 멈추고 마는데, 그때 도진이 겉옷 주머니 안에서 목걸이가 든 케이스를 꺼낸 뒤, 인희에게 건네면서 말한다. 「이건 내 마음이고, 오늘 당장 대답하지 않아도 돼. 내 마음이 이렇구나. 그렇다는 것만 알아줘도 되니까…. 그저 난 우리의 관계를 좀 더 확실하게 하고 싶은 마음뿐이라는 거….」 도진의 고백에 인희는 처음엔 당황한 모습이었지만 이내 뭔가를 결심한 표정을 지으며 고개를 끄덕인다.

『도진이는 매 순간 자기감정에 늘 솔직하다. 자신의 그 솔직한 감정을 표현하는 방식에서도 늘 배려심과 다정함이 느껴진다. 나를 처음 본 그날부터 오늘까지 그 마음 그대로 변치 않고 지켜온 사람이다. 이렇게나 부족한 나에 비해 도진이가 지켜온 그 마음이 너무나도 커 보이고 한결같아 대단하면서도 한편으로는 미안한 감정마저 든다. 나 또한 이런 도진이가 좋다. 그런데 이런 마음이 커지면 커질수록 갑자기 마음 한켠은 아파오기도, 신경 쓰이는 마음이 들기도 한다. 정우 씨… 나 이런 마음과 이런 감정을 가져도 되는 거야? 이러면 안 되는 거지? 그렇지?』

집에 도착한 인희가 화장대 서랍 속에서 정우의 사진을 꺼낸다. 그리고는 인희를 보며 웃고 있던 사진 속 정우의 얼굴을 한참 동안 쳐다보고 있는데, 그 위로 눈물 한 방울이 떨어진다.

『정우 씨… 나 어떡하지….』

그 후로 꽤 많은 시간이 지났고, 도진은 근심 어린 표정으로 침대 위에 누워서 생각한다.

『고백한 지 벌써 10일이 지났다. 우리는 평소와 비슷한 모습을 하며 잘 지내고 있지만, 아직까지 인희에게서 아무런 대답도 듣지 못했다. 무언의 거절인 걸까. 우린 아직 아니라는 걸까. 다시 친구로 돌아간 걸까. 괜히 마음만 초조해져 간다.』

어느덧, 4월 10일 정우의 기일이 찾아오고, 인희는 은경에게 지예를 맡긴 뒤 국립 현충원을 찾는다. 인희가 담담한 표정을 지으면서 정우의 이름 세 글자가 새겨진 비석 앞에 선 뒤, 하얀 국화꽃을 화병에 가지런히 꽂으면서 이야기한다. 「정우 씨… 벌써 3년이 지났네. 시간 참 빠르다. 잘 지내고 있지? 나는 그동안에 우연한 일들이 많았어. 작년에도 정우 씨한테 말한 거지만, 지예는 초등학교에 들어가서 올해 2학년이 되었고, 우리 카페 안에서 정우 씨를 닮은 사람과 한 달을 보내기도 했고, 대학 시절의 친구를 우연히 만나기도 했어…. 그런데, 항상 궁금했던 건데… 정우 씨를 닮은 서원 씨… 당신이 내게 보낸 사람이지? 아니더라도, 나 혼자만의 생각일지라도, 나는 그렇게 생각하고 있을래. 그러고 보니 당신이 없던 그 시간 안에도 정우 씨가 내게 해준 것들이 새삼 참 많네. 정우 씨가 이곳에 함께 있지 않더라도, 우리 곁에 없을지라도 나와 지예의 마음속에 항상 소중한 사람이라는 거 알고 있지? 이렇게라도 우리 마음속에 남아있는 것만으로도 항상 고맙게 생각하고 있어.」 이런 말을 하고 있던 인희의 눈에서는 어느새 눈물이 그렁그렁 맺히고, 한참을 말없이 그 자리에 가만히 서 있다가 다시 말을 잇는다. 「그런데 정우 씨… 내가 정우 씨한테 이런 말을 해도 괜찮을까. 내 마음이 계속 편하지가 않아서… 정우 씨의 허락을 받고 싶은 일이 있는데, 정우 씨… 미안해. 그 사람의 진심이 계속 느껴지는데, 나도 그러는 그 사람이 싫지가 않아. 나 정말 어떡하지? 정우 씨한테도, 도진이한테도 모두에게 미안한 마음뿐이야.」 인희가 고개를 힘없이 떨구고 만다.

새하얀 햇살이 눈 부시도록 쏟아지고 있던 풍경 속에서 정우가 환하게 웃으며 인희의 앞으로 천천히 걸어오다가 얼마간 그 자리에 가만히 서서 미소만 지은 채 뒤돌아서 왔던 길을 다시 천천히 걸어간다.

그 후로 4일 지났고, 도진은 2주가 넘도록 아무런 대답도 하지 않는 인희의 모습에 체념 아닌 체념을 하지만, 애써 밝은 표정을 지으며 카페 안으로 들어서는데, 조명의 반사로 인해 인희의 목 주변에서 뭔가가 반짝이고 있다. 그 작은 노란빛은 바로 2주 전에 그가 인희에게 고백하며 선물을 한 바로 그 목걸이다. 「어! 인희야.」 도진이 놀란 얼굴로 인희에게 외치는데 「어… 왔어?」 인희가 묻자 「목걸이, 했네….」 도진의 말에 「어….」 인희는 짧은 대답을 한 뒤 잠시 머뭇거리다가 도진에게 미소를 지어 보이는데, 도진이도 인희의 모습을 보며 웃는다.

『그날 이후로 우리는 양가 가족들을 만나 시간을 보냈다. 인희의 부모님을 처음 만났을 때, 나를 맞이하시던 태도는 꽤나 반가워하시다가 드문드문 조심스러운 모습도 보이셨다. 그러다 네 번, 다섯 번을 본 뒤, 나를 아들처럼, 든든한 사위로 받아들이기 시작하셨다. 반면에 우리 어머니께서는 언젠가 인희에 대한 내 마음이 결국에는 그만둘 거라 생각하시다가 끝까지 가는 아들의 모습을 지켜보시며 못마땅해 하셨지만, 시간이 지나면 지날수록 인희의 좋은 부분들이 눈에 들어오셨는지 많은 점수를 주셨고, 가만히 있어도 귀여운 지예의 모습이 꽤나 마음에 드셨는지, 시간이 지나서 말씀하시기를 이제는 내가 전혀 아깝지 않다고 말씀하셨다. 어머니의 그 말에 초조했던 내 마음이 놓이게 되었고, 내게서 이 모든 이야기를 전해 들은 은경이와 재한 씨는 그 누구보다도 자기 일인 것 마냥 기뻐하고, 축하해줬다.』

『어느덧, 봄이 끝나가기 전, 도진이 내게 버킷 리스트를 실행해보자고 했다. 예전에 내가 도진에게 말했던 해를 따라 노을을 따라 달려보는 것. 바로 그것을 해보자고 했다. 그래서 나는 도진의 차를 타고, 노을을 따라 달려보기로 했다. 오후 6시부터 서울 외곽을 시작으로 노을이 지는 방향으로 계속 달렸다. 옅은 푸른빛이던 하늘이 연노랗게 물들고, 점점 색이 짙어져 등황빛 하늘이 되었다가 구름과 함께 하늘 빛깔이 진한 핑크로 물들여졌고, 서서히 해가 사라지면서 파란 어둠이 깔리게 되었다. 두 시간 내내 달리면서 느꼈던 건 노을이 질 때의 하늘빛은 현실이 아닌 동화 속 그림과도 같이 무척이나 아름다웠다는 것이다.』

「예쁘다.」 인희가 말하자 「다음에 또 보자.」 도진이 말하는데 「응. 그런데 도진아.」 인희의 말에 「응?」 도진이 인희의 얼굴을 잠시 보는데 「한 가지 물어보고 싶은 게 있는데….」 「응. 뭔데?」 「지예한테서 계속 아빠가 아닌 아저씨라 불려도 괜찮겠어? 언제까지가 될지, 아니면 평생 아저씨라 불리게 될지도 모르는데….」 인희가 걱정 어린 표정을 지어 보이는데 「응. 지예가 나를 계속 아저씨라 불러도 괜찮아. 지예가 편한 대로 부르는 게 무엇보다도 더 중요해. 언젠가 지예가 초등학교 졸업을 할 때쯤이건, 대학을 입학하는 날이건, 아니면 지예가 결혼하게 되는 날, 또는 아이를 낳은 후일지라도…. 그 언제가 되든 무리하게 억지로 하는 것보다는 지예의 마음이 편할 때, 진심일 때, 그때 아버지라 불리면 더 좋을 것 같아. 그게 언제건, 그날이 내 진심이 지예에게 닿았다는 거니까…. 그게 더 기쁠 것 같아. 기다릴 수 있어.」 도진의 깊은 마음에 「그래… 그렇게 생각해줘서 고마워.」 인희가 갑자기 차창 밖을 보며 가까스로 눈물을 참는다.

『잊고 있었다. 제일 중요한 일… 지예한테 허락을 받는 일이다. 자꾸만 용기가 나지 않아 지예에게 어떻게 말해야 할지 계속 고민만 하다가 어느덧 시간은 한여름이 되어버렸다. 에메랄드 빛깔의 바닷가를 보며 모래사장을 맨발로 걸으면서 밀려오는 바닷물에 발을 담근 채 지예와 한참을 놀다가 물었다.』

「지예야.」 도진이가 지예의 이름을 부르자 「네?」 지예가 도진의 얼굴을 바라보면서 말하고 「너도 그동안 어느 정도 알고 있었겠지만, 아저씨가 지예한테 해주고 싶은 말이 있어서….」 긴장 가득한 모습으로 도진이 말하자 「네.」 지예가 대답하는데 「비록, 내가 너의 첫걸음마, 첫 옹알이, 지예의 아기 때 시절, 유치원 입학과 졸업, 그리고 아쉽게도 초등학교 입학식 날에 함께 있어주지는 못했지만, 앞으로 지예의 또 다른 시작과 끝을 아저씨가 지예와 함께하고 싶은데… 그래도 괜찮겠니?」 아직도 도진의 얼굴에서는 긴장이 가득한데 「네!」 지예가 바로 대답을 하며 고개를 끄덕인다.

그렇게 여름이 지나고, 10월 첫날의 가을, 하늘에서는 노란빛 석양과 함께 물결 같은 잔잔한 구름이 걸려있다. 연둣빛 정원 속, 넓은 잔디밭 위로 새하얀 천으로 덮인 식탁 위에는 먹음직스러운 음식들과 음료수가 놓여 있고, 정원 곳곳에서는 불을 밝힌 조명으로 평온하면서도 자유로운 분위기가 연출되었다. 그리고 이내 격식을 차린 사람들의 모습이 보이기 시작한다.

『그렇게 시간이 지나 무더웠던 여름날의 계절은 가고, 가을이 되었다. 내가 그토록 좋아하는 가을에 간간이 새소리가 들려오던 고요하고 한적한 장소에서 야외 결혼식이 진행되었다. 양가 가족들과 지예, 그리고 은경이와 재한 씨가 참석한 이 결혼식에서 나는 그와 행복한 순간을 맞이하게 되었다.』

식탁 위와 의자 손잡이, 그리고 버진 로드 옆으로 촛불이 켜져 있고, 곳곳에 온통 하얀색의 장미와 백합, 프리지어가 향긋하게 피어있다. 하얀빛으로 된 실크 드레스를 단정하게 입은 인희와 턱시도를 입은 도진이 서로를 마주 보며 서 있는데, 그 옆으로는 하얀 레이스가 가득 달린 드레스를 입은 지예의 모습도 보인다.

『꿈같던 결혼식이었다. 우리를 축하해주던 사람들의 환한 표정, 새하얀 꽃들과 장식들, 아름다운 수많은 불빛…. 맛있는 음식과 바람이 선선하게 불어오던 딱 좋은 날씨…. 그 정원에서 인희와 지예의 행복해 보이던 표정…. 이 모든 것들이 꿈만 같았고, 그 시간이 완벽하게만 느껴졌다. 나와 인희, 그리고 지예…. 이렇게 셋, 이제 우리는 가족이다.』

식이 끝나자 식사 시간 전에 약간의 자유시간이 잠시 주어진다. 그 시간 동안 인희는 연분홍의 작약으로 된 부케를 들고서 지예와 함께 근처 언덕 위로 올라가서 핑크 구름이 떠 있던 하늘을 바라보며 대화를 나누던 그때, 멀리서 흐릿한 사람 형체가 미소를 지은 채 그 두 사람을 지켜보며 서 있다. 인희는 그 시선을 느끼며 그곳을 향해 고개를 돌리는데, 정우가 미소를 짓고 있었다. 그토록 그리워하던 그의 모습과 마주하게 된 인희의 눈가에서는 눈물이 흐르게 되는데, 얼마간 두 사람은 그렇게 서로를 마주 보고 있다가 갑자기 눈부시게 환한 빛을 내며 정우의 형체가 사라지고, 인희는 그 빛을 바라보다가 옆에 있던 지예를 꼭 끌어안는다.

『정우 씨… 미안해. 그리고 고마워.』

『그렇게 우리는 정신없이 시간을 보내고 난 뒤 안정을 되찾았을 무렵, 나와 인희는 은경이가 번역한 소설책을 오랜만에 다시 읽어보기로 했다. 출간된 지 1년이 넘어서 다시 읽어본 그 책의 내용이 인희와 내 마음속에 어떻게 다가올지 많이 기대되기까지 했다. 작년과는 달라진 환경 속에서 다른 마음 상태로… 과연, 우리에게 어떻게 다가올까. 작년에는 굉장히 슬프게 다가왔었는데, 올해는 작년과 달라진 상황으로 인해 제아무리 슬픈 내용의 소설일지라도 눈물 한 방울 나오지 않을 자신이 있다.』

『갑자기, 도진이가 은경이 번역한 그때 그 소설을 다시 읽고서 이야기를 나눠보자고 하는데, 도대체 무슨 대화를 나누자는 건지 벌써부터 마음이 심란해진다. 그 책을 읽으면 괜히 또다시 도진에게 미안해지는 마음이 드는데…. 그렇게 도진이와 나는 속도를 맞춰가면서 다시 책을 읽기 시작했고, 세 권의 책 중, 첫 권을 마쳤을 때, 1년 전에는 기억이 나지 않았던 어느 한 추억이 떠올랐다.』

「진짜? 너도 나를 좋아했었다고?」 도진이 놀라면서 묻는데 「응.」 인희가 고개를 끄덕인다. 「언제? 왜 나를 좋아했는데?」 도진의 물음에 「그때, 우리 동아리에서 상금이 걸렸던 사진부 과제… 그 시기에 그때 네가 찍었던 사진을 대학 축제 기간에 전시했었잖아. 그날, 여러 사진을 전시하던 그 강의실 안에서 네가 나를 찍어줬던 사진이 크게 형상화된 걸 보고, 나도 나를 이렇게까지 못 찍는데, 도진이 너는 나의 좋은 점을 알아봐 주고, 나도 알지 못했던 내 모습을 사진 속에 잘 담아줬구나… 도진이는 나를 좋게 바라봐 주고 있었구나… 그날의 그 사진을 통해 처음으로 너에 대한 두근거리는 감정들이 생겨났었어. 그날, 내 마음이 떨리기도 했고, 또 고맙더라. 그날부터였던 것 같아. 그렇게 널 조용히 좋아했던 적이 있었어. 그런데 작년에 네가 휴대폰으로 그 사진을 내게 보내줬었잖아. 그날에는 그 사진을 보며 아무 생각도 나지 않았는데, 오늘 이 책을 다시 읽으니까 새삼스레 떠오르네, 진짜 신기하다.」 인희가 웃으면서 말하자 「그랬구나. 내가 그때 일찍 용기를 냈더라면 우린 더 빨리 만날 수도 있었을 텐데….」 도진이 많이 아쉬워하며 말하는데 「그러게. 근데 그때, 네 매력이 뭔지 알아?」 인희가 묻자 「그때, 내가 뭔 매력이라도 있었나. 뒤늦게 멋있어진 거지.」 도진이 쑥스러운 듯 웃으며 말하는데 「아니야. 있었어. 착하고, 순진한 귀여움, 그리고 우직함… 내가 우직한 사람을 좋아해서….」 인희의 고백에 도진이 쑥스러워하면서 웃는다. 「인희야, 그때 네 매력이 뭔지 알아?」 도진도 똑같이 묻는데 「몰라. 뭐였는데?」 인희가 궁금해하자 「음… 비밀.」 도진은 갑자기 수줍어하면서 웃고 「뭐야, 뭐였는데. 나도 알려줘. 나도 내 매력이 뭐였는지 알고 싶어.」 인희가 무척이나 궁금해하는 표정을 짓는다. 그때, 창밖에서는 눈이 내리기 시작하는데 「어! 눈 온다!」 도진의 말에 「어! 눈 오네.」 인희가 말하고 「지예야! 빨리 와봐. 밖에 눈 내린다.」 도진의 외침에 거실에서 핑이와 놀고 있던 지예가 안방으로 달려가는데, 세 사람은 창문 앞에 나란히 앉아 새하얀 구름과 솜사탕처럼 펑펑 눈이 내리고 있던 풍경을 웃으면서 바라보고 있다.

『이처럼 인희, 그리고 지예와의 작고 소소한 행복들이 내게는 정말이지 너무나도 소중하고 감사하다.』

『이런 하루하루가 평범할지라도, 소중한 사람과 함께 있는 것만으로도, 즐겁기도, 힘이 되기도 한다.』

『그렇다고 해서 항상 좋은 일들만 있는 건 아니다.』

『때로는 의견이나 생활 방식이 맞지 않아 힘들 때도 있지만, 그래도 가장 좋은 방향으로 찾아가려 하고 고치며 서로를 배려하도록 노력했으며 서로 간에 존중이라는 마음을 갖기로 했다.』

『이렇게 우리는 어떤 방식이건 서로에게 도움을 받기도, 도움을 주기도 하며 살아간다. 때로는 예기치 못한 두려움이나 슬픈 상황들이 찾아올 때도 있겠지만….』

『어떠한 상황이더라도 서로를 믿고 나아간다면 좌절된 상황 속에서도 다시 일어설 힘을 얻기도 할 것이다. 인생을 살아가면서 항상 좋은 일만 있을 수도….』

『항상 나쁜 일만 있을 수도 없기에….』

「도진아, 나 갑자기 이런 생각이 들어.」 인희의 말에 「뭔데?」 도진이 묻자 「지예가 우리에게 받은 사랑을 이다음에 커서 사랑하는 사람들에게 진심으로 나눌 수 있는 사람이 되었으면 하는 생각.」 인희의 말에 「인희야, 내가 봤을 때, 지예는 우리보다도 마음이 더 넓고, 따뜻하니까 꼭 그렇게 될 거야. 우리도 지예한테 많은 행복을 주자.」 도진이 말하자 「응.」 인희가 고개를 끄덕인다. 「그리고 나도 할 말이 있는데, 정우 씨의 기일이 언제인지 잘 모르지만, 매년 그날에는 지예와 함께 그 사람한테 다녀와도 돼.」 갑작스러운 도진의 말에 인희는 크게 감동하며 그의 얼굴을 쳐다본다. 「한심하게도 처음에는 세상에 없던 그 사람을 질투하기도 했지만, 그 사람이 너와 지예라는 행복을 내게 준거나 마찬가지라서…. 그래서 나도 그 사람에게 잘 보이고 싶어지더라. 정우 씨의 기일 날에 너와 지예가 그 사람과의 시간을 못 보낼 이유도 없고 해서…. 지예한테는 훌륭하신 아버지였으니까….」 마음이 깊은 도진의 말에 크게 감동을 받은 인희가 말한다. 「도진아… 너는 우리에게 너무 많은 감동을 주고 있어.」

이듬해, 4월에 정우가 있는 곳에서 인희와 지예가 하얀 국화꽃을 들고, 나란히 서서 조용히 묵념한 뒤 서로의 얼굴을 바라보며 미소를 짓는다.

『여기까지 우리의 아름다운 마침표를 찍어보려 한다.』

『앞으로 우리에게 또 어떤 새로운 시작점들이 기다리고 있을까.』

『잃어버린 시간 속에서 파스하던 어느 날, 우리는 다시 서로를 찾았고, 당신을 만나 사랑했습니다.』